有爱的青春陪伴者

初见晨曦

Chu Jian Chen Xi

著

千雪

Qian xue Works

著

贵州出版集团
贵州人民出版社

Chu Jian Chen Xi

图书在版编目（ＣＩＰ）数据

初见晨曦 / 千雪著. -- 贵阳：贵州人民出版社，
2022.12
ISBN 978-7-221-17251-8

Ⅰ．①初… Ⅱ．①千… Ⅲ．①长篇小说－中国－当代
Ⅳ．①I247.5

中国版本图书馆CIP数据核字(2022)第163739号

初见晨曦
CHUJIANCHENXI

千雪 / 著

出版统筹：陈继光
选题策划：大鱼文化
责任编辑：潘　媛
特约编辑：张　磊
装帧设计：小茜设计 Minqian Designstudio/QQ:31009811　孙欣瑞
封面绘制：一颗葡萄
出版发行：贵州人民出版社（贵阳市观山湖区会展东路SOHO办公区A座
　　　　　550081）
印　　刷：长沙鸿发印务实业有限公司
开　　本：880毫米×1230毫米 1/32
字　　数：392千字
印　　张：11
版　　次：2022年12月第1版
印　　次：2022年12月第1次印刷
书　　号：ISBN 978-7-221-17251-8
定　　价：45.80元

Contents 目录

初见晨曦

Contents 目录

第一章

〉雨天和钢琴

昨夜刚下过一场雨，雨势格外浩大，又连绵不绝，给整座城市降了温。

房间的窗户没关紧，湿冷的风沿着缝隙不停灌入屋内，弥漫着雨水和泥土的气息。

乔延曦躺在陌生的床上，愣愣地望着天花板，感觉大脑混混沌沌的，有些疼。

因为飞机延误，她昨晚是零点过后才抵达的S市，严格来说，这是她来到乔家的第一天——然后她就感冒了。

睡是睡不着了，乔延曦干脆下了楼。

厨房里，一位阿姨正在忙前忙后地准备早餐，听见动静后疑惑地回过头，表情空白了一瞬，好半天才回过神。

"大、大小姐？"

"嗯，是我。"乔延曦带着一点鼻音轻轻应道。

周姨在乔家工作挺多年了，还是第一次见到这位大小姐，难免多打量了几眼："您怎么这么早就醒了？"

少女站在客厅的旋转楼梯上，穿着纯白的宫廷风睡裙，乌发雪肤，漂亮的脸蛋没有任何表情。

清清冷冷的模样，像是冬日的新雪。

就是鼻尖有点儿红。

这一点红倒是柔和了她的表情，令她看上去没那么高冷。

"哎哟，您脸色怎么这么差，是不是昨晚没睡好？"周姨眼神极好，一眼就看出了她此刻状态不佳，"还是床太硬了睡不习惯？或者是身体不舒服，需不需要联系私人医生过来？"

乔延曦觉得，再让周姨说下去没准儿能让她上医院做个全身检查："我不是豌豆公主。"

周姨愣了愣："啊？"

乔延曦："没有这么娇气。"

反应过来她话里的意思，周姨笑了笑，换了个话题说："对了，粥才刚开始煮，估计还要一会儿时间。"

然后她转身走进厨房，不到一分钟，又端了杯牛奶出来："您先喝这个垫垫肚子吧。"

牛奶被加热过了，温度刚好。乔延曦低头喝了一口，双手捧着杯子，淡声说："叫我乔乔就行了。"

一口一个"您"的，让她很不自在。

周姨脸上的笑容越发慈祥，却还是摇头："这是规矩。先生和夫人可以这么叫，我叫就不合适了。"

乔延曦也不勉强，和周姨道了谢，端着热牛奶去了客厅。

昨晚太累了，她洗完澡倒头就睡，现在才有时间好好打量一下这个新住所的环境。

别墅做了挑高设计，两面玻璃墙，采光很好。室内装修采用的是欧式风格，从会客沙发到水晶吊灯，全都精致奢华，彰显着主人的品位和财力。

但她不喜欢这种风格，也不太喜欢这个家。

吃完早饭，乔延曦独自出了门。也是这个时候她发现，自己和这座城市可能有点儿八字不合。

付完感冒药的钱，乔延曦走出药房，玻璃感应门自动开启又合上，伴随着一句"谢谢光临"，她停住脚步，抬起头。

外面的天色不知不觉又变暗了，乌云密布。

下一秒，瓢泼大雨兜头而下，雨水噼里啪啦溅得到处都是。

乔延曦心想：这是跟谁作对呢？

昨晚她来的时候下暴雨，现在出门又开始下，还没完没了。

药店门口的马路不让停车，要想打车还得往前走一段，乔延曦准备回去问问药店的店员小姐姐能不能借一把伞。

刚一转身，玻璃门开了，从里面走出来一个身形高挑的少年。

他穿了件纯色的 T 恤，手里拎着把黑伞，头低着，漆黑的眼睫微微下垂，显得有几分困倦。

偏浓颜系的五官，眉眼俊朗深邃，鼻梁高挺，视觉冲击感很强。

乔延曦还记得店员小姐姐看见这人进店时的反应，那发光的眼神，那灿烂的笑容，就差把"这个帅哥我爱了"明晃晃地刻脑门上了。

但是得知对方要买的是什么东西后，店员小姐姐眼里那道爱情的光芒消失了，只剩下对渣男的鄙视。

"渣男"漫不经心地抬了眼，视线扫过乔延曦手里的感冒药，乔延曦却不看他，准备绕过他往店里走。

下一秒，一把黑色长柄雨伞倏地横在了她身前。

乔延曦被拦住去路，微微蹙眉，扭头看向少年。

他打着呵欠，声音低哑："拿去吧。"

乔延曦没接，他索性直接将伞放在她脚边，然后头也不回地踏进雨中。

对面街道，有几名男生聚在一家还未到营业时间的冷饮店门口，显然在此等候已久。

"怎么又下雨了，昨晚下了一夜还没下够吗？"有人抱怨，"傅哥呢？他怎么还没……"

"来了，来了！"

傅初晨三两步跨上台阶，浑身湿透地出现在他们眼前。

这场雨来得突然又猛烈，只是过个马路的工夫，仿佛刚洗完一个澡。

他额发湿漉漉的，水珠顺着发梢往下淌，连睫毛上都挂着几颗，那双黑眸也仿佛蒙上了一层水雾，像雾凇岛的雪。

见他这样，几个和傅初晨不是很熟的男生都有点怂，生怕这位少爷怪罪到他们头上。

"拿去。"傅初晨没看他们，把买来的东西往贺修怀里一丢，撩起湿透的刘海，露出整张清俊冷淡的脸。

"可以啊，傅老板。"贺修吹了声口哨，"我还以为你会反悔呢。"

昨天是贺修生日，他邀请了几个朋友到家里聚会。

他们玩了一个通宵的狼人杀，规定输的一方要接受惩罚，结果傅初晨一局没输，引起公愤。

贺修胆大包天地提议大家合起伙来阴傅初晨一把，没想到还真成功了。

傅少爷虽然不爽,但也愿赌服输。

用来躲雨的屋檐有些狭窄,雨落在他肩头,他也不在意。

"你在看什么呢?"

贺修顺着傅初晨注视的方向望向对街,大雨倾盆,密集的雨帘模糊了视线,街上的场景都是朦朦胧胧的。

就在他以为傅初晨不会回答了的时候,傅初晨开口了:"看人。"

贺修还没来得及疑惑,就见傅初晨忽地转身,手轻轻搭在他的肩上,歪着头笑了一下。

这笑容贺修太熟悉了,不祥的预感油然而生。

很快,他的预感就应验了。

被推到最外边享受露天浴场时,贺修心里还在想:果然不出我所料。

怎么说呢,这位少爷的报复心还是挺强的。

乔延曦捡起那把黑伞,撑开,伞面还印有"健康大药房"五个字,显然也是问店员借来的。

她不懂少年为什么要把这雨伞让给她,可能是出于绅士风度。换个人来,她应该会很感激,只是……她最后转身看了眼药店。

感冒带来的眩晕感让她有些头重脚轻,如果再淋一场雨,估计会直接发烧。

他是看到了她买的什么药的,同样,她也看到了他的。

如果按照正常的"渣男"搭讪套路,他应该会顺势问她要个联系方式,而不是把伞给了她就直接走人。

就好像,他真的只是因为出于好心——不想让一个生着病的女生淋雨回家,没有别的什么意思。

但是,他既然都会为了一个陌生人的身体着想,怎么不心疼一下自己的女朋友?

乔延曦站在原地真心地替傅初晨那个并不存在的女朋友惋惜了三秒,觉得他的迷惑行为着实令她不解。

阵雨来得快去得也快,乔延曦到家的时候,雨已经停了。

一进院门,谢雨静正好从前厅出来,看见乔延曦,亲昵地唤道:"乔乔回来啦?"

对于这个后妈,乔延曦没什么好感,但也谈不上厌恶,便礼貌地点了点头。

谢雨静继续柔声道："你爸爸突然和我说你要过来，我也没什么时间帮你准备，要是缺了什么东西就和周姨讲。"

到底是出身上流社会，哪怕这位乔家现任女主人心底再不欢迎，也维持着表面的友善。

乔延曦也不拆穿她，继续点头："嗯。"

"你对这边环境还不熟悉，下次出门可以叫婳婳陪你一起，你们多接触接触。"

乔延曦还是点头："好。"

"刚好下午她要上钢琴课，乔乔你也一起去吧。"

乔延曦应不下去了。

这种客套话一般不都是随便说说的吗？怎么到她这儿就要立刻行动起来了？

下午两点，乔延曦出现在一栋三层楼的白色小洋房前。头顶灼灼烈日，她毫无表情的脸上写满了"为什么你上钢琴课我也要来遭这个罪"。

旁边跟乔延曦一起来的女孩叫作乔婳，是谢雨静和前夫的女儿，自从谢雨静嫁入乔家，她也就跟着改了姓。

进去的时候，乔婳一直在给她"科普"这个钢琴老师有多厉害，拿过多少国际大奖。

据说这个钢琴老师本来是不带学生的，这次回国探亲，也是看在友人的面子上，给几个孩子讲课，再过一段时间就要走了。

"你能来旁听还是沾了我的光呢。"小姑娘长得像妈，性格却完全不同，有什么想法都直接摆在脸上，大写的炫耀。

乔延曦语气毫无起伏："我太荣幸了。"

乔婳："……"你明明看起来一点也不"荣幸"。

洋房的装修非常具有艺术气息，走入大厅，能看见墙上挂着许多精美的油画。

一位留着大胡子的男人坐在沙发上喝茶，听见门口的动静，他抬起头，深邃的蓝眼睛本来只是随意地一瞥，忽然顿住了。

乔婳恭敬地喊道："安德烈老师。"

安德烈喷出一口茶水："乔乔？是你吗乔乔？我可算见到你了乔乔！"

乔婳从来没见过老师如此失态的模样，也从来没听过老师这么喊她，这声"乔乔"显然指的是她旁边那位。

听乔婳说了那么长一段，乔延曦多少也猜到了这位钢琴老师的身份，所以并没有表现出过多的惊讶，唇角微弯："老师，好久不见。"

"是很久，都好几年了。"安德烈拉着她上瞅下瞅的，叹息着说，"你都长这么大了。"

乔婳觉得脸有点儿疼，自己刚才就不该多嘴。什么叫沾了她的光？人家与老师之间分明要比她熟悉得多。

自闭了一小会儿，乔婳突然又想起什么，环顾一圈，没找到想见的人，便问："对了，老师，初晨哥哥今天不过来吗？"

安德烈一眼就看穿了她的小心思，说："不管那小子来不来，你琴都是要练的。"

乔婳蔫巴巴道："噢，好吧。"

安德烈带她们去了二楼。二楼被改造出了很多间单独的琴房，他指了指其中一间："乔乔，你今天就在这儿练习。"

乔婳："可那是初晨哥哥平时——"

安德烈看她一眼："练你的去。"

乔婳不敢继续造次，麻溜地钻进自己那间琴房。

"别管那丫头。"安德烈拍了拍乔延曦的肩膀让她放心，"反正人还没来，你先用着就是了，这里我说了算。"

"好的，老师。"

乔延曦其实有一段时间没碰钢琴了，坐下连着弹了好几首才来了些感觉。

等到最后一个音符徐徐落下，虚掩的门被人推开。那人倚着门框，没急着进来，懒洋洋的目光落在她身上，似是打量。

乔延曦的手还搭在黑白琴键上。她的手指生得特别好看，修长又漂亮，白润似玉石。而那张脸更是精致，红润的唇，桃花眼微扬，眼底映着他。

两人视线在空中交错，少年漆黑的眼微微眯了眯，刚睡醒的声音带点儿哑，懒倦又低沉："是你啊。"

回应他的是钢琴发出的一声"哆——"，乔延曦手抖了。

这个世界有时候真的很离谱，比如现在，乔延曦看着眼前这个以为这辈子都不会再遇见的少年，心想这才过去了多久，有没有八个小时？

和上午那会儿相比，他大概是洗过澡换了件衣服。

少年身形清瘦又高挑，腿很长，又直，站在那儿跟个比例完美的人形立牌似的。

他眼皮子耷拉着，眼角上挑，虽然还是没什么表情的样子，但心情明显要比早上好。

"好巧。"乔延曦实在想不到别的话，沉默半天只蹦出这两个字。

对方没吭声。

乔延曦想了想，起身走到门口，觉得还是有必要郑重和他道个谢："唔，谢谢你的伞。"

"不是我的。"少年的语气听上去不太满意。

乔延曦不明所以，琢磨了一下他这句话，大概是让她不用谢的意思。

想到他也是安德烈的学生，她出于礼貌地自我介绍了一下："你好，我叫乔延曦。"

少年仿佛哑巴了，等了起码半分钟不止，这位少爷才开了金口："傅初晨。"低淡的嗓音，吐字清晰。

听见这个名字，乔延曦稍稍一怔，觉得有那么一点点的耳熟——乔婳口中的那位"初晨哥哥"。

乔婳对他似乎特别在意，看他这副困到没边、整夜未睡的样子，再联想到这人去药店买的东西，该不会……

虽然乔延曦不太喜欢谢雨静，但毕竟跟她也没什么深仇大恨。乔婳勉强也算她半个，不，四分之一个妹妹，而且现在才十五岁。

她正犹豫该怎么开口。

可能是看出了她的眼神越来越不对劲，傅初晨决定阻止她继续脑补下去，身体终于从门框上挪开，换了个稍微正常点的站姿。

"有话就直说。"他神色漠然地说道。

于是，乔延曦直接问了："你和我妹什么关系？"

这问题太过莫名其妙，傅少爷一时跟不上她的脑回路，冷淡的面容流露出一丝茫然："你妹？"

乔延曦还未开口，没想到安德烈突然出现在门外，气得吹胡子瞪眼："你小子迟到不说，还敢在这儿骂人，皮痒了是不是？"

傅初晨："……"就很冤枉。

虽然骂人这个确实冤枉了他，但迟到可是实打实的，傅初晨也没辩驳，老老实实地挨了一顿训。

在此期间，乔延曦去门口拿来了安德烈特意给大家订的下午茶。

东西有点多，她一个人拿着不方便，刚想叫人来帮忙，手里的袋子就被不知道什么时候下来的傅初晨给接过去了。

少年垂着眸，看上去对安德烈刚才的训斥毫不在意。

两个人一前一后地上楼。阳光透过拐角的天窗，聚成一道光束投落下来，金色的尘埃在空气里漂浮。

"你刚才说——"

听见傅初晨开口，乔延曦回过头，停在高一级的台阶上，勉强和他平视。

"你妹妹，是在指乔婳？"少年站在光影交界的地方，右耳的黑色耳钉映着天光，轻微地晃眼，"我跟她不熟。"

不熟，冷淡而直白的两个字。

乔延曦眸光从那枚耳钉上扫过，看向他的脸："那她喊你'初晨哥哥'？"

"哦，你也可以喊。"傅初晨说得随意，也不觉得她会当真。

他想摊手，但手里还拎着两袋甜品，摊到一半又放回去，神情略显无奈："她要这么叫，我有什么办法？"

"如果把她的嘴堵上你会不会找我算账？"问这话的时候，少年漆黑的眸子一眨不眨，像是在认真思考方案的可行性。

乔延曦面无表情："你说呢？"

"开个玩笑。"他懒懒地笑了一下，那双眼睛却没什么波动，一直都是平静又淡漠的。

"那你……"乔延曦刚开口，又闭上了。

既然他都说了跟乔婳不熟，那上午的事应该也和乔婳无关。至于那药是买给谁的，也不关她的事儿。

"那我什么？那我上午去药店买的东西是用来干吗的？"傅初晨替她问完后面的话，又自己回答，"那是游戏输了的惩罚。"

"……知道了。"她也没说信或是不信。

他们才刚认识，没法仅凭片面之词判断对方的人品到底如何，于是乔延曦只好跳过这个话题："先上去吧。"

话音刚落，傅初晨越过她走到了前面，走路的速度与刚才和她说话时被刻意放慢的脚步，形成了鲜明的对比。

乔延曦顿了下，正准备跟上，安德烈却突然叫住她。

休息室里除了乔婳，还有一对双胞胎兄弟。三个小家伙不知道在聊什么，笑得乐不可支，听见开门声，齐齐扭头望过来。

乔婳惊喜地喊道："初晨哥哥！"

"初晨哥。"

"初晨哥你终于来了。"

傅初晨淡淡"嗯"了一声，算是回应，把东西放在面前的茶几上，任由他们去抢。他在一旁坐下，用手背支着脸。

旁边的架子摆着一个金属制的白漆鸟笼，里头关着一只花里胡哨的鹦鹉，尖尖的嘴一下又一下地啄着笼子。

"闭嘴，菜鸟。"傅初晨看着那只鹦鹉，被吵得烦。

"菜鸟，菜鸟……"鹦鹉的名字叫"菜鸟"，它也只会说自己的名字，一声比一声高，仿佛在求夸奖。

另一边，乔婳咬着半块芝士饼干，忽然"咦"了一声："话说，我姐姐呢？"

"不知道欸。"

"会不会是还在练琴？她钢琴弹得真的好厉害哦……"

"我感觉比初晨哥还厉害！"

"对对对！"

谢家两兄弟，一个叫谢天，一个叫谢地，也不知道他爸妈怎么取的名儿。但现在乔婳觉得应该给他们改个名，叫大傻和二傻才合适。

"你们是不是傻——"

乔婳把后面骂人的话吞回去，往傅初晨那边瞄了眼，也不知道他听没听见。她做了个说悄悄话的手势，小声道："初晨哥哥还在这儿呢，你们这么说，让他的面子往哪儿搁？"

谢天和谢地闭了嘴，乔婳还在继续："就算是事实，那也不能直接讲出来呀。"

"菜鸟，菜鸟。"鹦鹉还在叫，越听越嘲讽。

傅初晨实在没法继续装聋，起身，手机塞进口袋，头也不回地走了。

乔婳想挽留，却没那个胆子，只能娇声埋怨："初晨哥哥不高兴了，都怪你们。"

谢家兄弟："……"明明也有你的"锅"。

此刻，三楼的露台，乔延曦和安德烈面面相觑，最终，安德烈叹了口气："算了，我也不勉强你了。"

"对不起，老师。"

"你不必道歉，没什么对不对得起的，我只是觉得很遗憾。乔乔，明明你是这么的有天赋，要是能跟我去国外……"

安德烈捋了捋自己的大胡子，不再继续说下去。他们重新回到屋内，准备去二楼。

傅初晨不知道什么时候上来了，靠着走廊的墙壁，屈着一条长腿，像是在等他们。

"谈完了？"

三楼是安德烈这段时间日常居住的地方，一般是不让外人随便上来的。傅初晨在楼下没看到人，就猜他们应该是来三楼了。

"你又随便跑上来，臭小子。"安德烈骂了一句。

"知道错了。"

认错倒是很快，但是看傅初晨的表情，明摆着就是：下次还敢。

傅初晨会在这儿等着，显然是有事找安德烈，乔延曦正准备回避一下，对方已经漫不经心地开了口："我有点儿饿。"

睡醒他就直接过来了，到现在午饭都没吃，胃早就在抗议了。

"老师，您这有没有东西吃？"

"不是订了下午茶吗？"乔延曦觉得奇怪。

"那种甜到发腻的东西有什么好吃的？也就那三个小屁孩喜欢。"

傅初晨接过安德烈从橱柜里翻出来的三明治，拆开咬了一口，即便饿成这样，他吃东西时的样子也是优雅又慢条斯理的，让人看着赏心悦目。

不过乔延曦无心欣赏，只想翻白眼——什么小屁孩？你也没比人家大几岁。

蹭完吃的还不够，傅初晨把最后一口三明治咽下去，又问："老师，有喝的吗？"

安德烈平时喜好喝茶，珍藏了很多高级茶叶。他指了指茶室的方向，示意傅初晨自己去倒，还不忘交代："顺便给乔乔也倒一杯。"

"您不喝？"

"刚喝过了，现在不想喝。"

很快，傅初晨端着两个古董茶杯回来。他把其中一杯递给乔延曦，里面装着清澈透明的液体，隐隐冒着热气。

"不是感冒了吗？"傅初晨的声音听上去很随意，"喝这个。"

钢琴课结束以后，乔家和谢家都有派车来接。谢天、谢地两兄弟上了前面那辆银灰色的宾利，临走前还不忘问乔延曦："延曦姐姐，你下次还会过来吗？"

乔延曦点了点头。

"太好了！"两个小家伙高高兴兴地走了。

乔婳也弯腰钻进了自家的车，坐好以后，扭头看向还站在外面的乔延曦，问："你怎么不上车？"

"等一下。"

乔延曦手扶着车门，没急着上车。

前院栽种了很多玫瑰和月季，用奶白的木制栅栏围了起来。傅初晨就靠在上面，长腿支着，手摸着耳垂，不知道在想些什么，看起来孤零零的。

乔延曦难得主动和傻白甜妹妹搭话："你那个初晨哥哥，他家跟我们顺路吗？"

"啊？"乔婳愣了愣，"顺倒是顺，就是……"他一般不会随便坐别人家的车。

话没说完，乔延曦已经走过去了。

脚步声由远及近，傅初晨抬头看见是乔延曦，明显有几分意外："有事？"

"我妹妹让我问你，"乔延曦面不改色地开口，"要不要坐我们的车一起走？"

傅初晨往别院门口看了一眼，傍晚的光线将劳斯莱斯的黑色车身映照得隐隐泛金，乔婳从车窗那儿探出个小脑袋，表情茫然又好奇，头顶着大大的问号。

他心下了然，收回视线重新看向乔延曦，嘴角微勾："行啊，走吧。"

曾经乔婳做梦都想和傅初晨坐同一辆车回家，现在梦是实现了，她却恨不得快点醒过来。本来她和乔延曦由于父母的缘故，关系就挺微妙的。而她跟傅初晨虽然认识了挺久，但一直没说过几句话，根本就不熟。

车内的气氛寂静得令人窒息，尬聊都不知道要怎么开口，救命。

傅初晨坐在副驾驶，靠着椅背闭目养神。

乔延曦则是手肘搭在车窗上，侧头看着窗外飞逝的景色，默不作声。

终于，车在朝阳路停下，旁边就是傅家住的公馆。

傅初晨回复完手机上的消息，伸手推开车门。似乎想起了什么，他转身，眸光垂落在车后座的乔延曦身上，停顿了片刻。

乔大小姐下颌微抬，善解人意地说："不用谢，顺路而已。"

哪想对方并不领情，不仅不领情，他甚至挑了挑眉，语气懒洋洋的，还带着一股戏谑感，几乎能气死人："我好像没说要谢你？"

"不是你妹妹让我搭的顺风车吗？"少年表情不变，继续说着气人的话，"你只是个传话的。"

乔婳："我没……"

"你有。"乔延曦直接把她后面的话堵回去，语气冷飕飕的，仿佛带着冰碴子，"爱谢不谢，赶紧下车。"

说是让他下车，但听着更像让他滚蛋。

看她死活不肯承认的倔强样子，傅初晨觉得有些好笑，眼尾难得弯了一下，只一瞬间，很快又恢复了原先的懒散淡漠。

合上车门前，他还是朝里面扔下一句："谢了，大小姐。"

乔延曦选择性失聪。

傅家和乔家的距离确实不算远，十分钟后，劳斯莱斯停入别墅小区地下一层的私人车库。

乔婳还在回想傅初晨刚才说的话，她也不傻，猜到了乔延曦应该是以她的名义把傅初晨叫来一起坐车的，但是没道理啊……

以前她也不是没主动去问过，得到的回应永远都是客气地拒绝。

地下车库的光线偏暗，乔婳因为在想事情，走路速度慢吞吞的。等她回过神，发现乔延曦就在她右前方，似乎也刻意放缓了脚步，是在……等她吗？

乔婳顿了下，小跑两步上前："姐姐。"

乔延曦没回头，长发随着走路的动作起起伏伏，背影看上去相当冷漠："干什么？"

乔婳心想果然是错觉，鼓了鼓腮帮子："那个，我就是想问问，你跟初晨哥哥之前不会也认识吧？"

"不认识。"

乔延曦回答得很快，语气冷硬，有点儿像是急着和某人撇清关系。

"那就奇怪了……"乔婳小声嘟哝了一句。

车库的电梯直接入户，这个点谢雨静和乔珩还没回来，家里只有管家和周姨。管家是个中年男人，看见乔婳，连忙迎上去："小姐回来了啊。"

乔婳应了声："李叔。"

李叔接过乔婳手中的羊皮小包包，观察着她的表情，问道："是不是累了？先生和夫人没那么快回来，您先去楼上休息一会儿吧。"

从始至终，他都没分给乔延曦半个眼神，仿佛她就是个透明人，根本不存在。

等李叔和乔婳去了二楼，乔延曦独自一人站在静悄悄的客厅，桃花眼里的情绪很淡。

自己的到来，有人欢迎，自然也有人不欢迎。

她一直很清楚。

下午六点，天色渐暗。乔珩和谢雨静迎着夕阳回到家中，周姨已经准备好了晚餐，等人齐后，端盘上菜。

"乔乔，过来爸爸这边坐。"

乔珩坐在主座，把衬衫衣袖往上折了折，腕上佩戴着昂贵的手表。他笑容温和，眉眼和乔延曦极为相似，朝她招了招手。

这话一出，谢雨静脸色微变。

乔延曦依言走过去。落座后，乔珩或许是为了体现对女儿的关怀，特意亲自给她夹了菜："多吃点。"

乔延曦看着碗里的菜，简直想为他鼓掌。如果是别的菜，哪怕是她不喜欢吃的，乔延曦也会顾及乔珩的面子吃下，然而——

"爸爸，我对海鲜过敏。"

餐桌上有一瞬间的寂静，乔珩面露尴尬："抱歉……爸爸不知道。"

在这之后，乔珩没再试图给乔延曦夹菜，明明是一家人，彼此间却客套、疏离得甚至比来访的客人还不如。

一顿饭在僵硬的气氛中结束，两个大人都有些食不知味。

客厅里的电视开着，正在播放晚间新闻。乔婳对这类严肃节目毫无兴趣，拿起遥控器换了个自己喜欢看的台。

屏幕跳转后出现了一名穿着精致宫装的女人，女人额间点缀着花钿，美丽又端庄。这名演员演技很好，就仿佛真的是那个时代的人一样。

"哗啦"一声，谢雨静不小心打碎了杯子。

乔珩闻声，本想问问出什么事了，但看见电视画面后，也罕见地恍了恍神。

乔婳简直莫名其妙，电视上在播的是水果台的暑假剧场，一部经典的古装剧，有什么问题吗？没有吧……

事实证明是有的，乔延曦让她再换个台。

乔婳一脸疑惑，为啥啊？

乔延曦看着电视，神色复杂，旁边的傻白甜妹妹还在等她答疑解惑。

"你有没有觉得，"乔延曦顿了下，声音带着叹息，"我和她长得还挺像？"

虽然这话听起来有自恋的嫌疑，但乔婳不得不承认，乔延曦和电视里的女人确实有几分相似。

说话的时候，镜头画面一转。灰白的滤镜，剧情似乎变成了回忆部分，原先的女人不见了，取而代之的是一个扎着双包包头、粉雕玉琢的小女孩。

乔婳认真看了会儿，笃定地说："我觉得这个更像你，你小时候肯定跟她一模一样。"

乔延曦点头："这个就是我。"

听到这话，乔婳人都傻了，直到乔延曦说出下一句更加离谱的话——

"刚才那个，是我妈。"

乔婳千言万语汇聚在心口，只有一句脏话能代表她此时此刻的心情。

震惊的同时，乔婳的小脑瓜飞速运转，突然间想通许多东西。

怪不得平时在家，乔珩和谢雨静都不怎么爱看电视，也从来不关注娱乐圈相关的八卦新闻，甚至不允许她追星！

记得有一次去乔家祖宅聚会，乔婳曾偶然听见一些大人提及乔延曦的母亲，说的都是一些不太好听的话，当时她没怎么放在心上。

现在算是明白了，那些"戏子""低俗""丢人现眼"之类的贬低词语，竟然是用来形容那个粉丝千万、演技绝佳的影视明星的吗？

他们家的家庭氛围原本就很僵硬，现在更是雪上加霜。谢雨静由周姨扶着去处理手上的伤口，乔珩则是点了一支烟，在院里吞云吐雾。

客厅陷入沉默，头顶巨大、华丽的水晶吊灯亮着，乔延曦和乔姵站在底下面面相觑。

乔姵："你怎么不早说？"

乔延曦："不是都让你换台了？"

乔姵觉得自己很冤，可是事情已经发生，现在后悔也来不及了。她顿了下，坦白道："实不相瞒，我其实是你妈的影迷。"

乔延曦深深地看她一眼："那我建议你最好藏好'粉籍'，免得你妈知道被你气死。"

……

对话到此为止，实在进行不下去了。

回到房间，乔延曦洗完澡，先是给自己冲了杯上午买回来的感冒灵。

感冒药这种东西，乔家肯定会有常备的，只是她不想让其他人知道自己生病这件事，反正也不是很严重。

除了药，乔延曦上午出门还买了点别的东西。她把一个球形小夜灯从袋子里拿出来，放在床头，伸手拍了拍，灯球瞬间亮了。

暖黄的色调，散发出淡淡的光晕，并不影响睡眠。这一夜，乔延曦睡得很安稳。

次日醒来，大脑没了那种昏昏沉沉的感觉，她伸了个懒腰，难得心情不错。

她对 S 市不熟，这么热的天，在外面瞎转悠也没意思。但她更不想待在家里，目前看来，唯一能去的只有安德烈那儿了。

没想到会再次碰到傅初晨。

今天没排课，安德烈本来在家逗鸟赏花，透过窗户，突然瞧见院门口站着两道人影，下楼看清是谁后，他也很纳闷："你俩这是约好了的？"

"没有，"傅初晨否认完，又瞥了她一眼，随口胡扯，"可能是心有灵犀？"

乔延曦心想：我看你阴魂不散。

安德烈打开白漆铁栏门让他们进来，眼神往傅初晨身上瞟，大概是想起了这人昨天蹭吃蹭喝的无耻行为，质问道："你又干吗来的？"

"东西落在这儿了。"傅初晨说。

进了屋，傅初晨双手插兜，左右环顾，漫不经心的样子，仿佛丢的不是什么要紧东西。

可如果不重要，他又何必专门跑一趟？

安德烈说："是什么破东西不见了？说出来，让乔乔帮你一起找。"

傅初晨顿了一下："耳钉。"

乔延曦记得他昨天确实戴着一枚黑色耳钉，只是明明坐车回家的时候还好好戴在他耳朵上，就算真弄丢了，又怎么可能会落在安德烈这里？

看出了她的怀疑，傅初晨微微弯腰，垂头凑近她耳边："其实是打火机。"

午后的阳光穿过屋外树木照射进室内，笼罩在两人身上。过近的距离让乔延曦感到十分不自在，垂在身侧的手指微微动了动。

也许是阳光太灼人，又也许是他说话间的气息滚烫，她耳朵有点儿热。

少女纤长细密的睫毛颤了两下，调整好呼吸，努力克制住自己反手一巴掌往他脑瓜上招呼、把人推开的冲动，身体维持着原状没动。

"哦。"她冷漠地应道，倒是很给面子地没直接拆穿他。

傅初晨注意到她的异常："你耳朵，红了。"

"……太阳晒的。"

少年点点头，后退着直起身，重新和她拉开到合适的距离："跟我没关系就好。"

半小时后，傅初晨也不知道从哪个犄角旮旯找到他的打火机，黑色金属外壳，拿在手里很有分量，是一个著名的奢侈品牌。

他半垂着眼，用修长手指把玩着它，肤色被衬得冷白，有种莫名的诱惑力。

"你抽烟？"

打火机盖儿被他打开，火焰蹿出来，他却不是用来点烟，而是拿在手里玩的。

乔延曦只见过人家这么转笔，没见过还能这么转打火机。她看着那一小簇橙红色的火苗在他指尖来回跳跃，而他半点儿也没被烫到的样子，觉得这人的耍帅本领还是相当厉害的。

"不抽。"

他刚回答完，门口传来一阵动静。

在安德烈推门进来之前，傅初晨反应迅速地把打火机藏进口袋。他转头看向乔延曦，竖起一根食指抵在唇间，暗示意味相当明显。

乔延曦心想：你不抽你心虚什么？

房门打开，首先冲进来的是一团黑灰色的影子，"咻"地蹿到沙发前。乔延曦低头一看，发现是只狸花猫。

傅初晨似乎和这猫很熟，俯身去逗它。衣服布料贴着他的背脊，勾勒出好看的线条，从侧面看去，他的脸部轮廓深刻而俊美，透着几分金贵。

帅哥撸猫，本来应该是个很赏心悦目的画面。

直到傅初晨开了口，声音懒散又随意："大壮，几天没见你怎么又变胖了？"

这猫要是能听懂人话，估计会气得直接跳起来给他来一记"喵喵拳"。

安德烈后脚走进屋，手里还端着一个紫砂茶杯，听见这名字，大概是不小心呛到了茶水，不停地咳嗽："咳咳——"

乔延曦木着脸，问："你叫谁大壮？"

傅初晨侧头，把猫抱到怀中，似乎她问了一句废话："不然是叫你？"

"它叫威廉，William，会读吗？"

傅初晨嗤笑一声，低头摸着那只狸花猫的脑袋，听它发出舒服的咕噜声："给中华田园猫取个外国名字，取名的也是个人才。"

傅初晨以前听安德烈说过这猫的来历，好像是别人在路边偶然捡到的，但那人家里管得严，不让养，最后就送给安德烈了，名字也是那人给取的。

乔延曦面无表情道："你有意见？"

她这个反应让傅初晨撸猫的动作一顿，意识到了什么，尾音拖长："哦，是你啊——那个人才。"

傅少爷完全没有背后说人坏话还被当场逮住的尴尬，也不知道是真的在夸赞还是在嘲讽："名字取得还挺洋气。"

乔延曦轻轻扯了扯嘴角："没你取得好。"

大壮？亏他叫得出口。就因为是土猫就取个这么土里土气的名字，也是个取名鬼才。

毕竟多年未见，这只中文名叫大壮、英文名叫威廉的狸花猫跟乔延曦并不亲热，一直黏在傅初晨的裤脚边蹭来蹭去，也不知道他这段时间给它投喂了多少粮食。

当初捡回来的崽崽不仅不认她了，还给自己找了个"后爹"，乔延曦维持冷漠脸，决定就当自己从来没有过这个"儿子"。

安德烈在她身旁坐下："我昨天就想问了，乔乔，既然你来 S 市了，那你妈妈呢？"

乔延曦顿了下，说："她在国外拍戏。"

乔延曦的父母在她很小的时候就离婚了，这些年她一直都是跟着妈妈秦之韵生活，也随秦之韵客串过不少电影或电视剧。

最经典的比如说《宿命之战》男主角的妹妹，以及《琉璃传》里女主角的幼年形象，算得上是童星出道。

不过已经过去很多年了，长大后她没再拍戏，也没上任何综艺，渐渐地在大众视野里销声匿迹。

安德烈和秦之韵是旧识，那几年他定居在华国，可以说是乔延曦的钢琴启蒙老师。

他们聊了会儿以前发生的趣事，比如说乔延曦捡到威廉时，它还是只小奶猫，最爱往乔延曦头上爬，差点儿没把她的头发薅秃。

说到这里，安德烈捋了捋自己的大胡子，心有余悸："要不然你把它带回乔家？反正这是你的猫，我这些年也只是在帮你养。"

乔延曦摇头："算了，我还不一定会在乔家住多久。"

傅初晨靠在旁边的单人沙发上，听着他们聊当年，边玩手机边撸猫，一直没吭声。直到听到这话，他才终于有了点反应，抬头问了一句："你之后会走？"

乔延曦看他一眼，回答："也许。"

"什么时候？"

"不知道。"

短暂地对视后，傅初晨又重新低下头。

他的额发略长，稍稍遮过眉眼。他情绪没什么明显的变化，像只是随口一问，又恢复成原来那个姿势，却没有继续撸猫了。

一直说陈年旧事也没意思，乔延曦当时还小，有些东西记不怎么清。安德烈也有事要忙，上了楼，留他俩在底下各玩各的。

气氛寂静。

威廉赖在傅初晨脚边又蹭了两下，见他不搭理自己，"喵"地叫了一声，然后很有脾气地一甩尾巴，迈着猫步"噔噔噔"地跑走了。

不知道是嫌外面太热，还是纯粹无聊，傅初晨靠在沙发里，一直没有要离开的意思。

乔延曦本身不是那种外向又健谈的人，和男孩子也没什么共同话题，干脆起身，走向隔壁的琴房。她掀开琴盖，在琴凳上坐下。

可能是刚和安德烈聊完，童年的许多记忆浮上心头，乔延曦闭着眼，试图抛开心中那些不快和躁意，手指落在那些黑白琴键上。

少女开始弹奏，琴音从指尖流淌而出，速度愈渐变快。

耳边仿佛回荡着秦之韵的说话声，她语调总是冷冷淡淡的，却充满威严："乔乔，听话，今天把这首曲子学完。"

一首结束。

——"乔乔，听话，把这只捡来的流浪猫扔掉。"

又一首。

——"乔延曦，既然你现在不愿意听我的话，那就去找你爸好了，我就当没你这个女儿。"

随着最后一个尾音结束，乔延曦睁眼，微微喘着气。明明处在空调房里，她的额角却溢出不少细密的汗珠，浸湿了几缕发丝，黏在皮肤上，手也抖得厉害。

在她停下来休息的间隙，旁边的琴房也传来了练习的琴声。傅初晨把她刚刚弹过的那三首曲子，全都以相同的速度完美复刻了出来。

这算什么？挑衅吗？

幼稚！乔延曦决定无视他。

那边却又响起一声琴音，像是在宣战。

乔延曦忍不了了。

三秒后，他们正式较量了起来。

暴雨般的琴声铺天盖地地袭来，她提速，他也提速，两个人的节奏几乎保持一致，不论是速度还是技巧方面都不相上下。

一首《野蜂飞舞》被他们用变态般的手速弹完，紧接着又换了首别的快曲。

最后甚至惊动了楼上的安德烈，挨个把他俩从琴房里拎出来骂。

"你小子是存心想气死我吗？我平时是怎么教你的？钢琴是你这样弹的吗？啊？没有情感没有内容，就知道追求速度，光弹得快有个屁用！"

安德烈语气很冲，看得出他是真的动怒了，乔延曦用余光偷偷瞄了眼傅初晨。

少年站在她旁边，脑袋低着，听安德烈指着鼻子骂自己，倒也没有表现出什么不爽的情绪。神情淡然，甚至还乖乖认错。

乔延曦突然发现他脾气好像还挺好的，和她想象中不太一样，至少不是那种目空一切、对谁都趾高气扬的富家公子哥儿。

有好几个瞬间，她都以为傅初晨要顶撞回去了，可是他没有。

等安德烈骂够了，傅初晨才慢吞吞地解释了一句："我们只是比着玩玩，您消消气吧。"

安德烈冷哼一声，没好气地白他一眼，转头看向和他并排站一块等待挨训的乔延曦。

乔延曦认错认得十分迅速："老师，我知道错了，以后不会了。"

"没事，乔乔。"安德烈担忧地看着她的手，"你下次千万注意点，练琴不能这样练，时间长了容易手疼，还会落下毛病的。"

傅初晨："？"

这"双标"得是不是有些过分了？

时间过得很快，屋外云霞满天，倦鸟在天边连成直线，火红夕阳笼罩着这栋白色洋房，朦胧地添上一层光晕，仿佛置身爱丽丝的梦境，乔延曦恍了恍神。

后背被人轻轻戳了一下，她回头，对上傅初晨的视线。他问："今天没有司机来接你？"

"没。"

"哦，我有。"傅初晨说。

"所以？"乔延曦看着他，心想总不至于是来和她炫耀的吧。

"要不要一起走？"

"也行。"

这个"也"字透露着几分勉强，傅少爷面无表情地说："不想就算了。"

乔延曦实话实说："确实不太想。"

傅初晨："……"

乔延曦又说："不过给你个还昨天人情的机会，完了咱俩两清。"

傅初晨"啧"了一声："行。"

十分钟后，傅家的车来了。

和乔延曦想象中的不太一样，来接他们的车比较普通，虽然放在大街上也会被人感叹一句"有钱"，但以傅初晨的家世背景来说……

这是不是低调得有些过分了？

驾驶座上的是个年轻男人，模样挺英俊的，傅初晨喊他"温哥"。他不仅是傅家的司机，还沾了点亲，带了点故。

温哥也是第一次见傅初晨带女孩来坐自家的车，难免多看了几眼。他通过车内后视镜打量着乔延曦，觉得面生的同时，竟然奇异地又有几分眼熟。他好奇地问道："这位是？"

乔延曦和傅初晨都坐在后排，车内位置宽敞，两人中间隔着一定距离。

她刚想开口，旁边传来傅初晨的声音："乔家大小姐。"

温哥一惊，差点没把手里的方向盘给掰下来："什么时候去做的整容手术？"

乔延曦面无表情地看向傅初晨，没说话，眼神仿佛在表达"你家司机是不是有什么精神疾病"。

傅初晨扶了扶额，一言难尽地对温哥说："你还是闭嘴吧。"

温哥讪笑道："当我没问，当我没问。"

其实这也不能全怪温哥，当年乔珩和秦之韵的婚事本身就没多少人知道，更别提还有乔延曦这么个女儿了。提到乔家的小姐，一般人自然只能想到乔姮。

车开进乔家住的别墅小区，道路两侧树影斑驳。乔延曦手支着车窗框，不知道是在发呆还是看风景，整个人清清冷冷的。

忽然间，傅初晨侧身靠近过来了一点，打破了两人从上车开始就一直维持的安全距离。

乔延曦皱眉："你干吗？"

乔延曦下意识地想往后躲，脑袋"哐"的一下撞在车窗玻璃上，巨响，听着就痛。

傅初晨无语地看着她，唇角扯了扯，有点想笑，又忍着。

乔延曦忍着疼，努力绷着脸："有事就说。"

傅初晨说："其实也没什么，我就是想问问你，知不知道现在坐的这车多少钱？"

这是什么鬼问题。

看她的表情，傅初晨猜她应该是知道，顿了下继续说："不是想让我还完昨天的人情嘛。"

"嗯？"

"按照车的价位，你至少得再坐四五次才能跟我两清。"

……

等乔延曦走后，温哥开着这辆价位比劳斯莱斯最少低四五倍的便宜车朝傅家公馆驶去，经过一个红绿灯时，他停下来，转头。

"大少爷，我能问个问题吗？"温哥实在忍不住了。

"你问。"

其实傅初晨能猜到温哥要问什么。

果不其然，温哥语气激动道："昨天你突然跟我说不用来接你了，就是搭的这位……呃，乔大小姐的顺风车？"

他点头："嗯。"

你这就承认了？这是温哥没有想到的，一时间竟然忘了要继续说什么。

"你不是发消息说没那么快来吗？"后座现在只剩下傅大少爷一人，他换了个舒服的姿势，"人家好心邀请，我总不好拒绝。"

后面传来一阵"嘀嘀嘀"的喇叭声，已经是绿灯了，温哥忙回头，一脚踩下油门。

街上车流飞驰，鳞次栉比的高楼大厦在视野里倒退，这些景物虽然繁华壮丽，却也同样单调重复。

傅初晨望着窗外，总有些提不起劲。

两次了，她都是这样看着外面，也不知道到底有什么好看的，能目不转睛地看一路。

最后瞥了眼，他就彻底失去兴趣，垂下头。

他面无表情地看着自己的手，指尖隐隐发麻，让他又回想起下午的时候。

安德烈说钢琴不是这样弹的，他知道，乔延曦当然也知道。按她那个弹法，与其说是练琴，倒更不如说是在发泄。

为什么……

不知不觉到了目的地。傅家公馆临湖，傍晚的风拂过水面，带起一道道涟漪，吹到人身上，减缓了夏日的燥热。

屋里，傅夫人躺在铺着柔软兔毛毯的贵妃榻上，一边嗑瓜子一边追剧。

路过客厅时，傅初晨顺带瞥了眼墙上的液晶电视，在播的是一部很老也很经典的宫斗剧，每年都会在各大卫视重播，称霸暑期档。

他脚步顿了下。

"走开，走开，别挡着我看电视，刚到精彩部分呢，静妃马上要和女主角撕起来了。"傅夫人停下嗑瓜子的动作，挥手驱赶自家儿子。

客厅右边就是一个现代风格的小吧台，傅初晨坐在高脚椅上，长腿支地，给自己倒了一杯水，手肘撑在台面上，托腮看向电视屏幕。

他边喝边说："她又撕不过女主角，再有三集就该下线了。"

"用你讲？"傅夫人嫌弃道，"当我不知道后面的剧情吗？"

随着剧情的发展，静妃的计谋果然暴露了，傅夫人通常追剧的时候代入感都会非常强，这会儿已经开始生气了。

"不管看几遍都会被这个蠢女人给气死，琉璃对她那么好，她怎么能恩将仇报呢？"

"呜呜呜，我们小琉璃真是可爱。"

"好想拐来当儿媳妇哦。"

"咳，咳咳——"傅初晨喝水呛了一下。

听见动静，傅夫人斜眼看他，柳叶眉微扬："你怎么还在这儿？"她还以为他早上楼了。

"这就走了。"傅初晨放好杯子，临走前不忘提醒一句，"看剧就看剧，少想些不切实际的东西。"

第二章　来自同桌的投喂

临近九月。

这段日子乔延曦没再去找安德烈，毕竟总是上门打扰人家也不合适。她把 S 市几个著名的商业广场逛了逛，大致熟悉了一下这座城市的环境，顺便把雨伞也还了回去。

乔珩安排人帮她办理了转学手续。新学校是 S 市的一所高级私立中学，环境好、师资力量雄厚，教学资源可以说是全国顶尖的。相应地，学费也相当昂贵。

乔姵跟她是一个学校，不过比她低一个年级，刚从初中部升上高一。

开学当天，司机送她们一块儿去报到。

车上，乔姵跟个小导游似的，为她介绍起了这所学校，从宿舍环境讲到食堂饭菜好不好吃，小嘴叭叭个不停。乔延曦都佩服她。

她说的这些，乔延曦其实并不怎么关心，可是看她这热情的样子，也不好直接让她闭嘴。

被迫听"小麻雀"叽叽喳喳了一路，乔延曦脑子都快炸了。

乔延曦忽然想起第一次在安德烈那儿见面时，傅初晨问她，如果把她妹妹的嘴堵上，会不会找他算账——当然不会，她感谢他都来不及！

路上车流堵得跟蚂蚁爬似的，两百米的路可能二十分钟也开过不去。

为了自己的耳朵着想，乔延曦决定剩下的路步行过去。

乔姵本来是想跟乔延曦一起的，车门刚推开一条缝，就感受到外面闷热的空气，她一下子又缩了回去。算了，她还是待在车里多吹一会儿空调吧。

"对了——"

看乔延曦快走远了，乔婳突然想起一个重要的点忘记说，连忙冲她的背影喊："你在高二 A 班，跟初晨哥哥一个班！"

提到这个，她眼中是藏不住的羡慕。

乔延曦却浑身一僵，差点来了个平地摔。

教室办公室。

冷气嗖嗖往外冒，空荡荡的环境，只有傅初晨一人趴在办公桌前玩着手机。他的右手边是一沓刚收上来的暑假作业。

"我就知道你在这里。"门被打开，外面进来一个穿白色涂鸦 T 恤的男生，"才刚开学，老何就把你抓来当苦力了吗？真惨啊。"

贺修没得到回应，也不在意，随手拉了把椅子过来，在傅初晨旁边坐下。

"我来是有一个不幸的消息要告诉你。"

"什么？"

"你的座位又'牺牲'了。"贺修说着，啧啧两声，"那些女生也真是疯，居然抢着去'打卡'，那阵仗搞得跟追星似的。"

这话虽然有夸张的成分，但傅初晨在南礼确实可以称得上是"校内顶流"，迷妹迷弟皆是 抓 大把。

"也就是趁着你不在她们才敢这么放肆，你要是坐在那儿，一个个连上来说话的勇气都没有。"贺修已经看得透透的了。

傅初晨比较关心自己的桌椅："又坏了？"

"坏倒是没坏，不过抽屉快被塞爆了是真的。"贺修告诉他。

"哦。"

听见没坏，傅初晨也不关注其他的，背往后一躺，继续玩手机。老师的办公椅又软又大，靠着显然比他们自己座位的椅子舒服多了。

他找了个舒适的姿势，整个人懒洋洋地窝在椅背里。

贺修说起另一个听来的八卦："你知道吗，你们班这学期有个新来的转校生。"

"我知道。"

"知道还这么淡定？我记得好像就你和谢洋旁边是空着的吧，万一老何把新同学安排跟你同桌……"

傅初晨头也不抬："我会让他换一个。"

新同学这会儿还在校园里找路。

南礼中学占地面积很大，一进门首先看见的是个天使喷泉，学院的建筑是英式风格，圆顶角楼，艺术氛围浓重，整体的感觉庄重而严肃。

乔延曦找了半天也没找到高二教学楼在哪儿，问了人才知道，她走过头了。

正准备原路返回，那位同学却直接跟了上来："我也是高二的，刚好顺路，我带你过去吧。"

那位同学问："你是这学期刚转来的？在高二哪个班？"

"A班。"乔延曦回答。

"嘶——"那人倒吸一口气，对她竖起大拇指，"真牛。"

乔延曦一脑袋问号。

到了教学楼楼下，刚好碰上了A班班主任何业，他是一个三十岁出头的男人，戴着眼镜，模样很斯文。

何业之前虽然没见过乔延曦，但看过她的资料。照片里，少女黑发梳成利落的马尾，巴掌大的脸，五官很精致，清纯却不显寡淡，和真人差别不大。

所以他开口叫住了乔延曦，笑着自我介绍了一下："我是你的班主任，叫何业，你喊我何老师就行。"

荷叶？她心里奇怪着，嘴上还是乖乖喊了声："老师好。"

和那位同学道了谢，乔延曦跟何业一起去了办公室，虽然入学手续已经办好了，但还需要学生本人签字确认一下。

办公室空无一人，乔延曦走近了，在何业的办公桌上看到一张字条留言：

作业已收完，缺一人。陈星宇说他的卷子被他家哈士奇撕了，有视频为证，您不相信可以找他要，反正我信了。

何业："……"

乔延曦："……"

字迹龙飞凤舞的，倒是不丑，还挺潇洒。

刚开学，教室里闹哄哄的。同学们围在一起热火朝天地聊着暑假的趣事，最后的话题不知怎么拐到了新同学身上。

"我猜新同学是女的，赌一包辣条！"

"我猜是男的！赌一杯奶茶。"

"千万别是男的，一定要来个妹子，我们班现在就缺个大美女了。"

"嘁，就算来的是妹子也不一定是美女。"有人嘲笑道，"我们学校的漂亮妹妹已经很多了，陈星宇你就知足吧。"

"我说的是咱们班！咱们班一共就五个女同学，还……"

"还你个大头鬼！"

陈星宇挨了他同桌一记铁拳，扭过头，认错认得非常熟练："萌萌我错了，我没有说你不好看的意思，你是小美女。"

"有毛病吧你。"宁萌翻了个白眼，不跟他计较。

一片嘈杂中，唯独教室后排的某个角落安静得像是与世隔绝。傅初晨靠着椅背，椅子腿倾斜了一点，来回晃啊晃的。

他神情冷淡又漠然，眼皮子半奄拉着，长睫在眼下投出扇影。

可能是看出了这位少爷心情不怎么样，坐他附近的几个同学很自觉地闭了嘴。结果一个传染一个，导致整个班最后都鸦雀无声。

何业一进教室就看见各位同学安静的模样，觉得奇怪，但也没多想，招手让乔延曦进来。

"想必大家都听说了，我们班这学期会来一位新同学。"

讲台上的少女没穿校服，长发，桃花眼，皮肤很白，脸上没什么表情，一眼望过去，容易让人联想到富士山顶的皑皑白雪。

是个妹子，也是个大美女。刚沉寂下来没几分钟的 A 班，又沸腾了。

宁萌推了推同桌的胳膊："厉害啊，你今天要是去抽卡牌必中 SSR(极度稀有)。"

陈星宇惊得一句脏话脱口而出。他嗓门大，如此嘹亮的一声吸引了全体同学的注意，连乔延曦都看了过来。

只是，她的目光却没有落在说话的陈星宇身上，而是他后座的傅初晨。

傅初晨也在看她。

何业新账旧账一起算，点名批评陈星宇，同学们都挺喜闻乐见。

没有人发现，他们的校草大人隔着大半个教室和新同学对望着，并且持续了很长一段时间。

直到何业训完话，让乔延曦做自我介绍，她才错开眼，低头拣起一根粉笔，一边在黑板上写下自己的名字，一边说："大家好，我是乔延曦。"

声音好听，字也写得好看。

台下同学啪啪鼓掌，何业也夸了她几句，然后说："从今天起，延曦同学也是咱们 A 班的一员了，大家平时要多多照顾和帮助新同学。"

"好——"同学们拖着调子应道。

何业又点名喊道："傅初晨。"

傅初晨起身。

"你是班长，等会儿记得带新同学熟悉一下校园环境，还有陪她去领课本和校服。"

"行，我知道了。"

接下来就该安排座位了，何业还挺讲究民主的，让她自己选一个位置。

A 班只剩两个空位，其中一个，边上坐着的是一个叫谢洋的男生，他肤色偏黑，眉宇间戾气很重，一看就是个不好惹的刺头儿。

另一个就是傅初晨的旁边。

乔延曦心里很快就有了决定，几乎没怎么犹豫地就朝傅初晨那个方向走。

"你旁边没人吧？"

"没人。"傅初晨挪动椅子，给她留出一个大空间，"坐吧。"神色平静又自然。

贺修这会儿在自己班上和那群狐朋狗友吹牛，对这边发生的事一无所知，不然肯定会指着傅初晨骂：你这个骗子，说好的让人家换一个呢？

乔延曦刚要入座，就看见地上可怜兮兮地躺着一封粉色的信，上面还压出了好几个灰色的印子，脏不拉叽的。她顿了下，还是捏着干净的一角捡了起来。

"To 傅初晨——"看见上面的名字，乔延曦丝毫不意外，往旁边的桌子上一丢，"你的。"

傅初晨"啧"了声，随手将信塞回抽屉里。

何业还在重复那些每年都要讲一遍的新学期注意事项，半个班的人都昏昏欲睡，傅初晨也不例外。他刚想换个舒服点儿的姿势趴下，腿还没伸展开，就碰到了什么东西。

傅少爷愣了两秒，反应过来自己大概是撞到了新同桌的小腿。

平时他都是一个人霸占两个座位，旁边突然多出个人，还不太习惯。

乔延曦也感觉到了，转头看向他："你干吗？"

"不小心的。"

"哦。"她又转回去了。

乔延曦的侧脸轮廓精致，透着几分冷淡，傅初晨用手支着脸看了两秒，想起刚才选座位时她毫不犹豫地走向自己的举动……

"乔延曦。"

这次乔延曦没扭头看他，坐姿端正，目视前方，听何业讲到"同桌之间要互帮互助、团结友爱"时，轻轻眯了眯眼。

正好她那位同桌又继续说话了："你这么想和我一起坐？"

"我这叫'精准扶贫'。"

后面的话她没继续说，但是傅初晨可以从她的眼神里读出"居然连个同桌都没有""真惨真可怜""本小姐愿意选你当同桌竟然还不感恩戴德"的意思。

何业把该交代的东西交代完毕后就走了，接下来是自由活动时间，要整理班级和宿舍的卫生，明天才正式开始上课。

老师一走，有不少男生都围过来。

傅初晨侧身坐着，听他们闹闹哄哄地说明自己的来意，没同意，也没立刻拒绝。

"班长，带新同学逛学校这么累的活儿当然是由我来干，就不劳烦您了。"陈星宇跨坐在椅子上，眼巴巴地看着傅初晨。

傅初晨抬眼："你很有空？"

陈星宇小鸡啄米似的点头。

"有空就帮我把这些东西送回去，物归原主。"傅初晨指了指抽屉那堆花里胡哨的玩意儿，上面基本都写有姓名和班级，还回去不难。

陈星宇变脸比翻书还快："哎哟，真不巧，我突然想起来我还有事。班长你也知道的，我那卷子被我家狗啃烂了，老何让我重新写一份，实在没空帮您了。

说起陈星宇家的狗，乔延曦想起在办公室看到的那张字条："听说你还拍了视频？"

"是啊！"陈星宇迅速掏出手机，点开视频供她观赏。

那只哈士奇满屋子乱跑，地上到处都是碎纸片，但这不是重点，重点是这位主人一边拍一边笑得好大声，并且给予了它极大的认可："铁蛋儿干得漂亮！"

乔延曦恍惚了几秒，抬起头："你家的狗叫'铁蛋'？"

"啊，对。"陈星宇不好意思地挠挠头，"我妈说了，贱名好养活。"

乔延曦不免想到了赐予自家猫"大壮"这个名字的某个人。

对上她的眼神，傅初晨一脸平静，波澜不惊地和她对视。

"走吧，我带你去领书和校服。"傅少爷最后还是决定亲力亲为。

"你告诉我领书和校服的位置在哪儿就行了，我可以自己去。"

"不行。"傅初晨已经站起身了，"距离有点儿远，你没准儿会迷路。"

已经在学校迷过一次路的乔延曦："……"

"要是把你弄丢了老何肯定要找我问罪。"

他都这么说了，乔延曦当然顺着台阶就下："好的。"

课本加上校服，重量着实不轻，就算不迷路，只有乔延曦一个人的话，也得跑好几趟才能全拿走，还好多了个苦力。

教室后面有专门给同学们放东西的储物柜，乔延曦把书放进去，按大小、颜色摆放好。

整理到一半，她感觉到身后有人靠近。

下一秒，她右脸突然一凉。

一瓶矿泉水贴在她脸颊上，大概刚从冰柜里拿出来，瓶身还凝着霜雾，接触到她的皮肤后，又化成细密的水珠，带来一阵清凉。

乔延曦不用回头也知道来者是谁，便停下的手里动作，接过了这瓶水。

"谢谢。"她将水拿在手里，没喝。

傅初晨斜斜倚坐在课桌边沿，一双长腿微微敞开，脚架在椅子底下的横杆上，随口问了句："需要我帮你拧瓶盖吗？"

乔延曦转身，"咔哒"一下拧开，以行动代替了回答。

"厉害。"傅初晨夸了一句。

"这有什么厉害的？"

傅初晨："我以为现在的女孩十个里有九个都患有间歇性手残，看来你是唯一正常的。"

乔延曦瞬间懂了。女孩子会在喜欢的男生面前变得柔弱且做作，这已经不是什么小秘密了。

"对了，"乔延曦忽然想起什么，看向他空空如也的抽屉，"你那堆东西呢？"

"我让人帮我还回去了。"

"你怎么不自己去?"

"拜托,这位大小姐,"傅初晨抬了抬下颌示意她,"我刚刚是在帮谁搬书?"

大小姐本人静默了两秒,注意到傅初晨额前的碎发都被汗水浸湿了,想着人还是要知恩图报,于是她问:"要不我中午请你吃顿饭?"

傅初晨扬眉:"可以。"

距离中午还早,乔延曦决定先回宿舍一趟。

穿过这条梧桐路,可以看见前面有一片人工湖,附近还有几座圆顶的欧式凉亭。再旁边是几栋白色的建筑,连在一起,有点像是童话里的城堡。

南礼的宿舍都是双人间,另一个室友刚好也在。室友的眼神扫过乔延曦,顿时流露出几分震惊和一点微妙的情绪。

"啧,你就是我这学期的新室友啊?"她说话的语气十分高傲,大概是被家里惯坏了,属于那种典型的爱用鼻孔看人的富二代,"叫什么名字,哪个班的?"

"A班。"

乔延曦明显不想搭理她,只报了个班级。

这名叫林念的室友一下子站起身:"你是A班的?"

她这个反应让乔延曦想到之前给自己带路的那个同学,怎么着,你们学校的高二A班莫非就是传说中的"终极一班"?

乔延曦不知道,其实A班本身并没有多特殊,按照原来的标准,有钱或者成绩好基本就能进,关键是傅初晨在这个班。

那可是傅初晨啊!傅家的唯一继承人!

S市那些名门世家也是分层次的,有的只是堪堪挤入这个圈子,随时有被踢出去的风险;有的始终位于金字塔顶端,根基无法撼动。

因为傅初晨的存在,除了一开始就进了A班的幸运儿,其他人再想转进来就没那么容易了。

林念家庭条件不错,本来也是可以进A班的,但她自己不愿意,说A班学习压力大。后来不用说,她简直肠子都悔青了。

不知道这个室友究竟是什么来头,林念越看越酸,喊了一声:"喂。"

无人回应。

"喂!你听不见我在叫你吗?"

乔延曦终于抬了抬眼："有事？"

林念从小被人捧惯了，还是第一次有人敢这样无视她、忽略她，她气得脸色发青，语调也越发不客气："问你呢，叫什么名字？"

"乔延曦。"

姓乔？林念心里琢磨了一下，S市姓乔的能在上流圈子排得上号的，也就只有那么一家。可是那家不是据说只有一个女儿吗？

中午，食堂门口。

乔延曦的方向感一直不太好，而这学校不仅占地面积大，路还绕来绕去，这回没遇到好心的同学给她带路，绕了半天才找到。

南礼的食堂一共有三层。一二楼都是那种普通的打饭打菜窗口，菜品丰富，中餐西餐随意挑选。

三楼则是走高端路线，是一家家独立的餐厅，甚至连西班牙餐厅和意大利餐厅都有，并且学校还请了专业的大厨来掌勺。

所以南礼中学在外面被人称为"贵族学院"不是没有原因的。不管是教学楼还是宿舍，就连食堂都无可挑剔，几乎方方面面都是最好的。

乔延曦请傅初晨吃饭是想感谢他今天的帮忙，既然是请客，那肯定不能吃得太寒酸。

上了三楼，乔延曦问他："你想吃什么？"

"都行。"

于是乔延曦选了家看着还算顺眼的西式餐厅。坐下以后，她翻了翻菜单，点好以后递给傅初晨："要吃什么自己看。"

"都——"

"再说都行你干脆别吃了。"

傅初晨只好接过来随便挑了几样，再一抬头就看见乔延曦单手托腮，正望着窗外出神。

又在发呆，她怎么这么喜欢盯着外面看？

莫名地，他想起了童话里的长发公主，那位公主被困在高塔里，就经常趴在窗台看外面的风景，一心想出去。

傅初晨又看了看乔延曦刚好到腰的头发，啧，也挺长的。

"咚咚！"

乔延曦被敲击声拽回神，转头，眼睑微微垂下，视线落在傅初晨搭在桌面的手上。

手指修长，骨节明晰。

她忽然想起来，自己好像还没亲眼见过他弹钢琴的样子。

傅初晨看着她，其实能非常明显地察觉出这位公主也有心事，但他们的关系又并没有好到能互相袒露心声的地步，所以他没问这个。

"餐来了，吃吧。"

这顿饭乔延曦吃得有些心不在焉，一盘价格不菲的法式香煎小羊扒只吃了几口就再也没动过。

她起身去结账。

校园卡刚领到手，乔延曦还没来得及往卡里充钱，不过三楼的餐厅是支持手机或现金支付的，也免去了她请客吃饭还要找对方帮忙付钱的尴尬。

她把付款码亮出来，机器"哔"地扫过去，却没跳出支付成功的消息。

乔延曦低头看了眼屏幕，发现默认的支付方式是银行卡，而那张卡早在一个月前，就被秦之韵给停了。

她淡定地更改支付方式，这次倒是很快成功。

三楼还有饭后休息区，木制小圆桌，柔软的沙发椅，一整面墙的书架，平时会有很多学生在这儿看书，写作业。

不过因为刚开学，现在冷冷清清的。

乔延曦刚拿起一本书，就听见傅初晨问下午要不要带她去熟悉一下校园环境。

她满脸拒绝："这么热的天，是你疯了还是我疯了？"

"老何疯了。"傅初晨懒洋洋地说，"早上他怎么说的你也听见了，我就是走个过场问你一下。"

乔延曦："看不出来你还挺听老师的话？"

"当然，"傅初晨往后一靠，模样有几分骄矜，"我是好学生，好学生都听老师的话。"

乔延曦懒得理他。

回到宿舍，林念正好要出门，和乔延曦在宿舍门口来了个脸对脸，她们双双后退一步。

今天是报到日，校门没闭，林念大概是准备去玩，还特意化了个妆。跟乔延曦擦肩而过的时候，她斜过来一眼，什么话也没说就走了。

乔延曦也当没看见她，爬上床，睡了个舒服的午觉。

迷迷糊糊间，听见手机铃声响了。她伸手拿过来，看了眼备注，点开接听，声音微微沙哑："喂……"

"乔乔，爸爸给你转的钱怎么没收？"

"忘了。"

"那我再给你转一次。"

"不用了。"乔延曦的起床气其实挺重的，特别是在这种觉没睡饱、还被人吵醒的情况下，语气就显得有些生硬。

乔珩在电话那头沉默了一会儿，似乎也有点不高兴："爸爸只是担心你钱不够用，这也是在关心你。"

"我知道。"

昏暗的室内，窗帘紧闭，只有几缕光束透过缝隙钻了进来，刚好落在她床头。

乔延曦翻了个身，望着那束光。她不讨厌乔珩，也不介意他拥有了新的家庭，只是父女间的感情原本就淡薄得可怜，她很难再和他亲近起来，更不会依赖他。

"我的钱够用的。"乔延曦说。

乔珩本来还想再劝劝她，但听她语气坚定，扔下一句"算了，随便你吧"就挂了电话。

听着手机里传来"嘟嘟嘟"的忙音，乔延曦缓慢地眨了眨眼，睡意已经彻底淡去。

她坐直身体，解锁屏幕。微信果然有一条转账超过24小时未确认收款，被自动退回的系统消息。

她顺势点进钱包看了眼余额——250.41元。

这个数字仿佛在嘲笑着她，乔延曦表情凝固了一会，突然有"亿"点点后悔。

翌日，周一。乔延曦换上校服来到教室。

还没到上课时间，但大约是因为刚开学，大家都挺兴奋的，来得也早，班里座位坐满了一半。

看见乔延曦进来，有人笑着和她打招呼："新同学，早啊！"

"早上好。"乔延曦也礼貌地给予回应。

经过一排排桌椅，来到教室最后面的角落，她看见傅初晨也换上了学校的制服，一条胳膊支着桌面，手背撑脸，脑袋微微斜着，垂眸。

他面前摆着一本书，似乎是在预习。但看他那懒懒散散的样子，乔延曦又觉得不像，多半只是摆着装装样子。

听见动静，傅初晨抬头。

乔延曦站在过道，女生的制服颜色和男生不同，是酒红色的，上面是衬衣，下半身则是裙子，长度刚好到膝盖。

本来外面还有一件同色系的西装外套，但这么热的天没人会穿。

这身制服在乔延曦身上就跟量身定做的一样，优雅又高贵，有一种优等生的感觉。

傅初晨扬了扬眉："还挺适合你。"

乔延曦落座，棕色牛皮书包被她"哐当"一声扔进抽屉里。傅初晨又看了她一眼，感受到她周身笼罩着浓浓的低气压。

"心情不好？"傅初晨问。

"嗯。"乔延曦没张嘴，只回了个淡淡的单音节。

"我惹的？"

"不是。"这回倒是肯开口了。

傅初晨把撑着脸的胳膊放平，人坐直了些，侧过身看她："你这样就有点儿不讲道理了。"

既然不是他惹的，乔延曦也知道自己这样对他放冷脸确实很没道理，只是情绪这种东西本来就不好控制。

她低头把今天要用的课本拿出来，手握着一支黑色水笔，在扉页"唰唰"写上名字，回应说："女孩子本来就不讲道理。"

傅初晨挑眉："那你知道女孩子一般不讲道理的对象是谁吗？"

乔延曦笔尖一顿。

傅初晨忽然往后靠了靠，脑袋抵着墙壁，嘴角微勾，似笑非笑地说："是她男朋友。"

乔延曦手又开始抖了。英语课本上被划出一条长长的、歪歪扭扭的黑色线条，她盯着这玩意静默了会儿，有点儿想拿起书就往傅初晨身上砸的冲动。

开学正好赶上周一，有升旗仪式。

乔延曦先是去了趟厕所才下楼，来得比较晚，操场上，各个班级都已经排列好整齐的队伍。放眼望去全是同样的着装，乔延曦眯着眼睛找了一会儿，才看见 A 班在哪儿。

也是这个时候，乔延曦注意到她那位同桌好像没下来，反正她在队伍里没看见他的人影。可她明明记得他刚打铃就出了教室……

等所有班级都排好队形站定不动了以后，随着广播一声"升旗仪式现在开始"，升旗小队的人也迈着端正的步伐走了过来。

最前面的少年扛着国旗，个子高挑，身形修长而清瘦，深蓝色的制服穿在他身上好似军装般笔挺，远远看过去就他最为瞩目。

两个护旗手跟在他身后，一起走上升旗台。

庄严的国歌奏响，少年将国旗固定在旗杆上，右手握着旗面，用力挥向斜上方，国旗随风展开。他收手，五指并拢放在额边，敬礼。

所有人目送着那面旗帜缓缓地攀升至旗杆顶部，在空中肆意地飘扬。

A 班离升旗台很近，乔延曦视力也不错，可以清楚地看见前面那位升旗手的脸——是她以为失踪了的同桌。

脸还是那张脸，气质却完全不一样了。没有了平时那股懒散的样子，腰背挺得很直，站姿标准，神情也是难得的认真。

奏乐结束之后，乔延曦隐约听见隔壁班的女生在窃窃私语，时不时还能感受到她们投向自己的羡慕眼神。

"傅初晨简直帅死了……"

"A 班的女生真的好幸福，能和我男神呼吸同一个教室的空气……"

乔延曦没管她们，只微微仰头，沉静的目光注视着正前方升旗台上的少年。

他们不是第一天认识，也见过很多面了，乔延曦知道他很帅，很惹眼，很受女孩子欢迎。但对她而言，这些外在的东西其实没有那么大的吸引力。

这还是第一次，她根本没办法把视线从他身上挪开。

回到班上，不出意外，乔延曦又在座位上见到了没骨头似的瘫在那儿的同桌。

果然，国旗底下根正苗红的好好少年只是错觉，这才是他的本性。

"傅初晨。"

"嗯？"他懒散地抬头。

乔延曦也不知道自己为什么会脱口而出喊他的名字，但既然喊都喊了，她只能硬着头皮找话题："刚刚升旗的人是你？"

"不然？"傅初晨觉得她问了句废话，"你都在底下盯着我看了一整个升旗仪式，别告诉我你没认出来。"

乔延曦用细白的手指蹭着鼻尖："哦，我近视。"

她突然反应过来，问："等等，你怎么知道我在看你？"

傅初晨想了想："可能因为台下就你看我的目光最炽热？"

放屁。别的不敢说，反正隔壁班那几个女同学的眼神绝对比她热情几百倍。

乔延曦看他那坐没坐样的姿势，一时间有些想不通："学校怎么会这么想不开，找你当旗手？"

虽说刚才的升旗仪式他表现得也挺好的，但看平时这散漫的样子，难道就不担心这家伙关键时刻掉链子？

"不知道，"傅初晨的回答带着懒洋洋的欠揍感，"因为我帅吧。"

乔延曦："……"

A班总共三十来号人，班级成分有些复杂，其中包含了年级前十的学霸，也有一些常年吊车尾的。

这两拨人平时相处得还算融洽，在课堂上就比较泾渭分明了。

乔延曦坐在最后一排，视野开阔，放眼望去，前面几乎趴倒了一片，倒是也没睡，就是无精打采的。只有少数人坐姿端正、笔挺。

上午眨眼就过去了，开学第一天的课程并不紧张，老师也不会拖堂，铃声一响，准时下课。

乔延曦起身准备去食堂，她那位同桌还在座位上慢慢悠悠地收拾东西，她也没管他，自己先走了。

"嗨，新同学。"有个娃娃脸的女生经过乔延曦身边，打了声招呼。

乔延曦认出了她，是自己的前桌，名字叫宁萌。人如其名，确实是个萌妹子。

宁萌其实早就想和乔延曦搭话了，只是乔延曦外表看着有些高冷，不好接近，她也是鼓足了勇气才开口问道："你要不要跟我们一起吃饭呀？"

因为她身边还有其他班的女生一起，乔延曦摇头婉拒道："谢谢，下次吧。"

宁萌虽感到遗憾，但也不勉强，和小姐妹有说有笑地往食堂楼上走。

"那个就是你们班新来的转学生吗，长得也太好看了吧，气质也好好啊！"

"我觉得她有点眼熟欸。"

"说起来，我昨天好像看见傅初晨陪她去领课本，还请她吃了顿饭，这难道是对新生的特别照顾吗？嘤嘤嘤，我也想拥有。"

乔延曦："……"你们是不是搞错了什么？

回想起昨天那顿奢侈的午饭，乔延曦唇角向下抿了抿，周身气压有点儿低。

大小姐极要面子，说出去的话如同泼出去的水，收回来是不可能的。

前脚刚拒绝人家，表示自己钱够用，后脚就屁颠屁颠跑去找人家要生活费，这种自己打自己的脸的事乔延曦是绝对不会干的！

"乔延曦。"

听见这道熟悉的声音，乔延曦顶着一张冷漠脸回头："有什么事吗？"

傅初晨问她："你一直站在这儿干吗？"

和他同行的还有一个别班的男生，个头也高，留着利落短发，看上去清爽又阳光，笑起来唇边的两个酒窝若隐若现。

"哈喽，傅哥的小同桌。"他打趣地说。

"你好。"乔延曦没怎么注意他后半句说了什么，听见对方问好，她也礼貌地回了一句，然后又看向傅初晨，心情十分复杂。

"我现在破产了，快要吃不起饭了，请问你能把我昨天请客的钱还我一半吗"这种话她当然也是说不出口的，于是只能故作没事："我在思考中午吃什么。"

贺修去 A 班教室找傅初晨的时候，看见他旁边座位堆满了书，还挺诧异："老何真把新同学安排给你了？"

傅初晨"嗯"了一声。

"不是，你当时不是跟我说会让人换一个吗？"贺修觉得这事不对劲，"对方不肯啊？"

傅初晨身体往后靠了靠，椅子腿翘起半边。他很轻地眯了一下眼："啊，是。"

"脸这么大？"

"人家小姑娘非要跟我当同桌，没办法。"

贺修越发觉得奇怪了，放眼整个南礼，想和这位少爷当同桌的女孩能从 A 班教室排队到校门口，也没见他同意过谁的请求。

这新同学究竟是何方神圣，竟然能让傅初晨拿她没办法？

在亲眼见到乔延曦本人以后，所有的问题都有了答案。

贺修看了傅初晨一眼，满脸写着"我懂你"。

傅初晨："？"

乔延曦看他俩眉来眼去了半天，有点无语，刚想找借口离开，又听见贺修说："小同桌，要不要和我们一起吃饭？"

"不……"

"就当是欢迎新同学，走吧，走吧。"贺修显然比宁萌更厚脸皮，不给她拒绝的机会，硬推着她往楼上走。

乔延曦还妄图挣扎一下，转头看向傅初晨，想让他阻止一下这位朋友过分热情的行为。

没想到傅初晨垂眸站在一侧，不为所动。

贺修是个自来熟，话还多，叽叽讲了一大堆，从学校老师一路说到校园怪谈，每个学校据说曾经都是一片坟地，总有那么几个恐怖故事在学生之间广为流传。

他讲鬼故事很有一套，刻意压低了嗓音，还会故意制造悬念，曾经吓哭过不少女同学。

可是乔延曦从始至终的反应都平平淡淡的，让贺修一下子丧失了乐趣。

傅初晨用脚尖踢他："消停会儿吧。"

贺修："我这是在活跃气氛。"

傅初晨："活跃气氛你讲鬼故事？"

贺修："这不是天气太热，我想让你们凉快凉快嘛，哪知道竟然没用！"

这些故事傅初晨已经听他讲过无数遍了，没反应正常。他身体往后一仰，靠着椅背，望着对面同样无动于衷的乔延曦，似乎有点意外。

贺修挣扎着问："同学，你胆子这么大的吗？女孩子不是一般都挺怕黑怕鬼什么的吗？"

乔延曦："我坚信唯物主义。"

贺修和傅初晨："……"

乔延曦确实是不怕鬼，但她怕黑，不过这种话也没必要拿出来讲。

吃完饭，贺修硬拽着他俩留下来聊天，主要是他负责说，他俩负责听。

傅初晨的胳膊架着旁边的扶手，神情懒倦，右手百无聊赖地摸着耳垂，偶尔敷衍地回应几声。

这似乎是他的习惯性动作。

乔延曦知道傅初晨右耳有个耳洞，也见过他戴耳钉的样子，只是这会儿他耳朵上干干净净的，上面什么也没有。

或许是她打量的视线太明目张胆，傅初晨抬眼瞥她："看我做什么？"

乔延曦问："那枚耳钉，你怎么没戴了？"

"因为是在学校。"他说，"我可是好学生。"

这已经是乔延曦第二次听他吹自己是好学生了。她点点头，表情没什么变化："好学生，记得收好你的打火机。"

傅初晨："……"

午休结束后，乔延曦回到教室，掏出手机看了眼。她已经把那二百五十块钱充进了校园卡里，钱包余额只剩下可怜的"0.41元"躺在那里。

她越看越心梗，干脆眼不见为净。

返回聊天列表，她和秦之韵的对话框已经被乱七八糟的消息挤到很下面了，但还是一眼就能看见。

聊天记录至今还停留在她刚抵达 S 市那天，她发消息说自己到了，对面一直未回复。

秦之韵一直都是这样，要求乔延曦无论做了什么事都得向她汇报，考试的成绩、练琴的进度，或是别的什么，但她自己很少回消息。

她总说自己拍戏忙，没时间回复。有的时候乔延曦甚至怀疑她其实根本不会看那些信息，毕竟她那么忙。

乔延曦不在意地锁了屏，俯身半趴在桌面上，侧头盯着窗外漂泊的云，一双桃花眼一眨不眨，看着它从对面教学楼顶的右边飘到了左边。

小时候她被按头在家写各种辅导老师留下的作业的时候，就喜欢看着外面发呆。特别是听见别的小朋友在楼下嬉闹的声音，她趴在窗户边的书桌上，心里羡慕极了。

她也想出去跟他们玩，于是就问秦之韵写完作业能不能下楼玩一会儿，秦之韵听了之后大骂她一顿，说她不思进取，就知道偷懒。

她当时觉得很委屈——自己每天学这个学那个，努力地完成母亲的要求，让自己变得完美，却连喘口气儿的时间都没有。

她心想自己又不是机器人，是会累的。

后来她们换了新房子，从外公家里搬了出去，新家在市中心，二十多楼，她从窗外望出去，再也看不见那些玩耍的小朋友，就只能盯着云看。

久而久之，就养成了习惯。

傅初晨刚和贺修他们打完球，手里捏着一瓶矿泉水，一边转瓶子一边往班里走，刚从后门进来就看见他那位小同桌无精打采地趴在那儿。

他拉开椅子坐下，把水瓶往抽屉里一丢："你今天怎么回事儿？"

这话乍一听像是来兴师问罪的，乔延曦仰起脸看着他，问："什么怎么回事儿？"

"从早上到现在一直都是这个半死不活的鬼样子，"傅初晨垂眼，和她对视，"也就中午吃饭那会儿看着稍微好一点。"

那顿饭还是他请的。

乔延曦叹了口气，她为什么心情不好？因为贫穷。

说实话，大小姐自出生以来还没面临过这种窘迫的局面。虽然她的父母在她很小的时候就离婚了，她跟着秦之韵，刚开始那几年确实不太顺利，但也没在吃穿用度上受过委屈。

后来秦之韵越来越红，拍一部电影就能赚很多钱，尽管比不了乔家家底丰厚，但也是让普通家庭望尘莫及的程度了。

乔延曦以前拿的那些奖学金、压岁钱，还有拍戏的片酬，因为数额太大，她年纪还小，于是都交给了秦之韵代为保管。她自己只留了一小部分，在她来 S 市的这段时间也都花完了。

傅初晨还等着她回答，她摇摇头，没解释什么。

下午第一节课是英语。学校的英语老师全部是请的外教，A 班的英语老师是个金发碧眼的年轻帅哥，叫作克里斯，据说是名牌大学博士毕业，被特聘过来的。

克里斯全程用英文讲课，先是跟大家说了几件他在 K 国读书时发生的好玩的事情，拉近了跟同学们之间的距离，然后才开始讲一些课本上的内容。

都是些很基础的东西，需要记笔记的地方不多，乔延曦一边听，一边漫不经心地转着笔，余光瞥见同桌。

好家伙，他都已经直接睡着了。就这还好学生？她真是信了他的邪。

傅初晨趴在桌面，衬衫贴着背部，勾勒出上半身的身形轮廓。他用一条胳膊枕着脑袋，另一只手搭在后颈，挡住了大半张脸。

他其实睡得并不深，能听见老师呱啦呱啦的讲课声，也能感受到来自右侧的注视目光。

他故意没动，就是想看看乔延曦准备盯着他看多久。

没一会儿，傅初晨感觉自己压在手臂底下的英语书被人从旁边抽走，动作很轻，小心翼翼的，大概是不想吵醒他。

紧接着是笔尖和纸页的摩擦声，趴在课桌上的时候，这些微小的声音都会被放大，很清晰地传入耳膜，让他心里隐隐有了个猜测。

下课铃响。

为了方便学生，教室外面的走廊就设有自动咖啡机和饮料机，价位还行，味道也不错。偶尔学生们上课上累了，还能来一杯咖啡提提神。

乔延曦觉得有些口渴，拿着杯子起身，走到咖啡机前看了眼上面一排排醒目的价格，面无表情地按了最底下的按钮。

热水，免费。

回到教室，看着同学们几乎人手一杯饮料，乔延曦感觉自己在一帮富家子弟中格格不入。

傅初晨不知道什么时候醒了，靠在墙角，神情还是有点儿困倦，看见她走过来，手里还拿着杯热水，愣了愣："你感冒还没好？"

"早好了。"

"那这个天气你喝什么热水？"

乔延曦本来想说"关你屁事"，但是看在中午他请客的面子上，换了个委婉点的："不行吗？"

少年坐在座位上微微挑眉。他大概是嫌闷，将衬衫领口的扣子解开了两粒，从她的角度瞥过去，正好能看见他的锁骨。

乔延曦垂着眼睫移开目光，不动声色地坐好。

傅初晨看她捧着那杯热水，想喝，似乎又觉得烫，唇角紧紧抿着，脸色很臭。他突然有点儿想笑，也确实笑出了声。

教室里开着空调，冷气口正好对着他们的座位，傅初晨左右看了看，突然起身，绕过七八张课桌走到第一组，停在一个女生桌前。

"同学，帮个忙？"他低着头问。

那姑娘大概从来没想过自己也会有被班长大人拜托帮忙的一天，近距离看着那张帅得惊为天人的脸，说话都结巴了："帮、帮什么……忙？"

"外套借我一下。"傅初晨指了指她抽屉里的校服外套。

九月初，气温依然很高，大家都只穿着短袖，也有少部分女生可能是怕被晒黑，出门时还会多带一件外套，当防晒服。

那女生也不知道傅初晨要自己的外套做什么，双手递给他，心脏"扑通扑通"跳得像只兔子，然后就见傅初晨转身回了座位，又把外套给了他那位漂亮的女同桌。

"兔子"腿瘸了，再也不跳了。

看着这件外套，乔延曦愣了一下，而后反应过来，这人是不是误会了什么？

傅初晨确实是误会了。她今天莫名心情不好，还喝热水，两者结合起来，他自然只能联想到那方面。

乔延曦顿了下，还是接受了他的好意。

A班有好几个班群，老师在的那个群平时就跟"死"了一样，寂静无声，连个偶尔冒泡的都没有。只有另一个名为"全校最A"的群每日活跃得不像话，尤其是刚开学这两天，就跟疯了一样。

【同学们，同学们！你们看到了吗？刚才班长来找我借外套了！】

【看到了，然后班长转头就把你的外套给了他同桌，而且，敲重点，还是亲手给她披身上的。】

【鱼哭了水知道，我哭了谁知道。】

【这个新同学到底什么来头啊，傅哥为啥对她这么照顾？我看到今天中午他们还一起去食堂吃饭了。】

【报到那天也是。】

【哎呀，可能就是因为身为班长，想多关照一下新同学之类的嘛，所以才……】

【这话说出来你自己信不？】

【不信。还不允许我自欺欺人一下吗？】

A班同学认识傅初晨少说也有一年了，知道这位班长大人是什么性子，"乐于助人"这个词跟他半毛钱关系都没有。

很快，群里又产生了别的猜测。

【我有一个大胆的想法。你们说，有没有可能是傅哥对新同学一见钟情了？乔延曦确实很漂亮，是校花级别了吧？】

【你这个想法确实很大胆！】

【别，这还不如前面的呢。我宁愿相信傅哥是一个热心肠的好班长，也不愿相信他是一个贪图美色的肤浅男人。】

【附议。】

【我觉得这两种猜测都恐怖如斯……】

【还有一种不崩人设的可能，也许是因为新同学和班长以前就认识，@柠檬精@星星上的鱼，你俩座位离得近，要不去问问看？】

等了几分钟，一直不见两人回复。

大家好奇地往第四组后排的角落瞥了一眼，就见宁萌和陈星宇正襟危坐，明明还没上课，他们的坐姿却仿佛有校领导来视察一般。

而后面的两位群聊话题当事人——乔延曦披着那件临时借来的校服外套，在低头看书；傅初晨则是靠在一旁的墙壁上，同样低着头，好像在玩手机。

【等一下，我突然想起来……傅哥在不在咱们这个群来着？】

【抬头看看群名，你以为"全校最 A"的"最 A"指的是谁？】

【……】

全群静默三秒，然后那位"最 A"发言了：

【我不是一个乐于帮助同学的好班长？】

谁敢说不是呢。

隔天早自习的时候，趁着傅初晨还没来，陈星宇转身趴到后桌上："小乔同学，听说你昨晚一个人吃的晚饭啊？"

"嗯。"

"怎么没和傅哥一起？"

乔延曦放书包的动作顿了下，不是很能理解："为什么我要和他一起？"

陈星宇说："因为你和傅哥看上去似乎挺熟悉的样子，大家都很好奇你和他是什么关系，是不是以前就认识？"

在小陈同学期待的目光中，乔延曦点了点头："是见过几次。"

果然！他就知道！

"不过就在上个月，也没认识多久。"乔延曦又说，"算不上熟。"

陈星宇突然不吭声了，顺着他直愣愣的视线，乔延曦回头。

傅初晨不知道什么时候进的教室，站在储物柜前拿东西，脸被柜门挡住一半，只能看见下巴瘦削的轮廓。

因为座位靠后，他们的对话也没刻意压低音量，大概率是被听见了，却也没见他有什么反应。

等傅初晨过来，乔延曦抬了抬眼："你什么时候来的，怎么连个声音都没有？"

"就刚刚，"他停顿了一下，神色漠然，又补充了句，"在你说跟我算不上熟的时候。"

不知道为什么，乔延曦被他用这种无波无澜的平静声音说得，有一种微妙的心虚感。

又不是在背后讲坏话，心虚什么心虚？只一秒，乔延曦的底气又回来了，刚想说点儿什么跳过这个话题——

"咕咕！"

乔延曦的表情变化莫测。

傅初晨低了低头，看向声音的来源——也就是乔延曦的肚子。

他眉梢轻轻扬了下，又抬头望向她。

最怕空气突然安静，两个人沉默地对视了许久，傅初晨率先开口问："你没吃早饭？"

这种情况否认也没用，乔延曦"嗯"了声。

换作之前，傅初晨大概还会关心一句她为什么不吃，但是既然人家都说和他不熟了，他也没必要热脸去贴冷屁股，便说："哦，那你就饿着吧。"

乔延曦："……"

半个上午过去了，一直到大课间的休息时间，乔延曦和傅初晨都没搭理过对方。

乔延曦的身体素质还行，偶尔一两次不吃早饭不会有什么大问题，就是胃里有点空，偶尔会欲求不满地"抱怨"几声，其他都还好。

实在饿了，就喝点水垫垫肚子。

"刺啦——"

椅子腿在地上摩擦出刺耳的声音，乔延曦转头看过去，傅初晨起身似乎要出去，脸上依然没什么表情，冷漠又淡然。他全程目不斜视，看也没看她一眼。

乔延曦算是发现了，这位少爷还在不爽她两小时前说自己跟他不熟这件事。

她其实不太理解傅初晨在意的点是什么，他们本来就不算熟，是觉得这话从她嘴里说出来令他很没面子？伤到他自尊心了？

唉，青春期的少年心思真是令人猜不透。

傅初晨经过小操场时，刚好碰到了贺修和一帮男生在打篮球，大概是刚结束一场，都围在篮筐底下喝水聊天。

贺修读的是国际班。他成绩不好，天生不是读书这块料，父母也就懒得费力气把他塞进重点班，打算让他高中混个三年，毕业后直接出国。

这些男生显然都是认识傅初晨的，笑嘻嘻地打了个招呼。

有人问："傅哥这是准备上哪儿去？"

傅初晨的态度透着几分疏离："有事。"

贺修走过来，很自然地揽着傅初晨的肩膀，一边说一边往操场外走："什么事啊，居然让您亲自出马？"

"买吃的。"

"得，我正好也饿了。"贺修摸着肚子，"走吧，一起。"

这个点食堂已经没什么可以吃的了，于是他们去了校内的便利店，贺修很快挑好了自己要吃的东西，一根烤肠，还有一份关东煮。

便利店还挺大的，该有的基本都有，傅初晨在店里绕了一圈，寻寻觅觅，还是没选好。

贺修还以为是这位少爷挑剔的毛病又犯了，也没催促，抱着个纸杯在一旁边吃边等。

"问你个事儿。"

"什么？"贺修咬着竹签抬起头。

傅初晨站在冷柜前，拿了一杯酸奶，想了想又放回去，改拿旁边货架上的常温纯牛奶："女孩子一般爱吃什么，你知道吗？"

这句话一出，惊得贺修差点把手里的丸子扔了，他音量拔高，又问了声："什么？"

傅初晨耐心地复述一遍。

贺修把丸子放回纸杯里，也顾不上吃了："哥斯拉要入侵地球了？你竟然会问我这种问题——"

傅初晨开始有点不耐烦了，问："你到底知不知道？"

"知道是知道，但我只知道我班上的姑娘爱吃什么。"贺修和他认识挺多年了，还是第一次碰到这种情况，"你准备买给谁？你那个同桌？"

傅初晨"嗯"了一声。

临近上课，乔延曦正在准备下节课要用的东西，眼前光线骤然一暗，视野里多出一只好看的手。对方拎着个白色透明袋子，放在她桌面上。

持续了半个上午的冷战随着这个简单的举动宣告结束，乔延曦眨眨眼，看着袋子里面的饭团和牛奶，又看了看傅初晨，问："给我的？"

"不是，我买来自己吃的，给你看一眼。"

乔延曦："？"

傅初晨倚着右排的课桌，长腿微屈，脚踩着桌下的横杆，神情漠然地垂着眸："这么明显都看不出来，一定要问这种显而易见的废话吗？"

脾气还挺大。乔延曦沉默了下，现成的食物摆在眼前，胃里那股饥饿感霎时更强烈了。她纤细的脖颈微微动了一下，似乎在轻轻咽着口水。

在接受与不接受之间，她只犹豫了零点零一秒，然后果断选择前者。省钱不能省早饭，该吃还是得吃。

乔延曦把那个饭团和牛奶从袋子里拿出来，摸上去温温的，应该是特意加热过。

她盯着看了两秒，忽地叹了口气，拿出手机，一边打开微信，一边对傅初晨说："你微信多少，我把钱转你。"

"不用。"

"微信多少？"

"我又不缺这点钱。"

乔延曦心说"我缺，我缺得要死"，但表情依然淡定自若，不显分毫，有钱人家大小姐的气质这块是拿捏得死死的："我也不缺。"

傅初晨挑眉。

乔延曦："最后问一遍，你微信多少？"

这次傅初晨没再多说什么，从裤兜掏出手机，用指纹解锁。

乔延曦接过手机，发现他的手机桌面相当简洁，壁纸是纯黑的，图标分类清清楚楚。

她刚点开那个绿色的APP，就听见傅初晨突然来了一句："你真不缺？"

乔延曦动作一顿，抬起头："你……什么意思？"

"昨晚，在食堂，我都看见了。"他说。

乔延曦还想挣扎一下："看见什么了？"

傅初晨直接问："馒头好吃吗？"

乔延曦的表情一下子就木了。

傅初晨有没有因为她一句"不熟"而自尊心受挫她不知道，反正她现在因这一句话感到天崩地裂，整个人都不好了。

这种感觉就像，你本来是一只有着优渥生活的家养猫，不得已去了外面流浪，只能靠翻垃圾堆捡吃的来勉强度日，狼狈的样子被另一只高贵的品种猫看见了，你看看它，想起前不久你们还凑在一块儿吃过价值不菲的鱼罐头。

这强烈的落差感，太让人窒息了。

乔延曦索性也不跟他装了："饿不死就行。"

她还拿着他的手机，把他的微信收款码点出来，也没选择将他添加好友，只"哔"地扫完他的二维码，但在输入金额时顿了下。她问："这两个一共多少钱？"

傅初晨面不改色道："三块。"

一听就是胡扯。乔延曦准备给他转三十块，但是系统提示余额不足。她果了一秒才反应过来，钱被充进校园卡，自己微信只剩下"0.41元"，连三块钱都没有。

可能是她表情凝固得太彻底，傅初晨扬了扬眉："连三块钱都没有？"

"……三毛行吗？"

"行。"傅少爷很好说话，看着微信到账三毛钱的提示，实在没忍住，"你可真是一点都不缺钱。"

乔延曦："……"

嘲讽，这是赤裸裸的嘲讽！

陈星宇给自己的同桌使了个眼色，两个人一起出了教室。

两人躲进楼梯间，确保周围没人后，陈星宇才开口："你刚才也听见了吧？"

宁萌重重地点头："嗯！"

要不是亲耳听见，他们也很难相信乔延曦竟然如此贫穷，连区区三块钱都拿不出来！

还说什么"饿不死就行"，也太惨了吧。

"你说，有没有可能是这样的——"宁萌单手托腮，"班长早就知道了乔延曦家里经济条件不好，所以才会请她吃饭，对她特别照顾？"

"傅哥有这么好心？"陈星宇不太相信。

"一般情况下，没有。"宁萌回答得也很果断，"但是你看，刚才班长是不是去给他同桌买早餐？以前他会干这种事吗？"

陈星宇弱弱地表示："以前他就没有同桌……"

宁萌充耳不闻，完全沉浸在自己的幻想里："不会对吧！这证明了现在情况不一般，换作你同桌是这么一个'绝世小可怜'，你忍心不管她？"

陈星宇看了宁萌两眼："不忍心。"

宁萌继续说："这就对了。班长又不是真的没得感情，会动恻隐之心多正常呀，毕竟新同学都这么惨了……"

"那我明天也去给她买早餐。"陈星宇说。

宁萌不甘示弱："那我后天给她买早餐，还有大后天！"

两个人你一言我一语的，在这个安静隐蔽的楼梯间里，把新同学未来一周的早饭安排得明明白白、妥妥当当。

乔延曦看着每天定点定时凭空出现在座位上的面包吐司三明治："……"

说实话，她真的没想过他们会因为短短几句对话而对她产生这么大的误会，她说自己的家庭条件没那么惨，宁萌偏觉得她是在逞强。

"其实我——"

"不用多说了，乔乔，我都懂。"

乔延曦："……"不，我觉得你可能不是很懂。

宁萌转身扒拉着椅背，将下巴抵在上面，眨巴着眼睛："你不要有心理负担，这些就是我不小心买多了，吃不完，丢了也怪可惜的。"

早上教室没开空调，窗户敞开，浅蓝色的窗帘被风荡起波浪。少女的侧脸被晨光镀上一层柔和的边，连细小透明的绒毛都看得一清二楚。

乔延曦轻轻叹了一口气，说："下次我会自己买。"

宁萌也不眨巴眼了，直愣愣地看着她。

开学也有一周了，乔延曦对这个前桌印象挺好的，一个可可爱爱、没什么心眼的女孩子，而且还很善良，否则也不会给她送个早餐还要绞尽脑汁地找借口。

乔延曦怕自己这样说宁萌会不高兴，捏了一小块面包送到她嘴边，放轻语气："所以，下次你就不要再给我带了，好吗？"

"好……"宁萌呆呆地张嘴，吃进去，连咀嚼都忘了就直接咽下。

啊啊啊，刚才发生了什么？她被喂食了！她被漂亮妹妹亲手投喂了！

傅初晨靠着墙，面无表情地目睹了这一切的发生，看着宁萌恍恍惚惚地转回身子，连背影都透露着兴奋，他忽然低低"啧"了一声。

察觉到来自同桌的不满，乔延曦疑惑地看向他，不明所以。

傅初晨语气平静道："我也给你买过早饭。"

乔延曦手里还拿着没吃完的面包，奶酪夹心，外层还裹着一层椰蓉，她不小心沾了一点儿在嘴角上，毫无察觉地说："我知道，我不是转了你三毛钱嘛。"

傅初晨冷笑："三毛钱就想打发我？"

"我最多也只能再给你转一毛了。"乔延曦点开微信钱包，把手机摊在桌面上让他看自己的余额。

傅初晨看都懒得看这玩意儿，视线落在她嘴角的白色渣渣上："乔延曦。"

"干什么？"

他顿了下，抬到一半的手重新垂落，后背又靠回了墙壁上，移开目光："算了，没什么。"

经过乔延曦的再三提醒后，前桌们总算停止了风雨无阻的早间送餐行为。

她咬着袋装豆浆的吸管，是食堂卖得最便宜的那种，算着校园卡里的钱还够让自己在这个学校活儿天，又开始烦躁了起来。

这个周末大小姐给自己找了个兼职，不是什么技术活儿，在路边发发传单就行了，一天一百五十块，她干了两天。

工资是日结的，看着余额上的钱终于突破三位数，乔延曦的心情总算平复了一些。

除了食堂，学校的便利店也有卖盒饭便当之类的，几乎什么都有。

今天 A 班被老师拖堂，延迟了二十多分钟才放学，宁萌不想去食堂吃剩饭剩菜，就拉着乔延曦去了校内商店。

"乔乔，你吃不吃蛋糕？"宁萌忽然问。

她趴在冷藏柜前，看着玻璃后面装在白色瓷盘里的精致西点，朝乔延曦招了招手。

乔延曦对甜食并不算特别偏爱，但偶尔也会馋，想尝尝味道。算起来，她上一次吃这些甜品的时候，还是在安德烈那里蹭下午茶那次。

她走过去，看见标签上贴着的价格，面无表情地忍住了这份欲望："我不吃。"

但是神奇的事情发生了。接下来的一周，乔延曦每天都会收到来自匿名人士爱心投喂的柠檬挞、树莓慕斯、香草布朗尼等点心，一个星期都不带重样的。

乔延曦看着桌上的黑森林蛋糕。黑色的巧克力蛋糕，奶油上面撒着一层可可粉以及巧克力碎末，顶端还装饰着一颗色泽鲜艳诱人的小樱桃。

她忍不住摸了摸自己的脸——难道我长得像饿死鬼投胎？

乔延曦第一时间去找了"有前科"的宁萌同学以及宁萌她同桌，但是两人却双双否认。

宁萌和陈星宇都不是擅长撒谎的人，乔延曦看一眼就知道他俩之间谁是真不知情，谁是在浑水摸鱼。

"你跟我说实话。"乔延曦看着"摸鱼"的人说。

陈星宇渐渐在和她的对视中败下阵来，眼神飘忽，用手指挠了挠脸颊，心想自己一定要把持住了，不能背叛某人。

下午第一堂课是物理，昨天老师留了一张小测卷子给大家当作业，今天上课会抽查。乔延曦已经掌握了小陈同学的命脉："我的作业给你看？"

陈星宇瞬间叛变，转头就把傅某人给出卖了。

听到答案，乔延曦丝毫不意外。看着左边空荡荡的椅子，她单手托腮，指尖在桌面上一点一点地敲着。

傅初晨是踩点选手，一般都是压着上课铃声才进教室。她也不急，淡定地守株待兔。

一点五十九分的时候，乔延曦收起手机，转头看向教室后门。

傅初晨可能是在宿舍睡了个午觉，发型有点乱，头顶有一根呆毛翘上了天，配上他那张毫无表情、大概率没睡醒的脸，有种奇异的反差萌。

"傅初晨。"

"嗯？"

"问你件事儿。"

傅初晨绕过她，走到里面的座位坐下："说。"

"这个——"

乔延曦从抽屉里拿出一个包装挺高级的纸盒，里面的蛋挞脆皮金黄，散发着诱人的香味。她拿起一块已经有些凉了的蛋挞，问："你知道是谁送的吗？"

傅初晨明显顿了一下，神情还是漠然又困倦的，随口说："不知道。"

乔延曦没说话，把盒子往他这边推了推。

"你不爱吃这个？"傅初晨低头瞥了眼。

乔延曦抬了抬头，语气没什么起伏："我怕有人在里面给我下迷药。"看她这个反应，傅初晨懂了："你知道了？"

"知道了。"

"行。"傅初晨点点头，不再看她，将课桌底下的腿伸长，踹了一下陈星宇的椅子，"解释一下吧。"

陈星宇连屁都不敢放一个。

那天中午，他和傅初晨刚好从便利店门口路过，当时店里没什么人，两个女孩趴在冷柜前，看了得有一个世纪那么长吧。

他们把这一幕收入眼底，陈星宇啧啧道："我太了解我同桌了，她肯定是想吃又怕胖。"

傅初晨说："我同桌，想吃但没钱。"

然后陈星宇就看着傅初晨在她们走后，进去打包了一份提拉米苏出来。

接触到傅初晨略有深意的眼神，陈星宇很上道，给自己嘴巴比了个拉拉链的动作："傅哥放心，我肯定守口如瓶。"

上课铃响了有一会儿了，但老师还没来。

乔延曦接收到那位已经叛敌的友军发来的求救信号，也不好坐视不管："你是不是先给我解释一下？"

傅初晨重新侧过身子："你想听什么？"

"你为什么要天天买这些……"她顿了下，"给我？"

老师正好在这时候走进教室，傅初晨懒懒散散地笑了声，嗓音压低了些，显得有些闷："我这人平时没什么爱好，"他侧着头，看她，"就喜欢喂猫。"

说到猫，乔延曦想起了威廉。

分开了那么长时间，威廉对她的气味陌生是正常的。而她看见原先的小猫咪突然放大了得有两三倍出现在她眼前，当时的大脑也是有那么几秒钟的空白。

真就是各种意义上的"妈都不认"。

"威廉快被你喂成猪了。""前任饲养官"乔延曦感到非常痛心，并表达了自己的不满。

傅初晨："大壮本来就肥。"

乔延曦："没有，大壮本来是小小一只的。"

说完，她就发现傅初晨趴在那儿笑，低低的笑声在她耳边荡开。乔延曦也反应过来自己被他带跑偏了，恼羞成怒地踩了他一脚。

也亏得他们的座位在最角落，不然被别的同学看见这一幕，估计会惊掉下巴。

"乔延曦，我发现你这个人有点'双标'啊。"傅初晨说。

乔延曦面无表情道："我怎么了？"

"他们给你带了一周早饭，你还会喂人家吃一口，我就这待遇？"

乔延曦拿起一块蛋挞塞进他嘴里："吃你的吧。"

傅初晨咬着外面那层酥脆的壳，闷头笑了一声，听见她问："现在满意了没？"

"还行。"他笑着说。

喂食完毕，乔延曦立刻把头转向前方，懒得再搭理他："满意了就好好上课。"

老师握着粉笔在黑板上写着物理公式，台下还算安静，基本都在埋头订正卷子，偶尔有人交头接耳说两句小话，傅初晨懒洋洋地靠在座位上，叼着她给的那块蛋挞，慢吞吞地吃完。

卷子下课前要交，大家都在抓紧时间修改卷子上的错误，乔延曦看着黑板上老师给出的标准答案，和自己的对了对，只错了一道计算题。

她拿红笔在旁边写上新的答案，笔在指尖转了一圈，突然想起被自己遗忘了大半节课的同桌。

她一转头，就看见傅少爷坐在那儿眯着眼打哈欠。

乔延曦其实不喜欢欠人家人情，她在这方面分得很清，并不是说她现在没钱，别人请客就是天经地义理所当然的。

仔细想想，她现在能帮到傅初晨什么？学习——也只有学习了。

在乔延曦的印象里，这人上课总是懒懒散散的，要不然就是在睡觉，也没见他认真听过几回课，是学渣的概率相当之大。

于是，乔延曦伸手拽了拽他的袖子。

傅初晨侧过头，垂眸看了眼她的手，手指纤长漂亮，说是天生适合弹钢琴也不为过。他的视线沿着她的手腕上移，他看着她的眼睛，略带疑惑地"嗯"了一声。

"你要是有听不懂的地方，可以问我。"乔延曦指了指桌上的卷子。

傅初晨大概是第一次听到有人对他说这种话，黑眸直勾勾地盯着她："你是说，要教我物理？"

乔延曦点点头。

"不用了。"

意料之内的拒绝，也没说原因。乔延曦猜这位少爷可能是真的不喜欢学习，也不强求，"哦"了一声："行吧。"

傅初晨看着她："你要是实在想感谢我，以后的课堂笔记就交给你了。"

乔延曦："我写了你会看？"

傅初晨："不一定。"

乔延曦："……那我还写个屁。"

"我英语书上的那些，是你帮我记的吧。"傅初晨从抽屉摸出一本紫色封面的课本。

当时那节英语课他在补觉，睡得并不深，隐约感觉到这姑娘把他英语书从胳膊底下抽走了，回头翻开一看，上面记录了整整齐齐的语法用途和注解。

"不是，"乔延曦冷漠否认，"是你梦游自己写的。"

傅初晨："……"

第二章

〉第一考场

九月转眼过去了一大半，月底将迎来高二的第一次摸底考试。

今天已经 17 号了，算算时间，乔延曦来 S 市也差不多有一个月了。

她从开学以来搬到宿舍就再也没回过乔家，乔珩也没再打电话过来，可能是还在和她置气，想等她主动低头跟他服软。

今天午休乔延曦没回宿舍，和宁萌一起留在了教室。

提到考试，宁萌整个人就蔫儿了："我妈说了，这次要是再考不进年级前一百名，就要断我生活费。"

"你上次考多少名？"

"三百多名吧，反正离前一百名远着呢。"

宁萌为了跟乔延曦聊天，是反过身来坐的，余光正好能瞥见教室后门。

有几个不认识的男生鬼鬼祟祟地把脑袋探到门口，似乎在找什么人，而后目光很快锁定在了她们这片区域。

"乔乔，那几个男的在看你。"宁萌一下子就看穿了他们的心思，"我估计等会儿他们就会过来找你要微信了。"

最近乔延曦在学校被人搭讪的频率极高，甚至还有人堵在女生宿舍楼下等她。

她皱着眉，觉得有点儿烦："我又不认识他们。"

"但是他们认识你。"宁萌说。

乔延曦："？"

对上她疑惑的视线，宁萌从兜里摸出手机，点开学校的论坛，都不用

特意去搜，某个帖子就这么直白又显眼地挂在第一页——【速进！我们大南礼终于也迎来一位校花了！】

楼主：【不多说了直接看图，没什么疑问吧？[图片]】

照片看角度应该是从教学楼走廊上往下拍的，少女微微仰头，似乎是注意到了拍照的人，目光冷淡地望了过来，直视着镜头。

她有着及腰的长卷发，长着一双桃花眼，肤白如雪，很漂亮。

她站在教学楼前的天使喷泉旁，穿着酒红色的百褶校裙，裙摆和发丝随着微风轻轻摇曳，表情却无波无澜。

乔延曦记得那时候楼上确实有人拿手机对着她，没想到是在偷拍，还把偷拍的照片发到论坛上了。

帖子下面的回复很多。

校友A：【标题党？】

校友B：【是我们学校的？没修过图吧？真有人现实中长这样？】

校友C：【漂亮妹妹！】

楼主回复：【没修图，是用原相机拍的，真人更好看】

校友D：【我不信，怎么会有人在这种死亡角度下腿还能那么长！这妹子到底多高啊，有没有一米七？】

校友E：【你说她腿长一米八我都信。】

校友F：【这不是高二A班新来的那个转校生嘛，我听我一个跟她同班的学弟提过好多回了。】

校友G：【校花！妥妥的校花！这就是我心目中的校花！】

南礼的同学以前也搞过校花校草排名投票，除了某位少爷的票数一骑绝尘碾压全场，是毋庸置疑的校草，校花的人选一直迟迟未定，前几名你追我赶，票数相差不多。南礼都是有钱人，多的是花钱刷票的套路，以至于最后的结果出来，总票数飙至十几万，全校总共也才几千人。

从此之后，大家就不爱弄什么投票了，水分太大。而且谁好看谁不好看，大家又不瞎，心里都有数。

乔延曦没继续看下去，因为在走廊徘徊着的那几个男生已经进来了。

"同学，认识一下呗？"

为首的那人弄了个锡纸烫的发型，吊儿郎当的，脸上还挂着邪笑，看她旁边的位置是空的，直接就往那儿一坐。

宁萌的脸都白了。

"锡纸烫"斜着脑袋看了宁萌一眼，嚯，长得也挺可爱的。

他还以为宁萌是被自己的气场震慑住了，心想，带几个撑场子的在身后果然管用，然后又转头看向乔延曦。

那个楼主说得没错，真人确实比照片更好看，冷着脸也好看。

"起来。"乔延曦冷冰冰地说。

"我要是不呢？""锡纸烫"甚至还拉着椅子往她旁边凑了凑，"别这么高冷，我就是想跟你交个朋友。"

"咳，咳咳咳……"身后的几个人在疯狂咳嗽。

"锡纸烫"权当没听见，继续说："你旁边坐着的是谁啊？要不你别跟他当同桌了，转到我班上来吧，我罩着你。"

宁萌欲言又止，乔延曦用余光瞥了眼后门，懂了。

"欸，你躲什么啊？害羞了？""锡纸烫"看她把椅子挪远了，还继续想往她身边靠。

"咳咳……"跟着来的几个人咳得越发厉害了。

"锡纸烫"终于不耐烦地回过头，本来是想骂他们"吵什么吵"，就看见一个少年抱臂倚在门口，懒洋洋地歪着脑袋，见他回望过来，甚至冲他勾唇笑了一下，只是那双狭长微挑的眼睛里毫无笑意，像是望不见底的深海，让人看一眼都觉得心中发寒。

"锡纸烫"意识到了什么，脸色瞬间变了。

他当然是认识傅初晨的，也知道傅初晨在 A 班，至于傅初晨的座位是哪个，他又不是小姑娘，哪里会关注傅初晨坐在哪儿啊？怎么就这么巧踩雷了呢？

"锡纸烫"下意识地想要站起来，只是双腿发软使不上劲，他只能眼睁睁看着傅初晨走过来，抬起腿，一脚踩在椅子上。

"哐当！"

"锡纸烫"被吓得连人带椅往后倒，后背撞墙，一屁股墩摔到地上，还不小心把椅子给压坏了。

所有人目睹了这一切，又齐刷刷地扭头看向傅初晨。

傅初晨："……"

"干什么，碰我瓷？"傅初晨低头看着他，没什么表情，"我又没准备揍你，你躲什么？"

"锡纸烫"觉得浑身哪哪儿都疼，心说我这不是怕嘛。

傅初晨半蹲下来，轻声警告："下次记得离远点儿。"

"锡纸烫"还维持着狼狈又滑稽的摔倒姿势，心有余悸地咽了咽口水："知、知道了，我下次一定离您的座位远远的。"

"我是说，"傅初晨的声音又低又轻，"离我的同桌远一点，懂吗？"

"锡纸烫"他爹是 S 市一个龙头企业的老总，他平时仗着自家的身份背景在学校里横行霸道惯了，很少有人敢跟他对着干，但不代表没人能压得过他。

"锡纸烫"知道有些人不是他能惹得起的，挑事的时候一般都会刻意避开，这也是他能在学校嚣张到现在还没翻车的一大根本原因。

帖子上说，乔延曦家境条件比较一般，经常会看见她在食堂一楼吃饭，多半是靠成绩进的 A 班。于是锡纸烫放心了，这种没背景没人撑腰的小白花最好拿捏了，他兴冲冲地就来了。

而如果他能继续翻一翻帖子，看完后面的回复……借他十个胆子也不敢过来。

等他们灰溜溜地离开后，乔延曦看着傅初晨扶起那把断了条腿的椅子，椅子"吱吱呀呀"叫唤了几声，摇摇晃晃的，但至少还能勉强站立。

乔延曦："你下午就这么坐？"

傅初晨看她一眼："你觉得可能吗？不如跟你挤一挤？"

乔延曦面无表情："挤不下。"

傅初晨看了看椅子的宽度，点头："左右是不行，上下应该可以。你觉得呢？"

"我比较想你站着。"乔延曦说。

下午第一节是体育课，所以这位少爷难得早来教室一次，闻言低声笑了笑："是吗？可是你也得陪我一起站。"

他从柜子里拿出一个白色的吸汗发带，戴上以后，原本有些偏长的额发被束了部分上去，秒变运动风男神。

然后他指了指那张瘸腿椅子，对宁萌说："下午老林来了让他登记一下。"

"好的，班长。"

临走前，他还轻轻敲了敲乔延曦的桌面："多坐一会儿吧，我在操场等你。"

乔延曦："……"赶紧滚。

一群女孩子坐在看台上乘凉，看着男生们在操场上挥洒着汗水。橘红的球在他们手中来回变动，高高抛起，砸在篮筐上，伴随着一道清脆的响声，又弹了出去。隐约有"可惜""差一点儿"的声音远远传来。

有人正拿衣服擦着额上的汗，不经意间抬眼，愣了一下。

蔚蓝苍穹下，不远处的少女长发束成马尾，身穿白色的运动上衣和黑色短裤，露出的一双长腿笔直又雪白。

乔延曦换好运动服和宁萌一起下了楼，一出现在操场上就引起了不小的轰动。

"啊，那个就是咱们学校新鲜出炉的校花对吧？"

"是她，是她！"

陈星宇首先注意到乔延曦和宁萌手里抱着的矿泉水，扭头问："她俩不会是来送水的吧？"

说着他又摇头，"啧啧"两声："算了，我同桌肯定没这么好心，你同桌看着也不像。"

傅初晨拍了两下球，不接他的话茬，淡声说："继续。"

篮球砸在地面，发出"咚咚"的声音，其余几个看呆了的男生也转过头来，看见傅初晨无波无澜的脸，轻咳一声，尴尬地装作无事发生。

这之后大家也不知道怎么回事，傅初晨全程跟绑了炸药包似的，打得又急又凶。他速度本来就快，走位更是变化莫测，别人想拦都拦不住。

"哐当"一声，篮球进筐，还是一个相当帅气的扣篮。

听见这边的动静，乔延曦也下意识地看了过来。

傅初晨手抓着篮筐，身体悬空，似乎是有所感应，他微斜过头，正好迎上了她的目光。

然后他松手，稳稳落地。

"你来了。"刚运动完，傅初晨的呼吸比平时稍微重一些，低沉的嗓音带着点哑，指了指乔延曦怀里的那瓶水，"给我的？"

乔延曦满脸写着"你在说什么梦话"，可傅初晨那双黑眸还是直勾勾地盯着她看。

行吧，不就是一瓶水，给他就是了。

乔延曦刚抬起手，就听见周围响起一片抽气声。

另一边，陈星宇也眼巴巴地望着宁萌，可惜他的同桌非常残忍："看我也没用。"

傅初晨接过乔延曦递来的水，抬起手背擦了擦脸上的汗，黑眸很亮，神色带着几分少年人的轻狂和不羁。

"刚才看见了？"

"嗯。"乔延曦点头，说出来的话却让他满头黑线，"看见你吊在那里。"

傅初晨"呵"了一声："那是在扣篮。"

他往前走了两步，距离拉近，两个人的身高差距就很具体地显现出来，乔延曦不得不仰着头和他对视。

"不出意外的话，"傅初晨悠悠开了口，"你这辈子应该是不会有这样的机会，可能连摸个篮板都勉强。"

乔延曦："……"行，近距离羞辱是吧？

这时候的乔延曦还不知道，未来某天，眼前这个嚣张的少年也会心甘情愿地为喜欢的人低头示弱，让人跨坐在肩上，只为了让她离篮筐更近一些。

然而现在，乔延曦面无表情、手疾眼快地夺回了自己的水："我这辈子有没有这个机会另说，但你现在没机会喝这瓶水了。"

校园论坛，一个帖子横空出世——【南礼大新闻！今日操场上发生了一件匪夷所思的事情！】

楼主：【先说前情提要，我们班因为之前换过课，今天的体育课刚好和高二那个你们都懂的班一起上，我和几个小姐妹坐在看台上欣赏学长们打篮球时的英姿，可太帅了！】

楼主：【不过，有一说一，我们班那几个虽然长得不咋地，球技还是不错的，虽然也打不过学长们，但前半场至少还能平分秋色。】

楼主：【然后重点就来了，朋友们！】

这标题起得很绝，果不其然骗了一堆人点进来，只是看完主楼还是一头雾水的。

校友 A 忍不住发言：【发生啥了？重点在哪儿？】

楼主继续打字分享故事：【后来我们班的男生不知道怎么了，跟魔怔了一样，站在那儿一动不动齐刷刷地盯着某个方向发呆】

楼主：【于是我就好奇啊，跟着往那个方向看，那不是咱们刚上任的

新校花嘛。】

楼主：【之后他们又继续打球了，只不过我发现某位学长突然间变得凶猛无比，不开玩笑，感觉真的能一个打十个的那种！最后还来了一个无敌扣篮！】

校友 B：【什么意思？你是说你们班的男生因为多看了几眼校花，就被校花她同桌按在地上摩擦并在头上暴扣？】

校友 C：【楼上的理解能力我给满分。】

楼主：【校花学姐手里抱着水，我们就猜是不是要去送水的，还在打赌傅学长会不会收下这瓶水，我押的是会，果不其然！！！】

校友们的回帖都在催促楼主快点说，于是楼主也不啰唆了，直接切入主题：【没错，学长接过来了。目前为止都很正常对吧？可是你们再想想，给学长送水的姑娘都能从操场排队到校门口了，你们见他以前接过谁的？最关键的是，那瓶水最后又回到了校花手里，学长一口没喝，可能就是给她拧了个瓶盖吧……嗯，你自己感受一下。】

因为这个楼主当时离得稍微有点儿远，听不清对话内容，于是全程靠脑补，成功地凭一己之力带歪了众人。

最近乔婳觉得有点儿烦，她的人生一大爱好就是"网上冲浪"，校园论坛这种地方当然不会放过。

早在知道乔延曦要转学来南礼的时候，她就知道，以她这个姐姐的绝世容貌，绝对会在校内引起轩然大波。

这个"波"确实是掀起来了，只是怎么就跟初晨哥哥扯上关系了呢？

乔婳一直觉得傅初晨就是她的理想型，又帅，成绩又好，并且才华横溢，人品也很好，简直就是完美男友最佳人选！

她当初甚至提过跳级这个请求，就是想跟傅初晨同班，只不过最后被谢雨静以一个"你自己成绩怎么样心里没点数吗"的眼神给劝退了。

但这些都不是乔婳最近烦恼的主要原因，她烦是因为前几天，乔珩突然联系她，问她这段时间乔延曦在校生活如何。

乔婳虽然心里奇怪，但还是如实回答了：【很好啊。】

能有什么不好的？天天和傅初晨坐一起，天天看帅哥的脸，这生活多幸福美好啊，是她一直梦寐以求的好不好！

说完，乔珩就没再回复了，不知道是生气了还是怎么了。

她不太能理解，因为乔珩的意思就好像是希望乔延曦在学校里过得不好一样。

然后乔婳又去论坛了解了一下别的方面，听一些 A 班的同学透露，乔延曦家庭条件挺一般的，甚至还有说她疑似孤儿的。

乔婳："……"

这到底是哪里来的谣言？

A 班教室，乔延曦手握着一支黑笔，用笔帽在桌面上轻点着，垂眸检查着宁萌的作业，时不时帮她修改一下。

"这里，又错了。"

宁萌坐在她旁边，蔫儿吧唧地点头："唔，下次注意……"

乔延曦拿出手机看了眼时间，已经放学有一会儿了，微信有一条未读信息，竟然是来自乔婳。

看见妹妹发来的消息，她微微挑眉，起身："我有点事，先到这里吧。"

"好，好，好！"宁萌瞬间满血复活，毕恭毕敬地说，"乔乔老师，您忙您的，不用管我。"

乔延曦："……回去记得背单词，明天我会考你，不准偷懒。"

"嘤……"

虽然是她主动让乔延曦给自己补习，想在月考前再"垂死挣扎"一下，但没想到乔延曦这么严格，"支配"得她瑟瑟发抖。

在宿舍楼的侧面，一个穿着高一制服的小姑娘拎着个大大的手提袋，来来回回地踱步。

大概是觉得无聊，她偶尔用脚尖踢着地上的小石子玩，又或者数一数身后这宛若城堡般的建筑外墙有几块砖。

千等万等，总算是把人给等来了。

看见乔延曦出现在自己的视野内，慢慢走近，乔婳撇着嘴抱怨："你怎么这么慢……"

乔延曦开门见山地问："找我什么事？"

"你是不是……"乔婳迟疑着问，"和爸爸吵架了？"

"没有。"

乔婳看着不太相信，顿了下，说："论坛上说的那些话我都看见了，你现在缺钱？要不我给你转一些吧，我的生活费还挺多的。"

"不用。"乔延曦继续摇头。

大概是猜到了她的回答,乔婳轻哼一声,将细细白白的胳膊往上抬了抬:"那你拿着这个吧,你总不会还要拒绝吧?"

乔延曦看着她手里的袋子,顿了下,倒也没有再推辞。

乔延曦很浅地弯了一下唇,说了句"谢谢",桃花眼里映着傍晚夕阳的光,细碎又闪耀。

乔延曦平常很少笑,至少乔婳就没见过,猝不及防收到她一个微笑,乔婳的小心脏怦怦直跳。

回到宿舍,室友林念正趴在床上打游戏。

开学以来,她们基本没什么交流,实行的是忽略计划,把对方当成空气,完美地做到了井水不犯河水。

乔延曦其实觉得这样也挺好的,但林念偶尔闲不住,还是会过来找碴——或者说搭话。

比如现在。

"喂。"林念瞥了乔延曦一眼,想起自己最近听闻的八卦,"我听别人说,你连饭都吃不起?"

"至于穷成这样吗?"林念随手从柜子里翻出两小袋没拆封的坚果,"反正我也不爱吃这个,看你这么可怜,给你好了。"

说着,她注意到乔延曦手里的东西,斜过去一眼,问:"这么大袋里面装着什么玩意儿?"

乔延曦打开给她看。里面是饼干、薯片、软糖、果脯等,倒在床上可以堆成一个小山包。

对比之下,旁边那两小袋坚果就显得格外渺小。

林念:"……"对不起,打扰了。

洗完澡,乔延曦擦着头发走出浴室。

本来她的书桌上摆着的都是些学习资料,南礼的课程和她原先学校有些不一样,虽然她基本都掌握了,但每天晚上还是会再复习巩固一下。

而现在她的桌面多出了一堆零食,还挺占地方。乔延曦随手拿起一个柠檬味的果冻,桌上的手机刚好在这时嗡嗡振动了两下。

画画的baby:【那个,姐……】

画画的baby:【我想了想,有一件事还是得和你坦白。】

乔延曦给她回了个问号。

乔延曦坐在床边，撕开果冻的包装，感受到隔壁床飘来的视线，礼貌地询问："你要吗？"

林念问："这些都是谁送你的啊？那群肤浅的男生？你还是留着自己吃吧，我才不吃那些臭男人送的东西。"

手机又开始振动。

画画的 baby：【我今天其实先去找初晨哥哥了，想了解一下你在班里的情况，没别的意思喔！】

——嗯，此地无银三百两。

画画的 baby：【他问我你是不是和家里闹矛盾了，这我哪知道？于是我就来找你了。】

——他怎么不来问我？

画画的 baby：【然后那袋零食也是他买的，还不让我告诉你。他说直接给你钱你肯定不会要，吃的就不一定了。】

——"……"

画画的 baby：【初晨哥哥对你真好。[柠檬]】

乔延曦咬着柠檬味的果冻，看完这串消息，抬头瞥见林念满是嫌弃的表情，想起刚刚林念好像在问这些是谁送的，乔延曦咽下最后一口果冻，酸酸甜甜的味道充斥着味蕾，贴心地回答："是我同桌。"

林念的表情突然凝固了。

"挺好吃的，"她说，"你不要就算了。"

话音刚落，林念已经扑向了乔延曦的书桌，直接抓了一把零食抱进怀里："谁说不要了？"

乔延曦权当没看见这位室友的自打脸行为，低头摁了摁屏幕。

曦光：【知道了。】

曦光：【你把他的微信推给我一下。】

画画的 baby：【……不是吧，我还以为你们早就加上好友了。（名片分享）】

乔延曦之前只是扫码给傅初晨转账，后来也一直没加他的联系方式，主要是她觉得有事的话可以当面说，反正他们同班又同桌，方便得很。

验证消息发送过去后，对面的人很快就通过了。

乔延曦背往后倒，躺在床上，微湿的长发在身后散开，像泼墨的画，她也不在意，目光幽幽地望着天花板。

为什么要突然加他为微信好友？他们熟吗？

有什么话不能等明天早上去教室再说，非得要现在？

思来想去，乔延曦最后给他发送了两个字：【晚安。】

。：【九点就睡觉，大小姐你还挺会养生啊。】

秒回，这人还真是时时刻刻抱着手机。

乔延曦当然不可能晚上九点就睡，只是她也不知道该和傅初晨聊什么，干脆顺着他的话回道：【好学生都早睡早起，你多学着点。】

。：【。】

乔延曦觉得这两个句号有点儿好笑，几乎可以想象出他此刻的表情。

他上课总是困恹恹的，仿佛每天都没睡醒，也不知道夜里是不是做贼去了。

乔延曦又打出"早点睡"三个字，可是始终停留在对话框里，没有发送出去。想了想，她又删掉，锁上了手机屏幕。

本以为今晚他们的交流就这样到此为止了。

写完最后一张模拟卷子，停下笔，乔延曦按了按有些酸痛的脖颈，拿起手机看了眼时间，不知不觉竟然已经过了十二点。

微信有一条"。"的消息，在十五分钟前，内容是：【晚安。】

隔了三个多小时的晚安，好像是在告诉她，他也去睡了。

乔延曦看着这两个字，总觉得哪里不太对劲……

临近月考，课堂上的氛围越发紧张。

班主任何业教的是数学，这会儿他正拿着粉笔和三角尺在黑板上画着图形，"唰唰"两下，一个几何图就出来了。

台下静悄悄的，一部分同学在认真计算，另一部分则是直接放弃。

乔延曦低头拿着自动笔在草稿纸上演算着，连耳边的碎发垂下来也没去管。她专注做一件事的时候很容易忘我，从而忽略别的。

算完后，她放下笔。她密密麻麻写了一整页纸，但字迹很漂亮，并不潦草凌乱。

乔延曦又检查了一遍，验算结果。

不经意间地偏头，她发现傅初晨正懒洋洋地靠着墙壁，手里抓着一支笔把玩着。他课桌上的笔记本是合着的，像是没动过。

乔延曦忽然轻轻咳嗽一声，傅初晨抬眼看向她。

安静的教室里只有笔尖摩擦纸张发出的沙沙声，以及何业在讲台上来来回回的走路声。

乔延曦压低嗓音，把本子推向他那边的桌面，身体也跟着稍稍靠过去："要不要看？"

傅初晨忍不住又扬起眉。他也不知道问题出在哪里，他究竟做了什么，导致这位同桌一直坚定地认为他是个学渣？

那行吧，他也不介意配合她一下。

"好啊。"傅初晨也学着她压低嗓音。

乔延曦连人带椅往旁边挪了挪："那你自己看吧，答案不一定是对的。"

"没关系，"傅初晨说，"不怀疑对方的答案是对是错，是抄作业最基本的礼仪修养。"

乔延曦心想，您还挺了解"行规"。

把本子给他以后，乔延曦没再管他，而是扫视了一圈班里其他人，除了直接放弃的那部分人，剩下的都还在埋头苦思。

傅初晨垂眸看着纸上乔延曦的字迹，瘦金体，漂亮又大气。

他盯着她的字看了会儿，倏地笑了，头往下低，额发略略遮过眉眼，狭长的黑眸微微上扬，眼尾勾勒出好看的弧度。

乔延曦听见声音，一转头，就看见他靠在那儿莫名其妙地笑。

她问："你写完了？"

对方"嗯"了一声。

乔延曦不太相信，而且她刚刚好像也没听见他的写字声："这么快？"

傅初晨："抄个答案能要多久。"

乔延曦："……"

就这样一直到月考来临，乔延曦从来没怀疑过她同桌的学渣身份。

因为是转学来的，她被安排在最后一个考场。踏进考场的一瞬间，乔延曦差点儿以为自己穿越到什么三流高中了。

有个男生站在讲台上，课本卷成筒状当麦克风唱着歌。底下的同学要么在聊天，要么在打游戏，时不时还有人配合地给台上唱歌的人鼓个掌。

乔延曦走到自己的考试座位，桌子已经被人霸占了，和前面一张拼在了一块儿，有三男一女坐在那儿闲聊。

与这些人相比，A班那些都算是乖宝宝了。

"同学，马上要开始考试了，"乔延曦走过去，提醒他们，"这是我的位置。"

温娜抬了抬眼，意味不明地轻笑一声，用做了美甲的手在桌面敲了敲，声音清脆又刺耳。

"你的位置？"温娜反问，"现在是我在坐，这就是我的位置了。"

乔延曦耐着性子："那我坐哪儿？"

温娜指了指角落的垃圾箱，掩着唇，笑得很是娇俏："那里呀，不觉得那个位置才比较适合你吗？"

可能是察觉到了她们之间微妙的敌对气氛，教室里的同学不约而同安静下来，都在等着看好戏。

乔延曦确信自己不认识这个女生，也不知道自己哪里惹到了她。

不过乔延曦向来不是忍气吞声的性格，听见这种近似于羞辱的话，依然很平静："是吗？"她走过去，拽住温娜的胳膊，"可我觉得你更合适。"

温娜大概没想到乔延曦竟然敢直接对她动手，蒙了一瞬，等到后背撞上坚硬的垃圾箱才反应过来，一下子就炸了。

"你敢动我？"

"你以为你搭上了傅初晨就能飞上枝头变凤凰了吗？"温娜冷笑，"我告诉你，做梦。"

乔延曦悟了，搞半天这位仇人还不是她自己结下的，是因为她那招蜂引蝶的同桌。

温娜拿眼神示意之前与她聊天的那三个男生，等他们起身围了过来，她看着被包围在中间的乔延曦，理了理裙摆，再次扬起轻蔑的笑容。

"你不会还指望你同桌来帮你吧？他在最上面的那个考场，可来不及呢。"

考场是按照成绩排的，"最上面"就说明……乔延曦愣了一下。

趁她走神之际，有个男生似乎想推她的肩膀，手腕倏地被人攥住，他痛呼了一声。

谢洋抓着那男生的手，用了很大的劲儿，眼神冰冷又充满了戾气，声音也是压着火的："我说——你们是不是以为这个考场没别的A班的人了？"

完蛋，还真忘了这位了……

另外两个男生交换了个眼神，都没敢上前，显然是有点儿怕谢洋。

谢洋看着他们，一字一顿道："就算班长不在，欺负她，当我是死的吗？"

说实话，对于谢洋这个人，乔延曦印象还挺深的。

报到那天，何业让她选一个位置坐，当时整个教室就他和傅初晨旁边有空位。

她只认识傅初晨，且谢洋的外表看上去有点儿凶戾，她觉得还是少招惹为妙。

在班上她和谢洋基本是零交流，他比傅初晨还能睡，甚至旷课也是常有的事，有时候她一整天都看不见他的人影。

但可以肯定的是，谢洋和傅初晨关系还不错。

乔延曦刚和谢洋道完谢，考试预备铃就打响了，年轻漂亮的女老师踩着高跟鞋抱着一沓试卷走进教室："同学们，快点坐好，考试要开始了哦。"

第一场考语文，难度不大，乔延曦把卷面填满并检查了一遍错别字后，直接交卷走人。

这破考场她是一秒钟也待不下去了。

有人见她交卷出去了，也拿着试卷走上讲台，结果却被监考老师按头坐了回去："人家是答完了才交卷的，你这空白的一大片是留着给老师帮你写吗？"

那人："……"

提前交卷的人不多，整栋教学楼都静悄悄的。

乔延曦本来想回 A 班，可是考试还没结束，她也不能进去。

她只好趴在走廊吹了一会儿风，吹着吹着突然想起一件事，漂亮的桃花眼眯了眯，气势汹汹地就往四楼走。

第一考场的所在地。

教室前门是开着的，第一组第一排的少年单手支着脸，桌上的卷子早就写完了，他漫不经心地转着笔，动作灵活而多变，转个笔都快转出花来了。

乔延曦站在楼梯口出来一点的位置，静静地看着这一幕，莫名地想起了上个月，在安德烈那里曾见过他转打火机的样子。

他的手很漂亮，好像无论用来做什么都有一种高贵感。

她一直很想亲眼看看，这双手在弹钢琴的时候，会与琴键有多么地相配。

大概是察觉到了某道视线落在自己的身上，傅初晨朝外瞥了一眼，然后，手里的笔"啪嗒"一声，掉了。

这是傅初晨第一次主动提前交卷，以往他都是趴在课桌上睡到结束铃响。

监考老师推了推眼镜，低头看了眼他的卷子，似乎有点讶异："全部写完了？用不用再检查一下？"

"检查完了。"

台下的同学时不时抬头往讲台这边瞄几眼，心中一万个好奇，很想跟旁边的人交流一下这神奇的一幕，可惜考试还在进行，他们也只能眼观鼻、鼻观心，继续埋头填写卷子。

也有人座位靠前，大概是看到了什么不得了的东西，握笔的手都在抖。

监考老师："傅同学啊，这个虽然只是一次普通的月考，老师也知道你一直都是第一名，但再小的考试也要重视起来……"

傅初晨安静地站在讲台右侧，眸光微垂，望着教室前门外某个空荡荡的角落，有些走神。

老师苦口婆心地劝说了一大堆，注意到他的心不在焉："算了，老师相信你应该是有把握的。既然你有事，交完卷就出去吧。"

"嗯？哦，谢谢老师。"

傅初晨本以为乔延曦已经先走了，没想到刚踏出教室一步，一转身，就看见她靠在楼梯间最里面的墙上，双手抱胸，显然是在专门等着他。

"总算肯出来了？"乔延曦平静地开口，声音听不出和往常有什么差异。

如今已入了秋，天气转凉。多数学生都穿上了外套，乔延曦也不例外，酒红的制服裙和西装外套很衬她的肤色，像冷焰火，也像生长在荆棘之地的玫瑰。

她的五官本就是带有攻击性的漂亮，只是因为平时眼底的情绪总是很淡，更多的时候会给人一种清冷的感觉。

不像现在，那双桃花眼里明明白白地写着"本小姐要找你算账"。

傅初晨顿了下，舌尖轻轻抵了下腮帮，抬脚走过去，解释了一句："刚刚老师在说话，我不好直接走。"

乔延曦点点头："也是，毕竟你是好学生。"

傅初晨："……"

"是我误会你了，"乔延曦看着他，用下巴指了指他背后的第一考场，"我都不知道，原来我的同桌这么厉害。"

整栋教学楼都静悄悄的，走廊上有穿堂而过的风吹来，有点儿冷。

楼道的光线昏暗，他们隔着不远不近的距离对望着，仿佛在无声对峙。

乔延曦将风吹乱的发丝别在耳后，看着傅初晨蓦地往前两步，挺拔的身形挡在她前面，拢下一片阴影。

"你不知道的还有很多。"傅初晨说。

乔延曦抬眼看他。呼啸的风被他用身体隔绝了大半，只剩下很少的部分，轻拂过她的脸颊，凉凉的。

"你想听吗？"傅初晨的声音低而缓慢，微微垂头，黑眸注视着她，"我都可以告诉你。"

乔延曦偏了偏头，错开他的视线，侧脸的轮廓精致而冷漠："没兴趣。"

"行吧。"傅初晨耸耸肩，问起了别的，"你怎么突然上来了？"

"明知故问。"

"这么着急来找我？"

乔延曦停顿了一下，又把脸转回来，抬眼盯着他看了几秒，忽然不爽地低"啧"一声。

她伸出手，抓住少年胸前的领带，猛地往下一拽。

傅初晨猝不及防，身体前倾，踉跄了一下，手掌顺势撑在了她背后的墙上。

乔延曦强行将对方的视角拉到和她同一水平，没有错过傅初晨眼中一闪而过的错愕，她满意地松了手："你没有要和我解释的？"

她这个举动完全出乎傅初晨的意料，不过他也没诧异太久，神色很快恢复淡漠。

"我还以为得考完了你才会发现。"

他开口说话时，眸光含着几分戏谑。

乔延曦面无表情地和他对视着。近距离看，她眼睛颜色更接近于浅棕，像焦糖或琥珀，连睫毛都根根分明，鼻息间萦绕的也都是她洗发水的花香。

她这会儿显然很不爽，活脱脱一个人形制冰机，向他散发着冷气。

僵持了半天，傅初晨还是收回手，重新直起身子往后退了退，叹着气说："是我的错。"

先前那股铺天盖地包围着她的侵略感没了。

听见这一声道歉，乔延曦愣了一下。

"我不该瞒着你，我错了，"他漆黑深沉的眸底倒映着她此刻的模样，"同桌大人。"

乔延曦舔了舔唇："你再重复一遍。"

"我错了。"他很配合。

"不是这句。"

傅初晨懂了，他勾起嘴角，声音低缓地喊道："同桌大人。"

他的同桌大人微微颔首："要不你以后都这么喊吧？我觉得挺好的。"

傅初晨："不要顺着杆子就往上爬。"

乔延曦见好就收，毕竟这件事严格来说，他确实没有直接承认过自己成绩烂，只是她单方面误会了而已。

他也就是没否认，不仅没否认，还配合着她演了这么久的戏。

最后看了眼还在第一考场教室里奋笔疾书的学霸们，乔延曦有点儿怀念。

最大的敌人就在眼前，消气以后，乔延曦的桃花眼轻轻扬了扬，撂下狠话："你等着吧。"

傅初晨："？"

"下个月，你这个位置就是我的了。"

傅初晨本以为她会说什么"下个月也会来第一考场"之类的话，没想到这姑娘比他想象的嚣张得多，都开始准备篡位了。

"行，"他笑了一声，"我等着你，同桌。"

乔延曦不满意："大人呢？"

傅初晨："大人是限定的，没了。"

南礼的月考制度是按照高考来执行的，共两天，考完就是国庆假期。最后一门外语考完，整个班沸腾得跟刚烧开的热水壶似的。

大家都在商量着放假后的聚餐，一来是庆祝考试结束，二来也算是正式地欢迎一下乔延曦这个新同学加入 A 班。

欢迎会其实早就想办了，只是一直没有时间，才拖拖拉拉到现在。

择日不如撞日，就定在了今晚。要去的同学约好在宿舍楼下集合，到时候一起出发。

乔延曦下楼的时候，人基本上都在底下等着了，这次的聚会 A 班共有近二十人要去，傅初晨作为班长当然也是少不了的。

听宁萌说，傅初晨以前好像不太喜欢参加这种非必要的集体活动，也不知道这次怎么就心血来潮答应了。

有人问："咱们什么时候出发啊？要去的人都到齐了吗，还差谁？"

"急什么急，班长还没来呢。"

话音刚落，傅初晨刚好从男生宿舍楼出来，简单的白色 T 恤搭配黑色长裤。

大概是刚洗完头，还未干，发梢有些微湿，肩头洇湿了一块，显得那一圈衣服颜色更深。

或许是看惯了他平日穿校服的样子，突然换了个打扮，乔延曦愣了愣，下意识地想起了他们最早在药店的那次见面。

那个时候，她以为他只是她生命中一个不重要的路人甲，最多长得帅了点儿，没想到后来他们会有这么多接触。

缘分这种东西真的很奇妙。

"傅哥来了！"

"等一下，他后面那个人是……谢洋？"

"他们怎么一起下来了？"

听到其他同学诧异的声音，乔延曦才注意到，傅初晨身后还跟了一个人。

谢洋穿得比较摇滚范，和傅初晨简直是两种截然不同的风格。

"他们是室友，一起下个楼也不奇怪……"陈星宇嘀咕着，"但我怎么看这架势谢洋好像是准备跟咱们一块儿？"

乔延曦侧头："你们不想谢洋去？"

"欸，那倒也不是，都是同学。"陈星宇挠头，"只是谢洋看着太凶了，大家都有点儿怕他。"

乔延曦点点头："确实。"

不过想起最后一个考场上发生的事，她顿了下，觉得还是不能以貌取人。

"我觉得他人挺好的。"

陈星宇："……"这话听起来就离谱。

他们这一大帮子人聚在宿舍楼下还是很引人注目的，时不时有别的班的同学往这儿瞅。

乔延曦甚至看到了乔姵。小姑娘似乎有话要和她说，刚准备走过来，也不知道是突然看见了谁，一副见了鬼的表情，立马跑得远远的了。

没几分钟，她就收到了乔姵发来的微信：【爸爸让我通知你，这次放假你必须要回一趟家，你都一个月没回去了，简直不像话！】

下一秒又弹出一条：【这是爸爸的原话，跟我没关系。】

乔延曦："……"

聚餐的地点定在一家网红烧烤吧。店内环境很好，冷色调的装修，重金属风格。

因为第二天就是法定假日，晚上市中心无比热闹，各种娱乐餐饮店面都挤满了人，好在他们提前预订了包厢。

乔延曦随便找了个位置坐下。

大概是出于同桌的习惯，傅初晨很自然地坐在了她左边，靠着椅背，一只手拿着手机在玩，另一只手习惯性地摸着耳垂。

乔延曦偏头看了一眼，注意到他又戴上了那枚黑色耳钉，并不显眼。

菜已经点好了，陈星宇把菜单拿给傅初晨看："傅哥，你说还要不要加点什么？"

傅初晨大致扫了眼，又加了几个菜，便递还给了陈星宇。

少年垂眸，店内的光线偏暗沉，显得他五官更加深邃立体，他整个人漫不经心的，又带着几分疏离和冷淡。

乔延曦一直觉得奇怪，他在学校似乎和谁关系都不错，又好像跟谁也不亲近。

明明也会一起打球，一起吃饭，但他却很少参与这个年纪的男孩子都感兴趣的游戏、球赛之类的话题。大多数时间，都是其他人在兴致勃勃地说，他百无聊赖地听。

就像现在。

A班本就是男生偏多，今天出来的一个比一个闹腾。

这家店的烧烤可以自己烤，也可以让店员帮忙烤，几个男生非要亲自动手大展厨艺，全挤在了烧烤架那边。

没一会儿，陈星宇端了一盘黑乎乎的生蚝过来："萌萌，快尝尝你同桌我的手艺！"

"真的能吃吗……"宁萌仔细辨认了一下，挑了个看上去还行的，抱着慷慨赴死的决心尝了一口，味道竟然还不错。

她又选了个好看的生蚝夹给乔延曦："乔乔你也吃。"

乔延曦顿了下，看着盘子里的撒着蒜蓉和葱花的生蚝，刚要说话，盘子忽地被旁边的人抽走，他又推了个干净的空盘子给她。

宁萌："？"

"傅哥，我这儿还有，虽然我知道我的厨艺惊人，但你也不至于抢——"陈星宇看不下去，准备再给乔延曦拿一个生蚝。

"她对海鲜过敏，"傅初晨淡淡说，"别给她了。"

这句话说出来，三人同时愣了愣。

陈星宇似乎没想到会是这个原因，面露尴尬，用空着的手挠了挠自己的脸颊："啊，是这样吗……"

宁萌则是疑惑地看向乔延曦，向她确认："乔乔你真的对海鲜过敏？"

乔延曦先是往傅初晨那儿瞟了一眼，他已经拿着木筷吃了起来，从侧面看，他的睫毛很长，浓密又卷翘，此刻微微低覆下来，像两片漆黑、柔软的羽毛。

她目光稍稍一顿，似乎是在诧异他为什么会知道这件事，过了片刻，才轻轻"嗯"了一声。

"那真是太可惜了。"陈星宇摇头叹道，"这么美味的食物，而你却无福享用，小乔同学，你的人生少了一大快乐！"

傅初晨却在这时放下筷子，掀了掀眼皮，没什么波澜地看向他，点评道："味道一般。"

陈星宇表情受伤，捂着胸口，仿佛中了一箭："傅哥你也太不给面子了。"

"我以为这个说法已经够委婉了。"

"算了，"陈星宇更受伤了，"我还是去给别的同学分享这人间美味好了。"

整个包厢的氛围都是喧闹热烈的。陈星宇离开后，宁萌也被其他女生叫走了。

他们这块小角落又重新安静下来，仿佛有一道无形的分界线，将他们与其他人隔绝成两个世界。

傅初晨伸手拿了听可乐，用修长的食指勾着拉环，随着"咔哒"一声，轻轻松松单手打开，将可乐递到嘴边喝了一口。

余光瞥见乔延曦似乎还盯着自己，他扭头，纯黑的眼眸在昏暗灯光下显得越发深沉。

乔延曦迎上他的视线，不知道为什么，到嘴边的话却有点儿问不出口了。

乔延曦抿了抿唇："你……"

"你喝什么？"傅初晨忽然问。

"随便。"她又想了想，"果汁吧。"

他们的桌子不是那种大圆桌，而是很有格调的长形桌，黑色木质的，乔延曦为了清净选了靠边的位置，距离摆在长桌中间的饮料果盘比较远。

傅初晨在她说完前两个字后就起身了，他个儿高，生得手长脚长，只略略弯腰就能够到。

他给她拿了一盒椰汁，她接过来道了谢，咬着吸管喝了一口。她平时其实不爱咬吸管，只有在想事情或是比较纠结的时候才会这样。

"傅——"

她刚想喊他的名字，便见他靠着椅子，歪头看向了烧烤架的方向。

一群幼稚鬼还在那儿争执到底应该是孜然撒多一点，还是胡椒粉撒多一点，半天没有结论。

"你饿不饿？"他的声音低而沉，却在一片嘈杂中格外清晰。

第二次想说的话被他打断，乔延曦秀眉微微蹙起，有些怀疑这人是不是故意的。

可是看着少年懒洋洋地靠在那里，神情慵懒又冷淡，一双狭长漂亮的黑眸不躲不闪，直直回望过来，半点儿也没有心虚的样子，她又觉得可能只是错觉。

"不饿。"乔延曦语速飞快，回答完了立马接上下一句，"你到底是怎么知道我对海鲜过敏的？"

她是真的想不明白，明明自己在学校从来没有提过这件事。

傅初晨顿了下，捏着喝到三分之一的可乐瓶，神态和语气都很自然，平静道："猜的，看你平时都不吃海鲜。"

乔延曦狐疑地盯着他："那也有可能只是因为我单纯地不喜欢吃，你为什么会肯定是过敏？"

"都说了，"傅初晨的表情没什么变化，"猜的。"

乔延曦："……"

十六七岁正是爱玩的年纪，出来聚会，坐在那儿光吃东西多没意思，加上现在气氛这么活跃，就有人趁兴提议说来玩"真心话大冒险"。

他们找店家要了一副扑克牌，到时候每个人抽一张牌，牌面最小的那个人要接受惩罚，规则非常简单。

乔延曦一边吃着烤翅，一边等着他们洗牌。

银色的签子上串着两块外焦里嫩、大小接近的翅中，焦糖色的蜜汁铺在表面，咬一口肉嫩鲜香，极大程度地满足了味蕾。

明明看起来是在细嚼慢咽，但她吃的速度却很快，已经一个人干掉好几串了。

这几串也都是班上那几个男同学烤的，他们在架子前蹲了半天，总算烤出一盘色香味俱全的，立马就屁颠屁颠过来上贡给女神。

傅初晨瘫在座位里，看她非常给面子并且津津有味地吃完了全部鸡翅，轻轻挑了下眉毛。

"喜欢吃肉？"他问。

乔延曦嘴里还咬着一块，不方便回答，只能微微点头。

"吃吧，"傅初晨也跟着点头，语气平淡毫无起伏，"只要你不怕成为'大壮2.0'的话。"

乔延曦默默放下了银签，冷飕飕的眼刀飞过去："它叫威廉。"

似乎没想到她在意的重点是这个，傅初晨勾唇笑了下，说："行吧，'威廉2.0'。"

乔延曦："……"

牌已经洗好了，洗牌的人干脆挨个给他们发了一张，乔延曦捏起自己桌面上那张薄薄的纸牌，低头瞄了一眼——梅花3。

整个桌上都不会有比这个更小的牌了，她心如死灰，直接掀了牌，面无表情地为自己选择了惩罚："真心话。"

傅初晨坐在她旁边，手握一张"4"，半点没有劫后余生的人该有的庆幸，反而还落井下石："弱者才选真心话，你要不再考虑考虑？"

乔延曦都懒得搭理他。

陈星宇在他们对面都快笑趴了，大家也是笑声一阵接一阵，有个拿到A的同学是在场最大的牌，将由他来提问。

"咳，那个……"

在场的人都在朝那人挤眉弄眼，那人也非常上道，问出了大家都很好奇的一个问题："乔同学，你谈过恋爱吗？"

"没有。"

答案不出所料，但不少同学还是齐齐松了口气。

输了的人要负责下一轮洗牌，乔延曦以前没玩过扑克，自然也不懂应该要怎么洗，她照猫画虎学着别人将牌分成两沓，拇指抵在前面，心想好像也没那么难。

随着"唰"的一声，牌全飞了，宛若天女散花般四散开来。

乔延曦："……"

同学们："……"

一片寂静中，旁边忽地传来了一声轻笑，嗓音微沉，说不上来是嘲笑还是无奈，带着叹息，低低地回荡在她耳边。

"我来吧。"

傅初晨弯腰捡起掉落在自己脚边的几张牌，又从她手里接过剩下的那堆。

乔延曦侧过头看他。

她知道傅初晨的手很灵活，无论是平时转笔也好，还是现在洗牌，似乎无论什么东西到了他手中，都可以被他玩得很溜。

"好了。"傅初晨捏着洗好的牌转了转身，似乎准备递给她。

乔延曦刚要伸手去接，"哗啦"一下，他拇指轻轻一推，给她来了个花式开扇。

乔延曦抬眼看他，以为这是他在故意炫技，咬着后槽牙很轻地磨了一下。

傅初晨装作没注意到，垂着眸，瘦削的下颚线条流畅好看，微微扬了扬，似乎在给出什么提示。

——选这张。

乔延曦将信将疑地伸出手，抽到一半，又觉得这人没准儿是在坑她，犹豫着想要换一张牌。

傅初晨却没给她这个机会，捏着剩下的牌往回一拉。

乔延曦抓着那张被迫抽出来的牌："……"

这时候的她已经做好了自己又要得到一张"3"的心理准备，不抱希望地翻开后，她愣了一下："红桃皇后？"

"运气不错。"他轻笑。

没人注意到他们之间的眼神交流和小动作，傅初晨神情坦然、淡定，仿佛刚才帮她作弊的人不是他一样。

说完，他又转身让别人抽牌。等大家挨个抽完，最后只剩下一张牌在他手里。

傅初晨直接摊开丢到桌面上，是乔延曦上把摸到的那张梅花3，他看也没看，好像知道自己是什么牌。

傅初晨往后靠了靠，一条手臂顺势搭在身后的椅子上，漠然地对大家说："大冒险。"

这次抽到最大牌的人是谢洋，他从进包厢到现在一直都很安静，基本没说几句话，但即便如此，他的存在感依旧很高。

大家都不敢和他搭话，这会儿也只是齐刷刷把脑袋转向他，都挺好奇他会提出怎样的要求。

谢洋看了傅初晨一眼，又看了看傅初晨旁边的乔延曦，语气敷衍、随意："跟你同桌掰个手腕吧。"

这究竟是在惩罚谁？

乔延曦认命地叹了口气，看来红桃皇后也没能带给她好运。

一回头，她看见傅初晨架势都已经摆好了，手肘压在桌面上，胳膊竖起，视线撞入她眼底的时候歪了歪脑袋，似是邀请："来吗？"

掰个手腕而已……乔延曦深吸一口气，调整好心态，抿着唇说："开始吧。"

她知道自己肯定比不过傅初晨，只是想别那么快就垮了，那样实在太丢脸。

可惜天不遂人意，话音刚落，她就感觉到一股她丝毫招架不住的强劲力道袭过来，一秒钟不到，她直接被"K.O."。

大家：？？？

傅初晨看了她一眼，顿了下："如果我说，我其实有放水……"

乔延曦面无表情："闭嘴，你没有。"

乔延曦今晚饮料喝得有点儿多，现在也差不多该散场了，她起身去了趟卫生间。

洗手液搓出细密的白色泡沫，淡淡的薄荷味儿，很清凉。冲干净以后，乔延曦转身要走，没想到被人喊住。

站在阴影处的男生身形挺拔，短发利落，眉眼的轮廓深邃冷硬。

谢洋问："你假期有没有空？"

乔延曦："……"这是什么情况？

大概是看出了她的茫然和疑惑，谢洋解释了一下："我的弟弟们很喜欢你，想邀请你来家里玩。"

弟弟们。

这个"们"字就很有灵性，加上他的姓氏，乔延曦一下子就联想到了之前在安德烈那儿遇见的双胞胎兄弟。

原来，谢洋是谢天和谢地的哥哥。乔延曦消化完这个惊人的消息，没立刻回绝，只说到时候再看。

谢洋也无所谓她到底来不来，替两个小屁孩转达完这个消息，转身就走。

乔延曦跟在他后面，顺路一起回了包厢。

傅初晨抬了抬眼，看见他们两个一起回来，眉梢略微扬了扬。

现在这个点已经很晚了，出了这家烧烤吧，冰凉的夜风迎面吹来，也让人清醒了几分。

他们已经叫了车，有些家近的同学就直接回家了，剩下的还是准备先回学校再住一晚。

城市的夜晚不管多迟，都灯火明亮，街道上车流如织，路边有不少年轻情侣手牵手压着马路，也有一些大学生在说说笑笑。

对面的商场慢慢关了门，但附近的酒吧招牌才亮起光，灯红酒绿，纸醉金迷。

乔延曦和傅初晨把其他同学一个个送上车，直到店门口就剩下他俩。

"你是不是有话要说？"乔延曦看着他。

傅初晨站在距离路灯比较远的地方，光圈虚虚笼罩在他身上，大半张侧脸浸泡在黑夜里，只有右耳的耳钉偶尔会反一下光。

他倚着身后的墙，屈起一条腿，手里捏着黑色的手机，一下又一下地把玩着，似乎没听见她说话的声音，没有任何反应。

初秋的夜里有些寒凉，街上风很大。

少女的长发凌乱，肆意飞舞着，有一缕被风往前吹，有点儿挡视线。

她刚把碎发撩到耳后，就听见他低沉的嗓音。

"你和谢洋什么时候这么熟了？"

这回轮到乔延曦觉得好笑，伸手指了指自己，面无表情地反问："我？谢洋？熟？"

"你们刚刚还一起去厕所，"傅初晨同样面无表情，"你跟个男孩子一起去厕所？脑子没问题吧？"

乔延曦想骂"你脑子才有问题"，顿了下，还是忍住了："那只是碰巧遇到，然后我们就聊了几句。"

"聊什么？"

"他问我假期有没有空，想邀请我去他家玩。"

傅初晨眯了眯眼，靠着墙的背直了起来，刚准备说些什么。

乔延曦倏地反应过来："我为什么要向你汇报这些？"

"那你也已经说了一半了，"傅初晨俯身弯腰，黑眸对上她的桃花眼，声音低而缓，仿佛蛊惑一般，"不如继续？"

乔延曦第一次在和他的眼神对视中败下阵来，眸光微微闪躲了一下。

月光浅淡柔和，少女的面容明艳又清冷，在这秋高气爽、凉风习习的夜里，她却感到一股莫名的热意。

"谢洋是谢天、谢地的哥哥，你应该早就知道了吧？"乔延曦说。

他点头："嗯。"

"所以他才找我说这个，"那种微妙的感觉转瞬即逝，乔延曦眨眨眼，语气平静，"我是刚知道的。"

"哦。"他又点头，"那你答应了？"

乔延曦："我说看情况。"

"没什么好看的，"傅初晨的语调悠悠，神情散漫而懒倦，"他家不好玩。"

第四章

〉秋日的乐章

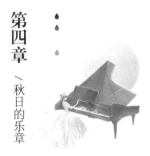

夜凉如水，月光透过薄而透明的纱帘钻进室内，宿舍静悄悄的，乔延曦坐在床头，望着窗外随风晃动的树叶有些出神。

上一次像这样和同学们出去聚会是什么时候，她已经记不起来了。

以前，秦之韵对她的要求十分严苛。

所谓的假期对她来说只不过是换一个上课的地点，早中晚各种补习班、兴趣班安排得满满当当，根本没有空余的时间出去玩，更别提像今晚这样放纵。

乔延曦一直是慢热的性子，不爱说话，也不喜欢主动，她本以为自己转学过来会受到排挤，会很难融入这个新的、陌生的环境，可是 A 班的同学大部分都很友好。

回忆起今晚的聚餐，乔延曦的嘴角牵起一点微小的弧度。

在来 S 市的这段日子里，除了一开始的茫然无措，更多地，她感受到了久违的放松和自由。

林念不在宿舍，可能是出去玩了。

乔延曦拉上窗帘，按亮了床头的球形小夜灯，将亮度调到比平时更高了些，暖色调的光晕霎时笼罩了整个房间。

一夜无梦。

翌日，乔延曦其实很早就醒了，她爬起来去学校便利店买了个早饭，然后才回来慢吞吞地收拾行李。

东西其实不多，她也没准备回去住多久。

但她还是拖到将近十一点才从学校出发，到乔家别墅的时候，正好是午餐时间。

"大小姐，您回来啦。"周姨看见她，连忙迎她进屋。

再次踏进乔家大门，奢华富丽的大厅映入眼帘，她心底依然没有什么归属感。不觉得自己是"回家"，甚至有一种来亲戚家做客的心情——还是个不怎么熟悉，几年也见不了一次面的远房亲戚。

听见动静，沙发上正在翻阅金融相关报纸的乔珩回头看了她一眼。

男人那双深邃的桃花眼轻轻眯起，等了一会儿，听见女儿没什么起伏地喊了句"爸爸"，他才勉强应了声。

"我听姌姌说，你在学校过得挺不错？"

乔珩打量着面前的女儿，距离上一次见面，她的脸颊明显圆润了不少，想来这段时间的校园生活确实是过得有滋有味的。

意识到断她生活费根本没有意义，乔珩眉头倏地拧了一下："你妈妈就是太宠着你了。"

乔延曦知道他误会了，垂了垂眼，说："我也没用妈妈的钱。"

从她来到 S 市后，秦之韵就再也没有管过她，甚至连卡都给她停了。

乔珩继续问："那你是哪儿来的钱？这个月在学校怎么吃饭的？"

乔延曦顿了下："同学请客。"

乔珩："偶尔一两次就算了，难道同学还会天天请你吃吗？"

乔延曦想起之前前桌们连着一周的爱心早餐投喂，和她同桌升级版的匿名下午茶投喂，如果不是被她阻止，估计能送到天荒地老。

"会的。"她说。

乔珩深呼吸了一下，似乎有点儿被气到，又不知道该怎么发泄。他知道乔延曦长得漂亮，在学校人气应该挺高的，肯定会有不少小男生围着她转。

"是男同学吧，你要注意——"

乔延曦实话实说："男女都有。"

"——跟他们保持距离。"乔珩面无表情地将后面半句话说完，"女孩子倒是没关系。但是乔乔，你要记得，你始终姓乔。"

"我知道。"乔延曦淡声回答。

"一个月不回家，还不跟爸爸联系，你觉得你这样像话吗？"

她不说话，惹得乔珩再度皱起眉。

和乔婳不一样，眼前这个女儿是他的亲生骨肉，身上流淌着和他相同的血液。可那双遗传自他的眼眸，看向他的眼底却始终是冷淡又疏离的。

"乔乔，"乔珩看着她，问，"你是不是回来爸爸这边不高兴？"

"没有。"

确实没有不高兴，但距离高兴也就差了个十万八千里吧。

"那你成天板着张脸是给谁看？"刚开始乔珩觉得没什么，小姑娘有点儿脾气正常，但都一个月了还是这样，他就感到有些不满了。

"你就不能多跟你妹妹学学？人家比你还小一岁，都知道每周回家看看父母，知道隔三岔五发发微信……"

乔延曦抬了抬眼："您这么喜欢乔婳，怎么不愿意把家业给她继承？"

乔珩脸色一变，用力拍了下茶几，"砰"的一声，杯子里的茶水都溅了出来。

他严肃起来的样子挺吓人的，久居上位的气势爆发出来，原本潜藏在温和外表下的凌厉锋芒全部散发出来。

"你这叫什么话？"

"您心里清楚，"乔延曦迎上他的眼神，不避不躲，"我为什么会被接回来。"

乔珩最后没和他们一起吃这顿午饭，说是公司有事临时要赶过去。

谢雨静和乔婳都有些茫然，明明一开始是乔珩自己说的，今天休息，要他们一家人一起吃个饭的，结果他反而先走了。

下午，乔延曦去了安德烈那里。

熟悉的白色小洋楼出现在她的视野内，远远地瞥见前院栽种的那片粉白交错的玫瑰，她觉得自己烦闷的心情也得到了一些治愈。

一进门，乔延曦就看见傅初晨懒洋洋地瘫在柔软的沙发上，垂头在玩手机。

听见脚步声，他似乎很确定是谁，头也不抬："来了？"

乔延曦应道："来了。"

乔延曦并不惊讶会在这里看到傅初晨，因为就是他在饭后给她发了条微信，说安德烈明天上午的飞机要回 K 国，问她现在要不要来。

"老师呢？"

"在楼上，走吧。"

傅初晨收了手机，起身。他今天穿了件深灰色的长袖卫衣，袖子有些长，被他挽了两圈上去，露出瘦削冷白的手腕。

她和他一起上了三楼。

安德烈正在收拾行李，原本宽敞整洁的卧室变成乱糟糟的一片，各种乐器装在包里，大包小包地堆在角落，桌上也都是一些琴谱散页。

看见他们，安德烈刚准备开口说点儿什么，角落里突然窜出一只毛茸茸的小东西。

"喵——"

黑灰色斑纹的狸花猫，睁着圆溜溜的大眼睛，摇着尾巴过来绕着安德烈转圈圈。

"来，"安德烈顺手捞起它，往乔延曦怀里一塞，"乔乔，你的猫。"

乔延曦手臂往下一沉，被迫接住这只大肥猫，还要容忍它左右扭动得相当不安分的身躯："……是不是又胖了？"

"看我做什么？跟我可没关系。"傅初晨摊手，"我开学后就没过来了。"

安德烈冷哼一声："一天天也不知道在忙些什么，琴都不练了。"

傅初晨想了想："忙着……喂别的猫？"

乔延曦瞪了傅初晨一眼。威廉还在她怀里，小爪子在她胸口挠来挠去，她面无表情地按住。

狸花猫乌溜溜的圆眼睛望着她，一人一猫对视了几秒，场面僵持。

微妙的沉默中，安德烈发出一声尴尬的"咳咳"，然后说："那什么，乔乔，这猫你今天刚好就带回去吧。"

"我现在住宿，学校不让养。"她说着，顿了下，"乔家那边……"

安德烈多少也了解一些她的家庭情况，摸了摸胡子，叹了声："唉，行吧。那总不能让我带它回 K 国吧？"

猫这种生物容易有应激反应，不适合坐飞机，尤其还是这种长时间的旅程。乔延曦不想冒险，只能找其他人代养。

至于人选嘛……

傅初晨全程神情漠然地听着他们讨论这只猫的归处，见乔延曦把目光投向自己，刚要说话——

"乔乔，这小子你就别指望了。"安德烈先开了口。

记得之前有一次，他有事要离开 S 市几天，就问过傅初晨能不能帮他照顾几天猫，结果被毫不留情地拒绝了。

这小子原话是什么来着？

平时逗着玩就算了，养起来太麻烦，免谈。

"傅同学，"乔延曦抱猫的手往上抬了抬，举着威廉肉乎乎的身体送到他眼前，"帮个忙？"

有求于人的时候，她说话态度还是很客气的。

傅初晨看着她，神情无动于衷，仿佛下一秒就要再蹦出一个"免谈"。

沉默在空气里蔓延，在乔延曦准备放弃的时候，他突然问："报酬呢？"

"什么？"

"帮你养'儿子'的报酬。"傅初晨倾了倾身子，凑近她，伸手揉了揉她怀里那只狸花猫，眼睛却是直勾勾地望着她的脸。

他脑袋微微斜了斜，似笑非笑："你不会准备让我给你打白工吧？"

乔延曦抱着威廉往后挪了半步："你知道的，我现在很穷。"

虽然她周末基本都有去做兼职，但那些钱也只能勉强支撑她平时的开销，毕竟她又不可能真的天天蹭吃蹭喝。

"也不一定是钱。"

傅初晨往后退开半步，双手插在卫衣的兜里，垂眸打量了一下她。

乔延曦平时给人的感觉很高冷，这会儿穿着浅棕色的针织毛衣，露出纤细白皙的天鹅颈，站在光线充盈的房间里抱着猫的样子，会有一种温柔的错觉，看上去很柔软。

乔延曦不懂他这是什么眼神，只觉得被看得浑身发毛，最终忍无可忍："那你要什么？"

"要你——"他刻意停顿在这里，不出所料，看见少女一副要跟他同归于尽的表情，轻声笑了起来，"先欠着。"

那确实也只能先欠着了。

解决了猫的问题，乔延曦又转头看向安德烈。

安德烈捋着自己的大胡子，用意味深长的眼神在他们之间来回扫了几遍，发出"哦"的声音。

乔延曦重新把威廉放下来，任由它四处撒丫子乱窜。

除了一些零零散散的小东西还没收拾好，整个屋子和原来的样子差别已经很大了，一些大的物件都用白色的防尘布盖上，那只名叫菜鸟的鹦鹉也已经被送走，足以说明房子的主人短期内不会再回来。

"老师……您真的不再多留一段时间吗？"

她来到 S 市不过一个多月，也就开学前见过安德烈几次，现在好不容易国庆放了七天假，安德烈却要走了。

"我在这边待得已经够久了，我很喜欢这里的文化、饮食……"安德烈说着笑了起来，那双碧蓝的眼睛深邃而又迷人，"当然还有你——乔乔！你的天赋是如此出众，我非常高兴能拥有你这样优秀的学生。"

"啧。"

"你啧什么啧？"安德烈斜眼觑他，突然反应过来什么，又乐道，"怎么，我说喜欢乔乔你吃醋啊？"

"……您想多了。"

傅初晨抬脚往前走了几步，停在一架盖着防尘布的三角钢琴旁。

"只是提醒一下，"他掀开上面的白布，指尖沿着光滑高级的琴盖一寸寸划过，"您的优秀学生应该不止她一个？"

乔延曦明白了，合着这位少爷是不服气，在怪安德烈只夸了她，没有夸他。

多大的人了，幼不幼稚啊？

安德烈挑了挑眉，似乎听见了什么不可思议的话："你还想和乔乔比？"

"不敢。"

说话的时候，傅初晨的尾音微微拉长了些，显得语气有点儿玩味。他说的是"不敢"，脸上写着的全是"不然呢"。

"算你小子识相。"安德烈这才满意。

乔延曦没参与进他们的对话，只是目光长久地驻留在少年身上。

初秋的阳光薄且柔和，浅金色的光线从窗户漫进室内，将他的轮廓勾勒出完美的剪影。

他的腿很长，身材的比例几乎到了逆天的程度。

钢琴不好说，但如果是比腿长……她一定会输得很惨。

不过最吸引乔延曦的，还是他随意搭在黑色琴盖上的骨节分明的手。

就这么定定地看了好一会儿，她鬼使神差般地走过去，隔着不远不近的距离停下，问了一句："要弹吗？"

傅初晨有点儿微诧，扬了扬眉梢："你想比一场？"

"没有。"乔延曦摇头，"只是问问你，我以为你想弹。"

傅初晨和她对视着，黑眸上挑，勾勒出微扬的弧度，似乎察觉到了什么，手指微微动了一下："你想听我弹。"

乔延曦也不否认，又问了一遍："那你要弹吗？"

黑色木质的琴盖被傅初晨轻轻掀开，他抽出底下的琴凳落座，以行动代替了回答。

他修长如竹的手指覆上琴键，仿佛就是为它而生，按响第一个音符的瞬间，乔延曦觉得自己的心也没来由地跟着猛烈跳动了一下。

说来也不巧，明明他们也一起练过好几次琴，她却一直没能亲眼见过他弹琴时的样子。

现在终于见到了。

指尖在黑白的音键上来回跃动，琴音流淌在静谧的午后，相对轻快的曲调，比阳光还要明媚绚丽，整个世界仿佛都被点亮了一般。

乔延曦眨了眨眼，没想到真实的场景比她想象中的画面还要绝。

不论是从专业角度来看，还是以一个普通观众的身份，他的演奏都完美得无可挑剔。

"你小子今天发挥不错啊，"安德烈难得赞美他一句，"平时要是都这个水平，你看我还会舍得骂你吗？"

"我看会。"

傅初晨悬在琴键上的手缓缓收回，从演奏时沉浸的状态退出来，又恢复成平常懒散淡然的模样，不紧不慢地回了这么一句。

安德烈："……"

乔延曦其实还想让他继续弹下去，不过傅初晨在结束了这首曲子后，已经站起了身，似乎没有再多弹的打算。

"乔乔，你也来一首吧。"安德烈对她说。

乔延曦依言走到钢琴前坐好，有一种无法言说的微妙心情。她的手指触碰琴键，冰凉，又好像带着一丝丝余温。

因为走神，她弹错了一个音符。只是一个小小的失误，但在场的都不是什么业余人士，自然不会漏掉这个细节。

身后忽地笼罩下来大片的阴影，她感觉到了有人靠近。

接着，余光便看见了一只骨节分明的手。

那只手落在她旁边的琴键上，傅初晨俯身，配合着她的节奏，和她一起完成了这首《秋日乐章》。

一曲终了，安德烈很给面子地鼓了鼓掌，点评道："你们配合得不错嘛。"

傅初晨直起身，重新和她拉开到合适的距离，双手插兜，神情平静地附和了一句："我也觉得。"

这还是乔延曦第一次尝试跟人合奏，效果出乎意料地好，看来她和她这位同桌确实是有一些默契存在的。

傍晚回到乔家，乔珩还是没有回来。

简单用过了晚餐，乔延曦准备去洗个澡上床休息，刚进屋没一会儿，房门就被敲响。

"咚咚咚——"

乔延曦拉开门，没想到来的人竟然是乔婳。

小姑娘手里端着一盘水果，水晶果盘上盛着切好的新鲜蜜瓜和火龙果，洗干净的紫葡萄圆润饱满，上面还沾着水渍。

"妈妈让我给你送的。"乔婳鼓着腮帮子，看上去不大情愿，似乎是想不明白为什么送水果这样的小事还要她亲自来。

不过她也不敢忤逆谢雨静的话，只好任劳任怨地送货上门。

乔延曦点点头接过来，道完谢后，又补充一句："辛苦了。"

乔婳本来送完就要走的，都已经转身了，猝不及防听见这一句，身体一僵，扭头问："你今天怎么了？你下午去哪里了？感觉你出去一趟回来心情就变得特别特别好。"

"有吗？"

那可太有了！不过这话乔婳没说出来。

虽然乔延曦现在还是没什么表情的样子，但和中午相比，这会儿简直可以称得上如沐春风。

等乔婳走后，乔延曦关上房门，经过卧室的落地穿衣镜前时，她的脚步顿了下。

镜子里的少女穿着舒适的家居服，柔软的布料贴着皮肤，长发随意披散，明明没有在笑，嘴角的弧度却比平时柔和许多。

"有吗？"乔延曦自言自语着，叹了口气，"……有吧。"

傅家公馆灯火通明，傅初晨抱着猫进来时，受到了傅夫人的嫌弃："你从哪儿弄来这么个毛茸茸的小崽子？"

"别人的，让我帮忙养一下。"傅初晨解释了一下。

"你什么时候这么好心了，还会帮人家养猫？"傅夫人走过去，看了他怀里那只小家伙几眼，"还是只土猫，叫什么名字？"

傅初晨顿了下，说："威廉。"

"名字倒还挺洋气。"

不知想起了什么，傅初晨低低笑了一声，嘴角轻轻勾起："是吧。"

傅夫人哼了声："猫这种生物最喜欢掉毛了，你要养就养吧，但是我得提醒你，千万不准让它跑进我房间，不然我保准给它剃成无毛猫。"

傅初晨应道："嗯。"

傅夫人倒也不是不喜欢猫，看着小家伙乖乖趴在傅初晨怀里，一双乌溜溜的猫眼好奇地盯着她看，就没哪个女人能扛得住这种可爱眼神的攻击。

她也没忍住，直接上手胡噜了一把，结果沾了一手毛。

"话说这猫原来谁的？贺修的？"傅夫人默默又它离远了些，猜测道。

在她的记忆里，这些年自家儿子似乎也就和贺家的那孩子玩得比较近一点儿。

"不是。"

傅初晨说完，往旁边瞥了一眼。

客厅电视墙上挂着的超大屏幕正在播放一部武侠剧。

同样是很多年前的经典老剧了，但傅夫人就喜欢看这些，上次是《琉璃传》，这次是《宿命之战》，怎么也看不腻。

除了剧情确实十分精彩，值得反复细品，还有另一个更为主要的原因。

电视画面里，穿着粉色齐胸襦裙的女孩被残忍地绑在木桩上，浑身是伤，却宁死不屈："我绝不会出卖哥哥——"

她口中的"哥哥"自然是这部剧的男主角，当年这部武侠剧可谓是火遍大江南北，男主角人气居高不下，而这小姑娘也成了网友口中的"国民妹妹"。

只是爆红过后，她却在娱乐圈渐渐销声匿迹，至今没有消息。

"不是贺修？"傅夫人觉得有些稀奇了，"那是谁的？"

傅初晨说了个她更熟悉的称呼："乔乔。"

傅夫人表情一呆："哪个乔乔？"

电视里剧情正在继续，上演着兄妹情深的戏码。小女孩被人救下，抱着他的青年眉目英俊，挥舞着长剑大杀四方。

傅初晨静静看着，漆黑的眸往下垂了垂："咬我，嗯？"

威廉却不看他，小爪子一直往前伸，似乎想要钻到屏幕里头去。

"乖一点，不然我就把你扔了。"

少年的嗓音很低，有些凉，威廉仿佛听懂了他的威胁，缩成一团不吭声了。

"问你呢，你刚才说什么乔乔？"傅夫人催促。

"就是你最喜欢的那个乔乔。"

说完，他就准备上楼，傅夫人赶紧拦住他："你给我站住，把话说清楚再走！你认识乔乔？你怎么会认识她？"

看她一副不问清楚绝不罢休的架势，傅初晨只好停下来解释："我和她一个班。"

他妈倒吸一口气。

"——还是同桌。"

他妈快晕过去了。

震惊、诧异、欣喜等众多情绪混杂在一起，傅夫人此刻的表情相当复杂，平日的优雅从容不复存在，惊叫声响彻整座公馆："这么重要的事你竟然现在才跟我说？你现在就给她打电话！"

说着，她一把将猫从他怀里抢了过来。

虽然傅初晨猜到了她会激动，但没想到能激动成这样。

怀里骤然一空，他歪了歪头，看着眼前这个几分钟前还在嫌弃猫会掉毛的女人转头就自己抱上了。

这算什么？爱屋及乌？

客厅的旋转楼梯奢华大气，台阶雪白洁净，扶手镶着玉石，傅初晨身体往后靠了靠，胳膊搭在上面，有些无奈地揉着耳朵。

刚刚那声尖叫他可是承受了近距离直面攻击，杀伤力非同一般。

"打她电话做什么？"

震惊过后，傅夫人已经冷静了下来。

她用那双保养得当的纤纤玉手怜爱地抚摸着怀里的小家伙，笑得一脸慈祥："当然是让乔乔来我们家做客，我好久没看见她了。"

傅初晨："现在？"

傅夫人理所当然地点头："现在。"

见儿子站那儿不吭声，傅夫人忽然意识到什么，唇角眉梢的笑意都收敛了起来，流露出几分失望："你不会没有她的电话号码吧？"

"你们都当了一个月的同学了！一个月！你居然连人家电话都没有？"

最后，傅夫人摇了摇头，叹着气说："妈妈对你太失望了。"

傅初晨还是倚着扶手，无波无澜道："您不说我都快忘了。"

"忘了什么？"

"您到底是谁的妈。"

电话他确实没有，只有微信。

他从口袋里掏出手机点开，列表一排下来都是被屏蔽了的群消息，他往下划了划才找到和乔延曦的对话框。

看见那个备注，傅初晨的嘴角若有似无地往上勾了勾。

之前乔延曦加他时，他一眼就认出了这是她的账号。简约风格的头像，网名叫作"曦光"。

他看着这两个字，原本要给她备注名字的手顿了一下，转而打上另外两个字：西瓜。

"这是乔乔？"傅夫人问。

"嗯。"傅初晨应了声，却没有发送任何消息过去，只是看了一眼就又锁上屏。

傅夫人急切地说："你叫她过来呀。"

"都几点了，现在喊她过来干什么？"傅初晨面无表情地反问，"来我们家睡觉？"

"其实来睡一觉也是可以的，那么多的空房间，她——"傅夫人还在不死心地挣扎。

"不合适。"

傅初晨很少会主动打断母亲说话，只是这次情况不同，傅夫人显然处于追星上头的降智状态。

她也不想想，一个女孩子大晚上的来男同学家里，如果传出去别人会怎么说？

傅夫人见此，也算是恢复了一点儿理智，"哎呀"了一声，妥协道："好吧，好吧，那下次有机会你再带乔乔来玩啊。"

"嗯……"

上楼以后，穿过长长的繁华走廊，傅初晨推开倒数第二间房门。

明亮宽敞的卧室，和现在大部分男孩子的房间不同，不乱，没有球星的海报，也没有汽车模型，唯一的玩具是已经组装完成、在角落里吃灰的限量版乐高积木，和书桌上拼好了的六阶魔方。

整体干净整洁得有些过分了。

傅初晨走到书桌前，随意地将手机搁在一旁。

他像是忽然想起了什么，垂头，伸手拉开了右手边第一格的抽屉，里面安静地躺着一张老照片。

相纸泛黄老旧，显然年份久远。

这是一个多月前，傅初晨从家里书房好不容易翻出来的，他和乔延曦的一张童年合影。

他把相片翻到背面，上面还写着俩字儿，是某人的签名。

——乔乔。

字迹稚嫩，能看出是瘦金体。

那会儿她可能是才练不久，笔锋不够凌厉，运转停顿都有些生涩，还不够成熟。

但是现在不一样了。

想起平时上课，语文老师恨不得把她夸到天上去的样子，傅初晨低垂着眼睫，指腹轻轻摩挲着照片边缘。

她进步确实很大，也确实厉害，都把他给忘得一干二净了。

那是八年前的一个寒假，傅初晨随着傅夫人到别的城市旅游，正好居住的酒店附近有剧组拍戏。

寻常人想要见明星一面可能难如登天，但有傅家这层背景关系在，傅夫人很顺利地带着他进了拍摄片场，美其名曰"探班"。

剧组全是大人，高高壮壮的年轻男人在片场来回走动，他找了个安静的地方坐着，注意到了另一个和他同龄的女孩子。

他只淡淡往那边望了一眼，没有要上前搭话的意思，而那个小姑娘甚至连看都没看过来。

过了一会儿，有人过来和她说了什么，她点点头，脱下了外面的羽绒服。女孩的身体单薄纤弱，里面只穿着一件薄薄的毛衣，完全不能御寒。

他看见她在寒风里打了个哆嗦，却强撑着，走到搭好的拍摄场地里，无数摄像头对准了她，她开始拍戏了。

她居然也是剧组的演员之一。

他就在旁边看着，因为天太冷，一场戏拍得十分艰难，等导演终于喊了"咔"，那女孩捧着手呵了一口气，脸比雪还白。

他忽然就有点儿坐不住，于是起身，走到她原先坐的地方，捞起那件浅米色的羽绒服，一步一步地走向她。

"穿上吧。"

女孩接过来，那对琥珀色的眼珠子盯着他，看了好一会儿，似乎很浅地笑了一下，说："谢谢。"

她重新套上羽绒服，拉链拉到最高，连帽子也戴上了。

这件外套的帽子偏大，周围还有一圈蓬松柔软的白色绒毛，瞬间把她的脸挡了个七七八八，只露出一双漂亮的桃花眸。

"乔乔，傅傅——"

女人温婉清亮的声音在不远处响起，等他俩一起回头，傅夫人端着相机对准他们就是"咔嚓"一下。

女孩似乎不奇怪对方会知道自己的名字，只是扭头问他："那是你妈妈吗？"

"嗯。"

"你叫傅傅？"

"不是……"他抿了抿唇，不太喜欢这个称呼，重新向她自我介绍，"我叫傅初晨，初始的初，晨曦的晨。"

她轻声说："好，我记住了。"

他们没在那座城市停留太久。

后来，傅初晨就在家里的电视屏幕上看见了那个女孩。

傅夫人似乎很喜欢乔乔，哪怕乔乔出场的集数不多，也会把她的部分翻来覆去地观看，一部接着一部，电视剧或者电影都有。

乔乔在渐渐地长大，而他在屏幕前看着她，也在慢慢长大。

他原本以为会一直这样下去，可是在后来很长一段时间里，荧幕里再也没有出现过她的身影。

她好像停在了十二岁。

在他的世界里，那已经是非常久远的记忆了，他甚至没有想过会再遇见她。以至于在药店偶然相逢的那一刻，只隐约觉得她眼熟。

后来确定是她，是在安德烈那里，他看着她弹琴的样子，记忆在顷刻间回溯。

傅初晨捏着这张照片，想起她当初说过的话，漆黑的睫羽在眼底扫下一片阴影。

"……小骗子。"

他声音很低，带着叹息。

南礼假期的作业量还是相当可观的，哪怕才刚刚月考完，也依然没有放松。

乔延曦关在卧室写了两天作业，基本上大门不出，二门不迈，把所有科目的内容都搞定以后，又开始刷数学题。

乔珩这几天都是早出晚归的，要不然就是直接不回来，睡在公司，乔延曦一直没能再跟他碰上面，也算乐得自在。

谢雨静对她倒是一直维持着礼貌、客气和虚假的关怀，乔延曦也配合，毕竟撕破脸的话对谁都没好处。

至于乔婳，这妹妹偶尔傻是傻了点儿，却意外地很有分寸感。

转眼就是假期最后一天，乔延曦作息算是比较规律的，哪怕不上课，早上八点多也醒了。

她简单洗漱完，换好衣服下楼，周姨把早饭端上桌，她拿了块三明治，一边吃，一边用手机在看英语演讲。

在她吃到一半的时候，乔婳终于打着哈欠出现在餐厅，她眯着眼，满满都是困倦："不行了，我能不能不去了……"

乔延曦头也不抬："应该不能。"

"啊，啊，啊，谢天、谢地他们是不是有病，办生日宴会就办生日宴会，干什么大清早就把人喊过去！"乔婳很崩溃。

乔延曦已经吃好了，最后喝了一口牛奶，她拿纸巾优雅地拭着嘴角："可能他们想早点见到你。"

"放屁！"乔婳难得骂句脏话，憋着的一股气发泄出来后，她又蔫儿了，"他们想见的明明是你，为什么我也要遭这个罪，呜……"

这场面总感觉有些熟悉，让乔延曦不禁想起自己刚来 S 市的第一天，也是被谢雨静按着头跟着乔婳一起去上钢琴课的。

这大概就是所谓的"天道好轮回，苍天饶过谁"。

原本谢天、谢地说要邀请乔延曦去谢家玩，乔延曦还在犹豫，毕竟她和他俩接触得也不算多，而且和谢洋也不熟，怕去了尴尬。

不过既然是生日会，那就不一样了。

她们抵达谢家的时候已经十点了，两个小家伙在门口高高兴兴地迎接，一上来就轮流给了乔延曦一个大大的拥抱。

"延曦姐姐，好久不见！"

"我们可想你啦！"

"好久不见，"乔延曦和他们打招呼，"生日快乐。"

谢天、谢地拉着她进屋，乔婳在一旁被无视了个彻底，气得鼓起脸，抬脚跟上去。

院子布置得很有生日气息，用蓝白色的气球做成拱门，边上堆满了鲜花，还有一排排白色的餐桌。

宴会开始的时间定在傍晚六点。

"不知道初晨哥什么时候过来。"谢天穿着西装小马甲，模样精致可爱。

听到这个名字，乔婳困到只剩一条缝的眼睛又睁开了些："初晨哥哥肯定不会这么早，他一定又是踩点。"

"是吧，我也觉得。"谢地也赞同。

乔延曦坐在沙发里，垂眸看着手机。

半小时前，某人就给她发了条微信，说是"马上就到"。

她也不知道这个马上要马到什么时候去，干脆没提，回了个"嗯"就退出来。

旁边的乔婳已经支撑不住，眼皮子直打架："我昨晚看动漫看到了凌晨四点，不行了，我得先睡一会儿……等初晨哥哥来了再叫我。"

"楼上左拐第二间，才收拾好的客房，你去睡吧。"谢天说。

看着她晃晃悠悠地上了楼，谢地迟疑了一下："她怎么好像往右拐了？"

谢天抬头一看，心说要糟。

可他们屏息凝神等了半天也没听见楼上有什么动静传出，一片祥和，无事发生。

谢天、谢地对视一眼，感觉问题应该不大。

傅初晨来的时候，看见乔延曦坐在前院的欧式圆角凉亭里，秋风萧瑟，空气微冷潮湿，而她只穿了一件单薄的衬衣。

　　两个小家伙围着乔延曦叽叽喳喳，不知道在说什么，乔延曦的眉眼带着几分无奈。

　　"啊，初晨哥你终于来了！"有人发现了站在门口的人。

　　乔延曦循声看去，正对上一道沉静的视线。

　　傅初晨穿着浅驼色的薄款风衣，双手闲闲插在口袋里，抬脚慢悠悠地走过来。他应了一声："嗯。"

　　凉亭桌子是四方形的，刚好四个凳子，他们一人占了一个，坐下以后，莫名就陷入了沉默。

　　傅初晨看着那两个小家伙，打了个呵欠，神情困倦又漠然："你们还坐在这儿干吗？"

　　"那我们去哪儿？"

　　谢天、谢地都挺茫然的。

　　"客厅、餐厅、卧室、后花园，随便哪儿。"他懒洋洋的，右手搭在石桌上轻轻敲了敲。

　　谢天、谢地："……"

　　等他们不情不愿地走后，凉亭只剩下他和乔延曦两人。

　　乔延曦不解地问："你为什么非要让他们走？"

　　"吵。"傅少爷言简意赅。

　　那确实。刚刚她就觉得自己耳边仿佛有两只小蜜蜂，"嗡嗡嗡"地没完没了。

　　"你这个'马上'的速度可真快。"乔延曦看他一眼，距离他发消息到现在，已经过去了近一个小时。

　　"还行吧。"

　　傅初晨对她话里的嘲讽无动于衷，坦然收下这份"夸奖"。

　　现在已是初秋，气温低凉。凉亭本来就四面通风，她又把外套放在了室内，在院里待久了不免会感到冷。

　　但说不上来是出于何种心理，乔延曦没有选择进屋，就一直坐在这里。

　　可能只是单纯地不想动。

　　傅初晨也不走，明明是刚来，却连屋子大门也不进，就这么和她在院子里干坐着。

"你不进去和叔叔阿姨打个招呼吗？"乔延曦问。

"不急。"少年身体往后仰了仰，仰到一半忽然间想起这破凳子没靠背，他又只好把背直回去。

"我现在很困，吹吹风清醒一下。"他说。

乔延曦不是很能理解："这么困你怎么不去里面补个觉？"

"在别人家睡不着，"傅初晨一边说，一边漫不经心地摸了摸右耳的耳垂，神色平静，"我认床。"

乔延曦盯着他的耳钉看了一会儿，说："可你在教室都能睡着。"

"学校是我家。"他依旧淡定。

乔延曦移开目光，懒得再管他，手往袖子里缩了缩，指尖冰凉，再在外面坐下去她觉得自己没准儿要感冒。

她还没说话，傅初晨已经站起了身："走吧。"

乔延曦抬头："你不继续吹风了？"

"已经清醒了，可以进去了。"

虽然生日派对晚上才开始，但谢天和谢地还是邀请了几个关系亲近的朋友同学提前来了家里。

一群十一二岁的小朋友围在娱乐室的电子游戏机前面互相切磋技术，时不时能听见房间传出一两声惨叫，似乎是谁谁谁 PK 输了。

整个别墅都充斥着他们喧闹的声音，不管在哪儿都能听见他们的欢声笑语。

傅初晨去厨房倒了两杯水回来，将其中一杯递给乔延曦："给。"

她接过来，手指触碰到杯壁，是热的，却不会过分烫手，刚好可以抱着暖暖手。

客厅现在没其他人，乔延曦坐在沙发靠边的位置，垂着眼，想起刚才——

她当然知道傅初晨是察觉到了她冷，才突然说要进屋的。

她一直觉得自己看人很准，只是眼前这个人，始终让她捉摸不透。

他好像对什么事都漠不关心，却又会经常注意到一些旁人容易忽视的微小细节。

明明看上去是那么散漫随性、那么桀骜不驯的一个人……可实际上，老师交代他的事他都会认真做好，面对长辈也知分寸、懂礼貌。

说他性格冷淡吧，也并非那种冷到骨子里的。

只是不管笑或是不笑，他的眼神总带着淡淡的疏离，哪怕他就静静站在那里，也会给人一种相当遥远的距离感。

很矛盾。

乔延曦看着他在旁边的单人沙发坐下，手捏着玻璃杯，指尖搭在杯口附近，似乎刚准备要喝。

傅初晨察觉到她的视线，手上的动作停顿了一下，微微抬眼："怎么？"

乔延曦刚要说话。

看她杯中的水一直没减少，傅初晨扬眉，把自己手里的杯子放下，往她面前推了推。

"试过毒了，你也可以选择喝我这杯。"

"……"

谢谢，不必。

乔延曦端起自己那杯浅浅抿了一口，身体往后靠了靠，陷进柔软的沙发里。

在客厅坐了一会儿，也不知道干什么，其实是有一些无聊的。

另一边，傅初晨双腿微微敞开，手肘压在腿上，躬身，垂头，指尖在手机屏幕上按着，侧脸的轮廓深邃，神色有几分专注。

"傅初晨。"她忽然喊了一声。

"嗯？"

乔延曦等他抬起头，目光平静地和他对视："你在玩什么？"

傅初晨挑了一下眉毛，把手机侧了侧，直接把屏幕展示在她眼前。

上面显示的是微信聊天界面，聊天对象是贺修，整个屏幕都被他的气泡占据。

贺修：【傅哥！！！】

贺修：【你猜我发现了什么？】

贺修：【图片】

贺修：【你看这小妹妹是不是和你同桌长得贼像？】

贺修：【我就说我怎么老觉得她眼熟，之前来你家，阿姨天天都在看这个剧……叫什么传来着？】

傅初晨在这时候才回了一句，提醒他：【《琉璃传》。】

看着这三个字，乔延曦微微怔愣，长长的睫毛轻颤了一下，浅棕色的眼珠转动，视线投向傅初晨云淡风轻的脸。

贺修：【啊，对，就是这个！我今天偶然看见这张剧照，一下子就想到了你同桌，你说她俩该不会是失散多年的亲姐妹吧？】

傅初晨低头瞥了眼，喉间溢出一声轻笑，好整以暇看向乔延曦，说："问你呢？"

乔延曦面无表情地反问回去："你觉得呢？"

"我觉得说不准。"

傅初晨直接切到桌面，点开谷歌搜了搜《琉璃传》的演员表，找到某一栏，声音低缓地念道："小琉璃的饰演者——"他转头，看向她的眼睛，黑眸微微上挑，"这么巧，乔乔？"

这个称呼本就带着些亲昵的意味，虽然乔延曦早就听习惯了别人这么叫她，但从他嘴里喊出来，感觉却不太一样。

乔延曦有点儿不自在地避开他的视线："不巧，"她顿了下，"这还真就是我失散多年的妹妹。"

"哦，是吗……"傅初晨说着，拇指按在屏幕上，准备打字，"那我就这么回他了。"

"不行。"

"为什么不行？"

"就是不行。"

"理由不够充分。"少年看她一眼，又开始低下头打字，客厅安静，手机按键清脆的声音在空气里回荡——

嚣张，刺耳。

乔延曦忍无可忍地起身，身体前倾，伸手想抢他的手机。

傅初晨却跟头顶长了眼睛似的，头抬都没抬一下，手臂往后一挪，她抓了个空。

他坐的是单人沙发，位置不大，他一个人就占据了大半，这会儿仰着脸，懒洋洋地看着她，表情充满了挑衅。

"给我。"乔延曦伸出手，掌心摊开，希望他能自觉一点。

傅初晨继续挑衅："想要就来抢。"

于是乔延曦也不跟他客气。站着的姿势不太方便，她干脆膝盖半跪在沙发上，俯身，胳膊努力往前伸。

每当她快要够到的时候，他又会换一只手，跟逗猫似的。

乔延曦也只好松开另一只原本撑着沙发扶手的手，指尖刚触碰到手机的边儿，身体却在这时重心不稳，失去平衡——

她结结实实地压在了他身上。

傅初晨只感觉怀里栽下来一点儿重量，鼻尖能闻到一股洗发水清冽的香味，身体在一瞬间僵住。

手机从他指间滑落，砸在冰冷光滑的大理石地面上，发出"啪嗒"一声，他也没空去管。

乔延曦反应迅速地想从他身上爬起来，手撑着他腰侧的沙发垫，刚抬起头，就直直撞入他深邃的视线里。

他垂着眼，睫毛长而密，眸色很深，好似有什么不知名的东西在翻涌。

对视了一眼，害得她手一抖，又一头栽了回去。

"美人计用一次就行了。"他说。

乔延曦找不到反驳的话，只好装聋作哑，低着头再次从他怀里爬起。发丝顺着脸颊两侧滑落下来，挡住了通红的耳朵。

由于后退动作太猛，她差点又被茶几绊倒。

傅初晨拉了她一下，等她站稳，很快就松手。

气氛沉默。

僵持了好一会儿，还是他先开口，嗓音低沉，带着一点哑："没事吧？"

"没事。"乔延曦舔了舔唇，回答。

傅初晨点点头，余光看向她背后。

谢洋不知道什么时候下楼了，穿着休闲的居家服，就站在不远不近的地方，咬着一个苹果，脸上没什么表情。

见他们终于注意到了自己，谢洋无波无澜地问了句："需要我再给你们腾个房间吗？"

乔延曦已经很久没像现在这么尴尬过了，以至于没能注意到谢洋所说的"再"字。

所以她当时为什么要去抢手机？

哦，对。差点儿忘了。

乔延曦弯腰捡起掉在一旁的手机，不知道撤回时间过了没，想看看能不能再挽救一下。

按亮屏幕，正好微信界面还没退出来，傅初晨回复贺修的那句话是——

【有这想象力你怎么不去给人家当编剧？】

乔延曦猛地抬头："你没说？"

"啊。"少年尾音拖长，应了声。

你没说你搁那儿演个锤子？白费力气了。

中午。

乔延曦上楼去喊乔婳，走到右拐第二间。

卧室里一片黑暗，窗帘的遮光性很强，几乎没有一丝阳光透进室内，只有少许的光线从门口钻进来，能模糊地看见床的轮廓。

"起来吃饭了。"

"唔……"小姑娘从被子里探出脑袋，一副还没睡醒的样子。

乔延曦没耐心等她，直接按下门边的开关，不规则的创意吸顶灯亮起，瞬间照亮了整个卧室，也让她看清了房间的全貌。

墙纸是黑灰色的，床头挂着重金属摇滚风的画，角落里有一把吉他。

怎么看，也不像是客房的布置。

光线太刺眼，乔婳不情不愿地睁开眼，看着眼前的场景，呆了两秒，彻底清醒。

"你左右不分？"乔延曦问她。

乔婳几乎快哭出来了："我我我……我只有小时候才不分的，今天可能是太困了……"

"然后你就占了人家的房间。"

乔婳一脸绝望："我完蛋了。"

"下楼吃饭。"乔延曦很冷酷无情，直接把心如死灰的妹妹拽下楼。

午餐谢妈妈亲自下厨为大家做了一桌的菜，色香味俱全，大家都很给面子地夸赞了几句。

其他人之前都来过谢家，只有乔延曦是第一次来。

谢妈妈很热心，给她夹了几次菜，有荤有素。乔延曦浅笑着道了谢，不动声色把那块红烧带鱼往傅初晨碗里扔。

傅初晨也不说什么，很自然地就夹起来吃了。

乔婳躲在了饭桌最角落的位置，全程默不作声地扒着饭，吃完以后，找了个"作业没写完，要回家补作业"的借口提前跑了。

乔延曦和傅初晨则是留到了晚上，等两个小家伙吹完生日蜡烛、许完愿才走。

十月初，天暗得速度比夏季快很多，七点多的天空已经全黑下来，深蓝的天幕点缀着几许繁星，月光皎洁莹白。

傅家的车已经在门口等候，还是上次的那辆，傅初晨扭头问她："一起？"

乔延曦也不推辞，点了点头："好。"

温格已经是第二次见傅初晨带这位大小姐来搭自家的车了，他没有了上次的惊讶，还笑着打了个招呼，乔延曦也礼貌回应。

路上的风景在车窗内飞速倒退，她还是像以前那样习惯性侧头看着外面，车窗玻璃倒映出她清冷的面孔。

"早就跟你说过，他们家不好玩。"傅初晨漫不经心的嗓音拉回了她的思绪，她回头和他目光对上，听见他说，"是吧？"

乔延曦顿了下，轻声道："其实还好。"

虽然谢天、谢地是真的很吵，加上他那群小伙伴更是令人招架不住，但这样热热闹闹的家庭氛围，是她曾经一直渴望却不可得的。

她从来没有这样的机会邀请朋友或同学来家里玩，更别说开生日宴会了。

十二岁生日的自己，当时是在做什么呢？乔延曦已经不太记得了。

每年的生日对她而言和平时基本没太大区别，一样是要练琴，要背课文，要学习很多东西……

秦之韵也会给她买很大很大的蛋糕，但她一个人根本吃不完，放在冰箱里几天就坏了。

《生日歌》是她自己唱给自己听的，许下的愿望从来没有实现过。

傅初晨看着她，忽然说："你是下个月生日吧？"

乔延曦愣了一下："你怎么知道？"

傅初晨停顿了几秒，解释："入学资料上有。看见了。"

"噢。"乔延曦也没怀疑。

车内的光线昏暗，他侧着身，黑眸注视着她："想要什么礼物？"

"没有。"她语气平静，"没有想要的。"

"那愿望呢？"

乔延曦有一瞬间的走神，想起了往年许下的愿望，挑了一个和秦之韵无关的："打雪仗吧。"

傅初晨又看了她几秒，没说话。

这种愿望听上去是那种常年生活在南方、没见过雪的小孩才会提出来的。

可他知道，这姑娘是从 B 市转学过来的，按理说以前应该也一直都是生活在 B 市，不可能没见过雪。

但他还是没多问，只点点头，说："好。"

"那你呢？"乔延曦又问他，"你生日是什么时候？"

傅初晨垂下眸，在那一瞬间，乔延曦似乎看见他眼中闪过很深的悲伤。

"我不过生日。"他语气没什么起伏，又像在刻意压抑。

乔延曦反应过来，自己大概是不小心触及了他的某个禁区。

"对不起——"

"你道什么歉？"傅初晨很快调整好状态，漆黑的眼又扬起，仿佛刚才那一点儿细微的情绪变化只是她的错觉。

"我不过生日只是因为觉得幼稚，只有小屁孩才喜欢过。"

乔延曦是很想怼他的，但想起他刚刚的样子，硬生生地忍住了："我也不喜欢过。"

"那不行，小姑娘还是得过的。"傅初晨往后靠了靠，低沉的声音在安静中格外清晰。

谁是小姑娘啊……

乔延曦转过头，在心底默默反驳。

第五章

〉梧桐叶和白玫瑰

清晨的阳光洒满大地，七点刚过，A班教室已经来了不少同学。

开学的第一个小长假结束，大家多少都有点嗨过头了，还没从假期的放飞自我中调整回来。

一进班，大家动作统一地放下书包，翻出没写完的作业，四处乱窜找人"江湖救急"。

"小乔同学，您简直就是我的再生父母！"陈星宇语气中含着感恩之情，埋头写着生物练习册。

"乔乔，我爱你一辈子！"宁萌满脸激动，将刚复刻完的英语卷子重新交还给她。

"乔女神，我们A班不能没有你！"另一位隔壁组的同学又从乔延曦手里接过了那份被无数人观摩过的英语试卷。

凭一己之力救活半个班的乔延曦："……"

所以你们这群人特地早起来学校为的就是赶作业？

乔延曦抽出第一节课要用的课本，翻开到新的内容，一边转笔一边看。

可能是因为有点儿心不在焉，手里的笔不小心飞了出去，她弯腰捡起后，余光看见旁边空着的座位。

傅初晨还没来。

他本来就是踩点选手，每天踩着铃声进教室，偶尔也会心血来潮早到个几分钟。

如果是之前，乔延曦根本无所谓他几点来，甚至不来都不关她的事儿。

但是经过了这个假期的多次接触，他们之间的关系，好像也在无形间被拉近了一点点。

本着关怀同桌的友爱精神，乔延曦第一次在早自习的课堂上掏出了手机。

她的头往下低了又低，恨不得整个脑袋都躲进抽屉里，偷偷摸摸地打开微信，点进备注是"债主"的人的对话框。

曦光：【你什么时候来？】

那位债主隔了两分钟才回复，发过来的内容只有一个充满质疑和嘲讽的问号：【？】

乔延曦觉得自己关怀不下去了，你爱来不来吧，再见。

锁上屏幕之前，对面刚好又跳出一句：【路上，快到了】

但乔延曦也不在乎，收好手机，重新做出一副认真早读的学霸模样。只是偶尔，她的余光会往后门瞥上一眼。

因为在谢家体会过傅初晨所谓的"马上"的速度，他这一句"快到了"乔延曦也没怎么抱有希望，能在第一节课前赶到就不错了。

乔延曦垂眼看书。其实课本上的内容她已经自学得差不多了，每天听课也只是听老师用不同的方式再讲一遍，巩固一下知识，顺便拓展一下新的思路。

不出意外，傅初晨应该也早就学完了这些，所以平时才不怎么听课，因为他其实都会。

身后传来一阵很轻的脚步声，紧接着，一小片阴影笼罩过来，乔延曦不用回头都知道谁来了。

傅初晨把一个小袋子放在她课桌上："早饭。"

乔延曦有点茫然，抬起头，仔细回忆自己刚才发送的消息："我貌似，没让你帮我带早饭？"

傅初晨低头看她："那你找我是什么意思？"

平时乔延曦从来不会问他什么时候来学校，甚至他们聊天的次数都很少。

"就是，字面意思。"

傅初晨绕过她坐到自己座位上，侧着身，人往后靠了靠："所以你是急着想见我？"

想见你个头。

乔延曦面无表情地把那个白色袋子扒拉过来，语气硬邦邦道："恭喜你，猜对了，就是让你给我带早饭。"

傅初晨说："下次你可以直说，不用这样拐弯抹角。"

数学课，何业抱着一沓卷子喜笑颜开地走进了教室。

这位班主任平常多数时间都是不苟言笑的，今天难得见他笑得这么开怀，可见心情极好，想来他们这次月考的成绩排名不会太差，同学们稍微松了一口气。

"你看，老何都笑成一朵绽放的荷花了，看来我们这次月考稳了。"

"别高兴太早啊。"

"我也觉得应该稳了，我从来没见老何乐成这样。"

台下交头接耳的同学不少，何业难得没有制止，而是直接清了清嗓子，说："成绩呢，已经出来了。"

大家瞬间噤了声。

"这次月考的卷子还是具有一定难度的，有不少的难点。"何业嘴角是止不住的笑意，"但大家总体发挥得都不错，尤其是——我们班还出了两个满分的同学。"

两个，满分。

A班同学对彼此的水平都很了解，一时间，齐刷刷地转头看向教室最左边的角落。

乔延曦也侧头，和傅初晨的视线撞上。

何业亲自将他们的卷子发下，两张试卷的卷面都很干净整洁，解题过程清晰正确，卷首打着鲜红的分数：150。

傅初晨垂眸看见她的成绩，说："考得不错。"声音听起来平平淡淡，没太大波动，仿佛真的是在很真诚地夸奖她。

乔延曦很客气："你也是。"

前桌的陈星宇和宁萌听见他俩的对话，不知道为什么，硬是听出了一股火药味儿，看不见硝烟的那种。

这难道就是学霸之间的胜负欲吗？

打个平手有什么意思？非得要决出高下，争个高低才行。

不过对于乔延曦能拿满分，A班大部分同学都觉得在情理之中，并不意外。

毕竟，在他们的认知里，乔延曦一直手握贫困优等生剧本，成绩拔尖也是应该的。

何业在讲台上讲着题目，因为一道题没错，乔延曦也没怎么认真听，她低着头，食指和另外两根手指夹着一根黑笔，来回地转动。

可能是受了傅初晨的影响，她现在上课也变得开始喜欢转笔。只是她技术不怎么样，经常掉笔。

乔延曦盯着他看了一会儿。

察觉到她的目光一直停留在自己身上，原本趴在桌面准备睡觉的傅初晨慢吞吞地睁开了眼，身体稍稍坐起来，单手支着脸。

"有话要说？"他挑眉。

乔延曦想了想："要不要打个赌？"

"打赌？"似乎是没想到她会提出这样的要求，傅初晨来了点儿兴趣，身子往前倾了倾，凑近她问，"你想赌什么？"

乔延曦双手交叠趴在桌面上，歪着头对他说："年级排名。"

傅初晨点头："可以。"

乔延曦继续说："如果我排在你前面，你就答应我一个条件，反过来也一样。"

傅初晨笑了一下，低着头，懒散的声音带着几分狂妄："有件事你可能不知道，我一直都是年级第一。"

"哦，"乔延曦却不为所动，眼尾微微上扬，"那你很快就不是了。"

就没见过像她这么嚣张的人。

南礼有个百名榜，每次年级前一百名的分数都会被贴在教学楼底下的公告栏昭告天下，不只是总分总排名，甚至还详细到了单科分数和排名。

下课时间，有不少同学都跑到了楼下，围观学霸们的"战绩"。

一般来说，排名靠后的位置经常发生变化，而年级前十的，基本上来来回回也就那么些人。

尤其最没有悬念的，就是第一名。

宁萌还惦记着自己的生活费，尽管知道自己不太可能挤进这个排行榜，还是不死心地从最后一排开始找起，和她一块下来的陈星宇忽然惊呼一声。

宁萌踢他一脚："你鬼叫什么？"

陈星宇指着最上面一行的名字，整个人都傻了："傅哥的第一宝座，没了。"

只见第一行清清楚楚地写着：

乔延曦，总分702，年级排名1

再往下，才是傅初晨的名字。

傅初晨，总分701，年级排名2

乔延曦一下楼就看见两位前桌跟石雕像一样傻傻站在公告栏前面，周围其他班的同学也都是一片惊呼声。

"第一名这人是谁？"

"乔延曦你都不知道？新校花啊！"

"她这么厉害？"

注意到当事人来了，在场所有同学全部整齐划一地转过头，盯着乔延曦……的背后。

傅初晨慢悠悠地走在后面，刚下台阶，猝不及防受到一众目光，神情依旧波澜不惊，抬脚走到乔延曦旁边："怎么样？"

"被他们挡住了，我还没看见。"乔延曦说。

傅初晨比她高了一大截儿，漫不经心地朝前瞥了眼，说："我看见了。"

这话乍一听就像在嘲讽她矮。乔延曦很轻地咬着牙磨了一下，想问他结果如何，却突然感觉发顶落下来一点儿轻微的重量，带着温热的触感。

傅初晨拍了拍她的脑袋，低声说："你赢了，同桌。"

在场的其他同学静默三秒，等人走后，全都疯了。

再次回到A班教室，明显能感觉出整个班的氛围都变得不太对劲。

大家虽然对乔延曦的学霸身份早有预料，但就这么直接干掉了她同桌登顶第一，大部分人还是觉得难以接受。

傅初晨的变态程度众人是有目共睹的，在南礼已经属于无法超越的神话了。

乔延曦究竟是什么神仙？

"神仙本仙"平静地坐在座位上，感受着从四面八方扫射来的堪比X射线的眼神，丝毫不受影响。

"想好了吗，条件？"傅初晨懒懒散散靠着椅背，看上去比她更无所谓。

可以提的条件有很多，比如让他再喊几遍"同桌大人"，又比如把养猫欠下的报酬抵消。

可是这些她都没选。

她若有所思地看着桌面上的那支黑笔，抬头："要不然，你教我转笔吧。"

这么好的机会，她却只提出一个这么简单的要求。

傅初晨伸手拿起她的那支笔，笔壳就是最普通的那种，外面文具店卖两块钱一支，他依然能在手里转出漂亮的花式来。

傅初晨问她："为什么想学这个？"

"因为很帅。"乔延曦又补充了一句，"我不是在夸你。"

"我也没这么说，"傅初晨把笔还给她，语气淡然，没太大起伏，"你试试。"

乔延曦只会最基础的转法，太复杂的就不行了。

在手里的笔第 n 次飞出去之后，傅初晨终于看不下去，先她一步捡了起来，阻止了她进行第 n+1 次的失败尝试。

"算了。"

他叹着气，黑眸里流动着从窗边投射进来的碎光，看起来温柔又残忍："你换一个条件怎么样？"

这话确实是很伤人，但乔延曦还是不太死心："真的教不了吗？"

傅初晨侧身靠着墙壁，阳光斜斜倾洒进教室，染浅了他的发梢和眼瞳，他看向她的眼神中似乎还多了一丝无奈。

"你想我怎么教，手把手的那种？"傅初晨低淡的嗓音响起，看她一直未回答，语调微微上扬，"嗯？"

乔延曦很轻地眯了一下眼。

初秋的上午，教室里一片喧嚣，同学们三五成群地凑在一块聊成绩，有人欢喜有人愁。

嘈杂的声音不绝于耳，却仿佛被什么东西过滤了一般，她压根没听清其他人在讨论些什么，耳边回荡着的全是傅初晨刚才的那句话。

她刚要回答——

椅子腿在地上摩擦，发出刺耳的一声响。

傅初晨倏地连人带椅靠了过来，和她的椅子中间只有一条小小的缝隙，两人离得很近，肩膀几乎都快挨在一块儿了。

"来吧。"傅初晨说。

乔延曦毫无准备，愣了一下："什么？"

傅初晨垂着头，没看她，直接把笔塞到她手中："先夹稳了，然后再转，传递到后面的手指……"

他的指尖微凉，掌心却是温热的。

教室并不冷，乔延曦把校服外套脱了，只穿着一件白色的长袖衬衫。对方隔着衣袖握住她的手腕，帮她调整好握笔的姿势。

不知道为什么，乔延曦觉得浑身上下哪哪儿都不自在，条件反射地想将手抽回来。

察觉到她抗拒的力道，傅初晨侧头看她一眼，松了手："你不想学也行，刚好给我省事了。"

说完，他就又把椅子挪了回去。

宁萌和陈星宇刚从别的同学的座位上回来，脚步齐齐刹住，敏锐地察觉到后桌两位之间的气氛有些说不上来的奇怪。

两个人相隔的距离几乎能再坐进来一个人。

他们平时坐得有这么远吗？没有吧。

宁萌和陈星宇交换了一个眼神，都觉得不太对劲。

宁萌担忧道："你说……他俩该不会因为这件事就反目成仇吧？"

她指的自然是这次的月考排名，毕竟除了这个，她也想不到这两人还能因为什么别的原因闹别扭。

但宁萌又觉得不应该啊。明明刚才在底下看成绩的时候，班长不像是很介意的样子……

但班长现在看上去，又的的确确是不太高兴。

陈星宇食指比在唇间，做了个"嘘"的动作，示意她小声点儿："班长现在心情不好，我们最好别提他考第二这件事。"

宁萌也压低了声音："可是现在大家都看到了，班长只考了第二……"

陈星宇继续说："那也没办法，毕竟百名榜要挂整整一周，到时候全校都会知道班长排在第二。"

句句不离"第二"，就没见过这么缺心眼的。

"咳咳……"乔延曦掩唇咳嗽了两声，动静不算大，但还是成功使那两个呆子住了嘴，转头看过来。

"乔乔，你不舒服吗？"宁萌关心地问道。

乔延曦做戏做全套，虚弱地拍了拍胸口，拿起水杯浅浅抿了一口，说：

"就是嗓子不太舒服，没事。"

傅初晨动了动，抬睫。

宁萌倾身，小声问："你和班长怎么啦，是不是吵架了？"

乔延曦侧头看了少年一眼，能感觉得出他周身那股低气压还没散，顿了下，不太确定地回道："大概。"

宁萌睁大眼睛，没想到居然是真的！

傅初晨却在这时淡淡插了句："没有。"

"那为什么——"宁萌看着他俩之间的距离，欲言又止。

傅初晨瞥了乔延曦一眼："怕她生病传染给我。"

乔延曦："……"

我为你装的病你看不出来吗？

正如他们所说，傅初晨月考排第二这件事在南礼引发了有史以来最大的一场"校内地震"，论坛和贴吧彻底爆炸。

校园网几乎都快瘫痪了。

主题：【震惊我全家！万年不变的年级第一竟然换人了！】

主题：【高二的同学速进，今天上午发生了一件不可思议的事件，堪比世界未解之谜！】

主题：【顶流被拉下神坛，背后隐藏的真相到底是什么，让我们来扒一扒。】

主题：【关于傅校草和乔校花不得不说的那些事儿。】

……

首页刷下来，几乎所有帖子都在讨论今早刚公布的月考成绩，镇楼图全都是在高二教学楼底下拍的那张百名榜。

唯一的区别就在于每张都是不同的机位。其中好几个帖都成了"热门"，才一会儿的时间，回复已经几百层楼了。

尤其是后面那个帖，标题就透着浓浓的八卦气息，自然吸引了不少同学点击进来。

乔延曦看完回复，觉得这些人简直比她还能演，完全是子虚乌有的东西，却能说得跟真的似的。

最离谱的是，竟然还真有一堆人信了。

后面又有人跳出来爆料：【我是第一考场的，当时考语文，我作文才写到一半，就看见乔校花出现在我们教室外面……然后发生了什么你们知道吗？傅哥在看到她以后，立刻就找老师交卷了！和他一个考场过的人都知道吧，傅哥从来不会提前走的】

校友 A：【我，第一考场，可以做证！】

校友 B：【原来她当时走那么早是去找傅初晨？？？我在最后一个考场，乔延曦确实是一写完就出去了】

校友 C：【是真的，是真的。】

乔延曦合上手机，觉得实在没眼看下去。

论坛上的八卦还影响不了她，比起这个，她更在意的是这次月考的奖金什么时候发。

南礼每年收到的学费加起来近乎是天文数字，校方倒也大气，学生福利一点不少。

就比如，每次正式考试年级排在前三名的同学，都会有专门的奖学金，这还不包括在年度奖学金里，是单独发放的。

高二的年级主任姓宋，是个常年笑眯眯的小老头，脾气看着挺好。他坐在办公室里抱着个保温杯，边喝边打量眼前的三个同学。

"老熟人了啊，"宋主任看着傅初晨，敲敲桌面，"这次怎么只考了第二，是不是大意了？"

"我听林老师说，她给你监考语文的时候，你提前交卷了。"

"你的成绩我也看过了，语文这次才 132 分……"

办公室很大，是单独一间。

宋主任碎碎念的声音环绕在整个空间，听他提起语文考试，乔延曦的记忆也不免被拉回到那个上午，第一考场外的楼道……

她眼神飘忽了一下，下意识地去看傅初晨，结果发现这人也在盯着她。

乔延曦不太自在地顿了下，"唰"地扭过头。

傅初晨轻轻嗤了一声。

两人这点儿小动作自然没逃脱宋主任的法眼，他清了清嗓子，把话题转移到了乔延曦身上："你就是这次的第一名吧？"

仔细瞧了一会儿，宋主任忽然皱起眉头，推着老花镜往她跟前凑了凑："我怎么感觉你挺眼熟的？"

乔延曦想了想："可能您在学校里见过我几面？"

"是吗？"宋主任嘀咕着。

除了乔延曦和傅初晨，在场的还有一个 B 班的女生，剪了一个蘑菇头，看起来很乖，也是常年在年级里名列前茅的学霸。

她打从进办公室就没吭过声，这时候却冒出一句话："其、其实……"

"什么？"

蘑菇头看着乔延曦，结结巴巴说："我也一直觉得你很眼熟，就是，就是有种好像在哪儿看见过的感觉。

"不是……不是在学校。

"你来的第一天，我，我就有这种感觉了。"

第一次近距离接触同学们口中的高冷女神，对方明艳精致的五官就在眼前，被那双冷淡的浅色眼瞳注视着，她连呼吸都要不通顺了。

事实证明，女孩子并不是只有见到帅哥才会紧张得说不出话，碰到美女也一样。

傅初晨对这蘑菇头稍微有点儿印象，隔壁班的，叫什么名字不记得，反正平时不口吃，今天也不知道怎么回事。

他朝乔延曦做口型：认识？

乔延曦摇头。

"那她见了你怎么这个反应？"傅初晨挨着她站在办公桌的右侧，趁宋主任低头泡茶的空隙，低声询问。

"我怎么知道？"乔延曦也压低嗓音，"我没见过她。"

"也许是你忘了呢。"

乔延曦斩钉截铁："不可能。"

"这可难说。"丢下这句话，傅初晨懒洋洋地偏过头，结束了和她的耳语。

宋主任也泡好了茶叶，又抽出三张空白的表，开始讲正事："其他的先不管，来，都把这个填一下。

"奖金应该下周一就会发下来，如果有错漏记得再来找我。

"行了，填好了就回去吧。"

现在是中午放学，走廊上没什么人，傅初晨和乔延曦并肩往 A 班教室走，薄薄的天光从东边倾斜下来，笼罩着这栋古典庄严的教学楼。

乔延曦这会儿显然心情极好，步伐比来时轻快了不少。

傅初晨知道这姑娘在高兴什么，难得见她情绪外露成这样，勾了勾唇："不就比我多拿两百块钱，至于？"

乔延曦："至于。下次还会比你多两百。"

傅初晨挑眉。

"而且不止下次，"乔延曦接着说，"南礼的第一以后都被我承包了，你就做好一辈子被我压在下面的准备吧。"

虽然知道她指的是年级排行榜……但他还是，下意识地联想到了一点儿别的。

"是吗？"少年开口，"那你压压看。"

乔延曦显然不知道这人的思想已经歪到马里亚纳海沟去了，淡定又骄傲地轻哼一声。

快走到 A 班门口时，他们看见教室外面的栏杆那儿趴了个人，校服穿得随性又不羁。

乔延曦眯着眼确认了一下："那是你朋友？"

"是……"

傅初晨还没说完，那男生也已经注意到了他们，转过身来，一边招手，一边大着嗓门喊："乔姐！"

乔延曦差点被口水呛到。

"看来更像是你朋友。"傅初晨平静地说。

等人走近，傅初晨轻轻扬了下眉梢："我都不知道，你还有喜欢随便认姐的习惯？"

"这可是全校唯一能打败你的女人，我尊称一声乔姐不过分吧！"贺修笑嘻嘻的，一副理所当然的样子。

傅初晨："你过来干吗的？"

贺修嚼着口香糖，吹了个泡泡，听见他话，笑了笑说："当然是有事，不过呢，不是找你。"

傅初晨看了乔延曦一眼："找她？"

"bingo！"贺修打完响指，又摸了摸自己空荡荡的肚子，"走呗，先去吃饭？我们边吃边说。"

食堂这时候已经没什么人了，他们上到三楼，随便找了家餐厅，听贺修说要请客，傅初晨转头就把最贵的几样菜全都安排上了。

乔延曦迟疑着问："点这么多吃得完吗？"

"他有钱。"

某个穷鬼感觉自己有被冒犯到，说："谁说这个了，我是怕浪费。"

"他能吃。"

贺修坐在他们对面，盯着这两人看了半天，总觉得哪里不太对："欸，不是，你们两个怎么就自动坐一块去了？"

贺修的目光在二人之间扫来扫去，他点点头，露出"我懂了"的表情。

傅初晨摊了摊手，声音懒倦："当同桌久了，习惯性的而已。"

"那你现在要不要坐过来？"

"懒得动。"

"懒死你得了。"乔延曦凉凉道。

某个懒鬼不为所动地瘫在软沙发椅上，语气无波无澜："你不懒你过去。"

隔着木质方桌，对上贺修同学"啊？惊喜来得这么突然吗？"的期待眼神，乔延曦沉默须臾，也跟着瘫回去："算了，我也不想动。"

贺修："……"

吃到一半，贺修才缓过自己受伤的幼小心灵，想起了自己今天的目的。

"乔姐，你看没看过《琉璃传》？"他问。

乔延曦正在喝汤，闻言呛了一下："咳，咳咳……为什么忽然问这个？"

贺修也是一个热衷"网上冲浪"的选手，前几天在微博上看见一个热搜视频，是一个博主做出来的《那些令人惊艳的童星》合集。

底下的热赞有一条评论是这么说的：【说到最有灵气的童星，还有人记得乔乔吗？[图片]】

配图就是《琉璃传》的剧照。

当时贺修无意间刷到，立刻联想到了乔延曦，并把截图发给了傅初晨。

"里面有一个小演员跟你长得特别像，而且也叫乔乔，我之前还跟傅哥聊过，说你俩会不会是失散多年的姐妹。"

乔延曦点头："然后他说你这想象力不去给人家当编剧可惜了。"

贺修一惊："你怎么知道？"

"我当时在旁边，看见了。"乔延曦解释。

贺修没工夫细想乔延曦当时为什么会在旁边，急着确认另一件事——

后来他查过资料，那个童星乔乔当时六七岁，而《琉璃传》的拍摄时间在十年前，也就是说，她现在应该也十六七岁了。

贺修问："你今年几岁？"

乔延曦："……虚岁十七。"

年龄对上了！贺修激动得直拍桌子："乔姐，你们该不会……是同一个人吧？"

乔延曦："就算我否认，你心里其实也已经有答案了吧。"

贺修点点头。

不仅如此，想起乔延曦刚才那番话，他心里甚至浮现了一个更离谱的想法，喝了口水压压惊，才继续说："你姓乔——"

乔延曦叹了口气："是。"

旁边的傅初晨年原本只顾着吃明治牛排，在安静地看戏，一直没有插话，却在这时候忽然放下银叉："乔大小姐。"

贺修："什么？"

"我说她。"

傅初晨偏过头，和一双微愣的桃花眼对上。

刚才乔延曦的反应很明显，是不准备继续绕弯子打哑谜，准备坦白了。关于她的身份，傅初晨其实比她以为的还要了解得更多一点，也能通过和她交流时的细枝末节猜到，她并不喜欢现在这个家。

如果她不想提起，如果她嫌解释麻烦……

他可以代劳一下。

"乔大小姐"这四个字已经非常清楚直白了，贺修直接一口水喷出来。

虽然他是想到了有这个可能性才开口问的，但一问一个准也有点恐怖的好不好！

一连两个重磅炸弹，这谁吃得消？

"学校不是都在传你家境贫寒吗？贴吧里还有人说你是灰姑娘，敢情是在欺骗我感情？"贺修同学愤愤地控诉。

乔延曦："……"什么玩意儿。

"灰姑娘？"傅初晨显然对这个关键词更感兴趣，撩起眼皮，想了想，"也算吧。"

贺修："哪儿算了？"

傅初晨哼笑一声："那女主角本来不就是贵族嘛。"

"是哦……"

哪怕辛德瑞拉生活过得再艰难、凄惨，她也是出身于富贵家庭，不是什么贫民窟少女。

和乔延曦现在的境遇相比，确实有那么一点共同点。

不过，如果非要用童话故事来形容，比起灰姑娘，他还是觉得她更像那位……

困在高塔里的公主。

吃完午饭，贺修有事先走了。

乔延曦看着他离开的背影，脚步虚浮，大概是还没消化完这两个劲爆的消息。她不由得侧头去看傅初晨："原来你一直没跟他讲？"

傅初晨垂眼："我以为你不想让人知道。"

"是不太想……"乔延曦顿了下，"不过他应该不会说出去的。"

傅初晨看着她："你凭什么肯定他不会说？"

其实也没有很肯定，只是一种直觉。再说了，贺修都已经猜了个七七八八，她再否认也没有意义。

乔延曦想了一会儿，给出一个并不确定的答案："可能因为是你的朋友？"

"你也说了，是我的朋友，"傅初晨平静地复述，"不是你的。"

乔延曦点头："我知道。"

"你很相信我？"

要说"很"其实也没有，不过乔延曦确实对他有种莫名的信任，自己也说不上来是为什么。

明明刚认识的时候，对方在她心里的形象还完完全全就是一个渣男。

后来……大概是相处久了，逐渐熟悉，她才发现这位少爷的人品还是挺靠谱的。

南礼有那么多女孩倾慕他，每次面对告白的时候，他总是拒绝得客气又果断，不给人留一线希望，也不会让对方感到难堪。

他懂得尊重别人。哪怕不喜欢，至少，也不该践踏这份心意。

这也是乔延曦对他比较欣赏的一个点。

三楼的食堂很安静，休息区坐着几个同学，正在专注看书，偶尔会有人把目光投向他们这边，偷瞄几眼又转回去。

他们早就习惯了这样的注视，熟视无睹。

她一直没有回答，傅初晨也不催促，似笑非笑地看了她半天，主动转移话题："什么时候走？"

乔延曦看了眼外面的天色，有些暗，大片乌云遮住了太阳，似乎有要变天的趋势。

"快下雨了，"她起身，"现在走吧。"

可惜还是晚了。

等他们从三楼下来走到食堂门口的时候，天空已经飘下雨珠，滴滴答答，一点一点地打湿浅灰色的地砖。

乔延曦停在台阶上，伸出手，冰凉的雨水砸在掌心，发出一声很轻的"啪嗒"。

身后传来一道懒洋洋的嗓音："还走吗？"

"再不走等等就更大了。"乔延曦回头，见他耸肩应了声"行吧"，两手抓着制服外套敞开的边儿。

她刚往外走了一步，绵绵的细雨落到身上，下一秒，眼前视线一暗——头顶压下来一点儿轻微的重量，那件校服外套罩到了她的头上。

鼻尖能闻到一点浅淡的清香，上面还残留着少年身上的气息和余温。

乔延曦脚步顿了一下，手撑起衣角，还没来得及看清什么，就感觉一只手掌隔着布料按在她脑袋上，愣是把外套又扣了回去。

"好好遮着。"傅初晨懒声提醒，"别又感冒了，不然倒霉的是我。"

乔延曦：？？？

傅初晨的肩头很快被雨水打湿，额发垂下来，略微有点儿碍事，被他拨弄到了后面。

"我们可是同桌，你要是病了，我大概率得跟着一起遭罪。"

乔延曦头蒙在衣服底下，无语半晌，最后还是闷声说了句："……知道了。"

平心而论，从开学到现在，傅初晨对乔延曦确实算得上是照顾有加，虽然乔延曦也不知道是为什么。

那么问题来了，她到底该怎样回报呢？之前她想的是在学习上助他一臂之力，但傅初晨没答应。

当时乔延曦以为他是不爱学习才拒绝的，现在看来估计是身为学霸的骄傲。毕竟他以前一直是年级第一，称霸整个年级无敌手的那种，当然不需要别人教。

现在不一样了，现在她才是第一，她还是可以帮到他的！

一周过去，月考排名这件事的热度也有所下降，南礼的同学已经接受了这个事实。

上课的时候，乔延曦时不时侧头看傅初晨一眼，顿个几秒，又转回来。就这样反复了无数次，她同桌终于受不了了，"啪嗒"放下笔。

"黑板长在我脸上？"傅初晨问。

乔延曦也停下笔，看着他的脸，桃花眼轻轻眨了眨，没吭声。

傅初晨也不说话，斜歪着身子后背靠墙，眼皮子耷拉下来一半，静静地和她对望。

过了几秒，乔延曦从抽屉里摸出一沓笔记本，棕色牛皮封面，学校统一发的。

傅初晨垂眸，看着少女抓着这玩意儿递到自己面前，手很白，被封皮衬托得更加细腻，指甲修剪得圆润整齐。

他的视线定格在她的手上，良久，抬起头："给我这个干吗？"

乔延曦说："借你看，每科的笔记都有。"

她记得这人上课基本是不怎么做笔记的，应该是属于天赋型，这种学霸类型最招人恨。

这不报应就来了。

傅初晨保持着靠墙的姿势，没动，也没伸手来接。

他不说话，乔延曦也没什么耐心等下去，手臂一直举着也挺酸的，她正准备放下来："不要就——"算了。

后边俩字儿还没说完，傅初晨倏地抬了手，从她手里抽了过来。

他低头捻着书页随便翻了翻，里面的笔记内容确实很详细，几乎都是重点。

"你给我这个，不怕我下次考过你？"他合上牛皮本晃了晃，"我们这次也就差了1分，我理综甚至比你高。"

这倒是事实。他们数学成绩一样，理综他高4分，她则是语文和英语加起来比他多5分。

乔延曦承认他确实是很厉害的，在她以前的学校，也从来没有人分数能和她咬得这么紧，几乎都是碾压的程度。

遇到旗鼓相当的对手是件很难得的事情。

虽然乔延曦之前放狠话说以后都要拿第一名，但其实她的底气也没有那么足……

“我们公平竞争。”她说。

傅初晨笑了一下，倾身往她那边靠了靠，将笔记本放回她抽屉：“一直都是公平的。

“输给你，我很服气。”

在这之后，乔延曦奇迹般地发现这位平时不怎么听课的同桌也开始记笔记了，甚至下课时间也不补觉，懒懒散散地靠着椅背，手里捧着英语课本，在喧嚣嘈杂的教室里心无旁骛地背着单词。

众人看见这一幕的时候觉得有些魔幻。

乔延曦平时下课会留在座位上复习，大家早就见怪不怪了，但他们和傅初晨当同学一年多了，还是第一次见他这样。

连老师都觉得神奇。

最近 A 班的几位任课老师私下也会聊到这个话题，以往傅初晨上课不认真，他们都是睁一只眼闭一只眼的。

抛开傅家的背景来说，傅初晨的成绩确实相当优异。这让他们怎么管？

现在好了，终于出现一个可以管住傅初晨的人了。老师们都很欣慰，并以此为借口，顺带鞭策了一下 A 班的其他同学。

——“看啊！连你们班长都这么用功学习了，你们还有什么资格不努力？”

于是，A 班的学霸们纷纷内卷起来，但那些普通同学则苦不堪言，觉得这日子真不是人过的。

某个下午，一节天书般的数学课上完，何业告诉了大家一个好消息：

“这个月底，本来是准备举办运动会的，刚好又赶上我们南礼建校四十周年，学校就准备把校运会和校庆连在一块儿，一共五天。”

台下同学刚要沸腾，何业继续说：“不过到时候周末要用来补课，毕竟高二了，学业还是很重要的。”

同学们：“……”

“好了，下课。”何业说完，又喊了傅初晨一声，“班长跟我来趟办公室。”

傅初晨起身，跟在何业后面。

“五天啊，五天不用上课！”陈星宇一听这个消息，特别激动，“这也太爽了！”

宁萌给他泼冷水："爽完还有七天的课等着你。"

陈星宇："……"

乔延曦手背支着脸，漫不经心地听着他们斗嘴，看着旁边空了的位置，不知道何业找傅初晨是有什么事。

到下一节课上课前，傅初晨才回来。

乔延曦抬头看他一眼，他的神情和去之前一样，没什么变化。

"傅哥，老何找你什么事啊？"陈星宇直接问。

傅初晨拉开椅子坐下，抽出这堂课要用的课本，手指勾着笔，淡淡地说："没什么。"

"噢……"

他不想说，那大概就是跟个人有关，而不是跟班级有关。但乔延曦又感觉不太像，说不上来为什么，可能就是女生的第六感。

在某些方面，他们两个人是很相似的，比如说对方不想提的事，都不会主动追问。

她只是深深看他一眼，就收回视线。

天空被阳光映成深红，赤色的光晕染天际，也铺满了整个大地。

从教学楼到宿舍楼的道路两侧栽种着很多法国梧桐，现在是秋天，树叶已经泛了黄，一阵风刮过，打着旋儿往地上飘。

乔延曦还不是很饿，放学以后没急着跟大部队去食堂干饭，而是准备先回宿舍一趟。

走到一半，她看见不远处的树下有一伙人，几个酒红色校服围着一个深蓝校服，她顿了一下，有点不太明白这是什么情况。

那个被围住的男孩子戴着个黑框眼镜，模样清秀白净，看上去挺眼熟。

"吴闻同学，你别给脸不要脸行吗？"说话的女生穿着的制服裙被改短了很多，栗色长发披散着，说话声音清脆悦耳，内容却难听极了。

"我们小雅看上你是你的荣幸，你知道她家做什么的吗？"

"你不就学习厉害了点，年级第四，但那又怎样？将来毕业了不还是只配给她家打工？"

乔延曦想起来了。吴闻也是A班的同学，平时总是默默无闻。乔延曦经常在食堂一楼和他遇上，和她这种假灰姑娘不同，这位同学家庭条件是真不好。

以往他的成绩都是能排在年级前三的，但这次她空降第一，他就掉到了第四去了。

而说话的那个女的，则是那个在最后一个考场故意找她碴的。

居然还都是熟人。

"嗤！"

听见这声嗤笑，温娜抬起头，看见乔延曦以后，火气更胜了几分："你笑什么笑？"

少女站在道路中央，风卷起地上的落叶和她的裙摆，发丝飞舞，眼神冷淡得仿佛在看一群垃圾："人家为什么看不上你们，心里没点数吗？"

"家里有钱又怎么了，这钱是你们赚的吗？就算将来进入社会也不过是一群只会坐吃山空的废物而已。"

乔延曦很少说这么长一段话，语速很快，怼得她们几乎无法反驳。

不是，你一个穷鬼哪儿来的资本说出这种话？

温娜快气死了。

本来她看乔延曦就不顺眼，明明之前搞校花投票的时候，她才是第一。可是乔延曦一来，大家都把这个头衔安到乔延曦身上，完全抢了她的风头。

当时在考场上想教训乔延曦，结果还被谢洋拦了，温娜越发看乔延曦不爽，这会儿怒气冲冲地就扑上来了。

乔延曦原地不动，等温娜靠近的时候，倏然侧身，往旁边躲了躲。

趁对方扑空愣神的间隙，乔延曦反手制住温娜的胳膊，往反方向用力一拧，温娜尖叫了一声，她充耳不闻，单手扣住温娜的双手腕，死死压着。

那一瞬间，温娜疼得眼泪都快流出来了，她想反抗，但这个姿势完全被限制住了，根本使不上劲儿。

乔延曦另一只手空了出来，面不改色地拨通了某个号码，手机放在耳边，冷静地说："傅初晨，有人欺负你同学，赶紧过来。"

温娜大概是有些惧怕，不知道哪儿来的力气，又开始挣扎起来，嘴里还在骂。

乔延曦干脆顺势将她放开，往前推了一把。

温娜趔趔趄趄的，差点儿摔倒，还好她几个朋友上前扶了她一下。

手机还在通话中没有挂断，大概是她刚才不小心按到了免提，傅初晨冷淡低沉的声音响起，混杂在微弱的风声里，格外清晰。

"在哪儿？"

乔延曦报了个地点："食堂后面一点，不远，你过来就能看见。"

"等我一下，马上到。"傅初晨说。

温娜先是看一眼她的手机，抿着唇，然后目光才恶狠狠地瞪向她："我以为你多有能耐呢，还不是只会搬救兵？"

乔延曦懒得搭理。

说起来，这号码还是前几天刚存的，本来她是觉得有微信好友就够了，一直没问他要过手机号。

那会儿下课，傅初晨说是手机不知道放哪儿了，借她手机给自己打了个电话。于是她的最近通话里就有了他电话号码的记录。

温娜不想正面惹上傅初晨，又不想落了面子，临走前还不忘放狠话："喜欢多管闲事是吧？这次我先放过你，之后咱们走着瞧。"

她们离开后，吴闻慢吞吞地走过来。

近看，男生的外套皱巴巴的，校服裤子上也有几个鞋印，那张脸倒是白白净净的。

乔延曦问："有受伤吗？"

有树叶正巧飘落在她发间，金黄一片，在乌黑的发上增添了一抹亮色。

"没……"吴闻推了推镜框，和她沉静的目光对上时，有一秒的怔愣，随后又慌张地挪开视线，看向她发间的梧桐叶。

想伸手帮她摘下来，可他不敢。在他内心挣扎的时候，有人替他完成了这个举动……

傅初晨从乔延曦身后走来，顺手拾起了那片金黄的落叶："发生什么事了？"

乔延曦刚准备开口，吴闻忽然低下眼，很小声地道了谢，说完也不等她做出什么回应，转身就跑。

乔延曦继续把话说完："刚才有几个其他班的女生围着他，好像是感情纠纷，单方面的那种。"

傅初晨颔首："明白了。"

"这种事应该怎么处理，反映给老师知道有用吗？"

看着男生渐渐远去的背影，直到他消失在拐角，傅初晨收回视线，反问："你觉得呢？"

并非老师不想管，而是他们这种私立学校，老师的能力实在有限，他们也只能尽力避免类似事情发生。

这些乔延曦都明白。

如果不是刚好被她碰上了，温娜她们应该也不会这么轻易放过吴闻。

"你这次怎么来这么快？"乔延曦问他。

"我就在食堂。"傅初晨说。

"你吃完饭了？"

"没有。"傅初晨手里还拿着刚才从她头发上取下来的梧桐落叶，漫不经心地玩着，"刚准备吃，然后你电话就打过来了。"

"现在回去菜估计都凉了，"他懒洋洋地歪头，"你说你该怎么赔我？"

乔延曦偏头看了他一眼，视线定格在那片金黄的树叶上，想了想，说："这个送你了，就拿它来抵吧。"

傅初晨嗤笑一声，晃了晃叶子："就这破玩意儿？"

乔延曦："大自然是无价的。"

"说不过你，"傅初晨点点头，勉为其难地同意了，"行吧。"

乔延曦把这位少爷打发走了后回到宿舍，后知后觉地感觉到胳膊有些疼。卷起袖子，露出的雪白小臂上有一块青紫的印子……

她想起刚才和温娜动手的时候，这里好像是被撞了一下。

当时不觉得有什么，没想到都形成瘀青了。

应该没什么事？她用指尖轻轻碰了碰，没忍住"嘶"了一声，绷着脸在心里骂了句脏话。

这瘀青一连好几天都没消，偏偏还是在右手，有点儿影响写字，上课的时候，她时不时就要揉一揉胳膊。

傅初晨察觉到她的不对劲："手怎么了？"

乔延曦随口道："不小心磕到了。"

傅初晨盯着她看了一会儿，似是信了，"嗯"了一声。

今天是周五，没有晚自习，最后一节班会课，何业又交代了一下校庆活动注意事项。

等到放学铃响，同学们"哗啦"一下从教室鱼贯而出。乔延曦坐在座位上继续写作业，宁萌和她挥了挥手，跟其他几个女同学先走了。

隔壁的"睡美人"也醒了，打了个哈欠，从抽屉里摸出在嗡嗡振动的手机："……行，我知道了。马上来。"

乔延曦解题思绪突然被打断，黑笔在卷子上勾出一个"C"。

"这题选 A。"边上飘来一句。

她面无表情地在那个 C 上又加了两笔。

"这么简单的题目都能算错……"傅初晨收好手机，懒洋洋地一偏头，"我要开始怀疑你的第一名是不是有什么水分了。"

"嫉妒使你丑陋。"乔延曦继续写下一题，"看错答案了而已。"

傅初晨点点头，一副不跟她计较的模样："行，我丑陋。"

在窗外西落的阳光下，他的面庞像是笼了一层暖色调滤镜，减淡了那股冷漠感。就这张脸……

算了，哪怕她再不爽，也不能昧着良心说丑。

乔延曦决定撤回："当我没说。"然后又问，"你怎么还不走？"

"你这周末回不回家？回的话可以顺便捎上你。"傅初晨晃了晃手机，看样子刚才给他打电话的应该是司机。

"不回。"

等他离开后，又过了一会儿，乔延曦写完整张卷子，放下笔，本以为教室的人应该都走光了，没想到还有一个人在。

吴闻坐在自己座位上，正望着她这边。对上她的视线，他又急急忙忙低下头。

最后吴闻还是鼓足了勇气，走到她面前："那个，上次太匆忙，我一直想找机会跟你郑重说声谢谢的，那时候多亏了你……"

男生清秀的面庞和坚韧的眼神，容易让人联想到生长在无人之地的野草。单独拎出来看，他的模样确实生得不差，也难怪会被人盯上。

"只是你帮了我，那群人肯定也会记恨上你的，也许还会来找你的麻烦……"

乔延曦一边收拾书包，一边淡淡地说："没什么，那谁本来就看我不顺眼。"

吴闻愣了一下，垂在裤腿边的手攥紧成拳："像她们这种人，如果没有了家里的背景，根本就什么也不是。最讨厌这些所谓的有钱人了……"

察觉到自己这话带了太多的个人情绪，他后面的话音渐弱。

少女那双浅棕色的眼睛静静注视着他，澄净剔透，仿佛能轻易看穿人心。

吴闻连忙错开视线，不敢看她。

温格早就在校门口等着了，见人姗姗来迟，问了句："怎么这么慢，老师拖堂了？"

"不是。"

傅初晨拉开后排车门，拎着个空扁扁的书包往里面一坐："我爸今天回来了？"

"哪能不回来啊？"温格"啧啧"两声，"也不看看今天什么日子，傅叔要是不回来，夫人肯定会扒了他的皮。"

深秋，天暗得快，到家时最后一点夕色也沉没在地平线之下。

傅家的公馆笼罩在朦胧夜色中，庭院门口停着一辆黑色商务车，院门敞开，铺着鹅卵石的花园小道旁的地灯泛着暖黄的光。

他不过是一周没回家，整个房子就大变样，地上和墙上都铺满了装饰的气球，到处都是玫瑰花，布置得很夸张，宛如婚礼现场一般。

"我妈搞成这样的？"傅初晨也就是象征性地问一下，心里早就有了肯定的答案。

客厅另一位穿银灰色西装的男人，也就是他爸，傅氏现在的掌权人——傅涯微微点头，看上去也有些头痛。

他工作繁忙，在各大城市乃至国家飞来飞去，十天半个月不回家是常事，有时候甚至几个月都看不到人影。

今天难得回来一次，也是为了陪妻子过结婚纪念日。

傅初晨环顾一圈，踢了踢脚边的气球，为自己开辟出一条能走的道路，犀利地评价了一句："形式主义。"

他上了楼，去傅夫人专门打造的猫房看威廉。

小东西懒洋洋地窝在树枝状的爬架顶端，眼睛眯起来，垂下来的尾巴轻轻摇晃，看起来十分惬意。

傅初晨拿手机"咔嚓"拍了一张照，发给乔延曦，证明她"儿子"还好好活着。

等了一会儿，对面没回复。

威廉见他来了，也来了精神，从猫爬架上跳下来，"喵呜"了一声。

傅初晨去柜子里给它拿零食，半蹲下来喂它。

"吃这么开心。"

"你亲妈都不管你了。"

顿了下，他忽然问："想不想见她？"

威廉吃着正香呢，大概觉得边上一直有个声音吵着烦，昂起小脑袋："喵！"

傅初晨："知道了。"

威廉："你知道什么了？"

它把他手上的零食叼走，跑到一个角落里安心地吃了起来。

傅初晨也没阻止，表情若有所思。

乔延曦过了两小时才看见消息，之前手机没电，放一旁充电就没管了。看着照片里狸花猫圆鼓鼓的脸颊，她嘴角勾起一点很浅的弧度，回复了个"辛苦"。

对面又跳出一条：【你有没有空？】

然后显示：【对方撤回了一条消息】

乔延曦：【？】

债主：【没什么，发错了】

乔延曦：【哦。】

对面又没声了。

既然是发错了，那总有一个"对的人"，所以他这个消息原本是要发给谁？

乔延曦锁上屏，继续埋头写题集，一道基础的计算题她用了十分钟才写了一个"解"字后，她"啪"地丢了笔。

果然还是很在意……不，是好奇。

周末乔延曦一般都不回家，林念这次破天荒地也没出去玩，看见她突然摔笔，被吓了一跳："干吗啊你，没事抽什么风？"

乔延曦用余光瞥了眼手机，没动，重新捡回笔："算不出题目，烦的。"

林念嘴角抽了抽，朝她抱拳："我服你了，大学霸。"

乔延曦强迫自己专心，花了两分钟把题解出来，听见手机又"叮咚"了一下。

债主：【你在干吗？】

乔延曦拍了一张桌面的照片发送，紧接着一句话：【写题。有事就说。】

过了两秒。

债主：【出来一下？】

秋天夜凉，乔延曦披了件外套来到宿舍楼下，拉着衣襟往里裹了裹，看见傅初晨坐在长椅上，百无聊赖地拨弄着一枝玫瑰花。

乔延曦走到他面前，隔着小半米的距离。

她脚步很轻，傅初晨还是瞥见地上的影子才发现她来了。

"你不是回家了吗，怎么又过来了？"乔延曦先开口。

回想起家里今日的盛况，傅初晨揉了揉太阳穴："那地方我反正是待不下去了。"

傅初晨没解释自己为什么会出现在这里，懒懒散散地起身，把玫瑰递向她。

进口肯尼亚的北极星玫瑰，花瓣雪白，在月光下皎洁纯净，如梦似幻，是他出门前从门把上随手拽下来的。

"送你了。"他语气随意，似乎并不觉得大晚上送一个女生玫瑰花有什么问题。

乔延曦却觉得有大问题。

宿舍楼下灯光昏暗，英式风格的柱灯连成一排，散发着柔和的浅色光亮。

周五晚上留校的学生不多，校园里一片静谧，两个人面面相觑，乔延曦迟疑着，不知道自己要不要接过来。

傅初晨大概也是没什么耐心了，往前半步，直接把花插在她的外套口袋里。

乔延曦低头："你又玩大冒险输了？哪儿来的花？"

"不是，"傅初晨上下打量着她，似乎觉得这个造型颇为有趣，相当满意自己的杰作，"顺手捡来的。"

本来他没这个打算，只是看了几眼，觉得这花好像和她的气质挺搭的，才留了下来。

"梧桐叶的回礼，怎么样？"

乔延曦面无表情地说："那我赚大了。"

她把那枝白玫瑰从口袋里拿出来，根上的刺应该是被处理干净了，她分不清具体是什么品种，只能看出价值不菲。

她抓着深绿色的花茎，手部肌肤被衬得更加白皙，气质清冷出尘。

傅初晨看着这一幕，心想：果然，她整个人和白玫瑰真的很搭，或许红色也会很适合……

他顿了下，觉得自己想得实在有点多。

"你还有没有话要对我说？"乔延曦问。

傅初晨挑眉："比如？"

比如个屁，你要说什么还得我教你？

"你在期待什么？"傅初晨手支着下巴，思忖了一会儿，"该不会是以为我准备——"

"谁期待了。"乔延曦冷着脸，"你大晚上跑过来就为了给我送这个？"

他低笑："是不是很感动？"

乔延曦差点没忍住翻白眼的冲动。

傅初晨又问："你明天有没有空？"

话题跳跃得太快，乔延曦怔了一下，下意识地想起他之前撤回的消息。

"没有，明后天都要去兼职。"她回答。

"哦，"傅初晨点点头，"大壮想你了，什么时候有空记得来看看这个留守儿童。"

乔延曦："……"

等乔延曦回了宿舍后，傅初晨重新坐回了原先的长椅上，双腿微敞，手臂搁在后面的椅背上，仰着下巴抬头望天，不知道是在走神还是想事情。

不远处的人工湖吹来微凉的夜风，湖面倒映着月亮，泛起粼粼波光。

吹了一阵冷风，他脑子也清醒多了。

对他来说，乔延曦到底是个什么样的存在？

同学或是朋友，似乎都不足以解释他对她那点儿微妙、特殊的情感……

她陪伴了他大部分的童年，尽管只是隔着屏幕，尽管她毫不知情，甚至早就忘了他们曾经也相识过一场。

但再见面的时候，他还是愿意破例跟她当同桌，也会请她吃早餐，耐着性子帮她养猫，愿意做很多在旁人看来不可置信的事。

只要她需要。

是的，前提是她需要。

而不是像今晚这样，她什么也没说，他却跨了半个市区跑过来，把那朵破花给她之后，又坐在楼下吹了二十分钟冷风，然后想了这个愚蠢的问题。

第六章

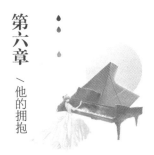

他的拥抱

这个月的 25 号就是南礼建校四十周年的日子，校庆将在这一天开始，两天的表演结束之后，还有三天的运动会。

校庆的节目最后会评奖，奖品目前没有公布出来，不过按照南礼的惯例，一般都是直接打钱。

所以乔延曦心动了，她报名了。

每个班的节目没有个数限制，谁都可以参加，但是有一轮预选赛，只有通过了以后才能在校庆当天登台演出。

乔延曦的钢琴水平自然是没有问题的。学校的音乐老师对她印象颇深，每次看她弹琴都笑得一脸慈祥，仿佛在看自己的孩子。

回到班上，乔延曦看见 A 班的体育委员还在抓人跑 800 米，但 A 班的女生加她总共也才六个，其中有一半都报名了校庆的表演。

练习的时间本来就不多，体委只能哭着喊奶奶让她们凑个人数，到时候哪怕在跑道上走个两圈也行啊。

"乔姐，你看你这大长腿，不用来跑步可惜了啊，咱不能暴殄天物。"体委一看见她回来了，立马迎上去，为了劝人报名简直无所不用其极。

乔延曦很冷漠："不要。"

体委受伤地走了。如果是别人，他可能还会继续劝说一下。奈何这姑娘旁边坐着一尊大佛，哪怕人一句话没说，体委也没那个胆子当着他的面逼迫他同桌做不情愿的事儿。

傅初晨靠着墙在玩手机，等她坐下后，头也不抬地问："过了？"

"嗯。"乔延曦活动了一下手指,侧头看向他,"我听说你校庆也有表演,你怎么没去参加预选?"

傅初晨懒声笑道:"可能因为我是内定的?"

乔延曦从未见过有人能把走后门讲得如此理直气壮。

"你准备的节目是什么?"

"入场表演,"傅初晨卖了个关子,"到时候你就知道了。"

乔延曦只好压下了自己的好奇心。

时间过得很快,转眼就是校庆的前一天。

周日,天气阴凉,乔延曦出门前多加了一件衣服,到宿舍楼下的时候,刚好碰上从隔壁栋出来的乔婳。

乔婳"哎"了一声:"你要去哪儿?"

乔延曦没立刻回答,倒是用一种很奇怪的眼神盯着她。

乔婳被看得发毛,哆嗦了一下:"怎、怎么了吗?"

"没什么,就是没想到能在周末的学校里看见你。"乔延曦如实说。

她还以为这个妹妹真的每周都会老老实实地回家,当父母的小棉袄、小甜心……

提到这个,乔婳就生气:"还不是怪你……"

"怪我什么?"

——怪你月考考了第一名,成绩传遍全学校,连家长群都惊动了!

结果导致谢雨静连夜给她找了个家教老师,整天盯着她写作业,这谁受得了!

"算了,没什么……"乔婳又泄了气,抱怨的话也只是在心里想想,毕竟没什么道理。

乔延曦并非真的关心这个问题,"哦"了一声就准备走。

没想到乔婳也跟了上来,马尾辫一晃一晃的,蹦蹦跳跳地问:"姐,你这是准备去干吗?带我一个呗,我实在是太无聊了。"

"无聊就去背书。"

小姑娘鼓起腮帮子,依旧眼巴巴地盯着她。

乔延曦抿了一下唇:"……去看猫。"

到了傅家公馆,乔婳依然没回过神来。

虽然在路上已经听乔延曦说了，这猫是她放在别人家寄养的。

但等到知道了这位"好心"的收养者是谁时，她整个人有种宛如被雷劈裂开了般的感觉。

乔婳不是第一次来傅家，以前也跟着长辈来做客过几次，看着眼前熟悉的雕花大门，她深呼吸一口气，最后确认地问道："姐，你跟初晨哥哥说了我也来吗？"

"说了。"乔延曦伸手准备按铃。

"那他有没有生气？"乔婳猛地按住她的胳膊，"他有没有表现出不开心，或者不情愿的意思？"

"他就回了个'好'，你可以自己留在这儿慢慢分析他的心理。"乔延曦瞥她一眼，"撒手。"

"喔。"

门铃响了一小会儿，里面传来一阵脚步声。

"你们来啦。"来开门的是一位非常美丽的女士，保养得看不出年龄，身上披着一件雪色狐毛披肩，更显得雍容华贵。

乔婳呼吸微微一滞，竟然是傅夫人亲自来开的门？

乔延曦："阿姨好。"

"快进来，快进来。"傅夫人朝她们招手，笑语盈盈，"就当是自己家，不用拘谨。"

乔婳恍惚了一下，上次她来的时候傅夫人态度有这么热情吗？好像没有……

两人换好鞋进了屋，走过玄关，一眼看见客厅沙发上坐着的人，长腿随意地跷起，见到她们，坐姿稍微端正了一些，也只是稍微。

乔延曦将视线从他身上移开，打量了一下四周。

傅家的装修有一种中西结合的感觉，客厅墙上挂着古董字画，桌上摆放着插满鲜花的欧式花瓶，两种文化碰撞在一起，竟然有一种奇妙的和谐。

和她想象中的有点儿不同。

"我以为你都忘了这回事儿，原来还知道要来探望一下'儿子'。"傅初晨望着她似笑非笑。

乔延曦收回目光："猫呢？"

"楼上。"

本来乔延曦还担心威廉会不会不适应新环境，没想到它在这儿过得舒服极了。

狸花猫本来体型就偏大，又被喂得这么肥，抱在手里沉甸甸的，乔延曦的胳膊没一会儿就酸了，只好放它下来。

"这猫不是之前安德烈老师那儿的吗？"乔姵也认出了威廉。

"嗯。"乔延曦拿出了自己"斥巨资"新买的玩具，弯下腰陪威廉玩耍。

看她没有要解释的意思，乔姵虽然好奇，但也没多问，蹲下来跟威廉一起玩。

小姑娘总是对毛茸茸的东西没有抵抗力，撸了半天的猫，等回过神来，猫咪的两位主人都不见了踪影。

傅夫人带着乔延曦去了一间大概是会客室的地方，不过没那么正式。傅初晨靠在一旁，看她俩上演"你问我答"——

"乔乔，听说你是这学期才转到南礼的，在学校生活得还习惯吗？"

"挺好的，谢谢阿姨关心。"

"食堂的饭菜合不合胃口？"

"嗯。"

"这小子平时没有欺负你吧？"

"……"

听到这话，傅初晨没法继续装聋作哑了，轻轻嗤了一声："什么叫——"

"闭嘴，没问你。"

傅夫人看也不看他，温柔地对乔延曦说："乔乔，你不用怕他，跟阿姨说实话就行，阿姨会为你做主的。"

"没有，"乔延曦摇头，"他一直挺照顾我的。"

傅夫人这才给了儿子一个满意的眼神。

傅初晨双手抱臂，也不看自家老妈，继续扮演着哑巴的角色。

"总算有一次把我的话放在心上。"

乔延曦一愣："什么？"

"没什么。"傅夫人笑，"乔乔，今天跟你妹妹留下来一起吃个晚饭再走吧，阿姨亲自下厨，可不要不给面子哦。"

话都说到这个份儿上了，乔延曦也只好点头。只是心里不免奇怪，傅夫人对她，似乎太过热情了些。

刚进门时她就有这种感觉，还以为是这位长辈性格如此，相处下来发现，这份热情貌似只在她身上体现……

这就很让人匪夷所思了。

又随意聊了一会儿，傅夫人说要下楼提前准备食材，临走前还不忘安排傅初晨带乔延曦在家里逛逛。

傅家很大，一圈逛下来起码半小时，乔延曦没那么多耐心，傅初晨更没有。于是两人视线相对，一拍即合，又重新回到了猫房。

乔姵盘腿坐在地上，身上弄得都是猫毛。

"姐，初晨哥哥，你们刚刚干吗去了？"

乔延曦说："跟阿姨聊了一会儿天，她让我们晚上留下来吃饭。"

"真的吗，太好了！"小姑娘眼睛亮起来。

傅初晨侧身倚着门框，没什么表情地说："刚好，我再多叫几个人来，一起热闹一下。"

说的是"一起热闹"，看着更像"一起毁灭吧"。

乔延曦离他近，略一低头，就能看见这人还真的点开了某个绿色图标，编辑了一条消息群发出去，虽然群发的对象就两个。

乔延曦拿脚尖轻轻踢他："不用跟阿姨说一声吗？"

傅初晨收好手机，说："没事，晚饭管够。"

前天晚上，在得知乔延曦今天要来做客时，他妈立刻就联系了人在今早送来最新鲜的食材，分量多得几乎能塞爆整个冰箱，上次他亲爹回来都没这个待遇。

乔延曦："……"你看我像在指这个吗？

不过她一个客人，也不好多说什么。她换了话题："那现在做什么？"

总不能撸一下午的猫吧，而且……她看了眼正在打哈欠的威廉，这明显是要睡了的样子。

"你们想做什么？娱乐的东西都在三楼，想要打球下棋看电影都行。"傅初晨想了想，"总不会你们想去书房看书？"

他停顿一下，说："或者，去琴房练琴？"

因为校庆表演需要练习，乔延曦没多犹豫就点了头。

他微微勾了下下唇，眸光落向乔姵。

一秒、两秒、三秒……

短短三秒，乔姵心里闪过一万个想法，没一个敢直说，只好小声道："……我想看动漫。"

134

于是傅初晨先把她带到了影音室，再和乔延曦一起去了琴房。

推开门，入眼的是一架水晶钢琴。

半透明的琴盖，如同琉璃一般剔透又漂亮，琴身则是纯白带金边，这种外观市面上是没有直售的，需要专门定制。

"来试试？"傅初晨掀起琴盖，朝乔延曦抬了抬下巴。

乔延曦试着按下琴键，钢琴发出一声饱满又清亮的声音，音色纯净，听得出质量也非同一般，不是那种华而不实的"摆件"。

琴房宽敞又明亮，窗户开着，透了风进来，带起白色的帷幔轻轻晃动。

傅初晨坐在飘窗上，弯起一条腿，单手压在膝盖上，支着下巴，懒洋洋地听她弹完一首曲子。

"为什么选这首？"

她刚刚弹奏的钢琴曲是由两个法国作曲家共同创作的，名为《秋日私语》，也是她校庆将要表演的曲目。

乔延曦顿了一下，思绪飘到不久前的某个午后，记得那日的阳光似乎特别灿烂。

"因为……现在是秋天。"她说。

傅初晨也想起了那天，从飘窗跳下来，示意她给自己挪个位儿："要不要来一遍完整的合奏？"

上次，在安德烈那里，他只配合着她完成了下半节的乐章。

乔延曦眨了一下眼，轻声："好。"

琴凳本就偏宽，坐两个人也不算拥挤，只是他们离得比上课时更近一些。

四手联弹最考验的不是技巧，而是默契。但他们却配合得很好，两双漂亮的手在黑白键上来回交错、跃动，轻盈得像在跳舞。

一曲终了，傅初晨侧过头，眼睛轻眯了一下，盯着她，说："你刚才很不专心。"

乔延曦还未收回来的手又抖了，钢琴响了一声短促的音。

傅初晨的眼珠颜色很深，浓黑似墨："在想什么，嗯？"说话时尾音稍稍拖长，带着询问语调。

乔延曦忍着那股不自在，对他的视线不躲不闪："在想……你所谓的入场表演到底是什么。"

"你很想知道？"

乔延曦用眼神回答他：废话。

傅初晨歪了一下头，"好吧，给你个关键词提示——Dance。"

"你要跳舞？"

他只是笑笑，不置可否。

琴房的门在这时候突然被推开，傅夫人举着一个相机对准他们："来，看镜头。"

然后"咔嚓"一下。

傅夫人年轻的时候学的是摄影专业，很喜欢捕捉生活中一些美好的事物，她热爱拍晚霞，拍日出，当然也爱拍美人。

结婚之后，事业虽然搁置了，但她并没有放弃这个爱好，家里甚至还配备了一台专业的数码彩扩机。

"你们继续。"傅夫人似乎很满意这次拍到的照片，笑眯眯地走了。

走到一半又回头，"哦对了，你的另外两位朋友来了，记得招待一下人家。"

楼下，贺修和谢洋一人占了一个沙发，气氛沉默而尴尬。

贺修和谢家的人接触不算多，会认识谢洋，也是因为对方和傅初晨是室友，他有时候跑去宿舍串门，也能和他搭上几句话。

只是这会儿傅初晨不在，他也不知道跟谢洋能聊些什么。

"嘿，兄弟……"贺修用了个万能的句式开头。

谢洋撩起眼皮看他。

贺修问："你今天怎么也过来了？咱俩还在门口碰到了，真巧啊——"

谢洋举起手机，把屏幕给他看，上面显示着一条跟他收到的一模一样的消息。

贺修："……"

傅初晨这条狗！这简直是渣男行为！

听见脚步声传来，他愤愤抬头，想要痛斥这人"你这样做就跟那些给一堆女孩子发'宝贝在吗'的海王有什么区别"，结果就发现来的人是乔延曦。

贺修硬是把一句脏话憋了回去，换上一个灿烂的笑："嚯，乔姐今天也来了。"

乔延曦点了点头，说："我妹妹也来了。"

136

谢洋玩手机的动作顿了下，微微抬头，眉头似乎皱了一下。

傅初晨跟在乔延曦后面，手里拿着两个玻璃杯，问他们："要喝什么？"

"都行。"

贺修忍不住道："你中邪了？今天是抽了什么风把大家都叫过来……"

我原本也只打算叫一个，傅少爷面无表情地想。

晚餐时间，乔婳看完动漫高高兴兴地下楼，结果一进餐厅，人都傻了。可是大家都还等着她，她也不能撒腿就跑，只好硬着头皮入座。

大理石的长形餐桌上摆着各式精致的菜肴，傅初晨看了两眼，忍不住质疑自己亲妈："这些都是你做的？"

傅夫人昂起下巴，手一指："这盘是我亲自炒的。"

那是一盘黑黝黝的糖醋排骨……

大家："……"

算了，该给的面子还是要给，于是整齐划一地拍手鼓掌。

傅夫人笑得矜持："大家快吃吧。"

这顿饭吃得其乐融融，傅夫人为人随和，餐桌上也没什么规矩。大概是傅初晨跟家里提过乔延曦对海鲜过敏，所以并没有出现海鲜类的食物，一道都没有。

饭后，因为明天还要上学，傅夫人也就没有多留他们。

等人走了，傅夫人迫不及待地问自家儿子："怎么样，你老妈我的演技也还不错吧？"

傅初晨想了想："能打个6分吧。"

"怎么才6分？"傅夫人不乐意。

傅初晨："满分10分，恭喜您，及格了。"

"要不是你说怕吓着乔乔，让我见了她收敛一点，不然我肯定要扑上去，今天我都没碰到她。"傅夫人半是惆怅半是开心地说，"不过能再见到她也很好了。"

客厅的落地窗外是浓稠的夜色，傅初晨静静看了会儿，忽地开口："她当年为什么突然不演戏了，原因查到了吗？"

"……出了一些意外吧。"傅夫人神色一瞬间淡下去。

她当时才派人去调查了没多久，那位秦大腕就找上门来了，客客气气地说："感谢您关心我们家乔乔，只是发生了一些小事，她现在很好，准备以学业为主，重心将不放在演戏上面了。"

言下之意，是希望她停止追查。

傅夫人还能怎么办呢？毕竟人家秦大腕才是乔乔的亲妈。

她叹了口气，又想起一件事："哎呀，刚冲印出来的照片忘拿给乔乔看了。"

视线在庭院门口停留了几秒，傅初晨收回目光，懒散道："没关系，可以下次再喊她过来看。"

"是个好主意。"傅夫人点头，"到时候再把你们那张童年照一起拿出来给她看，说不准还能唤回点儿她对你的印象。"

傅初晨："……"

乔延曦确实在今天被勾起了一点儿回忆，当傅夫人端着相机对着她和傅初晨拍照时，她突然间产生一种似曾相识的感觉。

只是她实在想不起来到底发生过什么，便没把这种感觉当回事儿。

校庆当天，全校师生集中在南礼的操场上，面对着工人们彻夜搭建好的大舞台，被冷风吹得直打哆嗦。

大清早的，气温本来就低，这操场又没个能挡风的地方，想要御寒只能靠一身正气了。

"为什么不去大礼堂……"

乔延曦听见后方有其他班同学在抱怨，他旁边那人打了个喷嚏，说："你也不想想，三个年级的所有学生都安排到大礼堂，得多挤？"

"我宁愿挤成肉夹馍，也不想在这儿被冻成狗。"

之前倒是在大礼堂彩排过，因为当时人少，现在肯定是不行了。

除了老师、学生，校方还特别邀请了很多领导级的人物，就搁前两排专座坐着呢。

后面的区域则是按班级划分，乔延曦旁边的座位一直空着，从早上来，她就没看见这位同桌的人影。

台上，主持人小姐姐穿着露肩的礼服长裙，用清甜的嗓音说完一串开场白后，宣布南礼的四十周年校庆活动正式开始。

乔延曦心想，接下来应该是他的表演了吧？她盯着舞台边上的大棚子，等了半天也不见有什么动静。

宁萌回头和她窃窃私语："乔乔，我从老师那儿探来了一点消息，据说跟往届都不一样，这次的开场特别厉害……"

连彩排都没有，完全是保密进行的，也不知道到底是有多大的惊喜要给他们看。

乔延曦的好奇心被一勾再勾，半个月下来早就吊足了胃口，她眼也不眨地说："最好是真的，不要让我失望。"

"我也好期待。"宁萌小鸡啄米般点头。

操场上的音箱开始播放起悠扬又古典的旋律，隐隐约约地，她听见一阵"嗒嗒嗒"的声音，非常有规律。

还未来得及思考，人群中倏地一片哗然。

一开始只是有少数人站了起来，接着是一大片，到最后，全校的人都震撼起身，注视着操场西南角的方向。

连在半空盘旋着的无人机也飞了过去，将镜头对准了那边——

从西南角走出来的人影……或者说，不仅仅只有人影。

少年身下骑着一匹通体浅金的骏马，鬃毛和尾巴的颜色要比身体更深一些，随着抬蹄又落下的动作，在空中划过优美的曲线，宛若流光。

灿烂、耀眼。

可终究还是不如马背上的少年惊艳。

他穿着暗红色的马术服，头戴纯黑的阔檐礼帽，修长笔直的腿裹着一双马靴，双手拽着缰绳，昂首挺胸地前进着。

周围人都在惊叹，乔延曦也不例外，不过她比别人多了一丝纳闷：这和 Dance 有什么关系？

下一秒，音乐的旋律变得更加富有节奏性。

金马和少年一齐有了动作，从踏步到疾走，最后完成了一段高难度跳跃。

人着盛装，马走舞步。

他用最优雅的动作，展示出了最高超的骑术，在他之后，大概所有的表演都会黯然失色。

少年鲜衣怒马，从此深深烙印在她心底……

再不会被时光磨灭。

南礼有属于自己的马场，就在学校后山。

甚至国际班的课程里就有马术这一项选修课，只是没人能想到傅初晨会在校庆上骑马登场，大家沉浸在震撼中久久无法自拔。

"那是盛装舞步？"

"绝了，他竟然连这个都会……"

陈星宇惊呼着，宁萌疯狂摇晃她同桌的手臂。不远处，高一的班级区域，乔姗站在椅子上喊得最欢。

操场上人声鼎沸，趁着秩序还没稳定下来，乔延曦找机会溜了出来。

到了后山马场，傅初晨正在给刚才的那匹金马喂食，见到她时，微微勾了一下唇。

他还穿着那身马术服，头戴礼帽，很有气质，尤其是像现在这样笑起来，优雅、高贵，又漫不经心。

他似乎生来就该被人仰望，否则上帝不该给他开这么多扇窗。

乔延曦深呼吸一口气，在他开口之前，先扬起眉问他："你所谓的Dance，就是指 Dressage（盛装舞步）？"

他耸肩："我总不能直接告诉你吧。"

"这两个也差得太远了。"乔延曦面无表情。

当时她把各个舞种都猜了个遍，结果没想到这人根本就是耍赖。

傅初晨想了想："都是 D 开头，也还好。"

乔延曦："……"D 开头的单词有多少你不知道？

"怎么样？"他问起刚才的表演，又笑了一声，"没有让你失望吧？"

乔延曦："完全超出期待值。"

虽然听出了她的弦外之音，但傅初晨还是很满意这个回答，指了指身后那匹马："你想不想骑？它很温顺。"

乔延曦盯着马，马也瞅着她。

"想。"

十分钟后，乔延曦换好护具，全副武装地在傅初晨的帮助下跨坐上马背。

视野一下子拔高，这种感觉不得不说确实很爽。

她居高临下地看着傅初晨在前面牵着马绳，慢慢带着她在马场上溜达。

回想起他在操场上惊艳四座的表演，乔延曦微微躬身趴下去，主动开口："你知道刚才大家说你什么吗？"

傅初晨侧身回头："不知道，你复述一遍我听听。"

"如果马换成白色的，那你就是……真的白马王子了。"她说。

"是吗？"傅初晨好像对这个称呼并不感冒，抓着马绳的手举了举，

"不过我觉得，我现在似乎……更像公主的护卫？"

操场那边的骚动在老师们扯着嗓子大喊"安静！都老实坐好"的声音下渐渐平息。

宁萌是第一个注意到乔延曦不见了的，看她离开的方向，心里隐隐约约有个猜测。

"班长刚刚真是帅呆了！"

"是王子啊！是真的王子啊！我见到活的王子了呜呜呜……"

"行了，别犯花痴了，真受不了你们这些女生，骑个马就成王子了？那我拿把剑还是浪客剑心了呢。"

女生吐槽那男生："你是嘴贱。"

那男生还欲与她争辩，陈星宇从后面踢了那男生的椅子一脚，扬起下巴示意："老何来了，不想挨骂赶快闭嘴吧。"

那男生抬头一看，何业果然已经注意到了他们这边的动静，皱着眉头走过来。

"老师，不是我——"

那男生还没说完，就见何业越过他，径直走向了最后排，那里的两张椅子空空如也。

"乔延曦呢？你们有人看到她吗？"何业问。

几个男生皆摇头。

宁萌说："应该是去厕所了吧。"

这话放在一些调皮捣蛋的男同学身上，何业肯定不信，但宁萌在班里表现得一直很乖，乔延曦又是这次考试的年级第一，这么好的孩子怎么会说谎呢？必然是不会的。

何业根本没有任何怀疑，点了点头后就走了，宁萌松了口气。

A班这块一直热热闹闹的，唯独某个角落寂静无声。

吴闻全程坐在位置上没动过，哪怕是刚才表演进行到最激动人心的时刻，他的反应也很平淡，连鼓掌都是敷衍的。

他同桌扭头看了他一眼，摇摇头，心道：书呆子，读书读傻了吧。

事实上，吴闻当时的注意力根本不在那儿。在所有人都在欢呼喝彩的时候，他悄悄转过头，往后看了一眼。

那么漂亮的一双桃花眼，比以往任何时候都要璀璨。

他既开心能看见她和平常不一样的一面，同时又有点儿失落难过。

因为她眼底映着的，是马背上那个耀眼的少年。

吴闻的手紧紧抓着椅子的边儿，骨节微微泛白，盯着操场的某个出口，有些走神。

南礼的马场分室内和室外，装修精美的马棚里养着不少品种优良、专供南礼这些贵族子弟学习骑乘用的马，其中还有一匹是通体雪白的。

只是白马漂亮虽漂亮，但看着远不如乔延曦身下的这匹有灵气。

浅金的皮毛胜似金子，摸起来手感绝佳，性情确实也如傅初晨所说的那般温顺。

乔延曦忍不住问："这马是你的？它叫什么名字？"

"嗯，我的。"傅初晨给金马顺了顺颈部的鬃毛，语调懒散地喊它，"小金花。"

乔延曦差点没从马背上摔下来。

阿哈尔捷金马，俗称汗血宝马，马中贵族，有着极优美的体型和不凡的耐力跟速度，你就管人家叫这个？

是小玫瑰和小蔷薇不够香吗，你这个取名鬼才能不能当个人？

这马听见这个名字，还拿鼻子去蹭傅初晨。

乔延曦满脸麻木："……行吧，小金花。"

听起来至少要比"大壮"好。

乔延曦以前拍《宿命之战》的时候也骑过马，不过那会儿身边围着一圈人，和她共乘一骑的还有饰演她哥哥的那位青年演员，也有教练专门指导。

这是她第一次单独骑马，身旁只有一位跟她同龄的男同学。

虽然他自身骑术卓越，但对她似乎并没有什么帮助。

"一个人骑怕吗？"

乔延曦愣了一下，看着他戴着黑色马术手套的那只手，似乎有要松开马绳的迹象："你要上来和我一起？"

傅初晨歪头看着她，稍稍扬眉，戏谑道："如果你要求的话，我当然很乐意。"

"不过很遗憾，马鞍是单人的，"他说着顿了一下，似乎真的深感遗憾，"下次我会记得给它换一副。"

乔延曦自动忽略了后面的话，重新回答他："不怕。怎么？"

"那行，我放手了。"

傅初晨那只手果然松开了马绳，往后退开几步，不算太远。

"你坐稳了，保持好平衡，双腿轻轻夹一下马腹。"

乔延曦按他说的轻夹马腹，小金花抬蹄，轻快地往前跑了起来，速度由慢转快。

依照他的指挥，乔延曦已经可以顺利地在场内跑圈。

她要收回刚才的想法，他对她还是很有帮助的。

最后一圈下来，乔延曦也算过足了瘾，双手一拽缰绳，等小金花稳稳停下，她长腿踩着马镫，利落地翻身下马。

傅初晨靠在围栏上，很给面子地为她鼓了鼓掌。

乔延曦摘下头盔，撩了撩凌乱的发，骑马是一项比较剧烈的运动，哪怕是深秋，这会儿身上也出了薄汗。

她皮肤白，脸颊透出浅浅的红，脖颈上贴着几缕黑色发丝，说话间，气息也微喘："怎么样？"

傅初晨接过她手里的马绳，没看她，却在擦身而过的那一刻，罕见地走了下神。

乔延曦还在等他的回答，神情淡然骄傲，似乎笃定了他会夸她。

"还不错，"傅初晨点头，语气倒是平静无比，"主要是教的人厉害。"

乔延曦刚扬起的唇角又急坠下去，就没见过这么会往自己脸上贴金的。

"我，"她手指着自己的脸，毫无表情，"不厉害吗？"

骑完这几圈，乔延曦现在确实自信心爆棚，觉得自己很有马术方面的天赋，也许早几年开始训练都能代表国家队去参赛了。

哦，想得有点多了。

傅初晨说："厉害，世界第一。"

"那你呢？"

"勉为其难，第二吧。"

乔延曦这才又笑起来，因为穿着马术装备的缘故，清冷的眉眼透出几分英气与张扬，整个人站在阳光下，却比光还要灼人。

傅初晨看着她，觉得哪里似乎被烫了一下。

他不自在地摸了摸耳垂，果然很热。

等他们重新回到操场，上午的表演已经进行了一半。

宁萌一见人来了，那颗忐忑的心总算放下了："乔乔你可算回来了，你都不知道我这短短一个小时内经历了什么！"

乔延曦："经历了什么？"

"简直是噩梦，"宁萌心有余悸地说，"老何来找了我三次，问你去哪儿了。

"我一开始说你上厕所去了，老何也信了，但可能是看你太久没回来，又来问我，我说你可能路上迷路了。

"第三次，也就是刚才，他过来跟我说你是不是在厕所晕过去了，让我赶紧去捞人。"

陈星宇在一旁附和说："老何倒是对你去厕所这件事坚信不疑。"

乔延曦："……"

"乔姐，所以你刚刚到底干吗去了？"

傅初晨是跟着乔延曦一块回来的，不过已经换下了那身马术服，他挑眉道："这难道不是显而易见的吗？"

宁萌已经猜到了这个可能性，保持了沉默。

"我去练习了。"乔延曦说。

陈星宇想当然地以为乔延曦是去练习钢琴的，哪能猜到她是在练习骑马："对了，乔姐，你的表演是在下午对吧？"

"嗯。"乔延曦点头。

"放松一点啦，你拿奖还不是手到擒来的。"

乔延曦下意识地侧头看过去。傅初晨接触到她的目光，放下手机，扬了下眉："不用担心，我那个表演只是用来热场的，不参与评选，不会抢你的特等奖。"

乔延曦："……"

话都让你说了，我还能说什么？

少了一个强劲的竞争对手是好事，只是她忍不住心想，你那叫热场吗？分明就是炸场。

午休时，乔延曦还是又去了音乐教室一趟，最后再练一遍要弹的曲目。

这个时间艺体楼这边没什么人，她一个人坐在钢琴前，闭上眼，脑子里闪过的却是昨天和傅初晨一起合奏的画面。

安德烈以前教过她，钢琴演奏中最重要的不是高超的技巧，而是情感的传递，让听的人能产生共鸣，并深陷其中——你是什么样的心境，弹出来的就是什么样的音乐。

乔延曦低头看着自己的手，不至于吧……一想到他情感就这么丰富？

她的表演在下午第三个，乔延曦抱着租来的演出服去了后台。

刚换好服装，她就听见外面传来讨厌的声音。

"还行吧，没发挥好。"温娜漫不经心玩着指甲，一抬眼，看见乔延曦从女生换衣间出来，笑了，"哟，冤家路窄啊。"

身边几个小姐妹一齐转头。

"你这裙子该不会是收破烂捡来的吧，旧成这样还穿？"温娜上下打量着她，语气嘲讽。

"不管怎样都比你好看！"宁萌刚好来后台找乔延曦，进门听见这番话，当即就炸了，"仙女就是裹个麻袋也是仙女，跟穿什么可没关系！"

"某些人的脸皮还真是厚，拉小提琴拉得跟锯木头一样，难听死了，也不知道哪儿来的自信嘲笑别人。"

乔延曦的反应倒是平淡，整理了一下及地的裙摆，淡淡道："评委又不给加分，穿什么都随便。"

礼服是月白色的，光滑的缎面，垂感十足，材质说不上多高级，但穿在她身上却有一种超凡脱俗的仙感。她五官本就精致，乌发雪肤，即便还未上妆，也依旧美得不可方物。

见她们快要吵起来了，后台的老师连忙过来打圆场。

温娜恨恨瞪她一眼，带着几个小姐妹走了。

乔延曦视若无睹，坐在化妆镜前，开始给自己描眉。

宁萌搬了个凳子坐她旁边，也懒得再提温娜那伙人，怕影响乔延曦的心情，耽误她的发挥："乔乔，你猜我刚刚刷微博刷到什么了？"

乔延曦从镜子里瞄她一眼："什么？"

"热搜！班长上热搜了！"宁萌激动得不行。

打开微博，热搜前十基本都是一些流量明星，但其中夹杂着一条与众不同的——#南礼中学校庆#。

乔延曦："……我们学校还给自己买热搜了？"

"是不是买的我不知道，但是网友都疯了，底下评论都在嗷嗷叫，问这个小哥哥是谁，一分钟内想要得到他全部资料——想得倒挺美。"

点进热搜话题，最上面的一条就是南礼的学校官方账号发布的，上午傅初晨骑马入场、惊艳四座的表演视频。

校庆全程都会进行录像，舞台下面就蹲了不少摄像师，甚者还有无人机航拍，乔延曦早看见了。

只是她更在意的是另一件事："每个表演都会发到微博上吗？"

"也没有吧，"宁萌翻了翻学校微博，"就是挑了比较出彩的几个，像那种锯木头的校方才不会发上去丢人呢。"

上一位同学表演结束，主持人说了几句赞美之词，按流程接着报幕：

"下面将由高二 A 班的乔延曦同学，为我们带来钢琴独奏——《秋日私语》！"

乔延曦在一旁候场，手拎着裙摆，等主持人念到自己的名字时，稳步从侧方的矮阶登上表演台，进入到观众的视野。

台下报以热烈的掌声，随之而来的还有好奇跟质疑。

短短两月，乔延曦也算是火遍全校，在南礼可谓是众人皆知的风云人物了。

用娱乐圈的话术来讲，她先是"捆绑"了校内顶流的同桌身份，又在年级排名一事上凭借"拉踩"顶流成功上位。

看着底下乌泱泱的人头，乔延曦心态倒是稳得很，神色毫无波动，她早就不会紧张了。

少女一身月白礼服裙，长发侧编，露出的脖颈线条纤细优美，宛若天鹅，迈着优雅的步伐，行至那架黑色三角钢琴前缓缓落座。

除了 A 班的同学和乔延曦一起上过音乐课，其他人都对她的琴技一无所知。

按响第一个音符的时候，台下还是一片嘈杂。

随着一连串的琴音倾泻而出，由音响扩散开来，悠长地蔓延，让人不自觉感到放松，烦恼似乎都没了。

之前的表演里也不是没有弹钢琴的，只是没有谁可以做到像乔延曦这样，让听众身临其境。

午后的阳光，梧桐的落叶……一幕幕都如画卷般在脑海中铺展开来。

演奏到高潮时，台下的人无一不停止了交头接耳，静下心来静静聆听。

一直到曲终，尾音消散，他们久久没有回神。

A 班这边带头鼓起了掌，接着其他班级也反应过来，雷鸣般的掌声铺天盖地地袭来，震耳欲聋，比起她登台前有过之而无不及。

少年的身影淹没在沸腾的人群里，可是乔延曦还是一眼就看见了他。

仿佛时光逆流回溯，这一次换成他在台下，仰头望着舞台上光芒万丈的她。

四目相对。

那一瞬间，她想到了刚转学来南礼的第一天，他们隔着大半个教室对视，没有人知道他们其实是认识的。

就像现在也没有人知道，这首曲子对他们两个人来说都是与众不同的。

乔延曦收回视线，礼貌地朝台下鞠了一躬。

等乔延曦下台，宁萌、陈星宇还有其他同学都围过来，对着她就是一通彩虹屁疯狂输出，恨不得把乔延曦夸到天上去。

"后面的表演我不用看都知道，这次的特等奖绝对是乔姐！"

"乔姐不愧是乔姐，我们 A 班的门面担当！"

"欸，你上午不还说傅哥才是我们 A 班永远的门面吗，这么快就变卦了？"

陈星宇一时激动忘了这茬儿，余光瞅了眼后面正往这边走的少年，连忙补救："双门面不行啊？有句话没听过吗，一山不容二虎，除非一公和一母。"

宁萌掐了掐他，杏眼瞪圆："……你说乔乔是母老虎？"

"没，没，我不是这个意思。"陈星宇连连求饶。

旁边的同学幸灾乐祸地嘲笑道："他心里可能觉得，嗯……萌萌你更像母老虎。"

感受到掐着自己的那只手越发使劲了，陈星宇惶恐摇头，我没有！别乱说！

"萌萌，我的手机呢？"

乔延曦的及时出声拯救小陈同学于水火之中。

宁萌松开手，从口袋里掏出乔延曦上台前交给她保管的手机，笑嘻嘻地递过去。

乔延曦按亮屏幕，第一件事就是登上了微博。

表演前她其实有过犹豫，不过很快就将划水的念头打消，比起掉不掉马之类的，显然是得奖后的"奖品"更重要。

不过想到身份曝光后可能带来的麻烦，也还是挺头疼的。

点进南礼的官博，最后一条微博还停留在上午，她一口气还未松完，指尖恰巧按着屏幕下滑刷新，页面加载……

然后就跳出了她刚刚的弹琴视频。

乔延曦："……"这口气是松不下去了。

原本＃南礼中学校庆＃这个话题的热度已经有下降的趋势，随着这条微博一发，热度又"唰唰唰"地上涨。

底下的评论纷纷表示：

【你们这是什么神仙学校，颜值也太高了吧！】

【这个小姐姐弹得好好听哦，人也漂亮，一定是女娲最完美的杰作了，不像我们这种随手甩出来的泥点子。】

【她好美，我好爱。】

【好厉害！啊啊啊，是艺术生吗？】

除此之外，也有音乐专业的网友发表自己的看法，对她这场演奏进行点评，基本都是夸赞。

貌似没人发现？

乔延曦稍稍感到放心，准备退出微博。

【讲道理，你们不觉得她和上午那个骑马的小哥哥很登对吗，脸和气质都超搭的！】

这条评论一经发出就被送上热赞，一溜的回复都是"对对对""我也觉得"……

不过已经锁上屏幕的乔延曦并没有看到这条评论，五指抓着手机抵在下颌边，眼睫微垂，露出沉思的表情。

傅初晨在这时候走到了她身前。

深秋的下午，阳光薄薄地洒下来一层，明亮柔和。

一小片阴影笼罩过来，乔延曦抬头看见他，放下手机，还未来得及说话，倒是边上的陈星宇先开口喊了声"傅哥"。

傅初晨瞥他一眼："刚刚在聊什么？"

陈星宇看了看他，又看了看乔延曦，清清嗓子说道："夸你俩呢，不愧是我们 A 班的骄傲，歪歪滴艾斯！"

乔延曦有点茫然："歪歪滴艾斯？"

"yyds，永远的神。"陈星宇给她解释，"这年头不都爱用缩写嘛，网上冲浪经常能看见。"

虽然不是很能理解这种容易导致阅读障碍的新潮流，但乔延曦还是点了点头，表示知道了。

舞台上又开始了下一场表演，他们一群人堵在后台门口，有些碍事，负责管理校庆现场秩序的老师过来提醒了一句。

不远处，吴闻看着被簇拥在中间、众星捧月般的两个人，抿了一下嘴唇。

听完老师的话，那群"星星"瞬间四散开来。

乔延曦礼服还没换，拖地的裙摆在混乱中不小心被人踩了一脚，连带着她也跟跄了几步。

好在被人扶住了，乔延曦勉强站稳。那个踩到她的同学急急忙忙道歉，她轻轻应了一声，却没转头。

少年近在咫尺，微微垂眼，仔细看着她的脸："化妆了？"

妆容很淡，也就唇色比平时红了一点，皮肤倒是一如既往的雪白通透。

乔延曦难得愣了愣，反应过来后"嗯"了声："化了眉毛和口红，毕竟是要上台。"

"腮红也没涂？"

见她点头，傅初晨松开手："那为什么你的脸这么红？"

乔延曦："……"

事实上乔延曦比较想让他见识一下花儿为什么这样红。

校庆第一天到傍晚就结束了，晚上的晚自习还是得上，第二天是颁奖，空出来的时间可以用来为接下来的运动会做准备。

乔大小姐如愿以偿地拿到了特等奖，众人对此也毫无异议，毕竟实力摆在那儿。

评委由学校的老师和昨天来的几位领导共同担任，给出的结果还算客观公正。不过看到温娜也获得了一个鼓励奖的时候，乔延曦心想这些评委还是太仁慈了——为了不让学生自尊心受挫，也是付出了很大努力了。

南礼向来大方，这种周年校庆表演的特等奖按理说奖金应该相当丰厚，有了这笔钱，她接下来的日子……

美好的未来还没畅想完，老师端着锦布托盘走上台，看清里面摆着的奖状和方形小礼盒，她及时刹住了车。

心凉透了。

"乔延曦同学，恭喜你以出色的钢琴表演获得了此次校庆的特等奖，你的优秀令老师们刮目相看，这份荣誉是你应得的。"

校方当然不知道优秀的乔同学心里正在想什么，这次的奖品是他们精心准备的，和以往不同。

以前总有学生家长反映，想让学校在奖品上多花些心思，不要每次都拿奖金敷衍过去。

他们这些家庭根本不缺钱，更希望奖品能具有纪念意义。

于是校方满足了他们的心愿——

躺在方形礼盒里的是一枚精心打造的胸针，上面的图案是南礼的校徽，金边镶钻，流光溢彩。

"这枚独一无二的胸章，现在是属于你的了。"

乔延曦感动到说不出话。

独一无二……意思是连转卖都不行。

很好，心如死灰了。

所以她辛辛苦苦是为了什么？她觉得窒息到快要原地晕过去了。

当然真晕是不可能的，乔延曦坚强又麻木地发表完了获奖感言，看得台下一众老师频频点头。

不错，获得了这么高的荣誉还能这样沉稳，没有喜形于色，值得大家学习。

等乔延曦回到班级座位，才发现所谓的"祸不单行"不是没有道理的。

宁·5G冲浪选手·萌第一时间告诉她："乔乔，你和班长一起上热搜了！"

乔延曦早有心理准备，刚要解释，突然反应过来："……我和他？"

"嗯啊。"

"一起？"

宁萌直接把屏幕给她看，这次的热搜叫作：#南礼中学 神仙颜值#

【看看，这就是别人家的学校，为什么我高中就遇不到长得这么好看的同学？】

【有没有南礼的小伙伴出来吱个声，好奇他俩是什么关系。】

后面还真有南礼的同学吱声：【本人高三，即将毕业，难得校庆放松一下偷偷玩会儿手机。女生是这学期新转来的，以前没见过她，和那个男

生是同桌——没错，他们不仅认识，还同班同桌。顺带提一嘴，听说高二上次月考的年级第一和第二就是他俩。】

网友全部激动炸了。

本来光是颜值就够他们疯的了，结果告诉他们还是一对学霸，势均力敌、旗鼓相当，也太带感了吧！

这个发展走向是乔延曦没有预料到的，在一片奇奇怪怪的缩写字母的刷屏中，她迷茫地抬起头来问："阿伟是谁？"

她唯一能看懂的就是"阿伟死了"四个字，只是组在一起却让她感到困惑不解。

"那个，'阿伟'不是人。"宁萌憋着笑说。

乔延曦："？"

"awsl，意思是……"傅初晨侧身靠过来，低沉的声线响在她耳畔，"啊，我死了。"

乔延曦睫毛轻颤了一下。

周围时不时有人投来艳羡的目光，羡慕她能获得特等奖，更羡慕她能拿到这个意义非凡的荣誉胸章。

所有人都在对她说恭喜，只有傅初晨看着她，黑眸深邃，一眼就猜到了她的内心想法："拿到这个很失望？"

乔延曦把盒子往他怀里一塞："喜欢就送你了。"

傅初晨微微扬眉，修长的手指捏起里面那块钻石胸针："这不是挺好看的吗？"

她冷哼一声，心说好看能当饭吃？

却不料下一秒，他倾了倾身，在她皱眉一句"你要干什么"的质问下，懒懒散散地笑道："让它变得更好看。"

他垂着眸，为她佩戴上这枚胸章。

"看，是不是？"

乔延曦看见他低头时漆黑的睫羽在眼下投出一层阴翳，整张脸挑不出丝毫瑕疵。再往上是蓬松的头发，看上去手感挺柔软。

她的指尖微微动了动，有点跃跃欲试，最后还是把这念头吞了回去。

等他戴好后抬起头来，乔延曦没和他对视，而是扫了眼胸前多出来的徽章："嗯，你让它发挥出了唯一的价值——"

作为胸针的装饰作用。

傅初晨扬了下眉："我可是在夸你，听不出来吗？"

可不就是听出来了，乔延曦："花言巧语对我没用。"

傅初晨好整以暇地看着她，略微偏了偏头："那你说说，什么对你有用？"

所有奖项均已颁发完毕，老师还在台上讲着一些总结词。同学们早就心不在焉，商量着下午的自由活动时间要用来做什么。

乔延曦保持缄默，并不准备回答这个问题。

偏偏某人又凑近过来："说啊。"

余光可以瞥见他清俊的侧颜，轮廓完美，乔延曦顿了下，深吸一口气后转过头。

她不出意外地在对方深黑色的瞳仁里看到了几分错愕。

似乎没料想到她会直接转头，傅初晨神色一怔，片刻的迟疑间，领带就这么被她拽住，往下扯了扯。

他顺势弯腰，视线持平，少女直勾勾盯着他，一字一顿道："都没用。"

声音轻飘飘的。

说完，她松手，身体却没动。

傅初晨也一动不动，依然弯着腰，维持着现在这个极近的距离和她对视。

少女细腻如瓷的皮肤，蝶翼般的睫毛，琥珀色的眼眸……所有的面部细节都在他眼前放大，无比清晰。

耳边那些嘈杂的声音倏然间消失不见。

万物寂静，时钟停转，只剩下他的心跳，一声比一声强烈。

"怦、怦怦……"

"行了，"到最后还是乔延曦率先有了动作，她退后几步，将脸侧开，"下次不要再问这种无聊的问题。"

空气又恢复流动，风声不息。

傅初晨微微眯了一下眼，在心底"嘶"了一声，直起身，慢条斯理地整理被她弄歪的领带，故作轻松："你这招儿倒是挺管用，下次再接再厉。"

乔延曦不说话，等老师宣布解散后，看着少年的背影随着人流渐渐远去，颇有几分"落荒而逃"的意味。

她抬手摸了摸胸口那枚胸针。

——对应着心脏的位置。

这招儿大概就叫：伤敌一千，自损八百。

下午高三的学生要回班上课，之后三天的校运会也跟他们没关系。

看着低年级那群小崽子活蹦乱跳兴高采烈的模样，学长学姐们都羡慕得咬牙切齿，却也只能认命，回到书山题海的怀抱中。

"乔乔，下午你准备干吗？"宁萌过来搂住她的臂弯。

乔延曦："去图书馆，要一起吗？"

宁萌瞬间蔫了，摇头如拨浪鼓："我就算了。"

乔延曦也不勉强，抱着书独自去了校图书馆。

南礼的图书馆很大，书类也齐全，棕木色的书架，有着浓浓的古典气息。只不过这个时间并没有什么人来，整体显得有些空旷寂寥。

因为这周不用上课，老师疯狂布置作业，卷子加起来得有一本语文课本那么厚。乔延曦已经完成了一部分，还剩下物理的几张，以及英语周报。

她才坐下没多久，听见对面传来椅子拖动的声音。

这位置是她随便选的，八人长桌，换作平时她肯定不会选这里，只是今天没人，她觉得坐哪儿都一样。

明明有那么多空位子，这人干吗非要跟她挤一张？

乔延曦停笔抬头，看见一张熟悉的清秀面孔。

吴闻推了推眼镜，明显有几分紧张的样子，礼貌开口："我可以坐这里吗？"

图书馆又不是她家开的，她能有什么资格拒绝？她微微颔首："嗯。"

她重新低下头开始写卷子。

吴闻坐在了她斜对面，不远不近，是比较令人舒适的距离。他也不说话，就安安静静地看书。

笔尖摩擦纸页的写字声和书页翻过的沙沙声混合在一起，持续了很长一段时间。

乔延曦写完一张卷子，忽然意识到翻书声没了。

吴闻捧着一本《悲惨世界》，刚开始他还能强迫自己全神贯注地看书，到后来连装模作样都做不到。

哪怕一句话不说，她都能把他的注意力全部都勾走。

"你看书的效率有点慢。"

乔延曦清淡的嗓音拉回了他的思绪，吴闻看向她那双漂亮的桃花眼，平淡又疏离，清冷得似乎不带有丝毫情感。

"哦，那个……"吴闻面色微微涨红，"我一直都这样。"

说完，他就后悔了。他想，自己应该再找一个更完美的借口。

乔延曦没有怀疑，抽出下一张卷子，边写边说："如果你阅读速度提高一些，成绩也许会更进一步。"

"嗯，我知道了……"

短暂的对话后，他们又陷入沉默。

吴闻不明白为什么傅初晨和她能有那么多话题可聊，而他绞尽脑汁，也想不到合适的开场白，他甚至在人多的时候连跟她搭话的勇气都没有。

如果他再优秀一点就好了。

如果……他也能拥有那样的出身，就好了。

桌上的手机"嗡嗡"振动，打破了他们之间的沉默。乔延曦拿起手机看了眼，直接摁了接听键："什么事？"

"我在图书馆。"

"你要过来？那顺便帮我带瓶水。"

她说话的语气依旧很淡，却能听出一丝少见的熟稔。

吴闻捏着书皮的手紧了紧，尽管对面的声音并没有外放出来，但他已经猜到打来电话的人是谁。

"微博？"乔延曦手里的笔一松，沿着桌面滚落到地上，她也没弯腰去捡，皱着眉继续说，"知道了，我等会儿看。"

挂了电话，乔延曦先点开微信，果不其然，有一堆未读消息。

她在学校手机习惯静音，也很少拿出来玩，所以没能及时看到。

如果不是傅初晨的这通电话，她估计要到很晚才会发现，自己又一次上了话题榜。

虽然之前在微博吱声的学长没有提及名字和暴露其他信息，但招架不住当代网友都是福尔摩斯附体，硬是凭实力扒出了她的身份。

起因是有人觉得她面熟。接着就有人发出了她以前演过的戏的剧照，经过各方面对比后，完全确定了就是本人。

乔延曦已经在娱乐圈销声匿迹多年，按理说不该受到这么多关注。

但先有《那些令人惊艳的童星》视频小火了一把，勾起了大众对她的回忆。再有南礼的热搜，她也算是在网友面前刷足了存在感。

这一天终于还是来了，乔延曦抱着手机，沉重地想到。

最近这口气吊在心里七上八下的，都快把她憋死了，现在可算是解脱了。

那支掉落的笔正好滚到了吴闻脚边，他低身捡起，递给她时犹豫着问了一句："怎么了吗？"

"没什么。"

乔延曦不欲多说，看着微信上正在给她进行消息轰炸的宁萌同学，颇有些头疼。

宁萌：【乔乔！！！】

宁萌：【你真的是乔乔吗？】

曦光：【……一直都是。】

然后她收获了满屏的感叹号。

宁萌震撼完了，开始哭诉：【呜呜呜，你竟然一直没告诉我，我的心好痛，我难过的快要死掉了……】

——你也没问。

当然这肯定是不能直说的，乔延曦诚恳地发了一段道歉加解释的话过去。

毕竟确实是她不对，人家拿她当朋友，朋友之间总该坦诚一些的。只是有些话，涉及家庭方面，她实在不太想提起。

朝夕相处两个月了，乔延曦对这位前桌也是相当的了解，通过语气能看出对方并不是真的在伤心，只是故意卖惨。

曦光：【我作业快写完了。】

宁萌发了个大哭的表情。

曦光：【可以都借你参考。】

宁萌：【乔乔我爱你！】

嗯，哄好了。

傅初晨来的时候吴闻还没走，一进图书馆大门就看见两人共同坐在一张长桌前。

他拎着两瓶水，将其中一瓶放到乔延曦面前，侧头看向吴闻，微微挑眉，把另一瓶推到了吴闻面前。

乔延曦已经拧开喝了一口，注意到傅初晨的动作，明白他的意思，没说什么。

吴闻反而觉得很不自在，他不知道该不该收，一瓶水而已。可如果是这个人给予的，就好像施舍一样。

"谢谢，不用了，我不渴。"吴闻的语气生硬，合上书籍起身，"我先走了。"

没人出言挽留。水被他留在了座位上，孤零零的。

窗外的夕阳投落进室内，将瓶身镀上一层橘红的膜，傅初晨看了两眼，漫不经心地问："你们一下午都在一块儿？"

"是。"

虽然已经猜到了答案，但傅初晨还是"啧"了一声："你倒是淡定。"

话题跳跃得很快，乔延曦立刻跟上了他的节奏："我早有准备。"

"什么准备？"

"心理准备。"

"其他班不知道，A班已经疯了一片了。"傅初晨伸手捞回那瓶被嫌弃的水，自己拧开喝了，"也就只有这位同学——"

"怎么说呢，嗯，'两耳不闻窗外事，一心只读圣贤书'。"

乔延曦轻描淡写："快期中了，人家至少还知道要多看书，不像某些人。"

"某些人"很自觉地对号入座："我也没说他这样不好。不过，我不看书也能考第二。"

"哦，手下败将。"

听她这么说，傅初晨也不生气，单手支着下巴，好笑地望着她，侧脸浸在灿金的阳光下，轮廓立体分明。

几乎是下意识地，乔延曦回想起上午。现在分明比那时候离得更远，可是，同样的心悸又再一次出现。

"要不要再来打个赌？"傅初晨问她，"期中排名。"

"赌什么？"

"赌什么不重要，随便吧，反正重点也不在赌注。"

时间不早了，他们踏着夕阳的余晖走出图书馆，脚下的影子被拉得很长，时而重叠在一起。

少年怀里抱着不属于他的书，上面压着两瓶水，旁边的少女两手空空，傍晚的风轻轻拂过，带来操场那边的欢声笑语。

黄昏的校园，随处可见搭伴而行的同学。

今天的日落似乎格外漂亮，画面美好得宛若哪部青春电影里的场景。

但这不是电影，这就是他们的青春。

翌日，校运会刚开始，傅初晨就发现乔延曦变得有点儿奇怪。

何业拿过来一沓加油稿，准备让他送去广播站。没想到才起身，旁边的人也立即站起来，一副要跟他一起走的架势。

见对方杵着不动，她还催促："走啊。"

看台这边风大，空气里也弥漫着冷意。傅初晨今天有比赛，所以没穿那身制式校服，而是随便套了件黑色薄夹克在运动服外面，两条袖子和背后都有金红的刺绣图腾，看起来非常张扬。

乔延曦感受到瞬间有无数道视线飞过来，整个人都麻木了。

傅初晨挑了挑眉："你这是准备陪我去？"

"别废话了。"乔延曦直接上手推他。

两个人一起下了看台，走到体育场拐角，终于隔绝了那些炽热的目光。

傅初晨靠着墙，垂头看她，声调微扬："平时我怎么没发现你原来这么黏人呢。"

乔延曦冷冷瞪他。

"说说，一直跟着我做什么？"

从开幕式到现在，乔延曦几乎跟他寸步不离，他去哪儿她就去哪儿。换成别人，他可能早就不耐烦了，但对象是乔延曦的话……

他只是很好奇，她在玩什么把戏。

"避免麻烦。"乔延曦想法很简单，"有你在，其他人就不会随随便便凑上来了。"

被当成工具人的傅初晨"啧"了一声："你不是都做好心理准备了吗？"

乔延曦眼也不眨："骗你的，没做好。"

可以说是相当的理不直气也壮了。

傅初晨点点头，不跟她计较这个，而是垂眸道："我一直想不通。"

"什么？"

"你既然这么不喜欢被围观，当初为什么会去拍戏？"

他们这个位置比较偏僻，一般没什么人过来。

空气安静。

就在他以为乔延曦不会回答的时候，她忽然轻轻叹出一口气。

"因为我妈妈。"乔延曦说，"有一次她带我去了片场，刚好就被导演看中了。"

很多人进娱乐圈，想当明星的初衷，都是希望能被更多的人喜欢，享受那种众星捧月，被无数鲜花掌声包围着的那种感觉。

但乔延曦不是。

她会踏上演员这条路，完完全全是为了秦之韵。

导演当时询问她的意见，年幼的她还不太懂演戏的概念，只知道如果自己答应了，就可以留在剧组久一点儿，就可以多看见妈妈一会儿了。

秦之韵工作繁忙，经常不回家，这样的机会对她来说无异于雪中送炭，毫无拒绝的道理。

"那后来呢？"

乔延曦闻声抬头，对上傅初晨黑沉沉的眼，他的声音低沉而闷，细密的睫毛覆下来，眼神令人看不透彻。

"你为什么又不演了？"

这是个困惑他很久很久的问题，在第一次见到她时就想问的问题。

"忙着学习。"乔延曦的回答比刚才快很多，神情和语气都毫无破绽。

傅初晨沉默了一下。他清楚地知道乔延曦在说谎，却只是皱了皱眉，也不拆穿。

他顺着她的回答，晃了晃手里的加油稿，嘴角重新勾起懒洋洋的笑："行，那走吧，我们的优等生，该继续干活了。"

乔延曦在原地翻了个白眼，跟上他。

到了播音室她才发现，乔婳竟然是学校广播站的成员之一。

小姑娘在低头整理资料，听见门被推开，压根没注意到来的人是谁："把稿子放桌上就行了，我们还要再审核一遍。"

傅初晨停在门口，拿胳膊捅了捅乔延曦。

乔延曦侧头看他一眼，颇为无语地接过他手里的那沓纸。刚走到桌边，乔婳恰好在这时候抬了头，盯着她那张冷艳的脸蛋，乔婳倒吸一口气，下意识地"啊"了一声。

其他人被这边的动静吸引，齐齐看过来。

他们广播站的成员都有个共同点，消息灵通且热爱八卦，对乔延曦这个校内大红人自然不陌生，此刻一下子炸开了锅。

千算万算，没想到最后栽在这儿的乔延曦："……"

好在他们还算有分寸，都只是小声地窃窃私语，生怕影响到里面正在念广播词的播音员。

乔婳是真没想到乔延曦会出现在这里，刚想说点儿什么，余光瞥见门口的人，呼吸又是一窒。

"初晨哥哥他……是陪你过来送稿的吗？"乔婳伸手拽了拽乔延曦的袖子，等她弯下腰后，压低声音问道。

"反了，"乔延曦纠正，"是我陪他。"

乔婳也不管他们谁陪的谁，总之心里有股微妙酸涩的感觉挥之不去。

最开始的时候，她就发现了傅初晨对乔延曦很不一般，一直在自我催眠都是错觉。可是一次又一次的现实告诉她，她的推测没错，她简直是福尔摩斯再世。

这件事一直藏在心里，憋了好久，乔婳终于忍不住了："姐，你就实话告诉我吧。"

"？"

"你和初晨哥哥是不是——"

乔延曦当场辟谣："没有，你想多了。"

放下稿子，她扭头就走。

看乔延曦面无表情地出来，傅初晨扬了扬眉："替我进去一趟，委屈你了。"

一句话成功引火上身，乔延曦开始怀疑他："你是不是对她说了什么容易误会的话？"

"对谁？"

乔延曦下颌微抬，指向屋内。

意思很明显，傅初晨明白了，也气笑了："都过去两个月了——"

"我不是说你和她，是……"

乔延曦"是"不下去了，耳朵微微发烫，后面的话实在难以启齿。

"是我们？"傅初晨接上她的话，往前逼近一步，"她误会了我们，你觉得是我跟她说了什么——"

乔延曦被他堵在墙边，被迫仰头和他对视。她一向不喜欢这样注视别人，会让她有一种自己处于劣势，被压制住的感觉。她几乎是条件反射地伸出手，却抓了个空。

……哦，忘了，他今天没穿那身制服。

"又想拽我领带？"注意到她的动作，傅初晨勾唇笑了一声，上半身倾了倾，主动弯腰和她平视。

低沉的笑声在耳畔炸开，乔延曦感觉自己的整片耳根都像有火在烧。

她耳朵越来越烫，表情却越来越冷，如同冰火两个极端。

"你可能搞错了什么，"傅初晨笑够了，终于开始解释，"只要你打开贴吧论坛随便看两眼，就会知道根本不需要我多说，这些人也能脑补出一堆有的没的。"

好像是这样。

乔延曦想起自己之前无意间点进去的几个帖子，无一例外，全部走向成谜。

"所以，我很冤枉的，"傅初晨故意叹了口气，"大小姐。"

于是，下午的男子 400 米预赛。

乔延曦怀着一颗"内疚"的心，又是帮傅初晨拿外套又是给他送水的，简直不要太贴心。

宁萌在她旁边，脖子上还挂了个粉红色的卡通小哨子，拼命吹着。

这是 A 班后勤部门特意准备的，用来给运动员们加油助威的小玩意儿，每人都发了一个。但是乔延曦嫌幼稚，就没戴。

预赛不算激烈，A 班的几个选手都顺利出线。

宁萌激动得都快吹岔气了，转身就搂住她，"啊啊啊"地尖叫起来："咱们班也太厉害了！"

深秋的阳光落满跑道，刚刚跑了小组第一的傅初晨弓着身，手撑在膝盖上微微喘息。

乔延曦收回视线，拍了拍挂在自己身上的"八爪鱼"："差不多行了，留着力气等决赛再喊。"

"对哦，""八爪鱼"反应过来了，"这才是预赛。"

其实今天早上，宁萌在宿舍楼下看见乔延曦的时候还稍微有点儿别扭。乔延曦倒是像往常一样，很自然地过来和她打招呼。

那个瞬间宁萌莫名就释然了，朋友嘛，有点小秘密也是很正常的，又不是多大的事儿，那么矫情干什么呢？

她还故意开玩笑："好你个乔乔，瞒了我这么久，快把我当初喂你的早餐吐出来！"

乔延曦看着她："真的要吐吗？"

宁萌果断道："那还是不必了。"

在体委的苦苦哀求下，乔延曦最后也报了个项目，是 4×100 的接力赛，在最后一天。

别的项目就算了，接力赛不一样，有关班级的集体荣誉，A 班女生总共也就那么点儿人，她再不参加就真的没人了。

第一天的比赛基本都是预选赛，大家都和和气气的。

到了第二天，各个班级间的厮杀正式开始了。什么友谊第一、比赛第二，全是屁话，能得第一，谁会甘心屈居第二呢？

南礼也有不少男生是不怎么服傅初晨的，在学习上比不过他就算了，在运动这块势必要为自己争一口气。

400 米决赛的时候，一共 8 个人，A 班只剩下傅班长一棵独苗苗。

乔延曦跟几个同学一起在终点等他。

枪声一响，所有选手瞬间冲出去。

起初并没有任何异样，在第二个弯道的时候，本来遥遥领先的傅初晨似乎跟跄了一下，被旁边跟他并列的人反超。

因为距离太远，乔延曦也没看清发生了什么。

那人率先冲过终点线，还没来得及享受胜利的喜悦，就感觉有一道人影朝自己窜来，二话不说给了他一拳。

在场的同学们都被这突发状况惊到了，老师连忙上前拉架。

"谢洋你干什么呢？"

"快住手！"

一片惊呼中，乔延曦却下意识地回了头。

其他选手也接二连三地跑完了，偌大的跑道上只剩下傅初晨一人，静静走在最后。

"就算他抢道还撞人，你也不应该直接动手，而是应该先过来跟老师说明情况。"老师已经弄明白了打架缘由，皱着眉头教训道。

谢洋轻嗤一声。

"今晚回去写 800 字检讨，明天当着全校的面念一遍。"

老师又看向那个被打的男同学，顿了下，说："你，成绩作废，赶紧给人家道歉。"

"凭什么？"那男生还挺不服，"他打了我，我还要给他道歉？哪有这个道理。"

老师拍了他一下:"我是让你给被你撞的同学道歉!"

傅初晨已经走到终点,神情淡得看不出任何情绪,好像没什么事的样子。

那男生松了口气:"对不起啊,我不是故意的,希望你能原谅我。"

"我的脚扭了,"傅初晨平静说,"感觉挺严重的,可能得去医院,不知道会不会落下病根。"

傅初晨穿着白色的运动服,黑色球鞋,露出瘦削冷白的脚踝,左边乍一看确实比右边肿上几分。

那男生霎时慌了。他也就是想拦傅初晨一下,要是真给傅初晨的身体造成了什么不可挽回的伤害……后果他想都不敢想。

"这么严重?"老师也慌了,"快快,先把人送去医务室!"

校医是个三十出头的年轻男人,认真替傅初晨检查了一番,得出结论:"还好,只是轻度扭伤,冷敷两天就没事了。"

傅初晨坐在床边,看着校医老师跟他有几分相像的脸:"是吗?可是我觉得好像伤到了骨头,应该没有这么快恢复吧?"

校医顿了下,说:"那可能是我刚才检查错了。"

老师很紧张:"要不还是送去医院看看?"

"没事,虽然比预想的严重,"校医在后两个字上加重语气,"但我能治好。"

乔延曦手里还抱着他的外套,等其他人都走后,垂眸问:"真有这么严重?"

"谢洋都跟人打起来了,那我也只能伤重一点儿了。"傅初晨说完,想起在操场上看见她罕见的着急样子,"你很担心我?"

"是啊,我怕你这条腿废了以后还得我给你当拐杖。"

"也不是不行。"床上的傅初晨眯了眯眼,扬起头,直勾勾地望着她,"如果以后真的有这么一天,"他放低声音,"你愿意吗?"

乔延曦不明白怎么会有人能这样一本正经地说着诅咒自己的话,咬着后槽牙轻轻磨了磨,气得把外套往他脸上一扔。

等傅初晨把外套拿开,校医室内已经不见她的人影。

傅初晨笑了笑,又躺下,闭上眼。

再睁眼时,整个屋子一片寂静,他拿出手机看了眼时间,晚上九点多,他睡了将近六个小时。

微信有好几条未读消息，都是在问他伤势情况的。傅初晨往下滑了滑，没看见乔延曦发来的消息。

啧，真就这么绝情。

他走出校医室，抬头看见夜幕一片漆黑，月亮藏在厚重的云层后面，一颗碎星也看不见。

他慢悠悠地往宿舍区走，虽然脚踝有些疼，但正常走路并不影响。

"傅，傅初晨！"有个女生看见他，急急忙忙地跑过来。

傅初晨并不认识她，不过还是停了脚步，耐着性子问："有事？"

"你有没有看见乔延曦？"在南礼这么久了，林念还是第一次和傅初晨说上话，但这个时候她已经顾不上这些，"我是她的室友，她晚上一直到现在都没回宿舍，电话也是关机的，我总觉得有些不对劲……"

"一直联系不上她？"

林念点头："连你也不知道她去哪儿了吗？"

"我去问问其他人。"少年沉下眼，紧紧捏着手机，骨节都泛了白。

晚上十点，A班沉寂许久的大群突然活跃起来。

这个群一般都是老师交代布置任务用的，平时基本不聊天，今晚傅初晨突然冒泡，并且还艾特了大家，一下子炸出不少人。

。:【有人看见乔延曦吗？@全体成员】

【！！！】

【？？？】

【我以为我眼花了。】

【me too！】

【我还特意看了眼名字，确认是班长无误。】

【傅哥你被盗号了就眨眨眼！】

【……这个点乔乔应该是在宿舍吧。】

【大晚上的，有情况啊。】

手机屏幕在深浓的夜色里泛出荧荧白光，照在少年的脸上，映出漆黑微冷的双眸。

群聊消息"噌噌噌"地往外刷，却半点儿有用的内容也没有。

傅初晨抿着唇，一条条地看下来，紧皱的眉头始终没有松开过。

他一开始是先去找的陈星宇，让陈星宇帮忙问宁萌，可宁萌也说自己不知道，下午的体育项目结束后她就没见过乔延曦了。

"意思是……乔乔失踪了？"

宁萌刚洗漱完，身上还穿着单薄的睡衣，因为担心乔延曦，外套也没穿就直接下楼了，这会儿抱着胳膊瑟瑟发抖。

陈星宇瞅着她睡衣上的小熊印花，如果是平时他大概会嘲笑一句幼稚，但这会儿显然不是开玩笑的好时机，他只好别开脸装没看到。

过了两秒，他又把脸转回来，咬牙脱下了自己的外套丢给她。

宁萌诧异，却也没跟他客气，接过来就直接套上了："谢啦，同桌。"

听见那两个字，傅初晨有些烦躁地"啧"了一声，眯着眼看了看天空。

乌云蔽月，这个夜晚比以往都要黯淡，他没来由地感觉到一阵心慌，心中的不安越发强烈。

"欸，到底咋回事呢？"陈星宇里面也只穿了件白 T，外套一脱也冷，硬生生忍着，"一晚上都没见着人？"

林念又把之前告诉傅初晨的话跟他们重复了一遍。

晚上八点多的时候，她就给乔延曦发过微信，想问乔延曦借一支黑笔用用。

林小姐开开心心玩了四天，终于在今天想起了自己的作业还一字未动。为了避免堆积到最后一个晚上得补通宵，她决定从今晚就开始。结果翻遍宿舍，她除了眉笔眼线笔居然找不出第三种笔！

于是林念就把目光移向了学霸室友的书桌，她不是喜欢随便用别人东西的人，在未经对方同意之前，碰都没碰一下。

哪想这条微信发出去之后，宛若石沉大海。

一个小时过去了，乔延曦不仅没回消息，也始终没回宿舍。

林念又打了个电话过去，显示关机，她终于察觉到有点儿不对劲，一下楼，运气挺好，直接就碰上了傅初晨。

"会不会在图书馆啊？"宁萌说，"乔乔有时候复习太认真，手机没电关机了都不知道。"

"这个点图书馆应该关门了吧。"

"现在是十点过三分了，刚关。"宁萌看着手表，推测道，"没准儿她就在回来的路上。"

图书馆离宿舍区稍微有点儿距离，走回来没那么快，这个可能性也是有的。

"那你们在这儿等着，"傅初晨收好手机，转身往另一个方向走，"我先去教学区那边看看，如果见到她了通知我一声。"

陈星宇追上去："等等我，一起！"

留两个女生在原地干瞪着眼。

三秒后，宁萌说："我也跟他们一起去好了。那个，你要么就上楼去等吧，反正乔如果真是去图书馆了，肯定也要回宿舍的，你是她的室友，到时候直接告诉我们也方便。"

最后剩林念一人在风中凌乱：不是，你们这群 A 班的一个个是都被施了什么降智魔法吗？连个联系方式都不留，我怎么通知你们啊？

等两个"憨憨"追上来后，傅初晨显然也想到了这个问题。

"你们就没留个乔延曦室友的电话或微信？"

陈星宇扭头看向自己后面的"小尾巴"，宁萌缩了缩脖子，小声道："我给忘了。"

傅初晨没计较这个："你们去教室看她在不在，我去艺术楼找。"

陈星宇听到这三个字，愣了一下："不是，校庆表演都结束了，乔姐该不会又练琴去了吧？要不要这么拼啊。"

"谁知道她。"傅初晨唇角扯了扯。

他只是突然想起之前有一次在安德烈那里，她用发泄般的方式弹了一下午的琴。

那时候，他就意识到乔延曦未必有多喜欢钢琴，更多的只是习惯，或者说，她把这个当成了一项必须完成的任务。

她弹琴不是因为热爱，是因为"需要"。

庄严古典的艺术大楼笼罩在黑夜里，除了一楼的几间画室还亮着灯，上面几层全是暗的，楼道寂静，悄无人声。

少年经过时，感应灯依次亮起。白炽灯冰冷的光线照亮走廊，也透过玻璃，照亮了那一间间空荡的音乐教室。

她不在这里。

手机振动，陈星宇打来电话叹气着说："教室没人——"

傅初晨淡淡应了声："知道了。"

"我问了我隔壁班的朋友，"宁萌的声音也从电话里传来，"拿到了乔乔室友的微信号。"

"然后？"

"她说乔乔还是没回宿舍。"

他们的猜测都错了。

傅初晨撑着五楼的扶栏，俯视眼前的校园。

一开始，他以为乔延曦可能是因为心情不好或者别的什么原因，暂时不想被打扰，想一个人静静，所以才长时间不出现。

可是以乔延曦这种性格，在明知大家会担心她的前提下，不可能一声不吭消失这么久。

除非……

她被困在了哪里。

班群依旧热闹。起初大家还是抱着看八卦的态度在讨论，到后来有人表示，该不会是出什么事了吧，不然班长干吗没事在群里问这个？

【这么一说有点道理啊。】

【不会吧，在学校能出什么事？】

【乔女神是失踪了吗？】

【我反正晚上是没见到过她。】

【@柠檬精 @柠檬精 @柠檬精 宁萌快出来，你和乔延曦关系不是挺好的，你也不知道？】

宁萌过了好一会儿才吱声：【别烦！忙着找人呢！】

真出事了，群里一下又炸开。

吴闻是在写完两张物理试卷后才看到这条消息的，他瞳孔微缩，手指僵硬地在屏幕上打字。

W：【我晚上看见过她，七点多，在操场东侧……】

他迟疑了一下，还是补上了后面半句话：【那个方向应该是去往校医室的。】

【校医室？那她是去找傅哥咯。】

【可是看班长的意思好像是没见过她啊。】

【到底是什么情况？】

【拜托，这种事下次麻烦早点说好吗？】

W：【我在写作业，之前没看群，抱歉。】

其实是看了的。他看到傅初晨发的那条消息，看到大家的调侃，只觉得刺眼无比。

尽管吴闻自己不想承认，但他确实是对傅初晨存在着一种嫉妒的心理。所以当时他根本没有要回复的打算，瞥完一眼后，就直接将手机丢到了一旁，直到现在——

在他发完言后，没多久，傅初晨再次现身群聊。

。：【详细说说 @W 】

W：【应该是七点刚出头没几分钟，她从食堂出来，手里拎着什么东西，往操场东南方向走，再多的我也不知道了。】

其实他能猜到，乔延曦手里提着的大概率是饭盒之类的东西。

不出意外，她就是专门去给傅初晨这个"伤患"送饭的，毕竟那个方向除了一个早就废弃了的器材室，就只有校医室了。

傅初晨这时候已经找到老师说明了情况，正准备调监控，有了具体时间，查起来也更方便，很快就在监控镜头里看见少女的身影。

视频放大，能看出她手里拎着的确实是打包好的饭菜。

陈星宇和宁萌交换了个眼神，不过没有吭声，只有宁萌忍不住回头看了某人一眼。

监控室不大，一下子站这么多人有些拥挤，傅初晨靠着门口的墙，视线越过他们，目不斜视地注视着监控里的画面。

那对鸦羽般的睫毛仿佛有所触动，轻微地颤了两下。

那一刹，他心里升腾起一股莫名的感觉，像一盆温热的水浇下来，心脏似乎都快融化。

这位大小姐还真是一贯的嘴硬心软，只是可惜……

这顿晚饭跟他无缘了。

等乔延曦走到一个监控死角后，犹如人间蒸发般，摄像头再也捕捉不到她的任何踪迹。

"这里怎么回事儿？"傅初晨往前几步，陈星宇自觉给他让开位置，他指着屏幕上某块黑色方格，"坏了？"

负责管理监控的安保人员说："前两天刚出的问题，反正那地方平时也没人去，就没急着安排人来修。"

"监控对着的是哪儿？"

"一个器材室。"

167

这个器材室傅初晨也知道，因为位置偏僻，很早就不使用了，后来好像是被当成了杂物间。

他赶过去的时候，心跳如雷，有一种很强烈的预感，越靠近感觉便越剧烈。

到了门口，傅初晨脚步慢下来，停住。

屋子里面极度安静，几乎没有任何动静传出，跟他一起过来的老师摇摇头表示："在这儿的可能性不大。"

傅初晨没浪费口舌解释，直接拿出保安给他的钥匙，插入锁孔，"咔啦"一下拧开。

屋内一片漆黑，微弱的光线从门口照进来，只能勉强看清布局。到处都是倒塌的架子，尘埃漫天，角落里有一道蜷缩着的人影。

少女的身体颤抖得厉害，傅初晨脚步顿住，连呼吸也停滞了一瞬。

借着惨淡的月光，看清她身上的衣服完好无损后，这才选择继续靠近。

他第一次看见这样的乔延曦。

大概是大小姐平时展现出来的样子迷惑性太强，总让人觉得她应该是天不怕地不怕的，遇到任何事都不会慌了阵脚。

傅初晨见过优雅冷静的她，坚强自信的她，傲娇毒舌的她……唯独没见过她害怕的样子。

慢慢在她身前蹲下来，傅初晨放低了声音，轻轻缓缓地安慰她："不要怕。"

少女抬了头，眼眶发红。

他垂着眼，伸手，拇指指腹轻柔地蹭过她眼下的皮肤。

触感是干燥的。

她没有哭，甚至没有掉下一滴眼泪，却更让他感到难受。

他另一只手攥紧成拳，下颚线条也紧绷着，没有急着问她发生了什么事，只是一遍又一遍地、耐心地告诉她别怕。

乔延曦不说话，抬头看他时的眼神很空洞，丝毫没有往日的明艳生动，只剩下死气沉沉。

这个反应明显不对劲，不单单只是怕黑，傅初晨猜测，她很可能是有幽闭恐惧症。

器材室不大，灯泡坏了，唯一的窗户也被木板封死，在关上门的时候，这里的黑暗完全是伸手不见五指的那种。

乔延曦在被人推进来的那瞬间，听见门被上锁的声音，感受着外面的光源离自己而去，脸色霎时白了。

无边的黑暗和恐惧吞噬着她的身体，她的理智。

正常人遇到这种情况的第一反应是什么？应该会第一时间去拍门，大声呼喊，吸引其他路过的人的注意。

可是乔延曦根本做不到这点。

像是有什么无形的东西扼住了她的喉咙，她无法发出任何声音。

她感觉到自己在冒冷汗，四肢发软无力，仿佛是一块海绵，连站立都困难，她只能慢慢蹲下去，将自己蜷缩起来，缩在角落里。

只有这样，她才能获得一点点微不足道的安全感。

手机在刚刚的对峙中落在了外面，她身上没有任何可以照明的东西，也没办法联系其他人。

呼吸越来越不顺畅，心跳也不受控，熟悉的压抑感包围着她。

乔延曦想起了那间简陋的木屋。

五年前的一次拍摄，剧组前往下一个拍摄场地，她被不小心遗忘在那儿，整整一天一夜。

没有人能预料到会发生这种意外。

当时她的戏份刚杀青，剧组的人都以为她被秦之韵接走了。

事实上秦之韵确实也安排了助理去接她，只是好巧不巧，那个助理偏偏家里出了急事，在来的路上又掉头回去了。

乔延曦不知道这件事，还乖乖等着助理姐姐来接自己。

等了太久，困意渐渐来袭，她找了个干净的房间，窝在一张藤编椅子上睡着了。

这间屋子的道具早就收拾好了，到最后撤离的时候，工作人员清点完道具数目，发现没有遗漏，也就没想着再回头去检查一遍。

秦之韵是第二天才看到助理发来的消息，得知助理没去接人，又联系了剧组导演。

导演比她还疑惑："你不是让我跟她说，叫了小陶来接她吗？"

"小陶有事没来。"

"怪不得，我说怎么好像在剧组没看见她，还以为她一声不吭直接把人带走了。"导演反应过来，"欸，等等，那也就是说——"

没有人去接乔延曦，一个才十岁出头的小姑娘，孤零零一人被留在了山里。

他们连忙赶回之前的拍摄地，一间间房子找过去，终于在一间木屋里找到了几近崩溃的她。

木屋没有窗户，白天还好，至少阳光可以穿过木头间的缝隙溜进来。那么晚上呢？

在这样暗无天日的密闭空间里，心理该承受多大的恐慌。

乔延曦也不知道自己是怎么撑下来的。

黑暗会让人丧失对时间的感知，入夜之后，乔延曦无数次祈求白昼快点儿降临。

看见秦之韵的那一刻，她终于有了一种重获新生的感觉。

乔延曦第一时间抱住了秦之韵，声音沙哑得不像话，不知道哭过喊过多少回："妈妈……"

"好了，别哭了。"秦之韵难得温柔，拿纸给她擦了擦眼泪，"有哪里受伤吗？"

她抽噎着摇头。

"那就好。"

小姑娘嘴唇嚅动，想说，自己一点都不好。

回到家，乔延曦一个人躺在床上，卧室的布置精致又温馨，她却一遍遍地回想起被困在木屋的那段记忆。

她打电话给秦之韵，说自己害怕，想要她陪。

电话里传来女人无奈的声音："乔乔，听话。妈妈在忙工作，没那么多时间陪你，害怕就开着灯睡。"

乔延曦不知道这一次是不是也会像之前一样，到第二天才会有人发现自己。

她一直在极力克制自己，试图冷静下来。

离天亮似乎还很遥远，黑暗如同潮水，淹没口鼻，无法呼吸。时间漫长得像是过完了一生，她恍惚地觉得，会不会再也出不去了。

门锁被打开的声音，她以为是幻听。

少年出现在她面前，她以为是幻觉。

可是当对方伸出手紧紧搂过她，把她拥在怀里时，那炙热的温度，一定是真实的。

"傅……初晨……"乔延曦声音闷闷的，有些哑。

名字的主人低声应道："我在。"

他用一只手搂着乔延曦，另只手放在她脑袋上，轻轻往下按了按，让她把头靠在自己的肩上。

十七岁少年的肩膀不算多么宽阔，却足够做她在黑夜里的支撑。

乔延曦把脸埋进他的颈窝，闭上眼，很小声地说了句："要是……我能早点遇见你，就好了。"

那样的话，是不是就能早点得到这样一个炽热的怀抱，也许她就不会害怕黑暗。

傅初晨只微微收紧了胳膊，没有说话，像是没听见。

拥抱是最能传递力量的行为，再没有比这更好的安抚方式了。

少年用自己滚烫的体温，一点点温暖她冰凉发颤的身体。

昏暗、狭小又杂乱的房间，两个人的呼吸声都清晰可闻，心跳在某个瞬间也似乎同了频。

外面的老师等久了，干脆直接进来。

他开着手机手电筒，看见他们抱在一起，刚要皱眉，注意到少女苍白如纸的面色，又重重叹了口气。

傅初晨扶着乔延曦走出器材室，才发现她的衬衫袖子上有斑驳的血迹，他将她的袖子拉上去一看，发现她胳膊上全是猩红的抓痕。

一道又一道，在她雪白的肌肤上留下狰狞的痕迹，有的甚至还在冒着血珠。

"是我自己弄的。"

傅初晨不敢想象，在这几小时里，她到底是经历了怎样的绝望和痛苦……

老师急道："你怎么会被关在里面，是谁干的知道吗？"

"我不认识，"乔延曦回忆了一下当时的情况，声音很轻，"有两个男生喊住我，叫我过去，我没搭理他们。然后他们就拦住我，推我的肩膀。"

乔延曦指着大概的位置，就在器材室旁边，说："当时就在这儿。我没打过他们，就被关进去了。"

老师继续问："那你记得他们的长相吗？"

乔延曦实话实说："就记得都挺大众脸的。"

老师："……"

"先带她去止血包扎，"傅初晨放下她的袖子，小心翼翼地，生怕碰到伤口弄疼了她，动作仔细又温柔，嘴上说的话却完全相反，"至于是谁干的，总能查出来。"

"是哪位同学违反了校规校纪，身为学生会的一员，我有这个责任和义务找到他们，并给予相应的处罚。"

临近十二点，校园内已经没有了四处走动的学生，万籁俱静，唯有风声。

校医室就在器材室后面不远，同一栋建筑，只要多走几步就到了。

门口青灰色的石砖缝隙生长出野草，一部手机静静躺在草堆，屏幕裂痕密密麻麻，照射出同样破碎的月光。

傅初晨先发现了这部手机，蹲下身捡起，捏在手里。

"……是我的。"乔延曦说。

"我知道。"

屏幕摸着有些割手，傅初晨没递给她，自己试着按了按开机键，等了半响，手机始终没反应。

"坏了。"他起身，声音低冷。

之前不觉得有什么，可是现在，当午夜的晚风穿堂而过，卷起地上的秋叶，刺骨的寒意深入骨髓……

傅初晨垂了垂眼。

乔延曦把当时的情况说得轻描淡写，似乎这件事对她来说根本无足轻重。

如果不是亲眼看见了她的狼狈、她的脆弱，他没准儿就信了。

她身上还穿着白天那套衣服，他也一样。

两个人从下午的比赛结束后到现在都没有回过宿舍，一个为了送饭，一个为了找人，明明就差这么几步路……

就差这么、一点点。

傅初晨看着眼前挂着"校医务室"牌子的白色木门，心底不受控地升腾起烦躁和懊恼。他闭了闭眼，忍下想要用拳头砸墙的发泄冲动。

乔延曦似乎察觉到了什么，侧头看过去。

月光朦胧幽淡，她看不清少年此刻的表情，却有种直觉，他现在的心情一定很糟糕。

"你在……想什么？"

"没什么。"

傅初晨紧攥的手指松开，抬脚进屋，轻车熟路地从柜架上拿消毒水和医用棉签。

乔延曦坐在床沿，挽起衬衫袖子。

伤口的血液呈半凝固状态，雪白似玉的胳膊上留下一道道或长或短的血线。

傅初晨垂眸看着少女手臂上触目惊心的伤口，眉头皱得很深。他先用酒精沿着边缘消毒，再涂上药水，最后裹好纱布。

全程两人都没说话，乔延曦一声不吭，傅初晨也没问她痛不痛，反正她的回答肯定是否定的。

想到这里，他忽然想叹气。乔延曦当然会痛，只是不会承认，问了也是白问。她需要这种言语上的关怀吗？

包扎到最后的时候，傅初晨蓦地停住。

乔延曦抬睫："怎么了？"

傅初晨细细端详她的脸，漂亮苍白，眼神透着坚韧，又恢复成了平常的样子。

可他脑海里浮现的，却是少女在无边黑暗里抬头看过来的那一眼，空洞、死寂，和现在天差地别。

傅初晨认真问："疼吗？"

"……刚刚上药时你不问，现在就差系个蝴蝶结了你问我疼不疼？当然不疼。"

"行，那我下次早点儿问，"傅初晨低着头，还真给她系了一个蝴蝶结，嗓音低凉，"不过最好是别再有下次了。"

等他帮自己处理完全部伤口，乔延曦抬手前后看了看。

白色的纱布缠住了大半的手臂，技法娴熟，看得出来这位少爷不是第一次做这种事。

"你经常受伤？"

傅初晨把用完的消毒水和棉签重新放回原处，听见这话，回过头，似乎觉得好笑，眉梢挑起。

虽然没有回答，但乔延曦还是从他的眼神里读出了"说的什么屁话"

几个大字。

那看来都是帮别人处理的。

乔延曦盯着胳膊绷带上的白色蝴蝶结，微微抿唇，突然就觉得这玩意儿没那么顺眼了。

傅初晨忽然没头没尾来了一句："你知道我和谢洋是室友吧？"

乔延曦："……"瞬间她就明白了。

谢洋到底是个什么样的人，乔延曦一直都不太了解。

不过经过了今天下午，她终于能理解为什么 A 班那么多同学都怕他，毕竟这种敢在操场上当着那么多人的面儿，甚至在老师眼皮子底下就直接动手的人，实在惹不起。

"你为什么对这些细节这么清楚……"乔延曦狐疑道，"你也参与了？"

傅初晨："算是吧。"

乔延曦："？？？"

是就是，不是就不是，算是吧是怎么一回事？

傅初晨解释道："高一那会儿我在学生会纪检部，有人打架我当然要阻止——"

乔延曦："于是你就大义灭亲了？"

傅初晨："……"

乔延曦比了个手势："你继续。"

夜晚凉淡如水，他们并肩走在回宿舍的梧桐道上。

刚才那位老师没等乔延曦伤口处理好就先走了，这会儿只有他们两个人，踩着灯影，脚步慢慢。

"打架原因肯定要弄清楚，那次的起因是有个人在楼梯间骂教我们班的一个女老师，话说得非常难听，被谢洋听见了，直接给人从台阶上踹下去了。"

这种事还确实是谢洋能干得出来的。

"打架不对，但他本意是好的。"乔延曦说。

傅初晨掀了掀眼皮："你倒是挺向着他。当初要是有你为他说话求情，兴许他还能少写两百字检讨。"

"你不也是吗？"乔延曦的视线落在他的脚踝上，"你这一扭，现在可没人觉得错在他身上，大家都说他是'见义勇为'。"

傅初晨不以为然："还是太冲动。"

"那……"乔延曦停下脚步，微微仰头，沉静的目光望着他，"换做是你呢？"

"我？我当然不会这么做。"

白色的宿舍楼已经出现在视野内，乔延曦放弃了追问的想法，一句"再见"刚到嘴边，手里忽然被强行塞了一部手机。

这部手机外壳是纯黑的，是这个月刚出的最新款。

"先借你用用。"傅初晨说，"上楼记得开手电筒，宿舍的感应灯有时候不太灵。"

每个人的手机里都会有很多私密的东西，像他这样说借就借，几乎是不可能的事。

乔延曦诧异地看向傅初晨，他神色漫不经心，好似无所谓一般。

怕黑这件事已经暴露，乔延曦也不嘴硬逞强，怀着复杂的心情收下了。

她站在原地没动。

傅初晨和她安静地对视了片刻，忽然叹息，抬脚往前靠近，手勾过少女的后脑勺，再一次把她脑袋按进怀里。

乔延曦没有反抗，额头抵着他的肩。

少年身上的气息和温度带着令她心安的力量，在漫漫黑夜里，如同救赎的光。

灯柱下有飞蛾在盘旋，两道人影在夜色里重叠，有风也有月。

上楼的时候，乔延曦无数次告诫自己，那只是一个单纯的、以示安慰的拥抱，没有其他含义，不要乱想。

可是剧烈跳动的心脏不这么认为，她幽幽叹了口气。

推开宿舍的门，林念还没睡，看见她回来了，一下子从床上跳起来。

平时这个时间林念没睡不奇怪，但专门等她等到现在，这就让乔延曦感到匪夷所思了。

这个点宿舍早就熄灯了，宿舍只亮着一盏小台灯。

林念爬下床，趿拉着拖鞋，披头散发地走到乔延曦面前："你可终于回来了，说说，出什么事了？"

乔延曦看着室友此刻宛如女鬼般的造型，顿了下，简单概括了一下今晚遇到的事。

"那两个浑蛋！"林念听完很愤怒，"不记得长什么样也没事，到时候一个班一个班找过去，见到人了你肯定能认出来。"

乔延曦点点头。

其实真正让她在意的并不是他们是谁，而是他们为什么要这么做。

看上去好像一切都只是巧合。那两个男生鬼鬼祟祟地躲在墙角，她刚好经过，他们试图搭讪，结果失败，觉得没面子所以想要给她一个教训。

逻辑初看没问题，仔细想想，到处都是漏洞。

因为没有证据，所以乔延曦没跟其他人讲自己的猜测。

林念："今晚就不关灯了吧。"

"这样你睡得着吗？"

"这有什么？"林念摆摆手，"反正我今晚本来就睡不着。"

她一直知道乔延曦有个球形小夜灯，每天晚上都会开，因为有床帘挡着，那点儿光被挡了七七八八，对她没有任何影响。

之前林念从来没有怀疑过乔延曦是怕黑，还以为是学霸室友每晚都在床上看书。

"欸，其实吧，"林念准备跟她聊一场打开心窝子的天，"最开始我挺不喜欢你的，总感觉你好装，跟你说话还爱答不理的，也不知道在装什么。"

乔延曦："我看上去很装？"

林念："第一眼看着是有点儿……

"后来嘛，我就发现你是真的厉害，成绩、才艺样样都出众，没想到居然还是个大明星。

"不过按理来说你应该不差钱啊，怎么可怜得连饭都吃不起，跟家里吵架了？也是，看你这样子就不像会主动跟家里服软道歉的……

"不过出了今晚这事，学校应该会联系你家长，等他们来了看到你这么可怜，肯定会心软的。"

这件事校方处理得也很迅速。

虽然正对器材室门口的摄像头坏了，但附近的其他监控还是好的，很快就排查出了几名形迹比较可疑的学生。

在这几人中间，乔延曦果然看到了两张熟面孔。

陈力和田轩早就做好了东窗事发的准备，只是没想到会搞出这么大阵仗。

早上八点钟不到，傅初晨带着德育处的几名老师亲自上门逮人。

因为今天是校运会的最后一天，不用上课，两人还在梦里和周公约会呢，就被"咣咣"的敲门声惊醒。

陈力骂骂咧咧地去开门，看清来人后，脸色唰地变了。

田轩迷糊地睁开眼，差点没从床上滚下来。

他们平常也没少惹事，应对起老师的质问很有一套。只是现在证据都有了，比起狡辩，不如坦白从宽。

"是，是我们做的……"田轩一副知错的样子，"但我们只是想吓唬她一下，没准备把她怎么样。"

陈力跟着点头："是啊，老师，我们没有伤害她。"

当时陈力招手让乔延曦过来，这姑娘可真是一点面子都不给，连眼神都吝啬。陈力一气之下，就上前去推她。

乔延曦也不是那种好欺负的女生，直接就还手了。

推搡之间，碰巧撞开了器材室的门，他们就顺势把她给关进去了。

那个位置虽然偏僻，但也不是没人经过，只要随便喊几声，自然会有人来帮忙，他们还以为乔延曦很快就能出来。没想到……

即便没有造成实质性的伤害，这种行为也是相当恶劣的，尤其这两个男生还不是初犯，更是被骂了个狗血淋头。

得知要通知家长，两人皆是一脸的心如死灰。

等老师们都走了，傅初晨还懒洋洋地靠在他们宿舍门口不动，狭长的黑眸微微眯起："我听说……你们都是柔道社的？"

陈力目光警惕："你想做什么？"

"想跟你们切磋一下，"傅初晨散漫地笑了笑，"你们社长已经同意了，待会儿见。"

柔道社社团活动中心。

这场"切磋"一传十，十传百，最后搞得同学们其他比赛都不看了，全跑来柔道社的活动场地围观。

大部分人不知道具体发生了什么，只是单纯来凑个热闹。作为知情人士，宁萌等人都快激动疯了。

台上，傅初晨换上了专门的柔道服，宽松的白色上衣被腰带系紧，勾勒出宽肩窄腰的线条。

乔延曦的目光也在他的腰……或者说腰带上。她对柔道、跆拳道这些不算了解，但也知道白带属于最低的段位，完全是新手级别。这人到底想干吗？

第一个上场跟傅少爷进行"友好交流"的是田轩，他体形偏胖，按理说是有重量优势的，可惜上来就被过肩摔了。

接下来就是不停地起身，被摔，起身，被摔……

后背猛地砸向地面，虽然地上铺有软垫，但总被这么摔谁也受不了啊。

田轩试图再次爬起来，却被傅初晨紧紧按住胳膊，干脆利落地往反方向一拧，关节错位，发出"咔"的一声。

他疼得龇牙咧嘴，惊怒不已："你这是犯规！"

"啊，抱歉。"

傅初晨微微勾起唇角，嘴里说着抱歉，手上的动作和这两个字没任何关系。

"我也不是你们柔道社的成员，不太了解你们的规矩，"傅初晨歪了歪头，嘴角笑意愈深，眼神却发冷，"不小心犯规也是可以谅解的吧？"

谅解你个头。

田轩很想骂人，可是他敢肯定，如果真的骂出声了，这个疯子一定会直接卸了他的胳膊。

"我认输，我认输行了吧？"

"行吧，"傅初晨这才松了手，瞥向台下的陈力，"下一位，可以上来了。"

陈力知道这祖宗就是专门来找碴的，为的就是给乔延曦出气，可是他也没办法啊，他两边都不好得罪……

"我也认输。"陈力说。

"你不行。"傅初晨在台上睥睨着他，"别给你们社团丢脸，我给你十秒钟，上来。"

陈力心说我上去了才是真的丢脸好不好。

"十，九，八……"

观众席一排看热闹不嫌事大的都在帮忙倒数。

陈力咬着牙，还是走上了台。丢脸就丢脸吧，忍忍就过去了，总比将来被这少爷彻底记恨上要好。

陈力体重比田轩轻，摔起来也更轻松。

"这样显得我好像在欺负人，"傅初晨思考片刻，下颔微抬，挑衅的样子狂妄不已，"不如你们一起上。"

最终，田轩和陈力好端端地上来，鼻青脸肿地下去，不仅摔得背痛、屁股痛，两只手臂更是钻心地疼。

乔延曦看着傅初晨闲庭信步朝自己走来，顶着全场的目光，听见他说："换做是我会怎么做，看见了吗？"

乔延曦："……"

他所谓的切磋，就是找一个光明正大的借口——揍人。

何业作为 A 班班主任，昨晚发生的事自然也通知了他。

按照南礼的惯例，学生之间如果发生了比较激烈的矛盾，一般会选择先联系家长，看对方是否愿意私了。

毕竟这些学生的家庭一个比一个厉害，校方也不方便随意处置。

办公室里，乔延曦坐在会客沙发上，神情淡淡地捧着茶杯。对面是一对打扮得体的中年夫妇，边上还有一个年轻男人。

他们分别是田轩的父母，以及陈力的哥哥。

"何老师，情况我们也听说了。"田母率先开口，"这事确实是我们家小轩做得不对，这样，我们愿意赔偿这位同学损坏的手机，以及精神损失费。"

何业皱着眉，他其实不太满意这种处理方式。

"等这位同学的家长来了，我们可以共同商量一下具体的赔偿金额。"田母一边说，一边打量乔延曦。

在来的路上，她已经调查过乔延曦的身份了。乔延曦的母亲是个大明星，在娱乐圈或许有些人脉背景，但主要都在 B 市，手还伸不到 S 市来。这让她感到十分放心。

当初是乔珩给乔延曦办理的转学手续，留的自然也是他的号码。

接到何业电话时，乔珩看着桌上一堆还未处理完的文件，有些头疼地按了按太阳穴："她是不是惹什么事了？"

"乔延曦是一位品学兼优的好学生，这次是因为其他班级的同学滋事寻衅，给她造成了一定伤害，我们才打这个电话通知您。"

乔珩在下午两点姗姗来迟。

田母和田父你一言我一语的，说是商量，实则已经暗暗定下了自己提出的解决方案，妄图给她洗脑。

陈力的哥哥倒是一句话没说，算是默认。

直到他看见西装革履的男人沉着脸踏进办公室的那一刻，身体比大脑先作出反应，颤抖着起身："乔总……"

听见这个称呼，田氏夫妇猛地明白了什么。

乔珩看了眼这个有几分面熟的年轻男人，淡淡应了声，走到乔延曦旁边的空位落座。

田母再也做不到像刚刚那样泰然自若，镶着精美碎钻的指甲紧紧掐着自己大腿，后背冷汗涔涔。

乔珩他们没见过，但能让陈力哥哥称呼为"乔总"的，放眼全 S 市仅有一人，乔氏集团现任执行董事长。

比起田父和田母的惶恐，现在更绝望的是陈力的哥哥。

他才毕业，父母托了不少关系把他送进乔家的公司想锻炼他，没想到入职不久，就直接得罪了公司最大的 boss。他在心里把那个没用的弟弟骂了千万遍。

"爸爸。"

乔珩侧头看了看乔延曦，少女规规矩矩穿着校服，酒红色在她身上都显得没那么热烈。

这冷傲的性格……

想起那人，乔珩的眸色深了几分。

因为有外人在，父女俩都没提起上一次见面的不欢而散。

田母心里焦急得很，这世界上姓乔的人那么多，她哪里能想到居然这么巧，自家不省心的儿子惹谁不好，偏偏挑了个惹不起的。

用刚才的那套方案肯定不行了，得拿出更多的诚意才有可能说动对方……

乔珩冷冷地开口："我时间不多，就长话短说了。"

"赔偿就不必了，按照学校的规章制度处理就行，"他看着何业，"我相信贵校的处理结果不会让我失望。"

何业知道他这是不同意私了的意思，点头道："我们一定严惩！"

田母还想说些什么，被田父拉住了，给了她一个"不要多嘴"的眼神。

陈力的哥哥满脸灰败之色，完全说不出话。

可怜的陈力和田轩不会想到，他们刚在大庭广众之下被揍成了猪头，丢尽了脸，回家等待他们的又是一顿毒打。

出了办公室，乔珩瞥了眼腕表："以后有什么事，直接联系我助理就行。"

他下午还有会议要开，原以为乔延曦在学校出了什么大事，才特意放下工作专门赶过来。

陪同出来的年级组长赶紧点头："行，行，今天辛苦您跑这一趟了。"

"既然没事，我就先回去了，"乔珩盯着少女冷淡的眉眼，到底是自己的亲生女儿，他可以原谅她之前的无礼，"乔乔，不和爸爸说再见吗？"

"再见。"

等乔珩走后，乔延曦一个人站在走廊的阴影里，长睫低垂。

因为穿着长袖，乔珩没看见她胳膊上缠绕着一圈又一圈的纱布，自然以为她没受到什么实质性的伤害，就是被关了几小时，他甚至没问过一句"怕不怕"。

所以说大人真的都很奇怪。他们永远只能看见你表面的伤口，只会相信暴露在他们眼前的东西。而你心里怎么想的，是否早已千疮百孔，他们根本不在意。

秦之韵是这样，乔珩也是。

从某些方面来看，他们可以说是天生一对，性格极为相似，同样强势、骄傲，把自尊心看得比什么都重要。

可惜，太过相似的两个人是不适合长久在一起的。

最后只会两败俱伤。

这场校运会中途发生了不少插曲，总算迎来了尾声。

因为乔延曦出了这事，所以她的接力名额让宁萌顶替了，何业嘱咐她下午待在宿舍好好休息就行，别的不用操心。

傅初晨的手机还在她这里。微信一堆未读消息，时不时还有电话打来，乔延曦都没接。

虽然知道密码，但乔延曦没有随便乱翻别人隐私的习惯，只是微信收到消息总会自动跳出来……

她想看不见都难。

妈：【这周末回来吗？】

妈：【死哪儿去了？】

【[妈]邀请您进行语音通话。】

乔延曦想了想，还是拿着手机下楼。

男生宿舍楼就在前面，这个时间大家应该都在体育场，门口一个人也没有，整体显得有些空旷、冷寂。

乔延曦登记完就被放进去了，来到307宿舍前，屈指敲了敲。

门很快被人打开，傅初晨穿着黑色的休闲服，肩上搭着一条毛巾，发梢还在往下滴水，沿着脸部轮廓下滑，淌进衣领。

刚开始傅初晨神色还有几分不耐，看清来人后，动作像是被按了暂停键。

静默三秒后，傅初晨手扶着门框，微微垂眸："你怎么过来了？"

天光晃眼，她就站在门口，位置有些逆光，发丝边缘泛着浅金的光晕。

"你妈妈找你。"乔延曦晃了晃手机。

"下次你直接帮我接了就行，"傅初晨很轻地眯了一下眼，懒声说，"是你接她没准儿会更开心。"

乔延曦："？？？"

毕竟是男生宿舍，乔延曦不方便久留，提醒他："你还有没有别的手机借我，这部你就留着自己用吧。"

傅初晨："用不习惯？"

乔延曦心说何止是不习惯，简直是提心吊胆。

傅初晨最后给她拿了部旧的手机，插入她原本的SIM卡："行了。"

乔延曦接过来："谢谢。"

傅初晨看着她，忽然问："怎么样了？"

"可以用——"

"我不是说这个。"

乔延曦复述了一遍下午叫家长的情况："我爸不同意私下和解，然后老师说会给处分，从重处理。"

手臂上的伤口突然传来轻微刺痛，还有点儿痒，乔延曦不自在地动了动手腕。

注意到她的动作，傅初晨沉声："手疼？"

乔延曦摇头。

"疼就说，不要什么都硬忍着。"他的指尖在她额前轻弹了一下。

"疼。"

"……我都没用力。"傅初晨无奈，"行，你说疼就疼吧。"

乔延曦忽然很想笑。

十月底的阳光笼罩在他们身上，温暖明媚。

面前的少年眉眼宠溺，漆黑的眸中映着光，以及她的倒影。

"我回去了，"乔延曦浅浅弯唇，"你记得吹头发，别感冒，不然倒霉的是我。"

这是他之前说过的话，被她原封不动地还了回来。

目送少女的背影渐渐消失在楼道尽头，傅初晨收回视线，扭头，转身径直走向卫生间。

吹风机的声音"呜呜"作响，他看着镜中的自己，眼前浮现的却是乔延曦刚刚那个毫无预兆的浅笑。

第
七
章

\为她而下的雪

田轩和陈力最后得了个记大过的处分，在学校见了乔延曦如同老鼠见了猫，完全是躲着走的。

本学期的所有娱乐活动基本宣告结束，同学们开始为下周的期中考试做准备。

虽然乔延曦嘴上说着没事，但这次的事情显然还是对她造成了影响。晚上的频繁失眠，导致黑眼圈都长出来了，在她白皙的皮肤上很是显眼。

成绩出来，她还掉了两名。

傅初晨重新夺回属于自己的第一宝座，只不过有眼睛的同学都看得出来，班长大人并不为此感到开心。

乔延曦这样的状态持续了小半个月才有所好转。

这天，何业忽然把她叫出去，说了一件事。

"《天才少年》节目组联系到我们学校，想问问你有没有兴趣参加这档综艺，是答题闯关的形式。

"录制时间一般在周末，不会耽误学习。

"而且去参加这种节目也能收获很多新的知识，老师的建议是你可以考虑看看。"

乔延曦的童星身份曝光，比起其他选手，自带流量，节目组很希望她能答应加入，为此诚意十足。

这个综艺乔延曦之前没有听说过，应该是新策划的。制作班底是绿江卫视的一支老牌团队，质量可以保证。

现在的益智类节目层出不穷，而《天才少年》和其他节目相比有很大的不同。乔延曦思考了几天，最后给出了答复，她会参加。

这会儿是放学时间，绵长悠扬的铃声在校内回荡。同学们有说有笑地离开教室，乔延曦还坐在座位上，没急着走。

"乔乔，一起去食堂吗？"宁萌收拾好桌面，扭头问她。

乔延曦刚要说话，陈星宇忽地推了推宁萌的肩膀，拽着她往外走："那什么我突然想起来我找萌萌有事，乔姐你就和傅哥一块去食堂吧！"

陈星宇一直拉着宁萌到了教室外面，宁萌挣脱开他的手，表情颇为无语："干什么你？"

"平时我瞅着你挺聪明的，"陈星宇无奈道，"怎么关键时刻就傻了呢。"

"你说谁傻？"

"我傻，我傻……"陈星宇更无奈了，他觉得自己真是太不容易了，"我知道你和乔姐关系好，但你能不能给他俩一点独处的空间？你没发现他俩最近关系有点不一般吗？"

宁萌点点头。

其实也不是最近，一直以来大家都觉得乔延曦和傅初晨之间的关系挺微妙的。

从乔延曦刚转学过来，傅初晨对她的特殊照顾就可以看出，她对他而言跟其他人不一样，是与众不同的。

而反过来，乔延曦起初对傅初晨的态度却没有那么热络，是在这次的校庆活动结束后才有了相对明显的变化。

冬日的傍晚光线稀薄，少女披着有些微卷的长发，坐姿端正，纤细的脖颈微微低垂，握着笔在认真写习题。

旁边的少年则单手托腮，同样拿着笔，却不专心写字，视线偶尔会落在同桌精致的侧脸上，没有停留太久，片刻即离。

陈星宇和宁萌站在走廊，隔着玻璃看着教室里的这一幕，让人非常不忍心上前打破这份宁静、和谐，两人识趣地走了。

"你不去吃饭吗？"乔延曦问。

傅初晨懒洋洋地转着笔："不急，等你。"

乔延曦抬头看他一眼。少年瞳仁漆黑，眼角稍扬，让她又想起那天晚上，握笔的手微微顿住。

乔延曦凝神思考写出最后一个答案，慢吞吞地盖上笔帽，把作业收回书包里，手推着课桌边沿准备起身。

椅子发出轻微的声响，被旁边的人按住。

乔延曦递过去一个疑惑的眼神。

"你这就不写了？"傅初晨挑眉，"后面还有三个大题，你不是一向喜欢写完全部再去吃饭的吗。"

乔延曦："怕你饿死。"

傅初晨垂头闷笑了一声："你最近倒是挺会关心人。"

乔延曦开始装聋作哑。

连陈星宇他们都看出来了，作为当事人，傅初晨怎么会感觉不出这段时间乔延曦对他的态度变化？

他其实很想问问她，只是出于感激才这样的吗，还是……

他自己也不确定想听到什么样的回答。

"行了，快点走吧。"乔延曦拿脚尖轻轻踢他，"你到底吃不吃饭了？"

傅初晨跟在她后面站起身："吃。"

在食堂吃完饭，乔延曦本来是想直接回教室的，没想到乔姵过来找她了。

看见傅初晨也在，乔姵甚至没觉得哪里不对，好像他们两个人在一起吃饭是一件理所当然、天经地义的事情一样。

"姐，你现在没事了吧？今天还好吗？"

乔姵后来也听说了器材室那件事，隔三岔五就跑来问候她一下。

乔延曦点点头："还行。"

乔姵又叽叽叽说了半天的话，在某人逐渐不耐烦的眼神下，小嘴一闭，溜了。

"你凶她干什么？"乔延曦侧头。

傅少爷靠着窗台的柱子，极为无辜地摊了摊手："……我都没说话。"

"算了。"乔延曦没计较什么，"你等会儿是回宿舍？"

傅初晨："不回。"

"那你去哪儿？"

他反问："你去哪儿？"

乔延曦有了某种预感，故意说："我要回宿舍。"

"哦，那我也回。"

听见他这么说，乔延曦眨了一下眼："为什么要跟着我？"

傅初晨也垂着眸和她对视，视线不躲不避。

就这么对视了几秒，乔延曦觉得周围的冷空气好像都在升温，气氛也变得奇怪了起来。

"你爱跟就跟吧。"

出了食堂大门，乔延曦既没有选择回宿舍，也没有去教室。

十一月中旬，下午六点的天空已经彻底暗了下去，灰蒙蒙的一片。离开食堂，没有了暖气，冷风扑面而来。

乔延曦穿得不算多，只在制服外面套了件呢子大衣。

"原来S市的冬天也这么冷。"她的声音又轻又淡，似乎只是随口感叹。

入冬以后，梧桐的叶子几乎已经落光了，枝丫光秃秃的。她见过它们葱郁繁茂的样子，从灿烂走向凋零。

"我以前一直觉得时间很慢，"乔延曦忽然开口，想起了过去那些年她枯燥乏味的生活，又觉得说出来显得很矫情，顿了下才继续，"来这里以后，又感觉过得太快了。"

傅初晨站在她身后，不远不近的距离，安静地听着她说话。

大概是嫌外面天气冷，多数同学都待在室内，路上基本看不到其他人。

"我很少和人说这些，但是，傅初晨——"她停在这里，转过身，深呼吸一口气，一双漂亮的桃花眼，满是认真和真诚。

"很高兴能认识你，这是我的荣幸。"

少年眉眼深邃，在初冬的夜里显得更加有距离感，然而微微勾起的唇角减淡了那股冷漠的气质："也是我的。"

"但你突然说这个，让我稍微有点儿惶恐。"

他往前一步，俯身凑近她面前，鸦羽般的睫毛低垂下来，眸光打量着她。

"乔延曦，你是不是有什么心事？"

少女抿着唇。

"没关系，你想说就直接说，我会听着，不愿意讲也没事，当我没问。"他叹气，"你能不能开心一点呢？"

乔延曦："我没有不开心。"

傅初晨点点头："我知道你没有不开心，但你也没有开心。"

有的时候乔延曦真的很服气，为什么有人对于他人的情绪感知会敏锐到这种地步？这种观察能力简直太变态了。

"S市的冬天和B市不一样，"傅初晨认真道，"你会喜欢这里的，我保证。"

乔延曦抬着脖颈，看着他。

正经不过三秒，傅初晨拍了拍她的脑袋，顺势揉了一把："行了，穿这么少还在外面乱逛什么，赶紧回去。"

"你现在是在教训我？"乔延曦扬眉。

"没有，"傅初晨笑道，"我怎么敢教训您呢，我的大小姐。"

乔延曦："……"

《少年天才》是个棚内综艺，录制地点就在S市本地，第一期的录制时间是在这周六。

到了录制当天，节目组专程派车来接乔延曦过去。

节目邀请的嘉宾除了乔延曦和另一位以学霸人设闻名娱乐圈的艺人蒋厉，其余全是普通人，共二十位。

因为彼此都不认识，刚见面的时候大家都挺尴尬。

有个叫王昊轩的男生倒是自来熟，挨个和大家打过招呼。蒋厉只敷衍地"嗯"了一声，带着一股高高在上的优越感。

其他人过来和蒋厉搭话，蒋厉也是冷冷淡淡的，就差把"你们不配"四个大字刻在脸上了。

乔延曦来得比较晚，刚进休息室，就发现里面的氛围有些微妙。

王昊轩本来是想起身和她打个招呼的，只是想到刚才蒋厉的态度，又觉得没必要热脸去贴冷屁股，只简单点了点头示意，反正他们本来就不是一个世界的人。

倒是那个蒋厉，见到她时眼睛似乎都在发亮，热情道："你就是乔乔？我姐姐和你妈妈一起拍过戏的，听说后面会有组队环节，到时我俩一组呗。"

乔延曦莫名其妙："我妈妈和你姐姐拍过戏，跟我和你有什么关系？"

看到蒋厉被下了面子，有人没忍住，笑出了声。

蒋厉气得直接甩门出去了。

他走了以后，休息室的气氛倒是重新变得活跃起来。

"我叫王昊轩，A市实验中学的，你呢兄弟？"

"刘一帆，海城三中。"

大家开始交换姓名和学校，无一例外，都是省重点，还有在读少年班的。

问到乔延曦的时候，她如实道："我在南礼中学。"

"南礼？没听过啊……"

"这你就不知道了吧？这是我们S市本地一所贵族私立学校。"

"噢，这样啊。"

听到是贵族学校，其他人交换了一个眼神，心里也基本了然了。

就像蒋厉看不起他们一样，有个别人其实也不大看得上他们这种"大明星"，认为只是节目组请来博关注的，肚子里没多少墨水。

乔延曦并不在意他们怎么想，自己坐在角落里看书。

余光看见有人靠近，她微微抬眼，发现是一个扎着低马尾的女生，在刚才的介绍里，记得她好像说自己是S市一中的，名字是什么来着……

"你好，乔乔。"女生温和地对她说，"我叫洛子悦，我有朋友也在南礼。"

既然都是S市本地的，会在南礼有认识的人也不足为奇。

乔延曦并不好奇洛子悦那个朋友是谁，也不知道洛子悦突然提起这个的目的是什么，只是顺口一说，还是想借此跟她拉近关系？

不管是哪一种，她其实都不在意。

出于礼貌地回应了一句之后，看洛子悦似乎没有要继续这个话题的意思，乔延曦也重新低头看起了书。

这间休息室很大，是给所有嘉宾公用的。

黑色的皮质沙发占了休息室的一半面积，中间是透明的玻璃茶几，上面摆着节目赞助商提供的零食和饮料。

有部分选手馋桌上这些吃的很久了，只是脸皮薄，看其他人都不动，自己也不好意思先吃，只能疯狂咽口水。

一直到乔延曦觉得口渴，随手拿了瓶白桃味的酸奶，瓶盖都还没拧开——

那些比她后一步动手的人都已经拿着饮料"咕咚咕咚"喝了起来，偌大的空间里，各种撕包装袋的声音此起彼伏。速度之快，俨然是早有计划。

看得乔延曦叹为观止，这群学霸怎么回事？

没一会儿，节目组的人来通知他们，录制即将开始。

在工作人员的带领下，他们来到了另一个早就搭建好的摄影棚。

灯光只开了一小部分，没办法看清具体环境，黑暗里，一排排闪闪着红光的摄像机已经准备就绪，对准了他们。

"这就开始了吗？"

"好暗啊，这是要干吗？"

蒋厉在这时候姗姗来迟，他刚才找导演要到了个专属休息室，心情好了不少，又恢复了一贯趾高气扬的样子。

大家都不喜欢他，默默地站远了些。

人到齐后，"哗啦"一声，摄影棚内的灯全部被打开。

强烈的白光刺得乔延曦眯起双眸，等到完全适应后才再度睁开。

正前方出现一排金字塔形状的阶梯座位，每个座位上面都印有一个英文字母，从上往下，分别是 A、B、C、D。

此时此刻，所有人的目光都下意识地放在了金字塔顶端——那张唯一代表 A 的座位上。

和其他座位不同，它明显更大、更华丽，椅背制成了皇冠的形状，坐垫是淡粉色的，搭配明黄的扶手，是名副其实的"王座"。

有那么一秒，他们都开始怀疑自己参加的到底是《少年天才》还是《少年偶像》？

有个女生还嘀咕一句："怎么没有 F？"

乔延曦扫视一圈，凉凉地接了一句："人数不够吧。"

"也是哦。"

这时候灯光又亮起一束，主持人拿着话筒走上台，带着和蔼的笑容为大家介绍本次节目的规则。

简单来讲，他们共二十位选手，将按照成绩被分为四个班级。

A 班一人，B 班三人，C 班五人，D 班则有十一人。

而排名如果一直垫底，则会被淘汰。

在签订合同的时候，他们就了解到，这个综艺相比其他同类型的节目有了很大的改变和创新，但也没想到会这么离谱！

"导演你是不是选秀节目搞多了啊喂！"

"怪不得之前一直不肯给台本，整得神神秘秘的，原来是有这么一出等着他们。"

周围的人都在交头接耳，小声讨论着规则。

乔延曦也在垂睫思考。既然是按排名来决定班级，那初始排名呢，怎么排？成绩又是靠什么来决定？

答案很快揭晓。

主持人："接下来，就由我来为大家发放试卷。本场考试为摸底测试，时间为六十分钟。"

在场的都是从不同的重点学校里脱颖而出的大学霸，对于考试自然不带怕的。他们只是好奇，节目组会给他们出什么样的题目。

可是当他们从主持人手里接过试卷时，每个人的脸上都出现了不同程度的茫然和蒙圈。

因为这张卷子……是空白的。

"欸，是发错了吗？"眼看着主持人准备下场了，王昊轩连忙追上去，"上面没有字啊，这让我们怎么答题？"

"对啊。"有人附和。

"而且还没有笔。"也有人补充。

"就很离谱。"还有人总结。

"试卷没有发错。"主持人依旧面带微笑，"至于其他的，则是你们需要思考的问题。"

乔延曦早在拿到试卷的时候，心里就有了一种猜测。听到主持人这么说，她更加肯定了。

试卷没有错，则证明题目一定在卷子上，只是他们看不见。

几乎所有人都想到了这一点，只是由于淘汰的赛制，大家都成了竞争关系，没有人愿意主动开口给对手提供情报。

一群人四散开来，有人坐在阶梯座位上抱着卷子沉思，有人则到处寻找有用的道具。

乔延曦站在原地，若有所思地看着头顶的灯光。

太晃眼了。

这会不会是一种提示？

蒋厉参加过不少综艺节目，其中也遇到过这种情况。

他第一时间就想到了拿光照射卷子，大部分节目都是这个套路，要么就是用水，但他已经找过一圈，现场并没有任何水资源可以利用。

那一定就是光了。

可是无论他用卷子的哪一面，换了无数个角度，把现场的所有灯光挨个试过去，卷子始终没有发生任何变化。

这不可能！

蒋厉不相信自己的推理会错误，一定是他还没找到正确的光线。

蒋厉蹲在舞台左侧，扭头看了眼身后众人，粗略扫了一眼，好像没看见乔延曦的踪影。

他收回视线，从鼻腔里发出一声轻哼。拒绝了自己的组队邀请，是她的损失，到时候有她后悔的。

见没人注意自己这边，蒋厉偷偷将试卷贴在闪着紫光的地灯上，等了几秒，依然没有任何文字或图案浮现。

又一次以失败告终。

他从牙缝里挤出一声脏话，几乎快没了耐心。

时间一分一秒地过去。他已经浪费了太多的时间在这里，一直一无所获，蒋厉终于开始紧张起来。额头的汗珠不停往外冒，心跳也有变快的趋势。

他不会真的找不到吧？

如果连他都找不到，那些书呆子肯定更找不到吧？他们又没参加过综艺，没有经验，肯定更不如他。

这么想着，蒋厉又重新放下了心。

直到交卷，蒋厉手里拿着的依然是一张洁白无比的空卷子，大刺刺地交到了主持人手里。

主持人低头瞥了一眼，眉头微蹙，到底没说什么。

收齐卷子后就是中场休息时间，半个小时后，将公布大家的成绩和排名。

既然已经交卷了，学霸们便放心大胆地开始讨论起了题目。

刘一帆感叹："说真的，大大小小的考试加起来我也参加过上千场了，还是第一次遇到这么奇葩的考试。"

"谁不是呢，兄弟。"王昊轩拍拍他的肩膀。

"题目那字看得我眼睛疼，我感觉我最后那题回答错了。"

"别说了，我差点笔都没找到。"

"笔不就在椅子后面嘛，那羽毛多显眼呀。"

大家的对话没有压低音量，传到蒋厉的耳朵里，他越听越觉得不对劲。题目？怎么好像所有人都知道，就他不知道？

蒋厉愤愤地想，为什么都没人来提醒自己一下，凭什么就把他排挤在外？

一想到可能只有自己一人交了白卷，蒋厉脸都白了。

这一刹那，他脑子里只有一个想法。

这期节目不能播，绝对不能播！

否则他苦心经营这么久的学霸人设绝对会崩得稀碎，他甚至能想象得到，到时候那些黑粉将会怎么骂他……

还有不到半小时，他要去找导演说这件事才行！

乔延曦也趁休息时间去了趟洗手间。

厕所的感应烘手器似乎失灵了，她一边往外走，一边拿纸擦拭着手上的水渍。经过导播室的时候，里面传来隐隐约约的争执声。

乔延曦脚步顿了下，还没来得及细想是谁这么狗胆包天，敢和导演吵架——

"砰！"

像是有人在用手掌重拍桌面。

动静挺大，门外的乔延曦都被吓了一跳，手里刚刚用来擦水的纸就这么掉在了脚边。

紧接着，门就被人从里面推开，乔延曦顶着一张毫无表情的冰块脸和蒋厉对视。

蒋厉："……"

似乎没想到会碰到她，蒋厉愤怒的神情微微一滞。

也不知道乔延曦在门外站了多久，听到了多少内容……

丢脸的感觉让蒋厉一刻也不想在这儿多待，刚往前迈出一步，脚底不知道踩到了什么东西，差点摔了个狗吃屎。

这一秒蒋厉真的恨不得找个地洞钻进去。

站稳以后，他先是看了眼地上滑倒自己的是什么玩意，然后又抬头看向乔延曦。

"你不会提醒一下吗？你就是故意想看我出糗吧——"蒋厉满脸羞恼，几乎是气急败坏地把问题全部推到她身上。

坦白地说，他一开始确实对乔延曦心存好感，但这不代表他能容忍她对自己如此冷淡、轻视的态度。

"我知道你来参加这个综艺是什么用意，前段时间的热搜也是买的吧，不就是想复出、想火吗，装什么清高？"

乔延曦："……"槽点太多，不知从何吐起。

蒋厉还在继续说："怎么，怕我在节目里抢了你的风头，所以就联合其他人孤立我？"

听到这里，乔延曦特别真心实意地反问道："你知道脑补是一种病吗？"

"你——"

"有病就去治病，没病也去医院看看脑子。"

蒋厉是真没想到看着挺文静的乔延曦怼起人来这么狠，一时间想不到什么反驳的话，只能问候一下乔家族谱，骂骂咧咧地走了。

导播室里，其他工作人员都噤若寒蝉。

乔延曦走进去，看见导演正叼着烟在吞云吐雾，表情有点阴沉，显然是因为蒋厉刚才的事心情欠佳。

看到乔延曦，导演掐了烟，挥手驱散这些烟雾："你都听见了吧？"

"嗯，差不多。"

虽然没听清全部内容，但通过几个关键词和蒋厉刚才的反应推测，基本可以了解了。

蒋厉的意思是，要么这一期重拍，要么他就不录了。

"重新录制倒也不麻烦，因为主要是拍他的单人部分，其他人只要补几个集体镜头就行。"导演说。

乔延曦语气平静："您是准备重拍了？"

导演却摇摇头。他在圈内也混了不少年了，接触过各式各样的艺人，喜欢耍大牌的也不是没有，但人家好歹是真的大牌。

而蒋厉这种，就只会搬出姐姐的名义来耀武扬威。

蒋厉的姐姐是圈内一线女星蒋梨，出道多年，获奖无数，但比起秦之韵还差点，所以蒋厉先前才会搬出蒋梨和秦之韵拍过戏的事来跟她套近乎。

蒋梨的面子当然没有这么大，能让导演这么为难。

问题主要出在前两个月，蒋梨官宣了结婚对象，对方是一家知名娱乐公司的总裁。

这一下，蒋梨的身份水涨船高，连带着蒋厉也越发嚣张了。

更重要的是，《少年天才》这个综艺节目，蒋厉的那位总裁姐夫就是最大投资人。

乔延曦很久没有关心娱乐圈的那些事，对此毫不知情。

她早先还奇怪，蒋厉这样一个看着就不太聪明的傻子是怎么被节目组挑中的，原来是带资进组啊。

"这次重拍确实耽误不了什么事，我就是担心还会有下次、下下次……"导演想得很长远，"如果以后的每一次，只要拍摄不符合他心意，他不满意了，岂不是都要大家配合他重拍？这个先例开不得。"

蒋厉如果罢录，确实要赔一笔不菲的违约费。

但相应的是，他那位总裁姐夫也有很大概率会撤资，这对节目组来说损失不小。

乔延曦："让他滚吧。"

导演："？"

一不小心把心里话说了出来，乔延曦表情倒是淡定，若无其事地改口："让他走吧。有我在，其他赞助商跑不了的。"

导演："……"没见过这么自信的。

不过乔延曦话倒是没说错，导演也很清楚她的商业价值。

尽管已经退圈多年，但她身上的话题度依然不会少，除了美貌和才华，还有高超的智商。否则节目组也不会千方百计地联系到他们学校，邀请她参加。

"如果让蒋厉走了，这空出来的位置……"

他们这个节目对嘉宾的要求太高了，普通的学霸都不行，得是那种各方面都相当出众的，只有这样才配得上"少年天才"这个名称。

"我可以介绍个朋友，他还蛮符合我们节目的宗旨的。"这是心里话，至少在乔延曦看来，他吊打蒋厉十条街没问题。

"哦？"听到乔延曦这么说，导演来一下来了兴趣，"和你一样是圈内人吗？"

乔延曦摇头："是我同学。"

导演明显有些失望了："纯学生啊？"

"嗯。"

导演摆摆手，眼底最后一抹亮色也没了："行吧。"

倒也不是瞧不起普通人，只是现在已经有十八个身份普通的学霸了，再来一个，就显得乔延曦的存在过分突兀了。

"条件怎么样？"导演问，"有没有哪方面特别突出？"

如果实在找不到人，稍微凑合点也不是不行。

乔延曦停顿了片刻，似乎不知道该怎么形容，最后只说："都挺好的。"

导演一下子心凉了半截，迟疑了这么久才回答，恐怕这个"挺好"还要大打折扣。

半小时已到，乔延曦回到录制现场。

其他人早就在那儿等候，大概是迫不及待地想知道自己的成绩和排名。

蒋厉罢录的事大家多多少少都听说了，他走了，众人都挺高兴的。虽然相处时间只有短短半天，但没一个人对他有好印象。

主持人开始公布成绩，从 D 班开始依次往上，直到 B 的时候，乔延曦依然没有听见自己的名字。

"剩下的那位就不必我说了，相信大家都猜到了——让我们恭喜乔延曦！唯一的 A 班！"

主持人："乔延曦同学，可以回答一下你是如何在那么短暂的时间里，想到破解试卷的方式呢？"

"灯光，"乔延曦微微抬头，淡淡道，"太亮了。"

主持人："？"

其他人："？？"

乔延曦没什么表情地望着镜头，声音清冷平静："提示不可能那么明显，所以往反方向想，没有光的黑暗环境，就可以看见卷子上的内容了。"

如果这时候蒋厉还在，恐怕会当场气吐血。

题目不算太难，只是过程比较麻烦。因为她是最早破解试卷的人，所以答题时间比其他人长，正确率自然也高。

这只是初始排名，其他学霸的真正实力还没发挥出来，之后的考题如果出到了他们擅长的领域，乔延曦再想拿 A 恐怕会很困难。

录制结束以后，天色还早。乔延曦回到休息室，看到手机上有几条未读消息。

债主：【我刚好在附近，你拍完没有？】

奇怪。录制地点距离南礼的车程将近一小时，算是比较远的了。这位少爷没事跑到这儿来干吗？

发送时间显示是半小时前，乔延曦不确定他是不是已经先回去了。

曦光：【你还在吗？】

对面秒回。

。：【说的什么废话？】

。：【要不要我来找你？】

忽略对方的语气，乔延曦抱着手机心想，这不是巧了嘛。

导演，你要的选手主动送上门来了。

出了摄影棚，寒风迎面扑来，冷空气争先恐后地灌入衣领和袖口。

乔延曦在手心呵出热气，眼睫一抬，正好看见了被拦在入口的一道熟悉的身影。

傅初晨穿着深黑的羊绒大衣，比保安高出小半个头，两手插在兜里，站姿虽然散漫，背脊却挺得很直。

不管在哪里，他始终都是最显眼的那个。

"傅初晨。"乔延曦喊他。

闻声，傅少爷懒洋洋地侧了侧头，看见她后向保安示意："人来接我了，可以放我进去了没？"

保安点点头，给他打开那扇推拉式的铁门。

乔延曦在微信上已经和傅初晨简单说过节目的事了，见面又更详细地说明了一下具体情况。

耐心听完以后，傅初晨似笑非笑地总结："意思是找我救场？"

"算是。"

"对我有什么好处？"

好处……这个乔延曦还真想不到。

录制的片酬和赢到最后的奖金对一般人来说可能还会有诱惑力，但她面前这位可是名副其实的"富"家大少爷。

乔延曦瘫着脸问："能和我一起录节目，课外时间也能增进同桌感情，听上去有没有吸引到你？"

出乎意料的是，傅初晨竟然还真的点了点头："有一点吧。"

语气漫不经心，听不出来是认真还是在开玩笑。

于是，当乔延曦领着傅初晨出现在导演面前时——

导演："！！！"

所以说主动降低期待值真的能收获意想不到的惊喜。

看看这脸，这腿，站在乔延曦旁边，俊男美女的搭配简直不要太赏心悦目。

想到她之前的形容……

这叫"挺好"？大可不必这么谦虚。

回过神以后，导演快步上前，顶着一张乐呵呵的笑脸迎上去："乔乔的同学是吧？"

"导演好。"

导演激动道："好，好，好！"

傅初晨扭头看了乔延曦一眼，眼神仿佛在质疑"你们这个导演是不是有点不太靠谱"？

乔延曦也不知道该怎么解释，在看到他之前，导演还是很正常的。

这会儿已经收工，工作人员正在收拾道具，其他的选手也准备坐专车返回酒店，有人注意到他们这边，投来各种打量的目光。

"悦悦，你在看什么？"

"没什么。"洛子悦收回视线，浅淡地笑了一下，"我们走吧。"

简单地介绍过后，又了解了一些其他信息，导演把傅初晨带到了摄影棚里，给他看他们的真实录制环境。

那金字塔般的阶梯座位果然也引起了傅少爷的注意。

"我想我可能需要再确认一下，我们真的是正经的答题综艺吧？"少年语调慢悠悠的，明明内容很客气，听着却一股子嘲讽味道，相当气人。

导演噎了一下才回答："当然了。"

傅少爷继续气人："不需要选手登台卖艺什么的吧？"

导演几乎是咬牙切齿："不、需、要。"

"那就行。"

乔延曦还以为他会再考虑一段时间，没想到同意得这么快。

"我们先走了。"和导演打完招呼，乔延曦和傅初晨婉拒了节目组派车送他们的好意。

傅家的车就停在门口车位，一辆黑色的库里南，低调又不失奢华。

乔延曦和傅初晨一起坐在后排，她侧头望着窗外，看着夜幕一点一点降临。

傅初晨也歪着脑袋，却是在看她的侧脸。

察觉到他的视线，乔延曦转过脸，对上少年那双比夜色还要深浓的黑眸，心跳很奇怪，似乎漏了一拍。

以前从来不会这样。

好像是从那天晚上过后，他们之间，有什么东西开始在悄然变化。

每一次近距离对视的时候，她都会产生这种奇怪又陌生的感觉，仿佛身体里的某根弦被拨动，带起一阵说不清道不明的悸动。

这不对劲……

"你在发什么呆，"傅初晨见她一直盯着自己不说话，伸手在她眼前晃了晃，"傻了？"

视野内多出一只骨节分明的手，乔延曦回过神，毫不客气地把它拍开："干吗？"

"不干吗，就是想提醒你一下，"傅初晨收回手去推车门，"饭店到了。"

乔延曦这才注意到车不知什么时候已经靠边停止了行驶。

"你要是不想吃可以选择留在这儿看车。"

说是这么说，傅初晨倒也没走，就这么懒洋洋地倚着车门等她。

乔延曦跟在他后面进了饭店，古色古香的装修，看着很高级，而且开在这样繁华的地段，价格更不用说。

"为什么来这吃？"

"我妈选的。"傅初晨说。

乔延曦："……"

一句话让她成功踩空阶梯，身体不稳地向后倾倒。

傅初晨及时伸手托住她的后背。

第一反应是，太轻了。几乎没用什么劲，他就能接住她身体的大部分重量。

乔延曦借着他胳膊的力道重新站稳，抬眼看过去时，他却微微偏了偏头，错开了她的视线。

谜之沉默在空气里蔓延。

"怎么不小心一点儿。"

"你怎么不早说？"

两个人几乎是同时开口打破静谧。

"……我在车上讲过了。"傅初晨耸耸肩，"你要是不愿意就算了。"

乔延曦回忆了一下两人刚才在车上的对话，确实是没听见。可能那会儿她刚好在走神吧……

反正来都来了，乔延曦很快就调整好心态，她也不是第一次见傅夫人了，这又是位性格好相处的长辈，没什么可紧张的。

但是令她没想到的是，居然会在这里碰上蒋厉。

蒋厉旁边还有一位戴着墨镜的年轻女人，衣着华丽，大概率是他的姐姐蒋梨。

"姐，你说我该怎么办啊？"蒋厉还在想下午录制的事，他已经跟导演撂下狠话了，让他回头道歉绝无可能。

"你真是太冲动了，随随便便得罪导演可不是好习惯。"

"我这不是没办法嘛，姐，你让姐夫帮帮我。"蒋厉只有在蒋梨面前会这样示弱哀求。

包厢门没关，抬头时，正好看见乔延曦和傅初晨从一楼上来。

四目相对，冤家路窄。

蒋梨也注意到门口的人，却没理会，拿出手机翻开联系人列表："行了，我先帮你给导演打个电话问问。"

电话倒是很快就通了。

"我知道你找我是什么意思，"导演冷淡的声音从免提话筒传出，回荡在空旷的包间里，"蒋厉罢录、不配合的行为已经严重违反合同，你替他准备好违约金吧。"

"嘟嘟嘟……"

说完，导演就挂了电话，一点商量的余地也没有。

蒋厉不敢相信地瞪大了眼，别说他，连蒋梨的脸色也很难看。

傅夫人今天是约了几个姐妹在这边的美容院做 SPA，心情好，发了几张自拍到朋友圈，还带上了定位。

没过一会儿，她那个从来不舍得主动给人发消息的儿子破天荒地发来一句话：

【你在中古路？】

傅夫人看着自己新做的美甲，很高冷地回复一个字：【嗯】

对面的人又发：【我过来找你】

傅夫人一头问号。

傅夫人刚要回他"你过来干什么"，下一条消息又跳出来：【对了，乔延曦也在附近录综艺，我顺便去看看她】

傅夫人："！！！"

一时之间，傅夫人都不知道自己应该先震惊哪件事。

傅夫人推了跟姐妹们的饭局，命人订好包厢，早早就过来等候。

见到人后，她赶紧招手："乔乔，快过来坐。让我瞧瞧，怎么好像又变瘦了呢？是不是最近太累了没休息好？"

"谢谢阿姨关心，我没事。"

聊了没一会儿，穿着改良旗袍的服务员端着白瓷盘进来，一道一道为他们上菜，仔仔细细地介绍菜品名称和特色。

每介绍完一道菜，傅夫人都要往乔延曦碗里夹。看她哪道菜多吃了几口，真是恨不得再给她多加一盘。

傅少爷在一旁被冷落已久，手指捏着玻璃水杯，自顾自地喝饮料。

看乔延曦杯子空了，他伸手勾过来，抬着下颌问："喝什么？"

乔延曦想了想，刚要说话，傅夫人就开始喊服务员了："你好，麻烦店里所有的饮料都给我们来——"

"妈。"傅初晨打断道，"你知道你现在的样子放到古代叫什么吗？"

傅夫人一愣，下意识地问："什么？"

"昏君。"傅初晨平静地说。

这顿饭吃到很晚，中途不免聊到综艺的事。得知傅初晨也要参加节目，傅夫人终于舍得赏自家儿子一个眼神。

"不错，好好努力，不要给我和乔乔丢脸。"

傅初晨："……"就是搞不懂到底谁才是亲生的。

按照导演的意思，傅初晨直接从第二期开始录起，也就是说，明天，他要和乔延曦一起去到录制现场。

"你晚上回哪儿，学校吗？"傅初晨问。

乔延曦点头。

"回学校那多麻烦呀。这么晚了，乔乔你要不然到我们家住一晚吧，明天还能一起出发去录节目，多好。"

"我……"乔延曦想要说出拒绝的话，却架不住傅夫人的热情，她把求救的目光递向某人。

傅初晨懒懒散散地靠着椅背，像是没接收到她的信号，满脸无所谓："我都可以，随便她。"

"乔乔也好久没来看威廉了吧，正好今晚去看看。"

都把威廉搬出来了，乔延曦也只好硬着头皮答应。

不就是住一晚嘛。

抵达傅家公馆时已经夜深，前院的柱灯散发着柔和的光晕。

进了大门，乔延曦的心情还处在一种恍惚和麻木之中。

要说很不情愿，那倒也不是，她就是觉得别扭。

乔延曦以前从来没在别人家住过，这是第一次，而且还是男生家。

傅夫人给她准备的客卧在三楼，和傅初晨的房间是同一层，不过没有挨着，隔着好几堵墙，这点让乔延曦松了口气。

客卧也有独立的卫浴，不过在洗澡之前，乔延曦决定先去猫房看看"儿子"。

大概是投喂次数多了，威廉现在对乔延曦还算亲近，比起在安德烈那里刚见到她的时候要热情许多。

陪它玩了会儿，乔延曦带着一身猫毛出来，迎面碰上了傅初晨。

傅初晨已经洗过澡了，穿着深蓝色的睡衣。

领口微微敞开，露出胸膛小片冷白的皮肤……

"这么盯着不太好吧？"傅初晨抬起手，慢条斯理地扣上扣子。

乔延曦："……"这能怪她吗？

被他这个动作搞得，好像自己在占他便宜似的。

乔延曦抬睫："又没什么可看的，挡什么挡。"

大概没想到她会这么直接，傅初晨反倒停顿住了，拖长尾音"啊"了声。

"那可不行。"他悠悠地说，"只有我未来老婆能看，我得为她守身如玉。"

这个晚上，乔延曦睡得不怎么踏实，天快亮的时候，她做了一个梦。

梦里有神圣的教堂，洁白的婚纱，男人穿着新郎制服，挽着不知名的女人，一起接受神父的祝福……

她梦到的是傅初晨将来的结婚场景。

为什么会做这样的梦，大概是受了他那句"未来老婆"的影响。

梦醒以后，乔延曦静静地望着陌生的天花板，莫名有些怅然若失。

躺在床上缓了半天，乔延曦调整好心情，把那些乱七八糟的东西从脑袋里赶走，洗漱完下了楼。

傅夫人亲自准备了早餐，乔延曦吃到一半的时候，某位少爷才姗姗来迟。

大概是没睡饱，少年还在打呵欠，神情困倦，眼皮子都耷拉下来，也没能注意到乔延曦给他的提醒的眼神，张口就是一句："今天的吐司怎么烤焦了？"

傅夫人冷笑："那你别吃。"

傅初晨明白了，可惜为时已晚。

傅夫人直接把装有吐司的餐盘收走，留下一个冷酷无情的背影。剩下两人对视一眼，乔延曦摊了摊手，意思是不能怪她。

她桌上还有一个吃过几口的三明治，以及两块华夫饼，实在是吃不下了，也不知道傅夫人对她的饭量是不是有什么误解。

"你不吃了？"乔延曦才点完头，桌上的三明治就被傅初晨拿走。

她有些无语："……我咬过了。"

"哦。"

傅初晨换了另一边开始吃起，动作自然得要命，让乔延曦不禁怀疑他是不是压根没睡醒。

到了录制现场，大家也是没想到节目组这么雷厉风行，这么快就找到了替代蒋历的人，而且看这外形条件，甚至更加优越。

昨天只是远远一瞥，今天离近了看，视觉冲击简直太强大了。

傅初晨给人的感觉一向是冷淡又疏离的，有一种生人勿近的气场。

这一点和乔延曦很像。

所以当他们两人站在一起时，场面就格外和谐。

"节目组从哪儿找来的帅哥？"

"我昨天听到了一点，好像说是乔延曦的同学。"

八卦是人的天性，对学霸来说也不例外。

洛子悦听着他们的讨论，眸光轻轻越过人群，驻足在少年身上。她像是在看他，又像在走神。

乔延曦反而比傅初晨本人更先察觉到这道微妙的目光，侧头望过去，看到了意料之中的人。

原来……她昨天说的在南礼的朋友，就是傅初晨。

"有个女生在看你，"乔延曦轻声出言提醒，"你们是不是认识？"

傅初晨原本不以为然，直到顺着她示意的方向看过去。目光交汇的那一刻，他眼底的困意一瞬间消散。

"……嗯。"他低声应道，声音有些发哑。

看他反应这么大，乔延曦有些纳闷。

那边，洛子悦已经主动迈出脚步走过来。

傅初晨顿了下，等人走到面前时，才有些生疏地喊出了那个多年未曾喊过的称呼："好久不见……子悦姐。"

"确实很久了。"洛子悦也轻轻点头。

乔延曦有点怕自己在这儿会影响到他们叙旧，正犹豫着是不是要回避一下，洛子悦忽然点到她："你现在和乔乔是同学？"

"是同桌。"傅初晨说。

"那你们还真是……"洛子悦似乎想起什么，弯了弯唇，"命中注定的缘分。"

乔延曦："……"

就是当个同桌怎么就上升到命中注定的程度了？

傅初晨大概也对这种夸张的说法感到无语，偏头清了清嗓子，没接话。

"好了，我先进去了。外面冷，你们也早点进屋吧，别冻感冒了。"洛子悦朝他们微微一笑，在冬日的晨光照耀下，温柔得过分。

乔延曦对洛子悦印象不错，只是有些奇怪，她和傅初晨到底是什么关系？

傅初晨："你想问什么？"

乔延曦本身不是爱探究别人私事的性格，既然对方主动提了，她才试探性地开口："你们……"

"她是我以前一个朋友的姐姐。"

一句话虽然解释了他们的关系，但乔延曦还是很疑惑。

以前的朋友……

为什么只是以前？

乔延曦没有追问下去，她发现说完这句话，少年一向淡漠的双眸出现了强烈的波动，像是结了冰的湖被什么尖锐的东西击碎，冰面四分五裂。

而那些原本藏得很深的情绪，此刻全部暴露了出来。

乔延曦看着他，突然叹了口气。这人之前还说她有心事，明明自己也有。

听见这声很轻很轻的叹息，傅初晨蓦地回神，闭了闭眼，将自己从那段糟糕的回忆里抽离出来。

再睁开眼的时候，他已经恢复平常的冷静平淡。

录制现场人来人往，他们已经在这儿站了有一段时间了，有工作人员过来催促，说是拍摄即将开始，请他们快点准备好。

今天要拍的内容和昨天不同。因为傅初晨是顶替蒋厉的位置，第一期没有成绩，所以自然而然地落到了 D 班。

乔延曦坐在独属于她的 A 班宝座上，视线却一直落在最底层，盯着少年的后脑勺，直到主持人开口拉回她的注意力。

"同学们注意了，你们每个人的座位右侧都有一个圆形的按钮，这是抢答键。"

闻言，众人都好奇地伸手按了按。

这会儿可能是比赛还没开始，按下去并没有任何反应。

主持人继续说："当大屏幕跳出题目后，第一个按下按钮的人可获得回答权。答对积累 1 分，答错倒扣 1 分。"

如果说昨天考验的是大家的观察能力，那现在就是比拼速度与反应能力的时候了。

"三，二，一！请抢答！"

随着主持人倒计时结束，舞台正前方的大屏幕画面闪动，果然跳出了白底黑字的问题。

【1. 请问有"翡冷翠"之称的是欧洲哪座城市？】

是很简单的历史题，所有人都在第一时间按下按钮，却只有 B 班一个男生的座位亮起了红灯，意思是他抢到了回答权。

这个留着平头的男生站起来，自信地回答："佛罗伦萨。"

"恭喜答对！积 1 分。"

下一个问题很快也跳出来。

【2. 请问 6 的 6 次方是多少？】

猝不及防地来了一道数学计算题。

不难，但是需要考验大家的心算能力，全场静默，没有再像上一轮那样秒抢。

不出片刻，有两个人几乎同时按下抢答键。

"砰砰——"

最后是 D 班的区域亮起了红灯。

傅初晨缓缓起身，周围的摄像机对准了他。

乔延曦也垂眸注视着，听见熟悉的低淡嗓音顺着麦克风扩散，响在整个现场。

"答案是46656。"

"回答正确！积1分！"

另一个抢答的选手摇摇头，似乎在为自己和这1分失之交臂感到可惜。

接下来，傅初晨又成功抢到好几道题目的回答权。

【5. 请问俄罗斯最大的半岛是什么半岛？】

"堪察加半岛。"

……

【9. 请问NBA费城76人队队名是为了纪念哪一部文书的签订？】

"独立宣言。"

……

不出意外地全部答对。

这时候傅初晨的总分已经高达5分，和王昊轩暂时并列第一，而乔延曦依旧是零蛋。

可能是录制前傅初晨的样子让她有点不放心，乔延曦一直都在留意着他。

但整体看下来，少年似乎并未受到什么影响，反而是她自己，被他影响得甚至连一道题都没有抢到，这样下去可不行……

偏偏这个时候少年似乎若有所觉，转过头，微微抬起脖颈看向坐在最高处的她。

乔延曦不自在地动了动手指，想着干脆无视算了。

傅初晨却偏偏不肯把头转回去，就这么直勾勾地望着她，也不嫌脖子酸，眼神里透露出几分询问。

乔延曦只好对他做口型："干什么？"

少年嘴角挑起一点点细微弧度，薄唇轻轻动着："别给我丢脸啊，同、桌。"

乔延曦立刻别过头，耳尖隐隐有点儿烫。

【20. 请问我国国粹之一的京剧，最基本的唱腔分类有哪些？】

已经是最后一道题了。

问得稍微有些冷门，在场的选手对于京剧知识了解有限，要是让他们回答发源地还行，唱腔分类就有点为难人了。

但对于乔延曦来说，这却是一道送分题。

"砰——"

座位灯亮，乔延曦第一次起身，毫不犹豫："西皮和二黄。"

虽然最后只拿到了这 1 分，但好歹避免了零分的丢人。

由于题目有限，成绩为零的选手还不在少数。但是今天的环节可不止这一项，主持人宣读完成绩后，立马开始下一项比拼——

飞花令。

这次是分组 PK，节目组会用抽签来决定对手，二十人分为四组，每组五人。赢了小组赛后，将和其他小组的优胜者 PK，直到决出最后的第一名。

乔延曦从抽签箱里摸出一张纸，展开一看，上面写着"兀"。

这大概是他们这组飞花令的关键词。

在古诗词中"兀"这个字是比较少见的，一般飞花令多是以"风""花""雪""月"这种常见字来接。

看来她的运气不怎么样。

直到主持人开始公开所有人的抽签结果："李平、刘一帆、肖云、洛子悦、王瑶瑶为一组，飞花令关键词'天地'。"

两个字，难度显然更大。

乔延曦忽然觉得自己手气也不算太差。

"然后是乔延曦、王昊轩、萧晓、傅初晨、陈燕，你们五人的关键词是——"主持人故意停顿在这里。

大家已经看到了自己纸条上的字，也不在乎主持人卖这个关子。

乔延曦往傅初晨的方向看过去，没想到他们居然分到一个组了，这也意味着他们两人中只能活下来一个。

这个人必定是她！

"π！"主持人掷地有声地念出来。

怕大家没听明白，他还特别贴心地补充解释："就是圆周率的那个 π。"

所有人："？"

特别是抽到这组的五个人，人都傻了，敢情那个字不是"兀"，是"π"啊！

乔延曦的表情瞬间麻木，傅初晨也罕见地抽了抽嘴角，其他三人更不用说，完全一副被雷劈了的样子。

圆周率飞花令，将按照"3.1415926……"的顺序，每个数字对应一句诗。和其他小组固定的关键词不同，他们这个是随时变化的，难度显而易见。

"好，可以开始了。"

主持人话音刚落，大屏幕就跳出一个数字"3"。

还好不用他们自己背出圆周率。

前面几轮都没什么问题，越到后面，能说的诗词越少，已经淘汰了三位选手，只剩下乔延曦和傅初晨。

现在的轮次到了乔延曦，大屏幕的数字是"2"，也就是说她得回答出含有"二"或"两"的诗句。

"两情若是久长时，又岂在朝朝暮暮。"

这句诗是比较耳熟能详的，但或许是因为时间紧迫，很多简单的诗一时半会儿反而想不到，于是被乔延曦捡了个漏。

大屏幕变成"1"。

傅初晨挑了挑眉："一日不见兮，思之如狂。"

场上的两人隔着不远不近的距离面对面站着，自身散发的气场都很强大。

所以尽管两人的表情都很淡定，却给大家一种磁场碰撞的激烈感觉，火花噼里啪啦。

乔延曦："夜发清溪向三峡，思君不见下渝州。"

到了傅初晨，他歪着脑袋，黑眸里似乎闪过一丝笑意，缓声道："凤兮凤兮归故乡，遨游四海求其凰。"

乔延曦："……"你跟《凤求凰》没完了是吧。

轮到乔延曦答，她深吸一口气："十二楼中尽晓妆，望仙楼上望君王。"

"鸳鸯俱是白头时，江南渭北三千里。"

"相思一夜情多少，地角天涯未是长。"

……

到最后，傅初晨瞥了眼屏幕上再次跳出的"1"，顿了片刻。

"愿得一人心，白首不相离。"他说，语调带着点儿慵懒，又夹杂着几分认真。

主持人及时开口："很遗憾，该句诗之前已经有其他选手回答过了，所以本组的胜利者是乔延曦同学。"

傅初晨满不在乎地耸耸肩，似乎早知道自己会被淘汰。

一直到录制结束，乔延曦直接把人堵在角落，秀气的眉毛蹙起："你当时是故意输给我的？"

傅初晨靠着墙，垂眸看着面前明显有些不太爽的少女，叹了口气："你是这么认为的？"

乔延曦抿了抿唇："难道不是？"

傅初晨的面孔隐藏在昏暗的光线里，漆黑狭长的眸子眯了眯。

他的眼型生得很特别，双眼皮略窄，睫毛细密又长，哪怕不带任何情绪地看人，也会营造出一种深情的错觉。

"那你觉得，我为什么要让你？"

为什么？

因为她之前抢答环节得到的分数太少。

因为觉得她再输会给他丢脸。

因为……

想了好几个答案，乔延曦抬头撞入他幽深的眼底，却说不出话。

"所以你果然是让我的吧？"

"不是故意让你，我知道以你的实力不需要我让，"傅初晨垂了垂眼，声音淡淡，"我只是刚好想到那句诗而已。"

为期两天的录制结束，下一次录制将是半个月后。届时，《少年天才》第一期也会在绿江 TV 正式上线。

已经是十一月中下旬，气温越降越低，B 市初雪早就已经上过好几次热搜，S 市却连半点儿雪花的影子都没看见。

只有冷风夹雨，冻得人直打哆嗦。还好教室暖气充足，跟外面比简直一个天上一个地下，同学们都脱下了厚重的外套，依旧穿着那身秋装制服。

乔延曦低头理了理袖口，刚想从抽屉拿课本出来自习，前桌的宁萌就连人带椅转过来，往她桌面上一趴，动静还挺大。

隔壁的傅初晨抬眼瞥过来，视线轻飘飘的。

宁萌丝毫不受影响，胆子比起从前简直肥了十倍不止："班长你继续玩手机，我找乔乔聊会儿天，等等就把她还给你。"

"乔乔，你是什么星座的啊？"宁萌最近在研究星盘，觉得十分有意思，忍不住来问乔延曦的星座，想看看跟她的合不合。

乔延曦是不太懂星座相关的，摇了摇头。

宁萌又问："那你生日是几月几号，我帮你看看。"

"11 月 22 日。"

"我记得 11 月应该是天蝎座吧，等我再去查一下……没错，刚好赶上了天蝎座的尾巴，"宁萌说着说着，突然意识到了什么，"等一下，22日，那不就是明天吗？"

宁萌："完了啊，呜呜呜，我都没时间准备礼物。"

乔延曦："没事，我不要礼物。"

她安慰了半天宁萌才停止了哭号，重新说回了星座："那什么，星盘上说，天蝎座这周的运势不太稳定，可能会比较倒霉，尤其要小心狮子座……"

她特意强调了句："我是双鱼的。"

"你这什么垃圾星盘，居然说人家寿星会倒霉。"陈星宇吐槽完了，也不忘补充，"乔姐放心，我是白羊。"

陈星宇嘀咕："话说咱们班有谁是狮子来着？"

话音刚落，沉默许久的少年再次抬起头，放下手机，面无表情地看着他们，那眼神明明白白写着：我是，怎么了。

空气又寂静了，没人敢吱声。

说实话，天蝎和狮子都是比较强势的星座，和他俩的性格其实挺符合的。

真的很准啊！很准的！

但这时候宁萌可不敢说这种话，她清了清嗓子："星盘都是没有科学依据的，仅供娱乐，千万别当真哈。"

乔延曦扭头去看傅初晨。

傅初晨习惯性地侧身靠着墙壁，细碎黑发散落在额前，神情看上去没太大波澜，平平静静的："你不会真信了吧？"

"没有。"

"那你转过来看我做什么？"傅初晨扬眉。

乔延曦顿了下："看你一眼怎么了，要收费吗，还不能看了？"

傅初晨忽然笑了，身体往前倾了倾，椅子腿摩擦地面发出很轻的"刺啦"声，两张椅子的边儿碰到了一起。

乔延曦："你靠我这么近干吗？"

"离近点儿让你看，"他的声音偏低，语气漫不经心，"想怎么看怎么看，不收费。"

少年的五官放大，出现在眼前，瞳孔颜色很深，如同墨砚般。

睫毛又长又密，在眼线投落淡淡的阴翳，鼻梁高挺，薄唇形状完美，每一个细节似乎都是造物主精心雕琢打磨出来的。

大概是看多了，对这张脸免疫了，乔延曦懒得理他，搬着自己的椅子挪远了些，转过头，只给同桌留下一个冷漠的侧脸。

傅初晨确实不太明白这位大小姐在生哪门子气，舌尖抵了抵上颚，没说什么，也把座位挪了回去。

他的位置靠窗，能看见外面灰蒙蒙的天空，也不知道什么时候才会下雪。

早自习结束，傅初晨就从教室出去了。

乔延曦不知道他去干吗，就坐在座位上安安静静地看书，只是思绪有些飘散。

连乔延曦自己都觉得奇怪。

他们现在还是同桌，无论是早中晚，她只要转过头几乎都能看见他。

吃饭是一起吃的，作业是一起写的，就连去录个节目都是一起，不管校内校外，他总是在她旁边，形影不离。

她也渐渐地习惯了这样，不管做什么事都有人陪的生活。

可是之后呢？

之后在傅初晨身边的人又会是谁。

少女捏着课本的手指不自觉收紧了几分，骨节泛着白，纸张皱出好几道纹路，她回过神，迷茫地眨了一下眼。

理智告诉她现在不应该去想这些，除了学习之外的东西都是无关紧要的，实在是太矫情了。

可是，尽管乔延曦很不想承认，但她确实有一点点的……

舍不得他。

生日对于乔延曦来说一直是可有可无的，过不过都一样，晚上回到宿舍以后照旧开始写卷子刷题。

她今天困得有些早，大概十一点不到就睡了。

迷迷糊糊中，听到一些噪音，她皱了皱眉，没睁眼，只把脑袋蒙进了被子里。

感觉也没睡多久，天就已经亮了。微弱的光线顺着窗帘缝隙钻进屋内，形成一小道光束。

"啪嗒！"

什么声音？

乔延曦睁开眸子，顺着声音的来源看过去。

浅色的窗帘映出一小团黑影，越来越近，直到那东西砸在窗户玻璃上，发出一声轻响，而后碎裂开来。

乔延曦疑惑地走到窗边，想要拉开窗帘。

在此之前，她毫无心理准备。

伸手拉开帘子的那一瞬间，入眼的是过分刺目的雪白。

满地积雪，草坪树木都被染成白色，花坛，长椅，凉亭，都覆盖上一层厚厚的雪花。

而少年就站在雪地里，微微仰头，似笑非笑地望着她，手里还拿着一团雪球，一下下掂着，一副随时准备砸过来的架势。

好的，破案了。

乔延曦对眼前的场景一时有些接受无能，表情难得呆住。

她的宿舍就在二楼，离地面很近。

傅初晨喊了一声她的名字，手臂高高抬起，做出抛掷的动作，那颗雪球就这么飞了出去，在空中形成一道完美的抛物线。

"啪叽"一下，正好砸在了少女的脑袋上。

见此，傅初晨低低"啧"了一声，歪头表示不解："你怎么不躲？"

乔延曦终于反应过来，抬手拍了拍脑袋上的雪花，恶狠狠地丢给他一个眼神，意思是"你给我等着"。

"下来啊，大小姐。"傅初晨还在笑，"来打雪仗。"

五分钟后，乔延曦换好衣服下了楼。

直到脚踩在雪地上，陷进去，乔延曦依旧有种不真实感。

"昨晚下雪了？"

下楼前，乔延曦拿手机看过天气预报，虽然气温已经跌至零度，但并没有降雪通知。

除此之外她还看到了宁萌、陈星宇他们给她发的生日祝福，卡着零点整发过来的，也算是有心了。

傅初晨应了一声："嗯。"

乔延曦没多疑，反正天气预报不准是常有的事。

"你怎么又来了，今天醒这么早？"

才六点出头，距离早自习开始还早，要知道这位少爷平时可是一贯的踩点选手。

"睡不着，"傅初晨活动了一下胳膊，朝她微抬下颌，"来找你玩玩。"

乔延曦："……"

睡不着就拿雪球砸人家窗户，这种事你也真是干得出来？

"准备好了没？我开始了。"

乔延曦刚一点头，傅初晨就又是一团雪砸过来。

好在这次她有所防备，及时侧身避开，并不甘示弱地反击回去。

就这么玩了一会儿，两人身上都沾满了雪花，简直像是在雪地里滚了一圈。

傅初晨对她还算是放了水，否则她还要更狼狈些。

说来挺不可思议，乔延曦虽然生长在北方，但这还是第一次跟人打雪仗。小时候是因为秦之韵不让，长大之后，则是觉得幼稚。

忘了是哪年的生日，外面下了场鹅毛大雪，乔延曦很想出去，可是秦之韵不允许，她必须在家练会两首新学的曲子。

她就只有趴在窗边，眼巴巴地看着别人玩雪玩得不亦乐乎，然后一个人在偌大的房间里，吹灭蜡烛许愿。

这始终是她心中一个小小的执念。

之前傅初晨问她生日有什么愿望，她一时想不到别的，就说了这个。

没想到他会记到现在，并替她实现。

结束以后，他们看着彼此的模样，相视一笑。

少年甩了甩脑袋上的雪，往她这边走近。

乔延曦唇角还保持弯起的弧度，桃花眼里是从未有过的、生动明媚的笑意。

"乔延曦，以前有没有人和你说过，"他伸手，用微凉的指尖轻轻戳了戳她嘴角那个很浅的梨窝，"你笑起来很好看。"

"你平时应该多笑一笑的。"

由于时间不够，乔延曦最后只来得及再回宿舍换身干净衣服，头发上残留的雪花被教室内的暖气融化，有些湿。

"你要不要回去吹一下？"

"不用，一会儿就干了。"乔延曦不怎么在意，"马上要上课了。"

班里的同学都在讨论这场突如其来的雪。

和乔延曦这种外地转学来的不同，他们这些人多是本地的，知道S市很少下这么大的雪，尤其这还没到最冷的时候。

宁萌正在网上冲浪，按理说S市突降大雪，肯定会上个热搜什么的。

可是她刷了半天，一条相关消息也没看到。

"可能是太早了，你等中午再看看，没准儿就有了。"陈星宇告诉她。

这个上午过得很慢，乔延曦先是打了好几个喷嚏，后来又感觉脑袋昏昏沉沉的，整个人越来越难受，大概率是感冒了。

生日当天生病，看来星座运势诚不欺她。

傅初晨当然也注意到了同桌的状态不对劲，拿她杯子去外面接了杯热水回来。

乔延曦向他道谢，一开口才发现嗓子哑得不像话。

"行了，"傅初晨直接打断，把水杯往她面前推了推，"快喝吧。"

水有点儿烫，乔延曦小口小口地抿着。

傅初晨就沉默地看着她。少女的脸色要比平常白上许多，给人一种柔弱又易碎的感觉，这在平常的她身上几乎是见不到的。

他拧起眉毛，眼底有几分懊悔。

"早知道……算了，"他起身，"我送你去医务室。"

"不去。"

"那送你回宿舍。"

"不回。"

乔延曦双手交叠伏在课桌上，脑袋侧压着胳膊，脸对着他，表情淡淡的，大概是生着病的缘故，莫名显得有几分可怜。

傅初晨是真拿她没辙，有些无奈地靠坐回去。

乔延曦哑着嗓音，轻轻喊："傅初晨。"

傅初晨没应声，只撩起眼皮看向她，眉头皱得很深，看上去气场有点儿低。

"你会不会觉得我现在……太任性了？"

"这有什么？"傅初晨继续皱眉，"你想回去就回去，不想回去就不回去，这算什么任性？别胡思乱想了。"

乔延曦闭了闭眼。

她只是想到了秦之韵。不管是她的生日，或者她在生病，秦之韵从来不会惯着她。

乔延曦注视着傅初晨清俊的面庞，睫毛轻颤了两下："我不是不想回去，只是不想动，身体没有力气。"

傅初晨点点头："那我抱你走？"

"……不要。"

"那你在这儿趴着，我去给你拿药？"傅初晨给她提供第二个选择。

乔延曦"唔"了声，算是同意。

看着傅初晨的背影消失在教室后门，她把脸埋进臂弯，忍不住想，他是不是对她，好得有点儿过分了……

吃完感冒药，乔延曦趴在桌上眯了会儿，再一睁眼就是中午了。

她听见宁萌在小声嘟嘟囔囔："奇了怪了，不应该啊——"

"我们学校怎么又上热搜了？"

乔延曦动作缓慢地抬起头，用手撑着脸。宁萌注意到她的动静，转过头问："乔乔你醒啦，感觉好点没？"

"嗯。"乔延曦问，"你刚才说什么热搜？"

"这个。"宁萌把手机给她看。

#南礼中学童话世界#

上面放了几组学校的外景，像素不算太高，大概是路人拍的，但这样略带模糊的画面反而有一种朦胧的美。

南礼的学院建筑风格本来就偏英式，被这场雪一映衬，仿佛置身于童话里的冰雪王国。

不过重点不是这个。

他们学校之所以会上热搜，就是因为——全S市除了他们的学校区域外，其他地方都一切如常，并非银装素裹的模样。

评论区很热闹：

【好美啊，真的好像童话世界。】

【我真的[柠檬]了，手动@xx市第x中学，快看看别人家的学校，我们也不能输，装修赶紧给我卷起来！】

【这不是S市那个著名贵族学校吗……话说S市什么时候下的雪啊？】

【本S市人表示今年压根没下雪啊，照片是去年的吧？】

【不是，投稿人说就是今天早上拍的。】

【咋的，还是局部降雪？？？】

【这局部局得也太离谱了吧，专挑他们学校？】

【换个思路想想，这是所贵族学校，那么出钱人工造雪也不足为奇吧，可能是准备办什么冰雪艺术节？】

【楼上真是一语惊醒梦中人……】

乔延曦："我们学校要办艺术节？"

宁萌也很茫然："我不知道啊，没听过。"

上个月才办完的校庆和运动会，怎么可能这么快就要办艺术节？

别说网友疑惑了，南礼的学生比他们更疑惑。

乔延曦侧过头。傅初晨不知什么时候也睡着了，背微微弓着，一只手搭在后脑上，睡得很沉，昨晚也不知道几点才睡。

她的视线在他身上停留了很长一会儿，才继续上移，瞥向窗外。

满眼雪色，美不胜收。

这时候的乔延曦根本想不到，这场雪，是只为她一人而下的。

再没有比这更好的礼物了。

感冒不算严重，乔延曦吃过药又睡了一觉，感觉已经好多了，脑袋没有了上午那会儿晕晕沉沉的感觉，但还是不太舒服，浑身发软，一动也不想动。

午休时间，她让宁萌帮她去食堂带了一份素粥，就坐在教室里慢吞吞地吃。

宁萌也在教室陪着她，时不时说上几句好玩有趣的段子，想要逗她开心，话题到最后还是绕不开南礼这场奇怪的雪。

"我真想不明白，"宁萌双手托腮，摇头晃脑的，"我刚刚去买粥的时候碰到隔壁班的人，说是夜里确实听到了点儿动静。"

乔延曦只吃了几口粥，实在没有胃口，拿勺子一下下搅着透明的碗。

听到这里，她抬眸应了句："什么？"

"他说就是那种机器的声音吧，嗡嗡嗡的，但他也没出去看，毕竟天这么冷嘛，那时候都多晚了。"宁萌继续道，"好像这雪真是人造的，否则不能解释为什么整个S市就我们学校这块下了，这不科学啊。"

乔延曦搅粥的手顿了下，停下来，不知道第多少次看向窗外。

她醒来的时候雪已经停了，她没有看到下雪的过程，不知道雪是从什么时候开始落的，又是什么时候停止的。

或许真像猜测的这样，这并不是什么巧合，而是人为的。

如果真要举办什么冰雪艺术节，校方一定会提早通知大家做准备。

如果不是，那为什么要花重金将学校打造成冰雪世界……图什么呢？总不至于就是图个好看，有钱任性吧？

在她们讨论这个话题的时候，隔壁沉睡了一上午外加一中午的"睡美人"也苏醒了。

傅初晨侧趴的身子动了动，双臂展开伸个懒腰，就这么顺势倚着墙，朝她们看过来，嗓音低沉带着几分哑："放学了？"

"嗯。"乔延曦应了声。

傅初晨打着呵欠，似乎准备走。

乔延曦贴心告诉他："再过一会儿，下午的课也要开始了。"

傅初晨："……"

陆陆续续有同学结束了午休来到教室，陈星宇也捧着杯奶茶过来了，看到后排座位上的人，一副惊奇的表情。

"傅哥来这么早啊？"陈星宇吸了口奶茶，感叹道，"今天的稀奇事还真多。"

乔延曦轻咳了几声，宁萌也在课桌底下偷偷踩了陈星宇一脚。

被踩的小陈同学还挺蒙，委委屈屈地看向个儿同桌，正想说些什么，余光瞥见一道人影靠近，立刻不吭声了。

宁萌还在奇怪，一抬头看见来人，呼吸猛地一窒。

等谢洋的脚步停在乔延曦桌边时，宁萌还真就不出气了，努力降低自身的存在感。

谢洋的身高在 A 班男生中算是相当出挑的，额发略短，露出整张冷硬的脸，往那儿一站，压迫感十足。

全班也就只有傅初晨在他面前不显弱势，甚至还很淡定从容。前提是……谢洋手里没有拎着个和他酷哥气质严重不符的粉色礼物袋。并且，没有将这个袋子放在——

乔延曦的桌面上。

目睹完这一系列举动，陈星宇和宁萌都陷入了空间凝固的静止状态。

乔延曦本人也选择了沉默是金。

只有傅初晨，眸光缓缓从那个袋子上掠过，眯起眸，非常"心平气和"地开了口："这是……"他抬眼，"什么？"

语调也很轻，轻得人心口发颤。

那一瞬间，陈星宇感觉背后气温骤降，似有一阵冷风刮过，凉飕飕的，让他一度怀疑是不是窗户没关紧。

陈星宇下意识地扭头看了看，窗户是关着的没错，他们的班长大人倒是像被突然打开了什么危险开关。

少年嘴角勾出少许弧度，明明是在笑，眼底却有不加掩饰的……敌意？

不光是陈星宇感受到了，几个座位离得近的同学都感受到了。

谢洋平时有多凶狠大家都有目共睹，但傅初晨这么锋芒外露的样子是很少见的，而且这两人还是室友，关系一向不错。

他们不免产生疑惑，班长这是受什么刺激了？

诡异又微妙的敌对氛围持续了没几秒，谢洋有了动作。

完蛋，不会要打起来了吧？众人瑟瑟发抖的同时又带着几分想看热闹的期待。

然而谢洋只是侧了侧身，后退半步，目光淡淡地垂落在乔延曦身上。

"刺啦"一声，是椅子摩擦地面发出的刺耳声响，其他人齐齐把视线转移过去。

傅初晨扶着椅子，神情未变："不好意思，手滑了。"

谢洋没理会，用低冷的声音解释道："你妹妹送你的。"他顿了下，"不是我，别误会。"

后面那句与其说是解释给乔延曦，不如说是专门讲给某人听的。

哦，乔婳啊。

虽然乔延曦很好奇这姑娘是怎么知道的她的生日，但眼下她更好奇别的。

乔婳平时见到谢洋总是一副避瘟神的样子，能躲多远躲多远，绝对不会出现在有谢洋在的地方的百米之内。今天她居然会主动拜托他帮忙，还真是难得。

"她怎么不自己来？"

"社团有活动，走不开。"谢洋说，"然后手机也被没收了。"

乔延曦点点头，心想，你知道得还挺清楚。

"生日快乐。"谢洋又说。

"谢谢。"

谢洋朝座位里边儿瞥了一眼，冷冷淡淡地补充："我只是替她转达的。"

乔延曦："那麻烦也帮我给她转达一下，谢谢。"

谢洋低低"啧"了一声："你们姐妹俩是不是都有点儿毛病。"

傅初晨本来都已经敛去了眸中的锋芒和敌意，听到这话，又撩起眼皮，似笑非笑："你当我的面儿说我同桌的坏话？"

"实话。"谢洋语气冰冷，"姐姐还算好点。"

傅初晨挑眉。

乔延曦紧接着："所以你对我妹妹有什么意见？"

谢洋是真不想搭理这对同桌，完成任务后转身就走。

等他走了，宁萌总算能顺畅地呼吸："……乔乔，原来你还有个妹妹啊？"

乔延曦点点头："嗯。"

"也是我们学校的吗？她怎么会和谢洋认识啊？"宁萌一脸佩服，"而且还敢指使谢洋做事，你妹妹也是个牛人。"

乔延曦欲言又止，默默看了眼桌上的粉色袋子。

拿人手短。算了，就当给乔姵一个面子吧。

打开袋子，里面又是一个小盒子，包装得精美又严实，乔延曦拆了半天才拿到礼物。

是一条定制款手链。细腻的白金链条，静静地躺在酒红的绒布上。

宁萌："哇，很漂亮欸，乔乔你要戴吗？"

乔延曦其实对这些首饰之类的不感兴趣，不过总归是乔姵的心意，想了想还是点头。

手链倏地被人勾走，傅初晨拎在手里晃了晃，对她说："伸手。"

乔延曦动作一顿："你要干吗？"

"你不是要戴吗，不伸手怎么戴，"傅初晨抬了抬下巴，催促道，"快点。"

临近上课，教室坐满了人。

鬼使神差地，乔延曦胳膊动了动，在一片喧嚣声中把右手递向他。

傅初晨垂眸给她戴上，动作仔细，指尖无法避免地触碰到她手腕位置，有一种奇异的感觉沿着那处皮肤蔓延至全身。

乔延曦身体僵硬，保持着低头的姿势。

整个过程也不过十几秒钟，乔延曦却有种过了半个世纪般的漫长感。

"好了。"傅初晨收回手。

乔延曦也把手抽回来，盯着手腕上多出的那条细链，总觉得不太自在。

这场雪最后成了南礼的未解之谜。

趁着满地积雪还未融化，有不少同学都跑到外面去玩雪，宁萌和陈星宇也是一到课间就往楼下跑。

直到放学，乔延曦被宁萌挽着胳膊出了教学楼，映入眼帘的是一个约半米高的雪人。

圆滚滚的雪白身体，做得有鼻子有眼的，虽然有些歪歪扭扭的，但还挺可爱，像个吉祥物。

然后她就听见宁萌说："乔乔你看，这是你！"

乔延曦："……"是谁？

"我们一时半会儿也不知道送你什么，就偷偷给你堆了个雪人，"宁萌挠挠脸颊，嘿嘿笑着，"生日快乐，乔乔！"

陈星宇也跟着说："祝乔姐生日快乐，感冒早点好。"

后来乔延曦再想起高中生活，永远忘不了的就是这一天。

冬日的傍晚光线昏暗，而少年人的真挚热烈却能给这些灰白的场景染上浓厚色彩。

乔延曦觉得这大概是她十七年来，过得最开心的一个生日。

哪怕还生着病，哪怕秦之韵依然不在。

她终于不再是孤单一人。

校内的路灯亮起，映着雪光，乔延曦看见傅初晨懒洋洋的表情，双手抄在兜里，察觉到她的目光后回望过来。

那一刻，乔延曦想到了他前不久对自己说过的话。

S市的冬天确实不一样。

她很喜欢这里。

第八章

∖过去

半个月后，《少年天才》的第一期节目准时播出。

这个综艺节目开播前并未掀起太大的水花，毕竟嘉宾是以普通学生为主，全场只有乔延曦和蒋厉拥有粉丝基础。

尤其是蒋厉。他十岁出道至今，参加了不少影视综艺节目，一直活跃在大众面前。节目组早就官宣了常驻嘉宾有哪些，甚至都有站姐放出了路透照片。

播出当天，蒋厉的粉丝满怀期待。直到所有选手都自我介绍完毕，依然没有蒋厉的身影。看着看着，有粉丝发现了不对劲。

在一晃而过的集体镜头里，有个人被打上了马赛克，通过身形能辨认出是个男生，而那身衣服……正好能和站姐拍的路透照片对上。

那么问题来了，为什么蒋厉要被打上马赛克？

在蒋厉粉丝的一片质问声中，有小道消息传出来，说是蒋厉耍大牌得罪了节目组，所以才会这样。

粉丝们当然不信。尤其看到下期预告还会来一个神秘新人，那些粉丝更是当场就气炸了。

【就是这个空降抢了我们小蒋的位置吧。[呕吐]】

【一堆普通人有什么好看的？没我们小蒋哪来的流量，这节目就等着糊吧。】

【我看未必，不是还有那个乔乔嘛？】

【小蒋是圈内公认的学霸还有人不知道吗，乔延曦她算哪根葱啊！】

【拉踩什么啊，没听人说是你们哥哥耍大牌才这样吗？】

【笑死，这种下水道消息你也信？】

最后蒋厉粉丝撂下狠话——【我们小蒋要颜值有颜值，要实力有实力，新来的凭什么替代他？】

网络上吵得热热闹闹，其他选手却毫不知情，因为他们正忙着录制第三期。

这一次节目组相当大手笔，直接给他们建了个实景迷宫。

二十位选手被蒙着眼，分别带到了不同的入口。等到广播说能摘下眼罩时，众人抬头一看，脸上的表情都很精彩。

外层的迷宫是用白色木板建的，封住了顶部，放眼望去，场景看不到头，占地面积很大，难度也是显而易见的。

除此之外，里面的迷宫类型也相当丰富。

具体有什么，节目组卖了个关子，说是要等他们自行探索。

乔延曦不太擅长走迷宫，只能按照常规思路来解，没有什么特殊技巧。

十分钟后。

当她再一次返回到原先的岔口，看着墙上自己留下的记号，陷入了沉思。

左转不对，右转也不对，难道还得再退回去？

乔延曦单手抱臂，垂着眸，脚尖轻点着地面。

突然间，她停下动作，转身盯住墙面。

如果说……这墙是可移动、可翻转的呢？

既然是二十位选手同时进迷宫，那自然免不了相互碰上。

傅初晨是在走完镜面迷宫的时候遇上的王昊轩，这是个来自北方城市的男生，性格豪爽热情，还有点儿自来熟。

就录制这几天时间，他已经和几个男生处成了哥们儿。

上次飞花令他也和傅初晨分到了一组，虽然一开始他对这个"空降兵"不是很满意，还以为又来一个像蒋厉那样华而不实的草包，没想到对方的实力让他刮目相看。

王昊轩："兄弟，你刚从哪条路过来的？"

傅初晨挑了下眉，还是侧身给他指了路："那边。"

"我是从这边。"王昊轩也示意了某个方向。

傅初晨淡淡"嗯"了一声，掌心贴着墙面，试着按了按，木板开始松动，他加重手上的力气，木板果然发生了翻转。

傅初晨："走吗？不走我转回去了。"

王昊轩愣了两秒，赶紧跟上来，笑说："你还真不跟我客气啊。"

既然都已经走到这儿了，王昊轩当然也发现了迷宫墙壁的细节，对此没露出意外的神色，跟着傅初晨一起把木板复原。

"我刚才遇到了一帆，"王昊轩边推边说，"他说他已经知道终点在哪儿了。"

傅初晨："哦，那你怎么不跟着他？"

"那多不好意思，我可不想抱大腿，还是各凭本事为好。而且他说的也不一定是真的，没准儿是在诓我呢。"

等木板完全合上，傅少爷拍拍手，转身："其实我也知道终点在哪儿。"

王昊轩麻木了几秒，满脸被全世界抛弃的幽怨："我走，我走行了吧！"

王昊轩是个言出必行的人，说着还真转身，打算跟他分道扬镳。没想到傅初晨会喊住他——

"等一下。"

王昊轩回头，还以为对方是舍不得自己，唇角微翘，正准备扬起一个灿烂的笑脸，结果就听见傅初晨问："你刚才只碰到了刘一帆吗？"

"嗯。"王昊轩干巴巴地应道。

"没有遇上其他人？"

"其他人……"王昊轩反应过来，"哦，你是想问乔延曦吧？"

他一副自己什么都懂的表情："见是没见到，不过由此也可以推测她应该不在我先前走的那块区域，你要想找她，可以去没走过的路找。"

傅初晨微微偏过头，薄唇抿了抿，强装淡定："我可没说要找她。"

然后王昊轩眼睁睁看着嘴上说"不去找她"的少年，抬脚就朝着另一个方向走，头也不回地消失在拐角。

王昊轩："……"你看我信你的鬼话吗？

迷宫很大，要想在里面找人比找出口还难。

傅初晨后来又碰到了几个选手，看他走的方向，有人暗暗偷笑，也有人好心提醒："那边是错的，出口不在那儿。"

傅初晨礼貌道了谢，脚下方向却不变。

直到他面前出现一扇黑色铁门，在一众白墙里格格不入。

那就像一个光明正大的陷阱，明明知道里面不对劲，但被勾起了好奇心，还是会让人想进去看一看。

也许藏着什么提示呢。

推门而入之后，能明显感觉到环境变得昏暗了许多。

傅初晨眯了眯眼，没急着继续往前，而是靠近墙壁细细打量，终于在角落发现了一个不起眼的"x"。

走迷宫做记号是常识，每个人留下的记号都不一样。

但他认得乔延曦的字迹。

越往前光线越暗，连路都快看不清了，更别说墙上的东西。

等他再一次贴近墙壁，试图从上面寻找出什么蛛丝马迹，却听见墙壁后面传来很轻的脚步。

他屈指敲了敲，低声喊："乔延曦。"

脚步停下了。

傅初晨确认了是她，继续低声问："你那边情况怎么样？"

"……还行。"

少女轻飘飘的嗓音响起，有些含糊，声音带着一丝不易察觉的轻颤。

"是不是很黑？"傅初晨额头抵着墙壁，单手撑墙，言语间带着急切的关心，"在那儿等着，我马上就过来。"

仅仅是一墙之隔，明明离得那么近，可是要想过来却没那么容易。

等傅初晨找到通道，已经是五分钟后。

乔延曦靠着墙，单手抱臂，看着傅初晨由远及近向自己跑来，心底那股从踏进这个黑暗迷宫起就弥漫的不安，忽然就消散了。

傅初晨停在她面前，声音还带着喘："没事吧？"

她摇摇头，说："没事。"

见乔延曦的情绪还算稳定，傅初晨还是不太放心，张了张嘴想追问些什么。

"我没你想的那么脆弱。"乔延曦轻声打断，微微仰起脸看向他，浅色的桃花眼在黑暗的环境里也变得深了几分。

"你不来找我也没关系的，我自己也可以走出去。"

她害怕的是那种全封闭的黑暗环境，如果只是这种程度，还不至于让她失去理智和行动能力。

"我知道。"

傅初晨呼吸逐渐恢复平稳，也看着她，黑眸纯粹，不掺一丝杂质。

"你一向都很坚强，我也一直很欣赏你这点。"

乔延曦轻轻眨了眨眼。

"但我不喜欢你这样，或者说不希望，"傅初晨顿了下，继续说，"你可以不用这样的，至少，在我这里不用。"

脆弱也好，任性也罢，全都没关系。

最开始认识她，八年前的那个寒假，他就清楚地知道她的性格。

乔延曦从来都不是什么温室里娇生惯养的花朵，她是盛开在大雪中的白蔷薇，清冷，坚韧，拥有一身傲骨。

就是这样的她，打从初次见面就吸引了他的目光。

于是就记到现在。

她忘了也没关系，他可以像当年那样，再一次地主动靠近她。

相处越久，了解越深，吸引他的反而不再是那些优点，而是她的小脾气，她的不完美。

乔延曦听出了他话里的意思，又有些不太确定。

"为什么？"

傅初晨看她一眼，忽然低了低头："你确定要我现在说吗？"

视角顺着他的动作往下，乔延曦立刻反应过来。

少年穿着节目组统一发的制服，衬衫领口夹着用来收音的麦。

同样的麦也夹在她自己的衣领上，也就是说他们刚刚说的那些话，一字不落地全都被录了进去。

后台的节目组："……"

咱就是说，你们现在才意识到这个问题是不是稍微有点儿晚？

"我会告诉你答案的，但不是现在。"傅初晨扯了扯这个碍事的麦克风，眼睛在黑暗中轻轻眯起，"我们走吧。"

"……噢。"

他们是一起从迷宫里出来的，终点已经有十来位选手在那儿等着。

等人全部到齐后，主持人宣布了大家的总分成绩，加上前两期的表现，垫底的两位选手将要被淘汰。

乔延曦这次只拿到了 D，傅初晨也是，好在他们之前表现不错，总体成绩排在中游。

淘汰的那两位选手也很可惜，乔延曦看过资料，他们在校的成绩出类拔萃，只是综艺毕竟是综艺，并非纯脑力比拼，他们终究没来得及发挥出自己的长处。

这一次录制结束得很晚，冬夜萧瑟，天边只零碎亮着几颗星。

坐在傅家的车上，乔延曦手支着车窗框，低头在看手机。

乔延曦不常看微博，平时多是从宁萌口中了解到那些八卦新闻。

她的微博账号是新注册的，节目组帮她认证了一下，现在登上来也是为了完成导演交代的任务。

看着这个 0 关注 0 粉丝比低仿还像低仿的账号，乔延曦默默无语了一阵，然后才去搜索《少年天才》的官博。

【@少年天才官方微博：嘟嘟嘟，大家期待已久的学霸对决终于要来啦，每周六中午十二点，绿江 TV 准时收看噢。哪位选手是你的选择，快来为他/她点赞吧！】

节目播出，作为嘉宾肯定是有义务要配合宣传一下的。

乔延曦点了左下角的图标，没有输入任何文字，就这么直接发送出去，像个没有感情的转发机器。

旁边的傅初晨看完她这一系列操作，扬了扬眉："你不说点儿什么？"

"反正导演只说转发了就行了。"乔延曦已经准备退出微博。

"行吧。"傅少爷却是掏出了自己的手机，手指在屏幕上按了几下。

乔延曦听见"叮"的一声，微博消息亮起一个红点，退出的动作顿了下，改为点进去查看。

——她多了一个新粉丝。

乔延曦指尖悬空，只犹豫了片刻，还是落在了回关的位置上。

从此之后。

他是她的第一粉丝。

她是他的唯一关注。

节目播出到现在也有一段时间了，因为创新的玩法，加上买来的水军引流，确实也吸引了一部分新的观众。

整期节目看下来，大家讨论的重点几乎都集中在乔延曦身上。

【啊，这是《琉璃传》那个乔乔吗？都长这么大了，本老阿姨留下了

时代的眼泪。】

【没长残的童星属实难得。】

【别说长残了，这根本就是越长大越惊艳啊！】

【这个综艺不会是专门来捧乔延曦的吧，镜头这么多，其他学生都是陪衬吧？】

【别的不说，赛制笑死我了，真的不是在搞选秀吗？我要选择乔女神，颜值真的惊艳到我了。】

也有一些质疑的。

【感觉她这个 A 拿的也太容易了……我上我也行。】

【楼上醒醒吧，你连被邀请参加节目的资格都没有。】

【上帝视角看当然觉得容易，而且不是说了，第一期只是摸底考试，看预告下一期才是神仙打架。】

【看完了第一期，也就一般般吧，期待后面会更精彩。】

蒋厉的粉丝看到这些评论内容，轻蔑一笑——节目组真是活该。如果不是把小蒋的戏份全删了，肯定能收获更多的好评。

甚至还有粉丝冲到官博底下，要求节目组把第一期未删减版本放出来，因为没有其他家粉丝控评，这条留言很快被送上了热评第一。

然而这些粉丝不知道，屏幕后面的蒋厉看到这些评论头都大了。

他在心底祈祷千万不要。这要是放出来了，他以后还怎么在圈里混。

一直到下周，《少年天才》播出第二期，网络上的风向完全就变了。

乔延曦去参加综艺，班里的同学基本都知道，但傅初晨也跟着去了，这是所有人都没想到的。

视频里，那位"神秘新人"气定神闲地出场，神情漠然，化了很淡的妆，让那张本就属于浓颜系的面庞更具杀伤力。

他身形清瘦高挑，比例完美得无可挑剔。

再搭配上舞台上那一排排印着字母的阶梯座位，不知道的人看了，恐怕还真以为他是来参加选秀的。

这张脸本来就很惹人注目了。

最要命的是，他在自我介绍时，说自己来自南礼中学。

南礼！

那不是和乔延曦同校吗！

《少年天才》这个节目一连上了好几个热搜，每一条评论都是那么有真情实感，没有掺杂半点儿水分。

夸颜值的，讨论题目难度的……

总之再没有人提蒋厉这个名字，毕竟大家眼睛又不瞎，新人的条件完全是各方面碾压的程度，没必要自取其辱。

教室里，乔延曦的座位被围了个水泄不通。

他们的位置本来就在角落，被这么一群人挤着，几乎动都动不了。

"傅哥！"陈星宇率先发出不满的控诉，"你跟乔姐去录节目竟然瞒着我们，还是不是我们大家的好班长了？"

傅初晨靠着墙，没什么所谓地掀了掀眼皮："本来就不是。"

陈星宇一噎。

确实，他们私底下都不承认。

"下一期录的什么内容啊，我看预告是迷宫？"

"拜托，拜托，能不能给咱们剧透一下，我真的快好奇死了，呜呜呜。"

还有人在追问。

想起录制时发生的事，乔延曦笔尖一顿，写字的手停下来，看着卷子上被划出的黑线，陷入了诡异的沉默。

傅初晨垂了垂眼，察觉到她的异样。

半晌，他伸手叩了叩桌面，发出很清脆的声响。

动静不大，但还是让众人齐齐闭了嘴。他们知道这位少爷有点儿不耐烦了，瞬间作鸟兽散，周围静下来。

乔延曦没转头，只握着笔在指间转着。

练习了这么久，她的转笔技术相比刚开始进步了不少，至少不会随随便便就掉落。

嗯……如果边上没有一道目光直勾勾盯着她就更好了。

乔延曦终于受不了了，转过脸，拿笔帽轻轻戳了戳傅初晨的胳膊："说吧。"

傅初晨挑眉："说什么？"

乔延曦面无表情："你盯着我看了半天，没话想说吗？"

傅初晨"唔"了一声，也不知道是否认还是承认。

他拉着椅子靠过来，乔延曦已经习惯了他的突然靠近，维持原来的坐姿没动，任由他把手伸向自己——的脸。

乔延曦："？"

"有东西沾着，"傅初晨解释着，为了确保可信度，他还摊开了手，"帮你弄掉了。"

乔延曦垂眸看着。傅初晨的手很白，掌纹清晰，细看还能看见指腹薄薄的茧。

……确实是没看见什么多余的东西。

偏偏傅初晨还像模像样地把手放到嘴边吹了一下，看得乔延曦简直怀疑自己的视力是不是出现了问题，要不然就是这人太能演。

算了，姑且当作真的有东西吧。

乔延曦没跟他计较，"哦"了声："知道了。"

傅初晨观察着少女的反应。如果是以前，这么拙劣的谎言她肯定会当场拆穿，并冷冷嘲讽几句。

但是眼下，她明明发现了，却什么也不说，反而配合着他。

就好像是默认了这种行为是允许的，这让他心情十分愉悦，微微勾起嘴角。

步入十二月后，S市迎来了一场真正的初雪。

临近期末，同学们都在抓紧最后的时间复习冲刺，分不出更多心思用来八卦娱乐，所以这段时间乔延曦的日子过得还算风平浪静。

到了月底，《少年天才》也迎来了收官。

录到最后一期，二十位选手已经淘汰得只剩下六位，乔延曦和傅初晨自然是留在其中，除了他们，王昊轩也在，还有洛子悦，以及另外两位选手。

说到洛子悦……

乔延曦忍不住看了眼旁边的傅初晨。

休息室还是原来那个休息室，只是少了一半多人，整个空间一下子就显得空旷起来，气氛也更加沉默。

余下的几人都不是话多的性子，只有王昊轩，他的好兄弟刘一帆已经在上一期淘汰了，没人和他聊天，这会儿简直憋得半死。

乔延曦张了张嘴，还是什么也没问。

按傅初晨的说法，洛子悦是他以前一个朋友的姐姐，他们曾经关系应该挺不错的才对。

这么久没见，没有好好叙旧就算了，甚至连交流也不多。

乔延曦跟洛子悦交谈的次数都比他们多。

收官之战的难度比往期都大，中场休息时间，乔延曦跟工作人员一起吃盒饭，偶尔还会和导演讨论几句关于节目的事。

再返回休息室的时候，里面只有三个人。

傅初晨和洛子悦都不在。

乔延曦呼吸一轻，忽然间就变得紧张起来，她也不知道是在担心什么，把目光放到跟自己还算比较熟的王昊轩身上。

不用她开口，王昊轩就很主动地说："刚才洛子悦的家里人好像来片场找她了，她出去没一会儿，你同桌也出去了，不知道去哪儿了。"

乔延曦走出摄影棚，今天雾气重，放眼望去都是白茫茫的，扫视一圈，只在入口位置发现两道模糊的人影。

她先是认出了属于傅初晨的那道，至于另一个……好像也不是洛子悦，甚至不属于女生。

乔延曦往前迈出了两步，又停下，有些迟疑该不该过去。

会不会不方便？会不会不合适？

当她看见另一道人影抬起手，巴掌即将落下的瞬间，她大脑一片空白，也顾不上去思考那些，下意识地就冲了过去，条件反射地想挡在少年前面。

可还是晚了。

"啪！"一个清脆的巴掌声，哪怕乔延曦隔着数米的距离都能听见。

那一下用上了十成的力气，少年顺势偏了偏头，额前碎发扫下来，挡住了眉眼。

乔延曦终于看清了对方是谁，一个约莫四十出头的中年男人，衣着服饰看起来很名贵。

乔延曦的突然出现让男人放下了再次扬起的手，冷着脸说："小丫头别多管闲事，一边儿去。"

乔延曦没理会，背对着男人，伸出胳膊拦在少年身前，顺带把少年往自己这边拉了拉，清冷的面孔难得浮现出着急的神色。

"傅初晨，这是怎么回事？"

"你怎么过来了……"傅初晨闭了闭眼，声音又低又哑，带着几分无奈，"你先走，我迟点再和你说。"

乔延曦才注意到他嘴角破了皮，渗出血丝。

她的心都揪成了一团，想问他刚才为什么不躲，他明明有机会可以躲，可以反抗的……

是他不愿意。

她知道傅初晨面对长辈一直都是态度温和、彬彬有礼的，可从来没哪一次是像现在这样，任打任骂，仿佛木头一般，好似没了灵魂。

男人似乎没有了耐心，骂骂咧咧地上前，还想要动手。

乔延曦都来不及反应就被傅初晨拽到了身后，男人的拳头也在这时落了下来。

她听见少年闷哼一声，忍着痛。

乔延曦内心焦急慌乱，却还是努力让自己冷静下来思考对策。

既然他不愿意还手，她也没办法帮他打回去，更不可能眼睁睁看着他挨打，那就只能去搬救兵。

保安亭就在附近，她小跑过去，三言两语也解释不清，直接把人带了过来。

男人也就是仗着傅初晨不还手才敢这么嚣张，看乔延曦旁边跟了个年轻力壮的保安，也有点儿怵，最后扔下一句话。

"你记住，我们全家永远都不会原谅你，"男人声音夹杂着恨意，"你就是灾星，是个祸害。"

男人走到一半又回头，看向乔延曦。

"哦，对了，还有这个小姑娘。"他说着笑了一下，比冰碴子还要刺人，"你离他这么近，不怕有一天也被他害死吗？"

男人的背影渐渐消失在街道，淹没在人群里，保安本来还想去追，毕竟是在他的管辖区域闹事，他总得负责。

不过被傅初晨拦了一下，便作罢。

乔延曦扭头看傅初晨，他一动不动地站在原地，低着头，长而密的睫毛低覆下来，看不清眼中的情绪。

乔延曦动了动，主动靠近他："傅初晨……"

事情到这里已经很明显了，那些困惑她已久的问题的答案就在眼前，但乔延曦却不关心了。

别的怎样都无所谓，她现在脑子里想的只有一件事。

"我不怕，我相信你。"乔延曦认真地告诉他，然后像他之前做过的那样，在最需要的时刻，给了他一个拥抱。

傅初晨低垂着眼睫："为什么不怕？你都不知道发生了什么就说相信

我，你或许会后悔的。"

"他说的我不信，你说的我才信。"乔延曦看着他，"我不想通过其他人来了解你的过去，这对你不公平。"

傅初晨认识洛家姐弟是在小学，他和洛子阳是同班同学，洛子悦高他们一届。

男孩子之间的友谊建立得总是迅速又莫名其妙，起因是老师说他们两个长得像，而刚好他们兴趣爱好也相似。

再具体一点儿的细节已经回想不起来了。

他只记得，洛子阳会经常来自己家玩，有时候是一个人，有时候会带上姐姐。

他们会一起在客厅打电动，各种新出的游戏碟片傅家全都有，洛子阳最喜欢联机和他玩双人对战，输输赢赢都有。

偶尔他们也会一起写作业，不过洛子阳不爱学习，成绩属于中下游，说是一起写作业，其实就是为了抄他的。

后来被洛子悦逮到过一次，挨了姐姐一顿训，洛子阳便再也不敢了。

傅初晨对洛子阳印象最深的就是，这家伙总把"长大以后要当个魔术师"挂在嘴边。

洛子阳确实有这方面的天赋，明明才上小学，就能变一些基础的魔术，时不时变个玫瑰变个纸鹤出来，经常把班里的女生逗得面红耳赤。

傅初晨受了他影响，也对魔术产生了兴趣。

但傅小少爷平日里要学习的东西太多了，要练琴，要射箭，要学马术，实在抽不出更多的空来学这个。

于是最后不了了之。

他们在家玩的时候，洛子悦就安静地坐在一旁。

傅夫人不想让他们沉迷电动游戏，所以下了一个禁令，每天只能玩一个小时。

但这个年纪的男生哪能那么乖乖听话？于是每次趁傅夫人出去，他们就会偷偷地玩，而洛子悦则负责给他们放哨。

洛子悦其实不太想跟他们同流合污，但架不住两个弟弟的央求，嘴上说着"仅此一次"……

然后就是数不清的一次又一次。

这点小伎俩当然瞒不过傅夫人，她似笑非笑地扫过假装乖巧的两人，到底没说什么，捡起遥控器，开始播自己喜欢的电视剧。

屏幕里出现熟悉的面容。

"啊，又是那个乔乔。"洛子阳也认了出来。

洛子悦点点头。

他们来傅家次数多了，在电视屏幕里看到最多的脸，就是这个名叫乔乔的女孩。

傅夫人喜欢她，他们也很喜欢。

就只有傅初晨看上去对她不感兴趣，每次电视里出现这张脸，他总会停顿片刻，而后默默移开视线，盯着某处放空。

他只是不喜欢这种隔着屏幕的感觉，不管说什么做什么，屏幕里面的人永远都不会知道。

洛家姐弟不知道，傅初晨其实早就见过她。

她不叫乔乔，她的全名是乔延曦，曦是晨曦的曦。

这个名字只有他知道，简简单单的三个字在舌尖滚过一遍又一遍，始终放在心底，没跟任何人说起。

洛子阳一直没发现什么端倪。

倒是洛子悦，或许是女孩子的心思总是比较敏感细腻，她敏锐地察觉到什么。

"你很在意乔乔？"洛子悦像个知心大姐姐一样问道。

傅初晨嘴硬："我没有。"

洛子悦笑了笑，也不拆穿。

傅初晨原以为生活会一直这样过去，直到初一的那个暑假，他的生日。

生日宴会上，傅涯收到了一通电话。

说是他的儿子被绑架了，必须在一天之内将钱打到这个账户上，否则他们就要撕票。

傅涯看着客厅里活蹦乱跳的儿子，根本没在意这个诈骗电话，直接拉黑挂断。

傅家家大业大，会被那些绑匪惦记上也正常。但他们一向对傅初晨保护得很好，基本上杜绝了这种可能性的发生。

可是他们忽略了一件事，绑匪也会有绑错人的时候。

尤其傅初晨和洛子阳的外形那么相似，有时候他们一起趴在书桌上写作业，光看背影，连傅夫人都会认错。

生日宴上，洛子阳迟迟未能出席，傅初晨只好联系了还在上补习班的洛子悦。

"子阳他早就走了啊，还没到吗？"

"……没有。"

傅初晨站在人声鼎沸的宴会厅，只觉得浑身发冷，如坠冰窖，有一种非常不祥的预感。

他去找父母说了这事，傅涯这才想起那个被他当诈骗电话拉黑的号码，回拨过去，只剩下"嘟嘟嘟"的忙音。

最后报了警，警方查到这个号码的最后定位，是在城郊的一间废弃仓库里。

等他们赶到时，犯人早就不见踪影，只有地上流淌着大量的鲜血。

洛家人接到消息赶来，通过警方了解了前因后果后，洛母直接哭成了泪人，洛父暴怒地冲过来，想要揍傅初晨一顿泄恨，但是被人拦住了。

傅初晨站在人群后面，指尖颤抖，脸色惨白，一句话也说不出来。

当然是愧疚也悔恨的，他甚至责怪自己为什么要过生日。

他害死了自己最好的朋友。

傅初晨没有说得太详细，但乔延曦大致上听明白了。

在男人说出那样的话后，乔延曦其实产生过类似的猜测，可听完傅初晨原原本本的故事，她又觉得男人说的话未免太过分。

算了，毕竟出事的是人家儿子，为人父母，心怀怨怼也是可以理解的。

乔延曦抬头看着少年嘴角的伤口，又感到难以抑制的难受。

明明不是他的错。

明明他差一点儿也成为受害者。

可整件事确实又跟他有着千丝万缕的关系，乔延曦甚至都不知道应该怎么开口安慰。

隆冬的风刮在人身上，刺骨的冰冷。

乔延曦手冻得一点知觉也没有，却还是抬了抬，想触碰他的肩膀。

"你现在知道了，我都告诉你了。"傅初晨垂眸，黑沉沉的眼底似是深海，阳光也照不进去，只有瞳孔里映出小小一个她。

乔延曦动作一顿，"嗯"了声。

"你要是害怕的话，可以跟我保持距离，"他垂着眼，声音低低淡淡，"我也不会再靠近你。"

乔延曦忽然问："这是你的心里话吗？"

傅初晨张了张嘴，没答。

"你是这么希望的吗？傅初晨。"乔延曦又问了一遍，玻璃珠似的浅棕色眼眸直勾勾盯着眼前的人，非要问出个答案。

傅初晨有点想避开她的视线，沉默了片刻，他最后给出了自私的回答："……不是。"

乔延曦听了却很满意，抬起手，很轻很轻地帮他拭去嘴角的血迹。

"你不要把什么责任都往自己身上揽，错的是那些坏人，造成这一切的都是那该死的绑架犯，而不是你，明白吗？"

傅初晨有些艰难地应道："我知道。"

"你知道，但你就是过不去心里那关。"乔延曦叹了口气，没再继续劝什么，指腹从他的伤口上蹭过去。

他轻轻"嘶"了一声。

乔延曦看着他，目光没太大变化："以后别跟我说那些话，我不喜欢听。"

傅初晨也低头注视着她，须臾后，脑袋点了点。

"不说了。"

难得乖顺的样子，像一只大金毛。

乔延曦踮起脚，掌心落在他发顶上，揉了揉，触感出乎意料的柔软。

傅初晨："……"

乔延曦收回手，轻咳一声掩饰尴尬："该回去了，导演说不准再找我们。"

回到棚内，暖气驱散了屋外的寒意。

一进休息室就看到导演拿着台本在大发雷霆，毕竟中场休息时间到了，结果一下失踪了三位选手，当然会生气。

听见门口传来动静，导演回过头，本想质问他们"去哪里了还有没有时间观念"，看到傅初晨脸上的伤，错愕不已。

还不等他弄清楚这伤怎么来的，门又被推开，洛子悦眼眶通红地站在门口。

导演："……"

所以说到底发生了什么事？

乔延曦看了看他们两人的状态，估计也没法好好解释，只能拉着导演出去，简单说明了一下情况。

她只说傅初晨和洛家有一些纠纷矛盾，没说具体的细节。

导演也没多问，摇头叹息了一声。

录制时间不得不又延后，化妆师想方设法去遮少年嘴角的伤口，效果总是不太理想。

但也没办法了，毕竟不可能为他一个人耽误现场所有人的时间。

就这么熬到录制结束，乔延曦根本不关心最后的成绩如何，是谁拿A都无所谓了，她只想快点儿回去。

带着傅初晨一起。

深冬的夜，天空又落下细雪。

乔延曦伸手接住一片雪花，冰冰凉凉的。

傅初晨从她身后出来，顺手将她衣服后面的帽子往前扣。帽子周围一圈都是毛茸茸的，戴在头上，遮住了少女大半张脸。

傅初晨忽然想起了八年前，第一次遇见她的时候，也是像现在这样。

"你干什么——"乔延曦回头，猝不及防对上少年的双眸，有些怔愣。

他的眼神……

看起来似乎在回忆、怀念什么。

乔延曦不确定这是不是自己的错觉，因为一闪而过就没了。

"快放假了，"傅初晨忽然问，"你过年留在S市吗？"

乔延曦："不知道，应该吧。"

秦之韵并没有要接她回B市的意思，就连上个月她生日，秦大腕也只是发了个数额很大的红包过来，没有其他的表示。

可乔延曦现在已经不缺钱了。她度过了刚开始穷得吃不起饭、只能靠同学友情投喂的日子，一笔笔兼职费和奖学金到账。

乔珩后来也给她打了钱，不是转账，而是直接打到银行卡里面。

乔延曦是好久之后才注意到卡里的钱，一分未动。

他们一边随意聊着，一边往外走。

经过拐角，齐齐停下脚步。

暗沉沉的角落，路灯昏黄光圈笼罩不到的阴影里，女生蹲坐在冰冷的水泥地面上，蜷起膝盖，脸深深地埋进去，肩膀无声抖动。

乔延曦看少年忽地僵硬了一下，心里叹口气，跟着半蹲下来。

感受到面前来了个人，挡住了风雪和月光，洛子悦缓缓抬起头。

乔延曦从口袋摸出半包餐巾纸递给她。

"谢谢……"洛子悦小声说，注意到傅初晨也在，抱紧膝盖的双手又加重了几分力气，闭上眼，"对不起……"

后半句话明显不是对她说的，乔延曦侧身仰头，少年还站在原地，黑眸压抑着无边无际的夜色，晦暗不明。

"你不该跟我说这个，"他动了动唇，牵扯到嘴角的伤口，"是我对不起你们家。"

洛子悦不再继续说话。

一开始得知这件事时，她是什么样的心情呢？是不敢相信的。

直到看着警察在他们家进进出出忙碌的身影，看到现场血流成河的照片，尽管没有发现尸体，但所有人都认为洛子阳活不了了。

她开始每天一个人吃饭，一个人上学。

上完补习班回到家，再没有男孩子兴高采烈地对他说："姐，我又新学了个魔术，变给你看好不好？"

直到此时，她那一点点"会不会是搞错了"的侥幸心理终于破灭。

洛子悦终于接受了这个残酷的现实——

她弟弟没了。

对于傅初晨，她一开始确实是恨过的。

她的心底有两道声音，一道叫嚣着，说他才是杀人凶手，说他应该替她弟弟偿命，带着尖锐的恶意。

另一道声音却在说，他有什么错呢？明明他也和她一样难过。

洛子悦痛苦了很长一段时间，不知道该如何面对傅初晨，最后从南礼初中部转学到了市一中，洛家也搬到了更远的地方。

傅家给了他们家非常丰厚的补偿，足够他们一家人下半辈子衣食无忧。

可是洛父洛母并不知足。

他们嘴上说"这点臭钱就能换回他们儿子的命吗"，然后还是收下了这笔巨款，并且在短期内就挥霍光了，又一次地向傅家索要更多。

失去了宝贝儿子的洛父生活一直很堕落，他不工作，成日就是酗酒买醉，回到家就开始家暴。

他不打妻子，只打女儿。

每次洛母就冷眼旁观，听男人说着恶毒的话："为什么死的不是你？为什么偏偏是你弟弟啊？"

今天洛家父母会找到录制现场来，也是因为在电视上看到了《少年天才》这个时下大热的综艺。

他们没法接受，她怎么能和仇人一起录节目呢？

洛母把洛子悦带走了，洛子悦不知道洛父会对傅初晨做什么，即便想要阻止，也是有心无力。

后来她看到了少年脸上的伤。

她其实早就不恨他了。

在父母以那样残忍的方式对待她，说"为什么出事的不是她"的时候，她忽然想到了傅初晨。

他的心情，是不是也和现在的她一样？

仇恨会让一个正常的人慢慢变得疯狂，洛子悦不想这样。

临走前，洛子悦把那半包餐巾纸还给乔延曦，微红的眼睛有些湿润，但还是勉强挤出一个笑。

"事情都过去了。"洛子悦声音有点儿哽咽，语气轻柔，"现在节目也录完了，希望我们以后不要再碰到了吧。"

只要别遇上，就不会再生出其他是非。

她会继续过好自己的日子，会朝前看，不会执着于过去。

傅初晨低低应了声："嗯。"

"你和乔乔都要好好的，"她后退着，挥了挥手，"我就不说再见了。"

洛子悦走后很久，他们还是站在原地没动。

凛冽的风卷动地上的枯草，发出窸窸窣窣的轻响，也吹乱了少女的长发。

乔延曦眼前似乎还残留着女生最后那个近乎破碎的笑容，心底有一种说不出来的感觉。

傅初晨眸光垂落在乔延曦的侧脸，冰凉的手指为她理了理凌乱的发。

"她是个很好的姐姐。"

"感觉出来了……"乔延曦的视线长久地停留在那处拐角，"是个很温柔的人。"

片刻，乔延曦收回视线转头，听见少年低声说："你也很温柔。"

期末考试结束后，就是学生们期待的寒假假期。

成绩在放假前就出来了，乔延曦重新拿回自己的第一宝座，傅初晨只能屈居第二。

在春节前夕，《少年天才》也播到了最后一期。

乔延曦现在的人气比刚开始翻了几倍，微博粉丝已经有小几百万了，关注也渐渐多了起来。

网友们准时守着绿江TV，甚至还有人搞起了投票，猜测最后的赢家究竟是谁。其中乔延曦和傅初晨的票数几乎是"两骑绝尘"。

可是等到节目开始，大家越看越觉得奇怪。

前面没什么问题，到了后半段，这两位网友公认的种子选手看上去明显心不在焉，同样心不在焉的还有另一个选手，连最基础的题目都答错了。

弹幕微博论坛到处都在讨论。

【不是吧，都最后一期了还在梦游呢？】

【我现在的表情就是地铁老爷爷看手机。】

【现在我终于可以说出这句话了，我上我也行！！！】

至于少年嘴角的伤口，节目组解释说是一个小意外，好奇者有，不信者也有，但也无从得知具体的真相，只能接受官方的说法。

雪越下越大，乔家别墅的院子都落满积雪，窗户上覆盖着一层薄薄的霜，乔延曦靠坐在房间的飘窗台上，推开窗。

既然放假了，她也没有理由继续留在学校。

今天是大年三十，他们要去乔家祖宅，陪乔奶奶一起吃年夜饭。

乔延曦来S市到现在还没见过这位奶奶，或者说，从她记事起都不曾见过，也没有丝毫印象。

对乔家其他人来说，乔延曦同样是陌生的。

乔家祖宅在老城区，白墙乌瓦青灰石板的弄堂里。这一片都是这种老建筑，古色古香的味道，让人仿佛穿越到了七八十年代。

祖宅房子很大，大概是翻修过了，并没有老旧的感觉，处处透露着典雅。

听见门口的车声，一个年轻女人漫不经心地开口："听说那个大小姐被接回来了。"

有人搭腔："那姓谢的岂不是该哭了？"

"现在接回来，明显是准备当继承人养啊……到底是亲生的。"

门被人从外面拉开，他们及时收了声，换上一副笑脸开始寒暄。

"来啦，快进来坐，喝口热茶暖暖身子。"女人递上茶杯。

谢雨静含笑道谢，只是嘴角的弧度却很淡。

"这就是乔乔吧？都长这么大了，"女人又把目光移到后面，"比婳婳还漂亮呢。"

"我在电视上看到你了，就是那个什么天才的节目，乔乔真厉害啊，像你妈妈。"

乔延曦没应声，余光瞥见谢雨静悄悄捏紧了杯盏。

女人看上去并不像那种心直口快、大大咧咧的类型，这时候提到秦之韵，只能是故意的。

乔延曦不想参与她们的斗争，也很烦别人拿她当枪使，微微皱了皱眉："……你是？"

女人尴尬了一瞬，说："我是你小姑姑。"

谢雨静轻描淡写地补充："不是亲姑。"

那大概就是乔珩的表妹之类的角色，乔延曦点点头，喊了声："表姑。"

女人最讨厌听到的就是这个"表"字，脸色变了变，忍着谢雨静看戏般的嘲讽眼神，应下了。

年夜饭要到晚上才吃，现在时间还早。

乔家的小孩不多，加上乔延曦和乔婳总共就四个，大人们上楼聊天打牌，一楼大厅就成了他们的专属。

乔婳不是第一次来了，显然对这儿很熟悉，拿起遥控器就准备调台，结果被另一个少年抢先一步。他手按着遥控器，扬起一双桃花眼，语气很欠："你是不是又要放那些弱智卡通，多大人了，幼不幼稚？"

乔婳果然炸毛："你说什么——"

"那个是动漫！不是什么弱智卡通，你不要乱说！"

可惜她还是抢不过他，只好回头寻找乔延曦的帮助："姐，你看他。"

说来也神奇，刚开始乔婳和乔延曦别别扭扭，连说一句话都困难，现在却能自然而然抱着她胳膊撒娇。

虽然乔延曦很铁石心肠就是了。

少年也跟着把视线转到乔延曦脸上，懒洋洋地问："你还记得我不？"

"乔子暮。"

"啧，没礼貌，要叫哥哥懂不懂？"

"不懂。"乔延曦本来不想管他和乔婳的，不过看他这么欠揍，还是决定出手制裁一下。

乔子暮这会儿正坐在一张摇椅上晃晃悠悠，乔延曦面无表情地踢了摇椅一脚，整个摇椅往后倾斜，就在他后脑勺快要接触地面时，又弹了回去。

他口中憋着一句脏话。

重新坐稳之后，乔子暮心有余悸地挪远了一些。

本来他抢遥控器是想看体育频道的，不过现在嘛……看着乔延曦那张冷冰冰的脸，他忽然有了个好主意。

一分钟后，墙上的电视开始播放《少年天才》第一期。

乔延曦："……"

到了晚上七点，一共十几口人，齐齐围坐在一张原木色的圆桌上。

乔奶奶自然是坐在首座，威严的目光从乔延曦身上掠过去，没停顿太久。

"开动吧。"她的语气淡淡。

看出了乔奶奶对乔延曦的态度不算亲近热络，谢雨静明显松了口气。

最开始乔珩说要接乔延曦回来，她是极力反对的。

乔婳本就不是亲生的，由于她之前的溺爱，导致小姑娘现在学习成绩普普通通，琴棋书画也没学会几样。

以前家里只有一个孩子还好说，现在多了个乔延曦，难免会将两个孩子进行对比。

乔延曦的表现确实也非常出色。

可是有什么用呢？她的性格太冷太傲，不讨乔珩和乔奶奶的喜欢，再优秀又如何？

谢雨静最担心的就是乔延曦会分走乔珩对乔婳的喜爱，会让她们母女俩在乔家没有立足之地，为此一直寝食难安。

如今总算放了心。

吃到一半，那个女人又开始作妖。

逢年过节长辈们最喜欢问小辈的就是谈恋爱没有，结婚没有，年纪小一点，那必然是要关心成绩的。

"看节目乔乔应该是个小学霸吧，这次期末考了全班第几啊？"

乔延曦："第一。"

女人惊讶了下，又笑问："这么棒，那在年级里呢？"

"第一。"

这下整个餐桌都鸦雀无声了。

压力瞬间给到了乔姵和乔子暮这两个年龄和她相仿的人。

乔姵低头扒饭，假装自己不存在，乔子暮则是嘀咕着："怎么又是个年级第一……"

其他大人表情各异，有惊诧，有佩服，唯独乔奶奶的神色古怪，嘴唇嚅动，年过花甲却依然清明的眼珠颤了颤。

她想起了当年，秦之韵把女儿带走时说过的话。

——"乔乔跟着我，我自然会尽全力培养她，未必会比你们所谓的豪门养出来的孩子差。"

秦之韵说得对，她确实把乔延曦养得很好。

乔奶奶的目光越过半张圆桌，细细打量着乔延曦。

乔延曦似是有所感应，抬睫看过来。

就这样一个简单的动作，还有眼神，都跟她妈妈一模一样。

乔奶奶没有留宿他们，吃过年夜饭后，大家就各回各家了。

乔延曦习惯性待在卧室，刚洗完澡，已经十点多了，她擦着头发从浴室出来，桌上的手机"嗡嗡"振动了一下。

债主：【你现在在哪儿？】

曦光：【家。】

债主：【……】

债主：【废话，就是问你在哪个家。】

乔延曦直接给他发了定位。

债主：【想不想看烟花？】

现在城区早就下达了禁止燃放烟花爆竹的指令，上哪儿看烟花？

乔延曦想了想，给他发了个烟花的表情过去。绚烂的火花从她的聊天气泡窜出，在屏幕上方绽放开。

她回复：【你说这个？】

屏幕那头的人似乎对她无语了，沉默了好久才回复：【不是。】

乔延曦已经洗过澡，其实不太想出门，也懒得换衣服，就在睡衣外面套了件长长的羽绒服，踩着拖鞋下了楼。

客厅灯还亮着，谢雨静看到她要出去，问了句："这么晚了要去哪儿？"

"同学找我有事，"乔延曦抿了抿唇，"很快就回来。"

院门外，傅初晨就靠着石柱等她。

见到乔延曦这个造型，他扬了扬眉："你就这样下来了？"

乔延曦不以为意："你说的烟花呢？"

"喏。"傅初晨递给她一盒仙女棒，又从口袋摸出个打火机，"咔哒"一声轻响，他点燃了一根。

乔延曦："……"就这？

金色星火在夜色里四散，暖黄的光打在少年脸上，显得格外有氛围感。

乔延曦看他两眼，伸手接过来。

傅初晨又给她点了一根，她就拿着两根仙女棒面无表情地看着他。

傅初晨忽然勾了勾唇，笑了。

"你笑什么？"

"唔，没什么，就是觉得这个画面还挺值得记录下来，"傅初晨捏着手机晃了晃，"要不给你拍个照？"

乔延曦："……随便你。"

于是傅初晨还真打开相机将摄像头对准了她，"咔嚓"一声。

"拍得怎么样，给我看看。"

"等一会儿。"傅初晨手指按着屏幕，不知道在弄什么东西。

乔延曦直接探头过来。

画面定格在少女微微抬头的那刻，周遭光线昏暗，唯独她手里的火花明亮，在眼底投映出光点。

色调是温暖的，但她本人的气质却很清冷，融合在一起，反而有种特别的感觉。

傅夫人是学摄影的，在她的熏陶下，傅初晨的拍照技术自然也不会差。

照片确实很好看。

只是……

怎么成了他的锁屏壁纸？

傅初晨："我拍的照片，我设成屏保有什么问题吗？"

乍一听是没问题的，确实有很多摄影师会把他们满意的作品设成背景壁纸之类的，但问题是——

"这是我。"乔延曦指着他屏幕上的脸。

傅初晨耸肩:"我拍的。"

乔延曦无法反驳。

不知不觉到了十二点,乔延曦回头看了看依旧灯火通明的别墅楼,对傅初晨说:"烟花放完了,我要回去了。"

傅初晨点点头:"在那之前,你是不是忘了什么?"

乔延曦回想了一下:"谢谢?"

傅初晨唇角抿得平直,乔延曦仔细看了看,发现之前的伤口已经好得差不多了,只剩下一个浅浅的印子。

僵持半分钟,傅初晨似乎妥协了。

"算了,"他往前半步,屈指弹了弹她的额头,嗓音低缓,"新年快乐,进去吧。"

乔延曦明白过来,也认真地回了一句:"新年快乐。"

傅初晨目送她走进院子里,垂头笑了一下,低低的笑声在夜色里荡漾开来。

就为了这一句话。

他来这一趟,就只是为了亲耳听到这四个字而已。

乔延曦准备进门的时候停了停脚步,抬头,正好和二楼露台上的乔婳来了个四目相对。

三分钟后,乔婳出现在她的房间里。

乔延曦脱了外套,挂在落地衣架上:"你刚才都看到了?"

"看到了。"乔婳点点头,给自己嘴巴比画了一个拉拉链的动作,"不过姐你放心,我不会和爸妈讲的。"

乔延曦瞥了她一眼,指了指书桌前的椅子:"坐吧。"

小姑娘"噢"了一声,走过去乖巧老实地坐好,双手放在膝盖上,像极了幼儿园小朋友上课听讲的坐姿。

乔延曦有点无语:"放松一些,我又不会对你干吗。"

乔婳瞬间仿佛没了四肢,瘫坐在椅子上。

"你来找我有事?"

乔婳小鸡啄米点头:"姐,我想让你给我补补课。"

乔延曦:"……"

幸好她现在没喝水，不然绝对会喷。

今天去祖宅过年的时候，乔婳听那些大人对乔延曦的各种称赞，心里还很骄傲，厉害吧，这可是她的姐姐呢。

可是听到后面，那些人把她拉出来比较，明褒暗贬。

乔婳虽然嘴上没说，但心里确实很不舒服，尤其晚上回来后，谢雨静又把她关在书房教训了一顿，大意是说她不争气。

谢雨静从来没对她说过什么重话，最凶也不过如此。

乔婳不想让妈妈失望，也不想别人提起乔延曦，说她怎么有个废物妹妹。

"你想补哪块？"乔延曦问。

乔婳咽了咽口水，小心翼翼地吐出一个字："都……"

乔婳比较偏科，将来肯定是学文的，所以乔延曦就先不考虑她的物理了，开始从英语给她补起。

盯着乔婳背单词背到凌晨两点，乔延曦实在困得不行，还要给她纠正语法错误。

"要不今晚就到这儿？"

乔婳通宵追剧习惯了，是熬夜小能手，跟乔延曦这种"养生选手"不同。

"嗯。"乔延曦决定放过她，也放过自己。

临走前，乔婳看着少女冷淡而困倦的侧脸，没忍住开了口："姐……其实我一直很羡慕你。"

"羡慕我什么？"

"无论做什么都能做得很好，走到哪里都是焦点。"乔婳顿了下，"连初晨哥哥都对你……那什么。"

乔延曦闻言，抬了抬薄薄的眼皮。

"那你知不知道，"她声音轻轻的，"我其实也很羡慕你。"

虽然乔婳也是重组家庭，但乔珩一直很宠她，更不用说谢雨静对她的爱。

她衣食无忧，有父母的关怀，是天真烂漫的小公主，任性又娇气，每天最大的烦恼也不过是学习成绩不理想怎么办——

即便真的考得不好，也不会有什么严重的惩罚。

她们从小接受的就是两种完全不同的教育，秦之韵给她的压力太大了，优秀的代价沉重得令她几乎喘不过气。

秦之韵告诉她女生一定要独立，不能依靠任何人。

她很努力地做到了。

来 S 市的第一天，看到乔婳的第一眼，乔延曦就很羡慕。

乔婳可以肆无忌惮地向父亲撒娇，无所顾忌地黏在母亲身边，做什么都行。

明明她也很渴望这样啊。

第九章 〉喜欢你

寒假总是很短暂。

开学之后，大家要为即将到来的高三做准备，学习压力又增长了不少。

平时课间爱去操场打球的男生都不怎么去了，就连宁萌也减少了微博冲浪的频率，每天抱着课本背来背去。

这天，宁萌忽然问她："乔乔，你有想过考哪所大学吗？"

"你这问的什么废话，乔姐当然是在那两所顶尖大学中选择了。"陈星宇又朝后昂了昂下巴，"傅哥肯定也一样，对吧？"

没想到傅初晨静默半晌，摇了摇头："不是。"

"？"

连乔延曦都惊讶地看向他。

国内目前只有这两所顶尖学府，如果是想出国……那他应该会去读国际班才对。

她之前没问过傅初晨这个问题，也是默认了他的目标会跟自己一样，没想到不是。

"我准备去警校。"他说。

乔延曦站在学校卫生间的洗手池前，洗了把脸，水珠顺着脸部轮廓下滑。她看着镜中的自己，脑海里想的却是傅初晨刚才说出那句话时的语气、神情……

乔延曦知道他为什么想去警校。

他大概很早就做好了这个决定，要想临时改变几乎是不可能的。

这也意味着，毕业之后……他们见面的机会越来越少。

乔延曦垂下眼，控制自己不去想这些事儿，转身要走的时候，肩膀被人撞了撞。

"怎么走路不长眼啊？"阴阳怪气的声音响起，甚至有几分耳熟。

乔延曦抬头一看，哦，是温娜。

她差点都快忘了还有这号人物，本来是不太想搭理的，没想到对方却不肯放过她。

"你最近在网络上很火嘛，大明星，"温娜讽刺地说，"撞了人还不道歉，是不是还想被关几个小时才能长教训？"

乔延曦眼神平静，并不意外。

"是你让……"她试着回想了一下那两个男生的名字，发现毫无印象，索性放弃，"让他们来找我麻烦的？"

"是我又怎样，你有证据吗？"温娜哼笑一声。

乔延曦这会儿的心情是真的不怎样，温娜跟她之间的梁子从第一次月考时就结下了，虽然乔延曦压根没把这号人物当回事，但架不住这人总爱来她面前晃悠。

面对温娜的挑衅，乔延曦的表情毫无波澜，冷若冰霜。

看到乔延曦依旧是这副无波无澜的样子，温娜心里越发不爽。

"乔、延、曦。"温娜一字一顿地喊她名字，声音也淬满了恶意。

"我知道你的真实身份，等着吧，到时候我看你怎么有脸在学校待下去。"温娜说。

乔延曦一头问号，她为什么会没脸在学校待下去？

乔延曦没太把温娜这句话放在心上，类似的威胁话语她已经听过很多次了，耳朵都快起茧了。

回到班上，傅初晨正懒洋洋地瘫坐在座位上看书，乔延曦瞥了眼封面，是法律相关的。

乔延曦的脚步顿了一下。

以前她似乎没有特别留意过，同桌平时都在看些什么书。

记忆中好像是有那么一次，傅初晨手里也抱着本相关的书籍，她随口问他看这个做什么。

傅初晨漫不经心地翻过一页，头也不抬地淡淡回答："随便看看。"

于是她便没有太过在意。

原来，一切都是有迹可循的。

注意到乔延曦回来，傅初晨抬了抬眼："怎么站那儿不动？"

乔延曦抿了抿唇，这才继续走过来落座。

傅初晨的视线落在她冷淡的面庞上，停留了一会儿，嗓音低沉："你不开心。"

是陈述句。

乔延曦心情不好的时候其实不太容易看出来，她总是冷着一张脸，不会有太大的波动。

可傅初晨每次总能精确捕捉到她那一点点细微的情绪变化。

少女的睫毛轻轻抖了两下，低覆下去："没有。"

意料之中的否认。

傅初晨合上书，随手塞进抽屉里。刚刚乔延曦出去时状态就稍微有点儿不对劲，回来后这股不对劲就更明显了。

"因为我？还是……"他想了想，"有其他人惹到你了？"

"都说了没有……"乔延曦还想否认，可是对上他的眼神，她莫名有点儿心虚，偏过头，耳根隐隐泛红。

她心里清楚，自己为什么不高兴。不是不想他去警校，而是不想和他分开得太远。

乔延曦假装若无其事地问："所以你以后会留在 S 市吗？"

她知道 S 市本地就有一所很好的警察学院，如果傅初晨是因为当年洛子阳的那件事想当警察，大概率会留下来。

那起案件至今未破，凶手始终未能找到。

他一定是希望，能亲手将那个坏人绳之以法。

"不会。"傅初晨顿了下，说。

乔延曦："为什么？"

"你知道全国最好的警察学校在哪儿吗？"傅初晨似笑非笑看着她，"B 市，你要去的地方。"

他说："我不会离你太远的，放心吧。"

乔延曦指尖微微动了动，面色不改，嘴硬道："谁担心这个了？"

"我担心。"傅初晨依旧看着她，黑眸灼灼。

乔延曦下意识想避开他的目光，但还是强撑着没动。

"你……"

"虽然不能去同一所大学，但去同一座城市还是可以的。"少年神色慵懒，继续说道，"现在有没有开心一点？"

乔延曦不吭声了。

有吗？

……当然有了。

最近开始倒春寒，气温持续降低。

花坛的花已经开了不少，鲜嫩的花瓣沾着清晨的雨露。

乔延曦开了窗，凉风夹杂着淡淡的花香飘进教室，有点儿冷，她又把窗户关上一点，只留条小缝用来透气。

班级外面的走廊有三三两两的别的班的同学路过，探头探脑的，似乎在寻找什么人。

看到乔延曦之后，他们会转身和旁边的人窃窃私语。

这两天皆是如此，乔延曦觉得很奇怪。

以前这些人路过A班来看她是觉得新奇，现在她都来南礼这么久了，身份也曝光有一段时间了，综艺也播完了……还有什么可看的？

就连班上也有一些同学看她的眼神流露出几分不可置信的诧异。

最后还是由班里另一个女生过来告诉她。

"那个，乔乔……"她迟疑了一下，还是选择说下去，"你看微博，你又上热搜了……"

乔延曦没带手机，只好借用同桌的。

登上微博，首页推送的第一条消息就是——【乔延曦身份曝光，国民妹妹竟是私生女？】

评论区大片吃瓜群众。

【真的假的？】

【没有证据的事就别乱说好吧。】

【我之前就一直想不通，秦之韵隐婚那么多年都没人扒出来男方是谁，突然就有了孩子，是私生女的话就好理解了。】

【楼上别乱放屁，在线蹲一个澄清。】

【散了吧，一看就是瞎编的黑料。】

这件事是前天刚爆出来的，在网络上足足发酵了两天，碍于没有确切证据，很多人都只是看个热闹。

人红是非多，被泼脏水的明星不在少数。

像乔延曦这种童星出道，有好几部国民度极高的经典影视作品傍身，路人缘还挺大的，多数网友都在为她说话。

直到今天上午，那个最先爆料的账号又上传了一张图片，英式风格的教学楼走廊，少女穿着酒红色的制服，面前的男人则是一身高定西装。

他们站在办公室门口，隔着半米距离，不算亲近，但很显然是认识的。

是乔延曦出事，通知乔珩来学校的那天。

照片是偷拍的，但也足以看清画面里两人的脸。

乔延曦不必多说，乔珩那张脸也是经常出现在各大财经杂志和新闻上的，想要扒出他的身份轻而易举。

重点就在这里——

一直以来，乔家对外公布的就只有一个女儿。

网友纷纷炸开了锅。

【这是实锤了？】

【实锤个屁，这一张照片能证明什么？至少拿出亲子鉴定来吧。】

【就我一个人好奇当年秦之韵是怎么爬上乔总裁的床吗？】

【做梦没想到我房子居然也塌了……我还以为秦姐真像外表那样清高，没想到会干出这种事……】

"私生女"的话题在网上闹得沸沸扬扬，不只对乔延曦造成了影响，甚至连秦之韵也被牵连了进来。

注意到少女的神色倏地冷下来，傅初晨也瞟了眼屏幕，瞬间理解了她为什么生气。

傅初晨低声问："要不要我和我妈说一声，让她安排人把热搜撤了？"

乔延曦摇头，准备退出微博："没事，不用麻烦阿姨了。"

或许是因为心不在焉，乔延曦垂着眸，明明在看屏幕，眼神却是虚焦的，指尖无意识地碰到了某个点赞图标。

等她回过神，连忙取消，却已经来不及了。

她用的是傅初晨的手机，登的自然也是他的账号。

因为《少年天才》喜欢上傅初晨的观众不少，粉丝数涨得十分迅速，唯独关注列表始终不变，仅她一人。

这一点当然也被细心的晨曦组合粉发现了，并将之截图，视为绝世大糖，供在组合超话。

乔延曦刚才点赞的微博就是顶着他们组合大名的用户发表的。

微博内容暂且不说，"乔延曦和傅初晨什么时候在一起"这个 ID 真的是醒目无比，就像自带放大镜那样，清清楚楚映在两位当事人眼底。

乔延曦带着谜之沉默抬了抬头，正好和傅初晨的视线撞上。

对方明显也看到了屏幕，此刻的表情有点儿微妙，轻轻挑起眉梢。

气氛一下子更沉默了。

尴尬。简直是社死现场的程度。

就这么短短半分钟的时间，乔延曦觉得自己的心脏几乎快蹦到嗓子眼，怦怦怦怦，跳动得越来越快。

放在半年前，她或许不会把这当回事儿，甚至能吐槽一句"说的什么梦话下辈子吧不可能的"。

但是，现在……

现在，她心虚地避开了少年的视线。

傅初晨难得也什么都没说，舌尖抵了抵腮帮，权当什么都没看见。

当事人装瞎，粉丝们可不干。

哪怕从点赞到取消用时不超过五秒，那位幸运儿博主还是以超快的手速截了图并录了像，带着做梦般的心情恍恍惚惚上传到超话。

宁萌最近都没上网冲浪，自然也没关注这些娱乐圈的八卦新闻，没想到错过了这么重要的事。

"我的天……"宁萌惊讶完了，又想起一件事。

"乔乔，所以你上次说的妹妹，就是高一那个，叫什么来着……哦，乔婳对吗？"

乔婳在南礼也算小有名气，宁萌见过几次，印象中是个挺娇气的女生。

"乔"这个姓并不少见，加上两人的性格模样都大相径庭，在学校也极少交流，虽然姓氏相同，但完全没有人把她们联系到一块儿过。

乔延曦很坦然地承认："对。"

宁萌"噢"了一声，一时也不知道该说什么。

她对乔延曦当然不会因此改观，不管是真的还是假的，都不会影响她们的关系。何况这也不是乔延曦的错，人又不能选择自己的出身。

顿了下，宁萌正想着跳过这个话题，又听见乔延曦说："他们只说对了一半。"

早春的光线轻而薄，照在少女的侧脸，勾勒出冷淡又精致的轮廓，那双浅棕色的眼睛凉如寒潭，嗓音亦是。

"我是名正言顺的——乔家大小姐。"

那一刻，宁萌人傻了。

很快，整个 A 班的同学都傻了。

从吃不起饭的小可怜，摇身一变成了大明星，再到豪门大小姐，他们真的很想问——

"乔延曦，你还有多少惊喜是我们不知道的？"

不过看了看少女旁边坐着的那位……算了，没这个胆子。

中午，温娜专门来找过乔延曦一趟。

温娜自以为抓到了她的把柄，总算可以扬眉吐气一回，得意全写在了脸上。

"你要是愿意给我道个歉，求求我，我倒是可以让人把新闻撤了，你说怎么样？"

乔延曦："你这主意恐怕打错了。"

"还嘴硬？"温娜挑眉，"你为什么要在学校隐藏自己的身份，不就是怕被人发现你是乔家的私生女吗？"

陈力和田轩确实是她安排去找乔延曦碴儿的，本来只想着简单教训一下，让乔延曦吃点儿苦头就行，没想到后来会闹那么大。

不过也无所谓，反正受到处罚的人不是她。

那张照片是田轩偷拍的，他告诉温娜，乔延曦管乔氏集团那位总裁叫"爸爸"，但两人的关系明显不亲昵，甚至有点儿古怪。

温娜后来推测了一下，很快得出了"私生女"这个答案，并且胸有成竹。

"你要这么想也可以，"乔延曦捏着一部黑色手机放在手里把玩着，"不过在此之前，你可能得明白一件事……"她露出手机录音的界面，"散布谣言是违法的。"

回班后，乔延曦把手机还给傅初晨："你注意点，别把录音给我删了。"

"我会这么蠢？"傅初晨不太满意地"啧"了一声，收回来，重新放进衣服口袋里。

乔延曦："提醒一下而已。"

这件事在网上闹得很大，毕竟涉及了秦大腕。

近些年秦之韵极少发微博，很多宣传任务都是由工作室代发。而今天，这个许久不曾冒泡的、千万粉丝的账号，主动发表了一条微博。

【秦之韵 V：[图片]】

没有任何配文，只有一张简简单单的图片。

——是一张离婚证。

Z 市。

发完这条微博，秦之韵锁上手机。旁边的助理紧张兮兮地观察着她的反应，却发现女人的神色毫无变化。

秦之韵接过助理递来的保温杯，拧开喝了一口，淡淡道："准备下一场戏。"

就好像网上那些事情丝毫没有影响到她。

助理跟在秦之韵身边好几年了，一直很佩服她的性格。

寻常艺人看到这些黑料，被气进医院的也不是没有，偏偏这位，说佛系也不是佛，只是在她心里，没有什么是比拍戏更重要的。

敬业的同时，自身又有足够的能力，也难怪能在亚洲影坛称霸，拿奖拿到手软。

夜深时分，剧组收工之后，秦之韵才再一次拿起手机。

很多消息她都不予理会，目光简单扫过去，却在某个时候顿了一下。

未接来电中有一道来自 S 市的、陌生号码。

秦之韵知道是谁，迟疑了片刻，没有立即回拨过去，而是转而打给了乔延曦，电话很快接通。

"妈妈。"

秦之韵应了一声："最近怎么样？乔乔。"

"还可以。"

秦之韵走到酒店的落地窗边，看着窗外寂静的夜色，玻璃反射出她略显疲惫的冷艳面孔。

"你是不是得罪了什么人？"秦之韵平静地问。

电话那头沉默了一下，少女的声音变低，显得有些闷："……是吧。"

秦之韵的经验何其丰富，舆论蔓延得这么快，不用猜都知道是背后有人在推波助澜。

费尽心思拿到这些"证据"，如果是想要钱，大可以直接联系她开价，但对方毫不犹豫选择公布于众……

目的也很明显，就是想搞人。

乔延曦握着手机的手紧了紧，坐在宿舍楼下，望着树梢刚长出的嫩叶，眸光却有些黯淡。

是她连累到了秦之韵。

"对不起，妈妈，我会处理好的。"

听她说完自己的打算，秦之韵沉吟了片刻："你有准备就行。"

夜风拂面，乔延曦依旧保持着手机贴耳的姿势，静静等待话筒传来熟悉的忙音。

在挂断电话之前，秦之韵说："还有一件事。"

明明语气没有太大波动，平静至极，乔延曦却在这时呼吸停了半拍。像有一根透明的细线，缓缓缠住她的脖子，空气都变得压抑、窒息。

"我听说——"

秦之韵的手搭在扶栏上轻轻敲着，说出来的每一个字都像在凌迟。

"你现在和一个男同学走得很近？"

线越缠越紧，她几乎透不过气。

乔延曦不知道该怎么回答，承认或者否认，似乎都不对。

"姓傅，傅家的。"秦之韵垂了垂眼，声音近似呢喃，仿佛只是在自言自语。

乔延曦一时没能明白，傅家怎么了吗？

"乔乔，你该有些分寸的，"最后，秦之韵揉了揉太阳穴，闭上眼，"我不想在你身上看见'早恋'这样的污点。"

挂了电话，秦之韵看着屏幕沉默半晌，轻轻吐出一口气，点开了另一个号码。

拨通后，她没说话。

静默了几秒，男人低沉的声音响起，语气糅杂了许多复杂情绪："我们见个面吧。"

乔延曦看着秦之韵的微博界面，盯着那张离婚证，发了很久的呆。

这条微博一发，"私生女"的言论不攻自破，不需要再多解释什么，网络上风向一下子就变了。

或许温娜自己也没有想到，她原本只是想让乔延曦出糗，想看乔延曦声名狼藉，却无意牵连了这么多人，包括秦之韵和乔珩在内。

此时此刻，乔延曦站在校广播室门口。

傅初晨跟在她身后，两手插兜，神色淡漠又散漫，什么话都不用说，光是靠在那里就有足够的威慑力。

广播站的几人面面相觑，不知道这两位大佬气势汹汹杀来这里有何用意。

微博都爆炸了，南礼的校园论坛自然也少不了讨论这件事的。

现在全校几乎都知乔延曦是乔家的大小姐了，这对众人的震撼程度比之前得知她是那个童星乔乔有过之而无不及。

作为广播站的一员，又同是姓乔的，乔婳光荣牺牲，被硬推出来独自面对龙卷风。

"咳，那个什么，姐，初晨哥哥……"乔婳弱弱开口，既然身份已经曝光，称呼上她也不用小心翼翼了。

"你们过来是有什么事吗？"

这两天乔婳也被人烦得不轻，好不容易才松口气。

乔延曦："借用一下播音室。"

话说得很客气，但看这架势，他们要是敢说一句"不借"，估计就该硬闯了。

"这个我说了不算，"乔婳眨巴眨巴眼睛，十分开心地把送命题抛给站长，"得问我们站长大人同不同意。"

站长看了看他们，轻咳一声："这有点儿不符合规矩……"

"嗯？"傅初晨掀了掀眼皮。

站长本着"从心"原则，非常果断地改口："——但也不是不行。"

乔延曦："我们只借用一会，老师那边如果追究起来，责任由我们承担。"

五分钟后，傅初晨手机里的录音内容传遍全校。

一开始南礼的同学还没搞懂什么情况，听着听着就明白过来。

温娜在学校向来嚣张，明着暗着欺负过不少人。听她在录音里咄咄逼人的态度，有人恍然大悟，也有人面露厌恶。

"原来是她搞的鬼啊，那真是一点都不稀奇。"

"和她当同学真是倒了血霉。"

不论是教学楼还是操场，到处都能听见对温娜的议论声，她就像是一只人人喊打的过街老鼠。

广播室里，站长等人满脸麻木地听完这段广播。

别问，问就是后悔。

温娜再讨厌，家境背景也摆在那儿。她得罪不起傅初晨，也不敢再招惹乔延曦，把气撒在他们这些人身上该怎么办？

傅初晨斜坐在播音室的桌子上，长腿支地，手掌撑着桌面，垂眼，淡声问坐在旁边椅子上的乔延曦："只是这样就够了吗？"

她微微仰头："你觉得教训太轻了？"

"不痛不痒，没造成任何实质性伤害，甚至算不上什么教训。"傅初晨说。

"嗯，我也觉得。"乔延曦当然也不准备就这样放过温娜，"我报警了，造谣帖转发超过五百条是可以定罪的。"

傅初晨微微挑了挑眉。

乔延曦继续说："虽然可能性不大，不过已经足够了。"

对温娜这种自尊心极强，把面子看得比什么都重要的人而言，让她当着全校师生的面被警车带走，沦为笑柄，这才是她最接受不了的。

事情的发生就如乔延曦猜测的那样。

只是没想到，乔家和傅家会进行双重施压，温父温母虽然有心想帮女儿，也无可奈何，只能让她关在里面反思几天。

温娜一出来就受不了了，哭着闹着要转学。

她走了，以她为首的那群小姐妹没了主心骨，也都散了，再不像以往那样高调，全都夹着尾巴做人。

对此大家当然是喜闻乐见，觉得学校的空气都变得清新了。

到了春末，天气已经渐渐热了起来。

秦之韵的电影正式杀青，有狗仔拍到她坐上了前往 S 市的航班，网友纷纷猜测这位劳模演员又是要进哪个导演的组。

直到有人提了一句，乔延曦不就在 S 市嘛，可能是去看女儿的。

乔延曦看到这条新闻的时候，秦之韵已经在 S 市落地了。

等她见到秦之韵时，对方连回程的机票都买好了。

咖啡厅。

灰白风格的装修很有格调，纯白的小圆桌上摆着一杯美式咖啡，和一份芝士蛋糕，餐具上刻着精致花纹。

乔延曦静静看着对面的女人。

有大半年没见了，即便对面坐着的是自己母亲，是世界上跟她最亲近的人，在这一刻，也显得有几分陌生。

"乔乔，你在怪妈妈吗？"秦之韵开口打破沉默，"因为我来 S 市没有告诉你。"

乔延曦拿餐叉切了一小块蛋糕，却没吃，桃花眼里情绪无声翻涌。

"没有。"她低下头说。

"我来这儿只是处理一些事情，不准备久留，就没和你打招呼。而且你还在上课，下次不要为这种小事请假。"

秦之韵浅浅地抿了一口咖啡，有一点苦。

她喝了这么多年的美式，按理说早该习惯了这个味道。或许是因为这座城市，有太多不美好的记忆了吧。

"妈妈。我能问一下，你和爸爸究竟是为什么分开的吗？"

秦之韵皱了一下眉。

为什么分开？原因有太多太多了，性格不合，三观不合，门不当、户不对，相处起来双方都累，谁也不愿意妥协。

就连这一次见面，明明两个人都是准备好好叙个旧的，最后还是闹得不欢而散。

其实在结婚之前，这些问题就存在了。

他们都以为只要靠爱就能克服，义无反顾地领了证，而现实狠狠地给了他们一巴掌。

他们结婚结得悄无声息，离婚倒是离得轰轰烈烈。

"没什么好说的，"秦之韵冷冷一笑，"他们乔家，我高攀不上。"

娱乐圈很多女明星都把嫁入豪门当做人生目标，认为那是享福的开始，可在秦之韵看来，那根本就是地狱级的灾难。

秦之韵离开之后，乔延曦回到学校，径直去了图书馆。

她现在脑子乱乱的，心情也不太好，只想去人少的地方静一静，靠学习来转移注意力。

临近六月，馆里几乎都是高三学生在抱着资料复习，占了大部分座位。

乔延曦没去跟人挤，在书架间来回穿梭，最后也不知道是脑抽还是怎么，拣了本《犯罪心理学》出来，那就看看吧。

乔延曦倚着古典的木质书架，慢慢翻看着。

不知道时间过去了有多久，余光里忽然出现了一道人影，穿着高二的制服，深蓝色。

乔延曦立刻抬起头，愣了一下："……是你啊。"

男生戴着一副黑框眼镜，清秀的面孔，嘴唇抿成平直的线，有些艰难地嚅动了一下，回答道："嗯，是我。"

简单打过招呼后，乔延曦跟他便再没有交流。

吴闻看着少女的侧脸，想到她的身份，想到她刚刚那一闪而过失望的眼神，如果说以前他还对她抱有幻想，现在真的一丝期待也没有了。

他们本就是两个世界的人，他不该觊觎天上的月亮。

可他还是想，多看几眼。

脚步声由远及近，乔延曦有了某种预感，再次抬起头。

傅初晨就在离她三十厘米的位置，停下脚步，垂着眸，居高临下看着她。

乔延曦眨了下眼："你怎么来了？"

"你在微信上和我说，想一个人静静，"傅初晨尽量让自己语气显得平静，"就是和别的男生在图书馆幽会？"

乔延曦看了看不远处的吴闻，虽然他们是在同一排书架看书没错，但怎么看也不像是在"幽会"好吧？

乔延曦："想多了，碰巧遇上的。"

"那还真巧，"傅初晨面无表情，"我每次来都能在这儿看见你俩，这地方是你们的定情之地？"

大概是看出来再说下去这位大小姐真要翻脸了，傅少爷非常生硬地转换了一个话题："你现在怎么也开始看这个了？"

他指着乔延曦手里的《犯罪心理学》。

乔延曦合上书，放回书架原先的位置："不关你的事。"

傅初晨看她转身要走，连忙追上去："你生气了？"

"没有。"

出了图书馆，天空透黑，星月都很明亮，朦胧的光线洒下来，在少女乌黑长发的发顶折射出一层柔软的光圈。

傅初晨就跟在她后面，像之前的每一次。

走了一会儿，乔延曦其实早消气了，就是有点儿拉不下脸主动开口。

她只好故意放慢脚步。

傅初晨轻笑一声，果然很快就理解了她的意思，快步上前和她并排。

"乔延曦。"

听见他喊，乔延曦停下脚步："你刚才为什么不相信我？"

"我没有，"傅初晨顿了下，舌尖抵着上颚，"我不是真的误会你和他，只是——"

回想起刚才看到的画面，他的表情带了点不爽，语气无奈，似乎认输一般。

"……有点吃醋了。"

乔延曦一怔，似乎完全没想过会听到这样的话："你说什么？"

"我说，"傅初晨低声重复，"我、吃、醋、了。"

如果这个时候再问他为什么吃醋，就显得太假了。

乔延曦不是那种对感情非常迟钝的人，何况傅初晨对她的好，但凡长了眼睛的人都能看出来。

网络上有句话说：靠在火炉旁，怎么会感觉不到温暖呢？

她想，确实是这个道理。

她不可能感觉不到的，那样耀眼又热烈的少年，像太阳一样，却只把光给了她。

高二的暑假是在补习中度过的。

盛夏，万里晴空。

窗外蝉鸣声阵阵，滚烫的阳光透过玻璃直直照射进教室，被室内的冷气减缓了几分热意。

老师讲完卷子，交代同学们自觉把错题抄在错题本上，刚走出教室，陈星宇就撂下笔，人往后一靠，瘫坐在椅子上。

他一副快要原地升天的架势，连声音都蔫巴巴的提不起劲儿。

"累死了，这日子真不是人过的。"

宁萌嫌弃地看了看他："这就不行了？那等真正高三了你怎么办？要不干脆别高考了，现在转去国际班得了。"

"半途而废怎么行？"陈星宇说得理所当然，"那我不就白努力这么长时间了嘛。"

"而且国际班也是要学习的好吧？我看到那些洋文就头疼，还是算了，就在咱们班继续混个一年吧，嗯，一年很快的。"

"你就慢慢自我催眠吧，"宁萌说，"也不知道是谁天天抱怨现在的生活度日如年，照这样说，你还得熬个三百六十五年。"

陈星宇："……"

乔延曦单手托腮，一边翻着书，一边听他们吵架拌嘴。

这样的感觉其实很好，热闹又鲜活，乔延曦被这种氛围感染，忍不住也轻轻翘起唇角，桃花眼里漾出少见的笑意。

她悄悄往左瞥了一眼。

少年正在垂头写题，神情淡漠又专注，似乎完全没被其他人影响到。

陈星宇选择跳过这个话题，伸手拨弄了两下额前过长的头发。

"欸，萌萌，你有没有多余的发卡或者小皮筋给我一个，这头发我都没时间去剪，刘海老扎眼睛，难受死了。"

宁萌无语地翻了个白眼，还是从头上解下一根头绳递给他："喏，拿去。"

"怎么还有个兔子脑袋，还有没有别的？"陈星宇接过来打量了一下，粉色的皮圈，带着一个卡通兔子的装饰物。

"没有，不用拉倒。"

陈星宇只好认命地说："用、用、用，"拿皮筋在头顶绑了个小鬏鬏，露出光洁的额头，"这下舒服多了。"

这时候，乔延曦感觉有一道目光落在自己身上，再次转头朝旁边看去。

傅初晨不知道什么时候写完了题，修长手指把玩着黑色中性笔，睫羽微微下压，注视着她的左手手腕。

少女手腕细白，上面套着一根黑色皮筋。

是最简单朴素的款式，没有别的装饰，却衬得她肤色比雪更胜。

乔延曦："你也想要？"

傅初晨没说话，伸出手，掌心向上，手指勾了勾，以行动代替了回答，示意她把皮筋给他。

乔延曦直接把手伸向他，让他自己拿，然后继续低头看书。

对方似乎停顿了片刻，紧接着她感受到少年微凉的指尖，触碰到肌肤，很快又撤离，连带着那根黑色皮筋。

手腕那处还是有股不自在的感受，痒痒的。

她以为傅初晨要皮筋也是想把额前的碎发扎起来，余光却瞥见他身体动了动，桌椅摩擦地面发出一点轻响。

——他站起来了。

乔延曦："？"

傅初晨走到她身后停下，从旁边随手扯了张空的课桌过来，半坐着，微微躬身，挑起一缕她披散着的长发。

乔延曦隐约反应过来他要做什么，忍不住回头。

傅初晨按着她的脑袋转回去："别动。"

他不怎么熟练地将少女的头发分成三股，最后交错绑在一起。

乔延曦听见头顶传来一声低低的"唔"，心里有种不妙的预感，侧头借着窗户的反光可以看见一点儿大概。

"我就不应该相信你。"乔延曦面无表情地说。

傅初晨顿了下："我重新给你绑一个？"

"技术上限摆在这里，重试几次都一样。"乔延曦拍开他的手，嘴里嫌弃归嫌弃，却没有立刻把辫子解开。

"这还挺好看的。"傅初晨上下打量几眼，对自己的杰作还颇为满意。

前头的陈星宇和宁萌对望一眼，其实很想吐槽。

好看的是乔姐本人，跟这个发型可没有半毛钱关系，要是没这颜值，谁能 hold 得住？

傅初晨最后还是帮乔延曦把头发恢复原样，那根黑色皮筋却没有还给她，而是戴在了自己的手腕上。

再没有摘下来过。

严格算起来，现在距离高考其实还有不到一年。

人在真正忙碌起来，全身心地投入去做一件事的时候，几乎感觉不到时间的流逝。

十八岁生日那天，乔延曦又在窗外看见了堆积成片的雪。

和去年一模一样的场景。

只是今年，少年没有拿雪球砸她宿舍的窗户，也没有在宿舍楼下等着她，陪她打雪仗。

因为已经见识过一次，南礼的同学不再像去年那样大惊小怪，只有高一新入学的学弟学妹们对此感到十分新奇。

几乎所有人都默认这场雪是校方制造的，还在讨论是不是以后每年都有。

事实证明，他们想太多了。

这届高三毕业后，往后每年的 11 月 22 日，南礼都不会再下雪了。

虽然大家总是抱怨到底还有多久才能解放，但直到看到黑板上的高考倒计时用红色粉笔写下醒目的"100 天"时，心情还是不由自主地沉重下来。

高考倒计时，也是分别倒计时。

一直到高考当天，乔延曦的心态都很平和。

她和傅初晨不在同一个考场，但是离得也不远，在分开之前，傅初晨懒声对她说："加油。"

乔延曦舔了舔唇："你别跟我说话，不要影响到我。"

"？"傅初晨很纳闷，"就跟你说一句话，你都能被影响？"

"嗯，你魅力太大了。"

傅初晨："……"

少女突然一记直球打过来，搞得他都有点儿不会接了。但不得不说，她这番话确实让他感到十分的……愉悦。

"行吧，"傅初晨挑了挑眉，眼尾弧度上扬，勾勒出好看的形状，"好好考试，争取拿个第一名回来。"

乔延曦："你呢？你不想拿第一？"

"怎么会不想？"少年轻笑，"这不是抢不过大小姐你吗。"

借他吉言，乔延曦最后真的考了全省第一。

成绩出来以后要返校填报志愿，顺便举行毕业典礼。

乔延曦去 B 大是毋庸置疑的，宁萌则是选择了 S 市本地的院校，一把鼻涕一把泪地跟乔延曦道别。

至于陈星宇还在犹豫，他的成绩够不到一本线，最好的选择也是在 S 市周边几座城市。

傅初晨要报考警校的流程比他们麻烦一些，除了最基础的体测和体检，还得通过面试和政审。

毕业典礼当然少不了优秀毕业生上台讲话。

何业原本的打算就是从傅初晨和乔延曦中间揪一个出来，刚好乔延曦这次拿了省状元，名额自然落到了她头上。

乔延曦趴在座位上写演讲稿，到收尾阶段，她笔尖顿了下，抬起头来，环顾了一圈 A 班教室。

课桌椅的摆放凌乱不已，黑板上到处都是涂鸦，课本和试卷被撕得粉碎，散落一地。

一切的一切都象征着，他们的高中生活……真的结束了。

走廊上，傅初晨正在和几个平时关系不错的男生说话，谢洋也在其中，不过他只懒懒地倚在一旁，没有出声。

大概是察觉到了什么，傅初晨忽然侧了侧头。

目光越过窗户玻璃和一排排东倒西歪的课桌椅，直直撞入少女浅亮的眸底。

一如当年，她转学到南礼的那天。

他们也是像这样，隔着大半个教室对望着。

直到风荡起蓝色窗帘，挡住了他们的视线，乔延曦才低下头，继续在草稿纸上写完最后一句话。

感谢南礼，让我收获到了非常宝贵的东西——

知识、友谊，还有爱。

傅初晨回来的时候，乔延曦还在检查这份演讲稿有没有问题，看到他，莫名有点儿心虚，下意识就想藏起来。

傅初晨看她这样，反而来了好奇心："给我看看你写了什么。"

乔延曦："不给。"

"早晚都是要公开念的，全校都会听到，"傅初晨扬眉，"现在给我看两眼怎么了？"

乔延曦："那你就等到时候跟全校一起听，现在急什么急？"

演讲就安排在半个小时后。

乔延曦又穿上了那身酒红色的制服，及膝的半身裙，搭配白色的刺绣衬衫，胸口还佩戴着那枚刻着南礼校徽的荣耀胸针。

优等生的气质扑面而来。

前面的演讲内容都很正常，唯独最后，听到结尾那个有些暧昧的字眼，所有人都在起哄。

"爱"包含了很多种情感，并不特指爱情。

但乔延曦之所以在傅初晨面前心虚，就是因为她写的这个"爱"，多多少少跟爱情挂了点儿钩。

她在台上走了走神。

耳畔那些起哄声在某个时刻好像又增加不少分贝，乔延曦回过神，才发现少年捧着一束鲜花走到了她面前。

台下甚至都有"表白！表白"的口号喊起来。

"代表全体 A 班，送给我们的 No.1，"傅初晨歪头看着她，嘴角勾起，"祝你未来可期，星途璀璨。"

乔延曦也看着他，接过花束，说了声："谢谢。"

这样的台词多少有些官方客套的意味，底下的同学都在"喊"。

送花环节本该到此为止，傅初晨却没走，依旧直勾勾地盯着她。

少女怀里抱着那束红玫瑰，颜色浓烈，和她的制服非常相称，整个人站在那里，明艳到不可方物。

"然后，代表我自己，也有一句话想对你说。"

乔延曦有了某种预感，呼吸都停了一拍。

台下观众除了同学还有老师，此刻无一例外地屏息凝神，注意着台上两人的一举一动。

傅初晨喊了一遍她的名字，比以往每一次都要认真："乔延曦。"

"我喜欢你，"他是那样直接而大胆，毫不掩饰，带着少年人独有的轻狂，"你要不要和我谈一场恋爱？"

爱情究竟该是什么样的，乔延曦一直找不到答案，现在有人告诉她——

"和我在一起，将是唯一的正解。"

少年张扬又自信，眉眼轮廓利落深邃，眼神里藏着的都是对她的坚定。

场内似乎寂静了一瞬，也可能并没有真的安静下来。

只是这个时候，傅初晨的感官全部集中在乔延曦身上，他的眼前只剩下了那个捧花的少女，周遭的人都化作虚影。

耳畔听见的全是自己极力压制却依然汹涌澎湃的心跳声，除此之外，空气静止，风也停歇，再也感受不到其他——那些无关紧要的东西。

傅初晨说完这句话，有一种压抑许久终于得以释放的快感，悬在心口不上不下的箭羽"咻"地离弦射出——

而她就是靶心。

尽管他有着相当大的把握，他确信乔延曦对自己是有好感的。但在这一秒，他还是无可避免地感到害怕。

怕箭脱靶。

怕听到否认的答案。

少年目光虔诚，像是迎接一场审判。生或死，皆掌握在她的手中。

等待的过程很是煎熬，哪怕只有短短几秒，傅初晨都感觉过去了得有半个世纪。

乔延曦定定望着他的漆黑眼瞳，沉默了片刻，忽然开口："你能不能……再重复一遍？"

什么意思？

再重复一遍？

他刚刚说得那么大声，她居然没听见？

还是说……她准备找借口拒绝吗。

傅初晨脑子里闪过各种弹幕，最后定格在"拒绝"那条上。

傅少爷仔细回忆了一下过去的十多年人生，从幼儿园到高中，一向都只有自己拒绝其他人的份儿，被拒绝还是头一遭。

还是在大庭广众之下。

正常来说，他应该或多或少会觉得有一点儿丢脸或难堪，毕竟他平时是那么骄傲的一个人。

然而并没有。

——因为对方是乔延曦。

傅初晨轻轻呼出一口气，如果这是她的选择，他当然会尊重。

哪怕不是他希望的答案也没关系，如果时间倒退重来，早知道会是这样的结果，他还是会向乔延曦告白。

青春就该是这样，喜欢就一定要大声地说出来，结局能不能如意另说，至少努力争取过，将来才不会留下遗憾。

——所以他不后悔。

乔延曦不知道自己那句话能被傅初晨曲解成这样，并由此延伸出这么多想法。

她现在很纳闷。因为傅初晨一直不吭声，她又无法确定他刚才说的那番话到底是不是自己的幻听。如果是听错了，那她上来回答一句"好，我答应你"岂不是显得很傻。

她直勾勾地盯着傅初晨，心想，你倒是说话啊。

不知道过去了有多久，傅初晨终于有了动作。

他微微叹了口气，声音一贯懒散，却藏不住那一丝丝低落："要拒绝就痛快点儿吧，放心，我又不是接受不了。"

乔延曦："？"等等，谁说要拒绝了？

眼看着傅初晨一副准备转身要走的架势，乔延曦虽然没搞懂这误会是怎么产生的，但觉得还是有必要阻止一下。

"傅初晨，我没有要拒绝的意思，我只是想听你再说一遍。"

听完这番话，傅初晨第一次感受到了什么叫"死灰复燃，死而复生"，心情大落大起，他忍不住将领口的领带扯松，往前迈出一步。

傅初晨黑眸漆亮："没有要拒绝，那是答应了？"他歪了歪头，眼角勾出笑意，"我喜欢你，你想听一万遍都可以。"

乔延曦觉得自己大脑"轰"的一声，几乎快要炸掉了，耳根一片绯红。

所有人都在欢呼尖叫，热烈的氛围几乎要掀翻整个大礼堂。

乔延曦闭了闭眼，努力缓和心跳。

谁能想到呢，被表白的人其实比表白的人还要紧张。

"知道了，"她顿了下，说，"答应你了。"

高考已经结束，这群高三毕业生自然是人手抱着一部手机。

面对如此劲爆的告白现场，录像的人不在少数，这会儿视频早就在各大校群和论坛贴吧流传开了。

放眼望去，首页全被刷屏。

主题：【我愿称之为年度最浪漫告白现场！】

主题【南礼特特特大新闻！还有谁不知道，校花校草终于在一起啦！】

……

【我还以为他们早就在一起了，谁懂？】

【救命，我也以为！】

【搞半天之前他俩天天腻歪在一起是真的单纯在讨论学习啊我的妈[震惊.jpg]】

【换作是我，天天对着这么个大帅哥同桌，是不可能认真学习的，所以这就是我和学霸的区别吗？】

【楼上，换作是我，面对这么个大美女同桌也不可能清心寡欲……】

【你们想得真多……】

第二个帖子的回复率极高，大家在八卦得热火朝天的同时，又带着一点点的小伤感。

他们在一起了。

他们也，毕业了。

之后的日子里，大概再也不会看到这样般配又赏心悦目的两个人，年级大榜也将不再被他们的名字来回统治。

像这样势均力敌的神仙爱情，只会在南礼成为一届又一届的传说，一直流传下去。

校群和校内论坛混不进去，但贴吧可是公开的，因此，南礼校园贴吧成了广大 CP 粉的重点视奸对象，有任何一点风吹草动都不放过。

而这一回大张旗鼓的，当然早就被搬运到了"晨曦"超话。

粉丝们已经开始提前过年了。

【这已经是我今天看到的第四个不同机位的视频了，好想看现场版的啊啊啊，我恨我不在南礼。】

【"我喜欢你，你想听一万遍都可以"真的太绝了！】

【傅少爷好会啊，怎么能这么撩！】

【全校公开告白真的太浪漫了，这就等于向全世界宣布我爱你啊。】

疯狂过后，粉丝们也稍微冷静下来，送上自己最真挚的祝福——

【乔延曦傅初晨，毕业快乐。】

【一起并肩走向更美好的未来吧。】

恋爱了应该做些什么？

在一起之前，乔延曦从来没想过这个问题。

只是现在当她和傅初晨并肩走出南礼的校园，看着外面宽阔的马路被夕阳染上橘红的光，一时间有些茫然。

他们前后停下脚步，对望了一眼。

"现在去哪里？"乔延曦问。

"不知道。"傅初晨耸了耸肩，低下头，"你想去哪儿，我听你的，"他声音缓慢而勾人地补上后三个字，"女朋友。"

乔延曦："……"

怎么说呢，就挺不自在的。

刚刚才确认关系，乔延曦还没有很好地适应他们身份的转变，也有点儿招架不住傅初晨这样猛烈的攻势。

乔延曦捏了捏指尖，开始反思自己是不是太冲动了，居然这么轻易就答应了。

"我也不知道，"乔延曦绷着脸，看起来有些微的冷淡，"你把我从大礼堂拉出来，这应该是你该考虑的问题。"

傅初晨挑了一下眉："行吧。"

他想了想，说："要不要……去看个电影？"

逛街吃饭看电影，这似乎是所有情侣的约会标配。

"看什么？"

"都行。"

最后傅初晨在手机上随便挑了个爱情片，评价都说什么"好哭""催泪""适合带女朋友来看"。

他也没注意前面的，看到后面那条，直接就订票了。

八点多的场，距离现在还早。不过电影院所在的商圈离南礼有点儿远，坐车过去再吃个饭，时间也差不多了。

因为是工作日，商场人不算多，餐厅也不需要排队。

他们找了家环境清幽的中餐厅，也没选包厢，就坐在大厅靠窗的位置，正好可以看见外面的风景。

夏季的白昼会一直持续到晚上七点，火烧云铺满天际，晚霞浪漫，衬托着他们之间的气氛。

傅初晨坐在她对面，单手支着脸，一眨不眨盯着她看。

他们一起吃过很多顿饭，在学校，在外面，甚至在家里都有，却还是第一次以不同的身份做这件事，感觉还挺奇妙。

乔延曦被他盯得实在受不了了。

"吃的在我脸上吗？"她面无表情，"能不能别看了？"

傅初晨笑了一下，手放下来，懒洋洋地回答："秀色可餐没听过吗？这都不知道，怎么考的第一名。"

乔延曦眯了眯眼："怎么，你不服气？"

"我可不敢。"

傅初晨配合地举起双手作出投降的姿势，一脸无奈却又拿她没办法的表情，任由路人看见了也得感叹一句——

"你就宠她吧。"

电影即将开场，尽管刚吃过饭，"傅·财大气粗·少爷"还是去买了爆米花套餐，乔延曦拿到手的时候人都麻了。

饮料只有一杯，超大杯，上面插着两根爱心吸管。

就这么一杯喝的，加上大桶爆米花，竟然要卖九十九块钱，寓意着"长长久久"。

很显然，电影院这是打定主意坑那些恋爱脑情侣的钱。

乔延曦："……"

能怎么办，继续硬着头皮吃吧。

之前选座的时候乔延曦没有过问，进去了才发现，傅初晨选的竟然是最后一排的角落位置，两个座位连一块的。

中间没有碍事的扶手，对热恋期的小情侣来说极其方便。

他们旁边就坐了一对，男生拉着女生坐在了自己腿上，旁若无人地kiss 了起来。

傅初晨："……"

感觉到乔延曦看向自己的眼神彻底不对劲了，傅少爷偏头轻咳一声，也有点儿微妙的尴尬。

他选角落的位置当然是有些小心思的，但最多也就是……趁机拉个小手什么的，纯情到说出来他自己都不太信。

不管怎么样，电影还是要看的。

乔延曦其实对电影，尤其是这种爱情电影不感兴趣，但毕竟是傅初晨提出来的，她也不好拒绝这位新上任的男朋友。

剧情比较老套，但胜在画面唯美清新。女主角在雨中哭着流泪，求男主角不要走，虐心的桥段让现场不少小姑娘跟着默默哭泣。

余光瞥向隔壁那对情侣，女生似乎把头埋进了男生的颈窝，甚至能听见几声断断续续的"嘤嘤嘤"。

乔延曦扭头看向傅初晨，发现他也正看着自己。

电影院光线昏暗，衬得少年眸色更深。

光影轮转切换，他脸上的光也跟着变化，唯一不变的是他的眼神。

根据其他人的反应来看，她现在可能是要跟着哭出来比较好——以乔延曦作为演员的专业素养来说，真要哭也是可以的。

她就是觉得没必要。

傅初晨当然没指望乔延曦会被这矫情的剧情打动落泪，会盯着她看也只是单纯地想看着她而已。

从电影开场到现在，他就没瞥过几眼大屏幕，视线几乎都放在了少女身上。

乔延曦："你一直看我干吗？"

"没什么，就是突然觉得，"傅初晨斜斜靠着座椅，勾唇，"我女朋友真好看。"

乔延曦感觉自己的脸应该是红了一下，烫意明显，托某位少爷的福，她第一次发现自己也会有这么害羞的一面。

还好现在四周都黑漆漆的，应该看不出来。

乔延曦调整了一下坐姿，假装自己在专心看电影，目不斜视地"哦"了一声。

过了片刻，她迟钝地反应过来，又问："现在才这么觉得？"

相对黑暗的环境里，只有正前方的大屏幕亮着唯一的光。

为了衬托伤感的电影剧情，整体的画面基调都很暗，朦胧的光影，拓出少女模糊的面容。

唯独那双桃花眼清晰又莹亮。

严格来说，乔延曦可以算得上三百六十度无死角大美女，哪怕只看个轮廓，都是相当漂亮的。

傅少爷挑了挑眉："我又不瞎。"

大小姐也跟着扬一下眉毛："那你现在才说？"

闻言，傅初晨低头轻笑了声，胸腔振动，笑起来声音低低的，很有磁性。

乔延曦被他笑得耳朵都麻了。更要命的是，这人笑完了还不够，身子还往她那边挪动了一点点。

两人的大腿碰到一起，隔着薄薄的西裤布料，哪怕电影院里冷气充足，依旧能感觉到对方过烫的体温。

"因为——"

他伸手，掌心覆上少女的手背，五指向下扣，指缝交错。

"你现在才属于我。"声音温柔又缠绵。

乔延曦不知道这人谈个恋爱哪来这么多情话可说，不过倒也没挣脱他的手，就这么一直牵到了电影散场。

期间傅初晨还拿手机拍了一张他们十指紧扣的照片上传到朋友圈以及微博，甚至连 QQ 空间都不放过，总之所有的社交软件都要秀一遍。

朋友圈没有屏蔽任何人，傅夫人也刷到了，一瞬间被幸福砸昏头，一个电话就call过来。

傅初晨才刚刚接通，那边又秒挂。

紧接着，微信上跳出他老妈的私聊消息：

【哎呀儿子，你和乔乔在外面好好玩，妈就不打扰你了。】

【晚上记得把我儿媳妇带回来就行。】

【或者干脆你也别回来了。】

【……】

傅初晨回完一串省略号，收好手机，倚着墙等乔延曦从洗手间出来。

刚散场，过道人来人往。

少年身形清瘦高挑，穿着白衬衫和黑裤子，浓颜系的五官，比电影里的男主角还要帅上几分，频频惹人回头。

来看爱情片的除了情侣，还有很多女生约着闺蜜一起，路过傅初晨身边时的反应也很一致。

先是呼吸放轻，而后拿胳膊去撞旁边的小姐妹，两个人默契地交换一个眼神。

有的胆子稍微大一点，似乎准备上前要微信。

还有的比较"人间清醒"，扫了两眼就收回目光，摇头道："这一看就是在等女朋友，散了吧姐妹们，没戏的。"

乔延曦出来的时候，正好看见一个女孩子凑在傅初晨身前，一身吊带配短裙，打扮得很辣。

乔延曦停住脚步，没急着上前。

这才刚在一起，傅初晨当然不可能背着她在外面拈花惹草，乔延曦还是很相信自家男朋友的人品的。

她只是有点儿好奇，他会选择怎么处理。

少年没骨头似的靠着墙，一条长腿微微弯曲，垂着睫毛瞥了女孩一眼，漫不经心抬起右手晃了晃。

他冷白瘦削的手腕上，一根黑色头绳无比抢眼，其中意味相当明显。

那个辣妹"啊"了一声，明白过来。

她也是抱着试试看的心态，见对方果真有女朋友，也没有插足别人的兴趣爱好，说了句"打扰了"便准备撤退，一转头就看见了乔延曦。

现在不比在影院厅内，走廊光线充盈，少女的外貌一览无余。

和傅初晨这种只是随便上上综艺露了个脸的不同，乔延曦怎么说也是公众人物，在南礼同学们看习惯了不觉得有什么，出了校门那可就不一样了。

辣妹呆了几秒，一开始只是隐约觉得眼熟，再看两眼……这这……这不是那谁吗，名字都到嘴边了，偏偏卡了壳。

乔延曦走到傅初晨面前，下巴抬了抬："走吧。"

"嗯。"傅初晨点头，视线扫过乔延曦垂在身侧的手，正想去拉，刚刚那个过来搭讪的女孩忽然又跑过来。

动作被打断，他皱起眉，已经有了几分不耐烦。

偏偏女孩像是完全没感受到，甚至注意力都没放在他身上，而是直勾勾盯着他女朋友——

态度比刚才对他要激动一万倍。

傅初晨："……"

"乔乔？"女孩试探性地开了口，见乔延曦应了，一下子尖叫出声，"啊啊啊！活的！是活的乔乔！"

虽然高中时期乔延曦都没有接戏，但也参与了好几部综艺的录制。

除了《少年天才》外，其他的都只是当一两期的飞行嘉宾。那些节目都是火了好多年的，主持团队皆是圈内元老级人物，话题度自然不会小。

"乔乔我好喜欢你，你能不能给我签个名呀？"

签名当然没问题，只是乔延曦现在身上没带笔，刚要说"不好意思"，女孩特别上道，立马从包里翻出一支口红："用这个签就可以了！"

乔延曦静默了一下，接过来，问她："签在哪里？"

女孩犹豫了一下，指了指自己身上的白色吊带："就签衣服上吧，我决定这辈子都不洗它了。"

签完名，这姑娘还跟乔延曦握了个手，最后依依不舍地走了。

乔延曦转过头，傅初晨两双抄在兜里，沉默多时，周身气压有些低，看上去有那么一点点的不爽。

看这个反应，好像是……又吃醋了。

因为那姑娘引起的动静，导致不少人都看着他们这边，为了避免围观的人数越来越多，乔延曦只好先拉着他远离此地。

到了无人的僻静角落，她才开口："你连女孩子的醋都吃？"

"没有，"傅少爷死不承认，"我看着像那么小气的男人？"

乔延曦权当他在放屁,继续说:"我刚刚还看到那女孩找你要微信,我都没说什么。"

"我又没答应她。"

傅初晨顿了下,还是没忍住:"你怎么就那么好说话,让你签名就签名,让你握手就握手,是不是让你抱一下你也跟人家抱?"

乔延曦认真想了下,如果只是抱一下的话,好像也没什么问题。

傅初晨"啧"了声:"我都还没抱上,哪儿轮得着她?"

乔延曦:"⋯⋯"

电影结束已经十点多了。

走出商场,夜风清凉,拂面而来,天空缀着点点明星,月亮皎洁,预示着明天大概又将是一个晴朗的好天气。

还没回家,傅初晨已经开始计划明天的约会:"明天想去哪儿玩?游乐园?海洋馆?"

乔延曦想了想:"海洋馆吧。"

"好,"傅初晨利落地预订好门票,"下午我来接你。"

乔延曦抬头看了他两眼,其实想问"那现在呢",但还是把话憋回了肚子里去。

因为如果问出来的话,就代表着今天的约会大概要到此为止了。

毕竟都这么晚了,傅初晨总不可能跟她说还有下一趴,比如说去开房什么的,那她可能会打烂他的头。

傅夫人在微信说的话乔延曦当然不知道,傅初晨也没跟她讲,实在是有些说不出口。

他们就手牵着手沿着这条路漫无目地走着,感受着夏夜的晚风。

散步的过程,他们其实没有刻意去寻找话题,想到什么就聊几句,是一种很舒适的氛围。

乔延曦觉得自己从来没有哪一刻像现在这么放松过。

她甚至想,这条路如果没有尽头就好了,她可以一直跟他走下去,到永远。

或许是今晚的月色太好,光影都温柔,气氛被烘托到极致。乔延曦甚至有一种不真实感,生怕这一切都是幻境。

"傅初晨,"乔延曦喊了他一声,"我能不能问你一个问题?"

傅初晨抬起头来，眸光闪烁了一下。他舔舔唇，做好心理准备后，缓声道："你问。"

乔延曦看着他，问得认真："你的人生规划大概是什么样的？"

人生……规划？

没想到会是这样的问题，少年的表情难得地呆滞了一瞬。

傅初晨觉得很荒诞。

在这样的环境下，不说非得谈情说爱，但拿来谈人生谈理想简直就离谱。

可是能怎么办？问都问了，大小姐还眼巴巴地等着他回答。

傅初晨叹了口气："读完大学，毕业了进警队，应该会干个几十年，具体得看我爸身体状况怎么样，他要是撑不住了，我还得回来继承公司。"

乔延曦点点头："没了吗？"

没了……吧？傅初晨在心底琢磨了一下，她还想听什么回答。

关于未来，他曾经也一直很迷茫。

小时候的作文要求写"我的理想"，别的小朋友几乎都写长大后要当科学家，要当宇航员，等等，对未来充满憧憬。

只有傅初晨不同，他交了白卷，他不知道自己的理想是什么。

在这一方面，傅初晨很佩服洛子阳，他有着坚定不移的目标，所有的努力都是在朝着这个方向前行。

那是他最热爱的东西。

他们的老师曾经说过，洛子阳要是将对魔术的一半热情花在学习上，他的成绩肯定也极为出色。

如果没有发生那样的意外……

他一定，会成为很棒的魔术大师。

而正是因为那场意外，傅初晨第一次有了清晰、明确的目标。

他想当警察的初衷，一是为了找到当年绑架案的凶手，二是想要尽自己所能，阻止类似的事情再次发生。

算是赎罪吧。

除此之外，他好像也没有什么别的执念。

在和乔延曦重逢之前，他也想过要是能再见一面就好了，现在早就得偿所愿了。

看着站在路灯下被暖色光线勾勒出温柔轮廓的少女，傅初晨忽然间想到了什么，嗓子隐隐发痒，喉结轻滚。

"还有，"他说，"想把我喜欢的女孩娶回家。"

说这话的时候，少年眼眸直勾勾地盯着她。

乔延曦心跳得很快，不得已偏过头避开他近乎灼人的视线，指甲掐了掐掌心，试图让自己冷静下来。

"你很想结婚吗？"

"当然。"傅初晨几乎是秒答。

"如果结婚之后，你发现我没你想象的那么好，我们的日常生活总是免不了争执或是冷战，你会怎么办？"

"现在说这个是不是有点儿早？"

少年神情疏懒又认真，"如果是我，不会发生这种情况的。"

乔延曦："未来的事谁说得准。"

"你也说了，未来的事说不准，"傅初晨挑眉，"你怎么知道我一定做不到？"

乔延曦无法反驳。

她看着面前的少年，明月高悬，银霜倾洒在他的发梢之上。

他用云淡风轻的语气说出这句话的时候，乔延曦有一种心脏被击中的感觉，不仅反驳不了，甚至很想无条件地去相信他。

他们沿着这条路一直走到头，傅初晨扭头看乔延曦："现在回去吗？"

乔延曦轻轻地"嗯"了声，很自然地拉着他的手转了个方向，准备往回走。

身后的少年站着没动，嗓音在夜风中低低淡淡的："你要是累的话，就叫个车。"

乔延曦："我不累。"

"不要逞强。"傅初晨低头看着她的脚。因为要上台演讲，乔延曦穿的是一双制服皮鞋，走了这么久的路，肯定会不舒服。

乔延曦还想说"没事"，手腕被傅初晨反手抓住，连带着整个身体都往他那边靠了靠。

傅初晨在她面前蹲了下来："把鞋脱了。"

"你要干什么——"

"看看。"傅初晨直接帮她脱了一只，露出的脚后跟红了一块，还有破皮的迹象，在少女细腻雪白的皮肤上很是明显。

乔延曦当然早察觉到了，抿了抿唇："没关系的。"

也不是第一天认识了，傅初晨当然了解她这倔强的性格，也不啰唆，蹲着的姿势调整了一下，背对着她，拍了拍自己的肩膀。

"上来。"

等了几秒身后的少女都没有动静，他转过脸，黑眸沉沉，语气不容抗拒。

"要么让我抱你回去，要么背你，你自己选。"

乔延曦老老实实地趴在了他的背上，细白的胳膊环过少年脖颈，耳畔的发丝垂落下来。

被她发梢扫得侧脸有些痒，加上后背传来的……温热又柔软的触感。

傅初晨身体略僵，手差点没直接松开。

乔延曦只感觉自己身体往下滑了滑，又被他往上托起，还以为是自己太重，他没抱住，不由得感到郁闷。

"你要是累了怎么办？"乔延曦下巴压在自己的手臂上，歪着头问。

傅初晨："我不会累。"

"你不要学我，"乔延曦轻轻揪了揪他后脑的头发，"要不然放我下来吧，我们坐车。"

"不放。"

乔延曦不解："为什么？"

"你说呢？"傅初晨回头，似笑非笑地反问。

他这个动作让乔延曦猝不及防，愣愣看着他近在咫尺的脸，嘴唇很薄，貌似也很软，仿佛下一秒就能亲到。

乔延曦突然觉得搭在他肩上的双臂有些无处安放，手缩回来了一点儿，身体后倾，和他的距离拉开。

"我怎么知道，你爱背就背吧。"

乔延曦还想维持一贯的冷淡，微乱的气息却把她的内心彻底出卖了。

"行。"傅初晨点点头，重新把脸转回去，没再看她。

乔延曦抿了抿唇，犹豫了片刻，还是决定像之前那样趴在他的肩膀上。

她悄悄打量着他的侧脸。路灯明亮，暖黄的光线减缓了几分平日里的疏冷味道，睫毛细密又长，鼻梁高挺，嘴唇……

不行，不能看嘴巴。

乔延曦视线闪躲了一下，干脆闭上眼。

人在没有视觉的时候，其他感官就会变得尤为敏锐。

她听见了他们的心跳声，扑通，扑通，相似的频率。

也听见少年均匀平缓的呼吸，如他所说的那样，他好像真的不感觉累……

除此之外，还有夏夜凉爽的清风，以及少年后背传来的，略高的体温，和他身上清冽的冷杉气息。

一点一点，构成一张交织的网，她被笼罩在这个无形的网里，心甘情愿被捕获。

或许真的是太舒服放松了，困意渐渐来袭。

等乔延曦再睁开眼的时候，是在一辆车上，看着熟悉的真皮内饰，她想，应该是傅家那辆库里南。

她坐过很多次，已经和车主人一样熟悉了。

乔延曦下意识地侧了侧头，右边座椅是空着的，倒是前方传来一道声音："醒了？"

看着坐在驾驶座的少年，乔延曦愣了一下，而后反应过来，傅初晨早就满十八岁了，有驾照也不足为奇。也不知道是什么时候去考的……

窗外的景色是乔家别墅的前院，车不知道在这里停了多久。

乔延曦顿了下："你怎么没叫我？"

"叫了，你没醒，"傅少爷眼也不眨地开始胡诌，"平时没看出来你这么能睡呢。"

乔延曦："……"

"那我回去了。"她推开车门下车，傅初晨也跟着下来，像个贴身保镖，就这么几步路，硬是把她送到了院门口。

进门之前，乔延曦回头看他。

少年额发有些微乱，他随意往后撩了一下，神情肆意张扬，嘴角带笑："怎么了，舍不得我？"

出乎意料地，乔延曦竟然点了点头。

"是有一点。"她轻声说。

像是被人按下了暂停键，傅初晨整个呆住，过了好一会儿才反应过来，舔了舔干燥的唇，刚要说点儿什么——

乔延曦继续给他放大招儿："明天见，男朋友。"

少女的音色不是那种甜软类型的，偏清冷，可是这声"男朋友"喊出来，听在耳里，却格外勾人。

傅少爷再次蒙住了。

等一下，她喊自己男朋友，四舍五入就是叫老公，那岂不是……

不等他继续异想天开下去，乔延曦撩完就跑，根本没给人说话的机会。

背影看上去果断又无情

傅初晨抬起食指蹭了蹭鼻尖，垂头又开始笑，肩膀一抖一抖，藏不住的愉悦，跟做梦似的。

天知道他等这一天等了有多久，在那些和她朝夕相处的日子里，有无数个瞬间，他都要忍不住了。

想告诉她，他有多喜欢她。

想名正言顺地陪在她身边。

太想了。

如果不是顾及她的想法、她的身份，他早就想将这份偏爱公布于众了。

高三毕业的暑假当然要尽情放纵，何况他们又不差钱，当然是想怎么玩就怎么玩了。

于是，广大网友就发现傅初晨那个从创建到节目开播连个转发都没有的僵尸微博，开始频繁地更新了。

没有文字，只有图片。

第一天是电影院牵手照。

第二天是在海洋馆，一整面墙的巨型玻璃，少女站在前面，伸出一只手，玻璃后面有鱼儿在亲吻她指尖，她似乎也融入了这深蓝的色调里。

粉丝都在尖叫：

【啊啊啊，乔乔太美了，好像是长出双腿的美人鱼哦。】

【刚确认关系就出去约会，果然是热恋期甜甜蜜蜜的小情侣。】

第三天去的是溜冰场，少女踩着纯白的冰鞋，在冰面上翩翩起舞。

第四天大概是没有出门，背景像是自家的露台，少女坐在摇篮吊椅里，怀中抱着一只狸花猫，一起慵懒地晒着太阳。

【真的要命。】

【这就是关注到真情侣的好处吗？我竟然有种糖多吃撑的感觉……】

【乔乔和猫猫都好好看！】

【哥，你自己要不也稍微露个脸？】

傅初晨不喜欢自拍，但却十分热衷于给乔延曦拍照，手机里存着的关于她的照片，没有上千也有几百张了。

锁屏壁纸是她，朋友圈背景也是她。

乔延曦对此倒是没什么感想，只是当少年准备把微信头像也换上她照片的时候，她阻止了——

"这样感觉怪怪的，好像我都是在跟自己聊天一样。"

"那好吧。"傅初晨只好放过了头像。

这天乔延曦和他一起来了傅家，傅夫人见到她比以往任何时候都要激动，恨不得立刻让他俩原地订个婚。

乔延曦早就见识过这位阿姨的热情，如今招架起来也颇有几分"得心应手"。

"阿姨，吃水果。"她用牙签插着一块蜜瓜给傅夫人递过去。

傅夫人果然被转移了注意力，笑眯眯地接过来："好，好，好，谢谢乔乔。乔乔真会疼人，那臭小子要是有你一半贴心就好了。"

躺枪的某人："……"

整个暑假，乔延曦有大半时间都待在傅家，陪傅夫人说说话，再撸一撸威廉，假期生活充实而温馨。

乔延曦捡到威廉时只有十来岁，那时候的威廉也才几个月大。

时光飞逝，不知不觉间她长大成人，它也跟着一起长大，而它的"后爹"现在也晋升成"亲爹"了。

刚开始乔延曦还很不习惯，"恋爱"对她来说是一种绝对陌生的领域，从来没有经历过，更不知道要怎么谈才好。

相比之下，傅初晨的反应可以说是身经百战、熟练无比，情话张口就来，搞得乔延曦一边心脏狂跳，一边忍不住想，他会不会真的有过前任？

高二她才转学过来，高一的傅初晨是怎么样的，当时的同桌又是谁，她根本不知道。

后来他们又出去玩过几次，S市所有好玩的地方都被他们跑遍了，傅初晨依旧保持着每天一张照片的微博更新频率。

【傅傅又发乔乔照片了，每日打卡√。】

【说真的，每次点开傅初晨主页总会让我产生一种错觉，这到底是谁的微博啊……】

【拜托，微博是让你分享日常的，不是让你当私人相册的啊喂！】

【有没有一种可能，傅哥的日常就是陪女朋友，以及给女朋友拍照。】

【楼上你真相了。】

……

乔延曦照例给他的微博点完赞，顺手往下翻了翻评论区。

她忽然又意识到一件事，他们的关系弄得这么尽人皆知，如果真有什么前任，肯定也早就看见了，能沉得住气？而且一点风声都没有，大概率是不存在吧。

乔延曦经历了"自己吓自己""自己说服自己"的两个过程，突然间有些佩服傅初晨。

他为什么可以那么淡定自信？为什么谈恋爱对他来说就像做题一样简单？

不行。

这让乔延曦有一种被比下去了的感觉，大小姐不服输的性格又开始发作，她非得在这方面也要证明一下自己。

虽然有这种想法，但乔延曦还没想好该如何实施。

这种不用学习、只要负责吃喝玩乐就好的假期生活总是过得特别快，一眨眼就到了八月，距离开学报到只剩下不到一个月的时间。

乔延曦准备提前去 B 市。

她这个行为无疑触怒了乔珩，看着少女收好东西拎着行李箱下楼，男人的表情冷到了极致。

"你就这么不想待在这个家？"

乔珩一直都知道，乔延曦当初被接来 S 市特别不情愿。

能住在学校就不回家，能待在房间里就不出来，就好像一定要把自己和这个家区分开来，始终不肯融入。

"这是你的家，爸爸，"乔延曦没有和他争吵，语气很轻也很平静，只是在述说一个事实，"不是我的。"

她握着行李箱的拉杆，视线扫过奢华的客厅，定格在那张装有全家福的相框上。

照片里，乔珩手搭在谢雨静和乔姗的肩膀上，笑容温和，一家三口其乐融融，没有多余的位置可以留给她。

哪怕她才是亲生的。

这其实很讽刺，并非她固执，不肯接纳这个新的家庭，而是因为在这个家，她感受不到温暖。

乔珩希望她能像乔婳一样，多亲近他依赖他，可是这怎么可能呢？

她又不是机器人，不论下达什么指令都能完美执行，她有自己的情感，她的心是肉做的。她也需要关怀，那种发自内心的关爱，而不是嘴上敷衍几句。

乔珩深呼吸一口气："你别忘了，你姓'乔'。"

"是，"乔延曦看着他，"我也可以姓'秦'。"

说起来之前秦之韵确实有过要给乔延曦改姓的想法，只是她的小名叫"乔乔"，已经称呼习惯了，才作罢的。

提到秦之韵，乔珩不知道想起什么，桃花眼微眯。

"你妈妈……"他摩挲了一下手腕上的昂贵表带，声音很沉，"你以为，她为什么会突然同意我把你接回来？"

乔延曦抿唇，没说话。

"她这么拼命往上爬，又费尽心思培养你，不过是为了证明——她离开我，离开乔家，是个正确的选择罢了。"

男人闭上眼，带着几分自嘲。

他太了解她了，就像了解自己一样，清楚她的目的。

以前他最欣赏的就是秦之韵这要强的性格，后来最讨厌的也是这点。

她就这么凭借自己的努力，咬着牙一步步从十八线小演员，走到了如今的位置，然后站在山顶睥睨着对他说："看，没有你我依旧过得很好。"

她只是想证明，离开他，她什么都可以做得很好，教女儿也一样。

至于成果，当然要放到他面前展示一下。

在乔珩说出那句话的那刻，乔延曦承认自己内心有一抹慌乱和无措，想反驳，又找不到有力的证据。

明明当初离婚时，秦之韵什么也没要，只带走了她这一个女儿。

她一直以为，妈妈应该是很爱自己的。

所以她才那么听话懂事，秦之韵让学什么就学什么，努力做到最好，也从来不忤逆母亲的话。

唯独那一次——具体的原因早就忘了，也就是鸡毛蒜皮的小事，成了压垮她的最后一根稻草。

她第一次和秦之韵顶嘴，结果是，她被打包送来了 S 市。

以前她一直想不通，秦之韵不是这么冲动的人，生气也不至于这样。

她还给她找了很多理由，比如工作太忙没时间照顾，比如迫于乔家的压力不得不这么做……

乔延曦握着行李箱的手有些抖。

现在她明白了。

她都明白了。

乔珩时隔多年突然要把她接回乔家，是因为需要一个血统纯正的继承人，而不是因为想念她这个女儿。

秦之韵对她千般栽培，也不过是把她当作一个打脸工具人。

或许也是存在一点感情的，毕竟血缘始终摆在那儿，但都逃不开利益。

就连父母对她的爱都不是纯粹的，那还有什么能是纯粹的？

坐上前往 B 市的航班时，乔延曦的大脑还是一片混沌、空茫。

旁边笼下来一片阴影，有人坐在了她隔壁。她用眼角的余光瞥见一条冷白劲瘦、应该是属于少年人的手臂，和一小截白衬衫的袖口。

乔延曦一怔，不由得转过头看他。

正对上一双漆黑微挑的眼，对方歪着脑袋，熟悉的面孔含着笑，英文发音标准又好听："Surprise！"

乔延曦没说话，眼眶有些发红。

她要去 B 市的事当然跟傅初晨讲过，她甚至还截图了机票详情发过去。

他在微信上回她"一路平安"，结果现在就坐在她身旁。

"怎么还感动哭了？"傅初晨收敛了笑意，叹口气，伸手在她脑袋上轻轻揉了一把。

乔延曦一动不动，平时她是不太乐意被摸头的，这时候却恰恰相反。

"傅初晨……"她声音轻颤，已经用了最大的努力在克制自己，不然下一秒就会崩溃，"你能不能对我说句话？你之前说，我想听一万遍都可以的。"

傅初晨懂了，手按着乔延曦的后脑将她带进自己怀里，下巴抵在她的肩膀上，低声说："我喜欢你，乔延曦。非常非常，喜欢你。"

他一遍又一遍，不厌其烦地告诉她。

从飞机起飞到落地，总共 2 小时 15 分钟，他对她说了 520 次"喜欢你"。

第十章

我听见了

对乔延曦而言，傅初晨能出现在这架飞机上，确实是个非常大的惊喜。

仔细回想，似乎每一次都这样。

在她一个人无法承受，需要有人替她分担一点儿铺天盖地的负面情绪的时候，他总是在她身旁，陪伴她、安抚她。

没有人比他更懂得照顾她的感受，也没有人会像他这样，无条件地对她好。

出了机场，外面的天空碧蓝如洗，飘浮着几朵棉花糖般的白云。空气里弥漫着热意，几乎能将人也给烤化了，不过相比起 S 市，还是小巫见大巫。

乔延曦站在出站口的台阶上，单手挡在额前，看了看天空。很奇妙，她的心情好像也没有那么糟糕了。

身后，傅初晨帮她拖着行李箱，另一只手拿着瓶矿泉水，喝了小半瓶后，他用手背拭去唇上的水渍："现在去哪儿？"

乔延曦回头看他："我家。"

傅初晨挑了挑眉毛。

乔延曦："唔，准确来说，是我外公家。也是我小时候住的地方。"

傅初晨点点头，推着行李箱往前："那走吧。"

关于乔延曦口中"小时候住的地方"，傅初晨还挺好奇会是什么样的。他对她的家庭的了解终归是有限的，主要是乔家这块比较熟悉，至于秦家，那完全是一无所知。

B 市堵车堵得比 S 市还要严重，在高架上停留了近二十分钟，出租车只龟速前行了不到一百米。

少女的胳膊习惯性地支着车窗框，视线一直放在窗外。

鳞次栉比的大厦，车水马龙的街道。

两年没有回来，B市的风景没有太大变化，繁华依旧，是无数年轻人梦想闯出一方天地的大都市，也是她生活了十多年的城市。

傅初晨看着她的侧脸，眸色深沉复杂。

很多次，她一瞬不瞬盯着外面的景色发呆的时候，他也是这样专注地看着她，不知道她在想些什么。

"乔延曦。"

"嗯？"

"你要是有什么不开心的，可以和我说。"

在飞机上他一直没问，乔延曦的状态反常得那么明显，他怎么可能看不出来？只是想等她情绪缓好。

乔延曦神色一怔，张了张口，有些不知道该从何说起。

她一向不喜欢提及自己的家庭，也不习惯跟人倾诉心事，从小到大，不管发生什么事她都是憋在心里，一个人默默消化。

如果是以前，他这么问，她可能只会随便找理由敷衍过去。

可是现在不一样了，他们已经确认了关系，他们是恋人，是很亲密的身份。

乔延曦微微叹了口气。

"算了，不想讲也没事。"傅初晨不想逼她，移开视线后阖上了眼，做出闭目养神的样子。

少年嘴唇抿成一条直线，下颚紧绷。

过了片刻，他感觉手背处传来一阵柔软的触感，先是试探性地戳了一下，接着轻轻握住，像是在示好。

"我只是在想，应该怎么开口。"乔延曦顿了下，继续道，"不开心的事情有很多，我从来没跟人说过这些，你是第一个，所以你可能会听不完。"

傅初晨重新睁开眸，声音很低："没关系。你可以慢慢说，一天说不完就两天，两天不行就两个月。"他反手紧握住她，捏着她纤细的手指，"不管要多久，我都有那个耐心。"

他的话仿佛带着实质性的温度，浇在心上，滚烫的热意熨烫她全部神经。

"好。"

这是乔延曦第一次完全卸下防备，脱掉自己一层又一层的冰冷盔甲，彻彻底底地把最柔软脆弱的一面展现在他人面前。

因为对方是傅初晨。

所以她愿意信任，并试着去依赖他。

抵达目的地时，天色已经有点儿晚了。

乔延曦的外公家是那种隐在胡同深处的老院子，车只能停在外面的大路，下车后还要步行一段距离进去。

这片房子都很老旧，没有翻新过，墙皮斑驳脱落，墙下杂草丛生。

他们俩一踏进这个地方，就有居住在这儿、正在聊天喝茶的老人投来诧异的眼神。

实在是他们的穿着打扮和气质与这里格格不入，而且又这么年轻，这里已经很少会出现年轻人的身影了。

"到了。"

乔延曦停在一扇深红木制的门前，特意回头看了看某位少爷的神情，发现对方毫无反应，似乎并不意外。

傅初晨打量着四周环境："你以前都生活在这里？"

"嗯，四岁到十三岁都在这儿。"乔延曦说。

四岁的时候她随母亲来到 B 市，就一直住在外公家。后来秦之韵拍戏赚到了钱，买了套繁华地段的大房子，母女二人搬了过去。

本来也是要把外公接过去的，但老人家在这儿待习惯了，怎么也不愿意离开，便只好由着他继续住在这里。

"环境不是很好，你可以吗？"乔延曦有点怕他会嫌弃，毕竟这位少爷从小锦衣玉食，估计没来过这样的地方。

傅初晨"啧"了一声："你都可以，我为什么不行？我能在这儿住到下辈子。"

傅少爷又加了个补充条件："不过要和你一起。"

乔延曦："……"

叩响门，大约过了半分钟，里面传来缓慢但却沉稳的脚步。

门从里面推开，"吱呀"一声，傅初晨呼吸放轻，莫名地有些紧张。

乔延曦喊道："外公。"

秦玖穿着一身藏青色的唐装，背脊挺拔，不像很多六七十岁的老人那样佝偻，虽然头发发白，但整体精神面貌却很好。

看清来人，秦玖愣了愣，眼底藏着喜色，微微颔首，接着用审视的目光扫向旁边的少年。

傅初晨跟着乔延曦一起喊："外公好，我是乔乔的……"

他停住，似乎在想要不要如实告知他们的关系。

"是我的男朋友。"乔延曦直接替他回答，既然她都把人带回来了，当然不会隐瞒他的身份。

这三个字出来，秦玖眼里的审视意味更深，傅初晨觉得自己的手心都在冒汗。

不过秦玖到底没说什么，他只是侧了侧身，招呼两个小辈："进来吧。"

进了屋，傅初晨才发现秦外公居住的这个小院还挺宽敞，院里摆着好几种盆栽。

最吸引他目光的，还是伫立在院子正中央的一个小戏台，搭建得有些简陋，看得出年代也很久远。

大概是很久未曾使用了，戏台落了不少灰。

之前傅初晨猜测，乔延曦的外公可能也像她妈妈那样是从事演艺事业的，没想到会是一名京剧表演艺术家。

这个说法也是现在才有的，在那个年代，他们这类人被称作——"戏子"。

所以乔家人当初才会那么看不上秦之韵的身份，因为她和她父亲一样，都只是卑微的戏子而已，怎么配得上他们这样的家庭呢？

然而现在时代变了，大环境不同了。

明星艺人成为受关注度最高的职业，待遇和地位早就不是从前可以比拟的。要是现在再有人敢骂一句"戏子"，估计能被粉丝的唾沫淹死。

晚餐时间，秦玖给他们做了简单的一荤三素，口味比较清淡。这是作为戏曲演员长期保留下来的习惯，因为要保护嗓子。

饭后，秦玖起身："对了，乔乔，外公有样东西要给你。"

等他离开，傅初晨凑到乔延曦耳边，压低嗓音："你外公对我好像不怎么热情，不满意我？"

傅初晨一进院门，仿佛打开了什么开关。

手也不抄在裤兜里了，背也不懒洋洋地倚着墙了，跟平日里吊儿郎当的样子完全不像是同个人。

乔延曦隐隐觉得好笑："我外公的性格就这样的，他对谁都不热情。"

傅初晨看着她："可他对你挺好的。"

乔延曦也看着他，眼神一言难尽："因为我是他亲外孙女。"

傅初晨觉得自己可能真的是紧张过了头，导致大脑短路，不然怎么会说出这种有损智商的弱智话。

叹口气，他正想说点儿什么挽救一下的时候，秦玖回来了。

秦玖手里抱着一个红木托盘，上面是一沓颜色艳丽的布料，以及一顶珠翠头面。

"你小时候那套穿不了了，外公给你做了套新的，一直没机会给你。"

乔延曦从外公手中接过来，手臂略往下沉了沉，戏服沉甸甸的重量，不仅压在她手上，也压在了心底。

她去S市之后一直没机会回来看望外公，现在毕了业，好不容易才有了时间。

"去试试吧，"秦玖对她说，"唱一段。"

乔延曦坐在古典的梨木梳妆台前，静静端详着镜中的自己。

面容胜雪，眉眼用黑色线笔勾勒出万种风情，眼周是桃花瓣的颜色，晕染了大片，美得惊心动魄。

和平时的她很不一样。

秦玖是个有点完美主义的人，既然要唱，哪怕只是唱其中一小段，也要做好全套准备，这代表着对艺术的敬重。

乔延曦起身，头面很重，珠链摇摇晃晃，碰撞发出清脆的声响。

傅初晨就是在这个时候进来的。

听见动静，乔延曦一边回眸，一边用手扶了扶头冠，轻描淡写地问："你怎么来了？"

屋里光线偏暗，像是90年代的老电影。

少女一身戏服映入他眸中，脑海里闪过无数美好词汇，什么"倾国倾城""闭月羞花""绝代佳人"，等等，但都无法准确形容此刻的她。

傅初晨在门口顿了一下，不知道是看愣了还是怎么，好半天才回过神，大跨步走进来，却又不敢靠得她太近。

怕不小心弄坏她这身衣服，也怕破坏了这份美感。

傅初晨垂眸，嗓音发哑："迫不及待想看看我女朋友。"

乔延曦该庆幸还好今天妆上得厚，脸红不红也看不出来："我是问你为什么来 B 市，也不和我说一声。"

她白天都把这重要问题忘了。

"刚刚那句回答也可以用在这儿。"傅初晨的视线落在她浓墨重彩的脸上，再移到那嫣红的唇瓣，"怎么办——"

话题跳跃太快，乔延曦一下没反应过来："什么怎么办？"

直到唇瓣传来微凉的触感。

少年伸手，指腹轻轻从她唇上蹭过去，唇彩被擦掉了一小部分。他低头捻了捻，一抹红色在手上晕开。

"我有点儿忍不住，"傅初晨看着她，眸色愈来愈深，"想亲你。"

空气里仿佛有什么东西被点燃了。

暧昧的氛围包裹住他们，乔延曦也不知道自己哪来的冲动，等她反应过来时，已经踮起了脚——

一个吻轻轻落在他唇畔。

傅初晨身体一僵，肩膀到背脊的线条紧绷着，手臂半悬在空中，有点儿不知道该放在哪儿才好。

抱腰吗？还是搂肩膀？

电视剧里接吻的姿势都有哪些来着，早知道他就提前补一下课了。

他舍不得闭眼，长睫低垂，望着近在咫尺的绝色容颜，脑中似乎有烟花成片成片地炸开，花火绽放，心跳的频率逐渐失控。

尤其还是在这样的环境里，少女身着戏服，扮作花旦，主动献上一吻。

陌生又刺激的感受。

没等他做出什么反应，唇上柔软的触感倏地消失。

这才亲了多久，也就几秒钟吧？

傅初晨很轻地眯了下眼，看着乔延曦慌忙往后退开，桃花眼底波光潋滟，脸上有厚重油彩也遮不住的绯色。

"跑什么？"他歪头，眸色深浓，嗓音低沉带着蛊惑，"过来继续。"

乔延曦偏头不去看他："我要出去了，外公还在等我。"

音色一如既往的清冷，但气息已经完全乱掉了。

她搬出了秦玖，傅初晨只好妥协，点点头，语气明显很不舍："行吧。"

出去之前，乔延曦又照了照镜子，仔细检查了一下自己的装扮，别的倒没什么，就是口红颜色淡了。

她伸手拿起桌上的唇刷，重新涂抹上色。

屋子不大，被各式各样的俏丽戏服和花枪、折扇等道具填充得很满，放眼望去琳琅满目，仿佛戏园子的后台。

也许在那个年代，这间院子还真是作为戏园来使用的。

傅初晨侧倚在一旁，好奇地打量了一圈，收回视线，重新看向她。

镜子里也映出他的面容。

注意到自己唇上沾染的口红，傅初晨下意识地抬起手背想要擦拭，又忽地顿住，改为舔了舔唇。

不知道什么东西做的，味道还挺甜。

"乔延曦，"他缓缓开口，语气相当佩服，"没想到你还会这个。"

他以为自己对乔延曦已经足够了解，可她就像一个探索不完的宝藏，吸引着他，诱惑着他。

"小时候学过一点，"乔延曦放下唇刷，谦虚地说，"现在其实不太会了。"

傅初晨扬眉："我有点儿不信。"

乔延曦："我又不像你。"

"我怎么了？"

"以前不知道是谁，明明能考年级第一，还假装自己不会学习。骗子。"

少女的语气轻飘飘的，翻起陈年旧账却毫不留情。

傅初晨："……"

院里的戏台被简单打扫过了，红瓦飞檐，透着悠远的历史气息。

乔延曦深吸一口气，提着戏服衣摆走上去，木质台阶发出"嘎吱嘎吱"的轻响。

她没什么反应，如常上台，刚一开嗓，秦玖就挥手喊停。

"不对。"秦玖负手而立，声音很沉，板着脸，"我以前怎么教你的，那些发声要领你都忘了吗？"

乔延曦确实没说谎，她很久没练了，功力退步了不少。

任何一件事都是这样，有付出才会有回报。她这么长时间没有练习过，突然要唱，肯定是生疏的。

在这个时候，乔延曦不再是秦玖最疼爱的外孙女，而是一名普通的学生和弟子。要求严格，不会因为是她就破例。

傅初晨在边上欲言又止。

他作为一个外行人，也是外家人，这时候确实不方便开口，但眼睁睁看着自己女朋友挨训，这可不是傅少爷的风格。

秦玖教训到一半，身后传来一阵脚步声，回头一看，傅初晨不知道什么时候去厨房倒了杯茶送过来，双手恭敬地递上前。

"外公辛苦了，喝杯茶润润喉咙吧。"

秦玖："……"

虽然他看这小子不太爽，但也不好当面拂了人家一片好意，只好接过来，微抿了一口。

甘甜清凉的茶水下肚，倒是让他心平气和了许多，语气也不由得放缓，再次提点了乔延曦几句，最后说："行了，你再试一遍。"

乔延曦点头，深深地看了傅初晨一眼。

她唱的是一个单人片段，花腔婉转，音色清冷而悲凉，哪怕没有乐器伴奏，也足以牵动观众的情绪。

傅初晨自然是不懂戏的。

他对京剧完全不感兴趣，从前总是听不懂那些演员"咿咿呀呀"在唱些什么。可是今天，他第一次感受到戏曲的魅力。

这么说也不准确，傅初晨想，一定是因为她的魅力太大了。

月光倾斜，朦胧地铺覆在戏台上，形成一片银霜。少女身姿曼妙，水袖挥舞间，连地上的影子都优美。

傅初晨静静地看着，黑眸里是浓烈的占有欲。

盛夏的夜晚，微风轻拂。

皎洁的月光笼罩着这座小院，乔延曦撩了撩耳侧有些黏糊的发丝，叹着气走到秦玖身边。

刚刚上台表演时，她的头发被闷在造型里，出了不少汗，这会儿有些难受。

"来了。"

秦玖没有回头，俯身拨弄了一下院里的花卉，自顾自地说着："这些花曾经是你妈妈最喜欢的，代表着勇敢的爱。"

当年他曾种下了满院的鲜花，每到花期，这条胡同小路都会被馥郁的芬芳弥漫，令路人都沉醉不已。

可是后来，秦之韵走了，他便将这些花都铲除，只留下了寥寥几盆。

乔延曦隐约能明白，外公要想对自己说什么。她静静地听，秦玖说起那些她不知道的过去。

"我原先一直不赞同你妈妈和你爸爸在一起，不是因为你爸爸不好，他确实很优秀，也很有能力，但他们之间的问题并不在这里。地域差距，阶级差距，这都不是可以轻易跨域的鸿沟。可是之韵很固执，可能也是年轻吧，总觉得爱能战胜一切。"

秦玖揉了揉眉心，叹道："最后的结果你也清楚。"

乔延曦没说话，夜风吹过她的长发，或许是因为还黏着汗，后背有些凉。

秦玖继续道："我们乔乔这么聪明，应该知道外公跟你说这些有什么用意。外公并非反对你和你的那个小男友，只是想提醒你一下。"

下午，他在门外看见傅初晨的第一眼，就想到了当年秦之韵带着乔珩出现在他面前的那天。

几乎是一模一样的场景。

甚至在这个少年身上，他也感受到了那股同样的贵气、骄傲和自尊。

他一定也是出身于那样的家庭，被精英教育培养长大，爱情在他们这类人眼中，只是消遣品，而非必需品。

"哪怕他现在对你很好，可你要知道，人都是会变的。"秦玖拍了拍乔延曦的肩膀，力道很沉，"恋爱和婚姻是两码事。你千万别陷得太深，乔乔。"

乔延曦知道外公说这些，只是怕她步入母亲的后尘。

乔延曦也知道自己不该动摇，她对爱情始终是怀疑的，但从来没有怀疑过傅初晨这个人。

她是相信他的。

尽管心里会有担忧和害怕，她也完全没有动过想要分开的念头。

至于剩下的那些……那就顺其自然吧。

傅初晨只在这儿住了三天，乔延曦给他收拾了一间客房，虽然大少爷嘴上不说，但肯定是住不习惯的。

而且他们毕竟只是男女朋友的关系，他一直住在这里确实也不方便。

傅家在 B 市有闲置的房产，傅初晨去了那边，乔延曦则继续留在秦玖这里，偶尔也会过去看看他。

一个月很快过去。

开学之前，秦之韵破天荒地主动回来找过她一次。

乔珩上次说完那样的话，乔延曦虽然已经信了大半，但还是对秦之韵抱有一线希望，毕竟她们在一起生活了那么多年，怎么可能全都是假的呢？

直到现在，被秦之韵亲手打破。

"乔乔，我回来是想问问你，"女人摘下墨镜，露出冷艳的眉眼，"你以后是想继续跟着我，还是你爸爸？"

乔延曦顿了下："我可以自己选择吗？"

秦之韵颔首："是，你现在已经成年了，有自己的判断，妈妈不会强迫你。"

乔延曦也是没想到有朝一日，自己能在秦之韵口中听到这样的话。

——不会强迫她。

可现在说这个又有什么用？

乔延曦垂下眼，看着地上的影子，半晌后深吸一口气，然后抬起头，桃花眼直视着面前的女人，一眨不眨。

"我也有个问题。

"妈妈，你当初为什么会让我去 S 市？

"真的只是因为我没听你的话吗？"

秦之韵面色有微妙的变化，停顿了片刻，没有正面回答，只说："你都知道了。"

乔延曦闭了闭眼，原以为自己不会再难过了，

可是秦之韵这句话说出来，感觉就像有无数绵密的针刺在身上，一寸一寸没入肌肤，不见血，却格外疼。

"我知道了，现在可以告诉你我的回答，"乔延曦开口，声音很冷，"我谁都不选。"

分开生活并不意味着彻底断绝关系，只是一种对大家都好的结果。

乔珩有了幸福美满的新家庭，秦之韵也有自己要追求的东西，与其被他们当作多余的包袱甩来甩去，不如自己主动离开。

秦之韵本来还想劝她别这么任性，可是望着女儿坚持、决绝的眼神，她沉默良久，最后只说："你决定好了是吗？"

"嗯。"

"那行。"秦之韵点点头,从包里拿出一张卡,"这里面是你以前得到的那些奖学金和拍戏的片酬,还有你爸这些年给你打的抚养费,现在都归还给你了。"

乔延曦没有拒绝,接过来。

"至于傅家那个孩子,听说你们在一起了,他……"

乔延曦打断道:"他跟爸爸不一样,我和你也不同。"

秦之韵没有反驳,目光有几分复杂,最后只留下一句:"希望你不要后悔,以后照顾好自己。"

秦之韵走了。

乔延曦看着母亲的背影,像从前无数次那样,可是这一次,她再也不会想要去追逐她的脚步了。

开学之后,乔延曦和傅初晨见面的次数越来越少。

B大本身课业就很繁重,警校则更为严格,平时不管上课训练还是下课休息都是不能携带手机的,只有周末才会发放给个人。而且周末也不能随意外出,有事需要请假获批,比起南礼的高三还要恐怖。

一直到十月,他们总共见面的次数一只手都能数得过来。

习惯了暑假天天腻在一块,突然面临"异地恋",乔延曦觉得非常不适应。

手机里的消息还停留在上周日。

他对她说:【晚安,睡吧。】

夜里十二点,本该是熄灯时间,但宿舍里依旧亮着手机和平板电脑的光,还有人在小声聊天。

乔延曦躺在床上,望着天花板走神,听见有人叫自己。

"乔乔,乔乔。"

她掀开床帘:"怎么了?"

昏暗的光线下,少女长发散落,脸上素净无妆,微微下垂的桃花眼明艳依旧。

视觉冲击力太强,室友齐齐倒吸一口气。

宋羽掩唇轻咳了咳,率先回神,说:"那个,我们就是看看你睡没睡,要不要一起来玩真心话大冒险?"

无聊的游戏，乔延曦心想着，然后点头："来吧。"

反正她现在确实无聊。

当宋羽掏出一副扑克牌并开始一展自己的洗牌技术时，乔延曦恍了恍神。

她想起了当年在南礼，和 A 班那群同学出去聚会，也是玩的这个游戏，当时傅初晨就在她身旁。

现在……

她垂了垂眼，看着手里的红桃皇后，心底对他的思念几乎蔓延到极致。

乔延曦一直认为自己不是那种黏人的女生，谈个恋爱离开了男朋友就要死要活，恨不得化身为胶水牢牢粘住对方。

她太高估自己了。

第三轮游戏，乔延曦输了，由于前两轮室友都选择了真心话，她只能选大冒险。

几人交换一个眼神，露出坏笑，其中一人说："现在给你男朋友打电话，说你想他了。"

如果是其他人输了，她们肯定不会选择这种喂自己狗粮的惩罚方式，但对方是乔延曦，外语院公认的清冷女神，她们实在很好奇她在男朋友面前会是怎样的状态。

乔延曦抿了抿唇，翻开手机通讯录，看着属于傅初晨的那串号码，拨过去。

她心里清楚，他不会接的，这个时间，他根本没有使用手机的权限。

可乔延曦握着手机放到耳边，还是对电话那头不可能听见的人说了一句，很轻很轻的——"我想你了。"

"嘟"的一声，那边竟然真的响起了少年的声音，低缓的声线，语气无奈又温柔。

"我听见了。"他说。

乔延曦直接愣住了，过了片刻，那边又传来一句重复的话语，同样的语调，和刚才分毫不差。

乔延曦反应过来——是语音留言功能。

他猜到了她也许会给他打电话，所以专门设置了这个功能，就是想告诉她，有什么想说的话都可以和他说，可以和他分享，可以和他倾诉。

你的思念并非石沉大海，我都会听见的。

最终章

\ 直到晨曦降临

B 市公安大学，训练操场。

刚结束完今日的五公里长跑训练，一群穿着黑色训练服的男生聚集在树荫下，负责带领他们的教官拿着记录本，正在对学员的成绩进行批评。

"陈瑞，李嘉年，你们两个又不合格，真不知道你们之前的体测是怎么通过的，是不是以为只要过了入学那关就万事大吉了？告诉你们，警校不是可以让你们松懈的地方，让我发现有任何人消极训练，就直接收拾铺盖滚蛋吧！"

被点名的两个男生老老实实地认了错，最后又被罚操场蛙跳一圈。

"其他人，解散！"

教官走后，大家紧绷的神经终于放松下来。

傅初晨靠着用来做引体向上的健身器材，看李嘉年背着双手，蛙跳经过自己旁边的跑道，扬了下眉："不是都让你快一点了嘛。"

李嘉年蹲着不动了："你以为我不想啊，我这不是实在跑不动吗！"

傅初晨垂眸看他："那也不至于倒数。"

李嘉年干脆一屁股坐在跑道上，边揉腿边说："你以为谁都像你那么变态，次次拿第一啊？"

他们的对话没有刻意压低，加上男孩子本来嗓门就大，旁边的人听见后，幽幽扔来一句："跑第一有什么了不起，头脑简单、四肢发达而已。"

傅初晨还没说话，李嘉年倒是先不乐意了："头脑简单？你知不知道他高考——"

"知道啊，"那人瞥过去一眼，语气有几分轻视，"不就是以他们高中第二名的成绩考进来的嘛。"

只是第二？

李嘉年一愣，回头看了看傅初晨，这点他确实没听过。

他们学校虽然作为警校，但录取分数线在全国也是名列前茅的，学校里有不少学霸。

这个找碴的男生也是偶然得知这件事，他本来就看傅初晨不顺眼，觉得这家伙太过高调、装相，逮着机会就想刺几句。

傅初晨这会儿终于有了反应，手臂搭在身后的扶杆上，略一歪头，点漆般的双眸淡淡看过来。

李嘉年还以为他要生气，结果傅初晨只是勾唇笑了一下，懒洋洋地反问："那你知道我们高中的第一名是谁吗？"

那人下意识道："谁啊？"

傅初晨："我女朋友。"

众人齐齐沉默。

什么叫绝杀？这三个字就叫。

警校的男女比例本就失衡，何况他们专业更是和尚庙中的和尚庙，女朋友这种存在，那真是想都不敢想。

李嘉年竖起一根大拇指，佩服叹道："牛啊傅哥。"

那人大概也是觉得再继续这个话题对自己不太友好，他恶狠狠地盯着傅初晨，想从其他方面再进行挑刺。

可惜上下打量了一番，嗯……尽管他看傅初晨不爽，也不得不承认，对方的外形条件实在太优越了，就是要挑刺也挑不出毛病。

在他满脸挫败想要放弃的时候，他忽然注意到傅初晨的手腕，上面有一根黑色的、低调的头绳。

他眼睛一亮，冷哼道："戴的什么玩意儿，娘们唧唧的。"

傅初晨又笑："你说这个啊，这是我女朋友给我的。"

他看了看那人，停顿片刻，露出了然的神色，继续用平静的语气杀人诛心："算了，看你就像找不到女朋友的样子，不懂这玩意儿的象征意义也能理解。"

在场其他单身狗："……"就是说，感觉有被冒犯到。

这时候那人的朋友估计是看不下去，推了他一把："差不多行了，再说下去我看我们晚饭可以不用去食堂，光吃狗粮就能吃饱了。"

他们走后，李嘉年凑到傅初晨身边，八卦地问："所以你每次周末打报告申请离校都是为了去找你的小女朋友？"

傅初晨扬眉："不然呢？"

李嘉年马上回道："不用说了，我懂了。"

这周六，傅初晨去B大接乔延曦。

约会基本流程还是那套，吃饭逛街看电影，但只要是和喜欢的人一起，无论做什么都不会腻。

逛完回来后，他们回了傅初晨之前住的那套傅家在B市闲置的房产。

位于二环内的高档住宅小区，一梯一户，面积很大，装修风格是北欧现代风，很符合当下年轻人的审美。

包括暑假在内，乔延曦来这边的次数不少，进门后她熟练地换好拖鞋，走到厨房吧台倒水，俨然她才是这个家的主人。

傅初晨跟在后面，手里拎着她的包，慢悠悠挂在客厅的落地衣架上。

"傅初晨。"乔延曦的声音从厨房里传来。

他走过去，斜斜倚着门框，看乔延曦站在冰箱前微微蹙眉，一副苦恼的样子。

"菜都坏了。"乔延曦从冷藏柜里拎出一袋烂了的白菜，和好几颗已经发芽的土豆，丢进旁边的垃圾桶。

傅少爷耸耸肩："明天再去超市买点回来就行了。"

乔延曦关上冰箱门，转身，双手抱臂，下巴微微抬起，看上去不太高兴。

傅初晨立刻端正了态度："怎么了？"

这些菜都是半个月前买回来的，乔延曦当时想着总是在外面餐厅吃饭比较浪费，而且不一定卫生，不如他们学着自己在家做。

结果人算不如天算，公大突然要求紧急集合，校外的同学也得及时返校。

等他走后，乔延曦一个人完全没了做菜的兴致，干脆也回了B大，这些菜就一直留在这里。

"不用买了，买回来也是浪费，"乔延曦凉凉道，"反正说不准什么时候你就要走。"

傅初晨往前一步，抓住她的手，放在唇边亲了亲："这么不想我走？"

乔延曦把手往回抽了抽，没抽动，只好仰着脸瞪他，桃花眼里全是羞恼："我没这么说。"

"差不多是这个意思。"

晚上吃火锅沾了一身味儿，乔延曦受不住先去了浴室。

等她泡好澡换上睡裙从浴室出来，傅初晨正坐在客厅的沙发上看电视，没骨头似的瘫着，长腿搭在茶几上，神情懒淡。

他已经换了身干净的休闲服，应该是去主卧的卫生间冲了个澡，头发微湿，睫毛上也带着水汽。

乔延曦走过去，轻轻踢了踢他的腿，问道："你在你们学校也这样？"

傅初晨这才把腿放下来，换了个方便揽着她的姿势："这不是在家嘛。"

警校的训练量应该是相当大的，平时那么累了，在家里放松一些也无可厚非。

乔延曦没说什么，也没挣脱他的胳膊，就这么靠在他怀里，一起看电视里最近热播的悬疑剧。

打斗场景精彩无比，紧张的氛围不仅充斥在剧内，甚至能感染到屏幕外面的观众。

然而傅初晨看得并不专心，一会儿勾着她的发丝绕着玩，一会儿又捏捏她的耳垂，故意在她耳边吹气。

耳朵本来就是乔延曦比较敏感的部位，实在没办法做到无视。

乔延曦抓住少年那只不安分的手，扭头警告："不准动我。"

傅初晨看了看她，没说什么，只是默默坐远了些，和她保持了一定距离。

这么听话，乔延曦反而觉得奇怪："你生气了吗？"

"没有，"傅初晨说，"我在伤心。"

哪怕知道他是在故意示弱装可怜，乔延曦也有些于心不忍。

她叹气，放软了语气："现在是关键剧情，我想认真看，不是不让你碰我。"

乔延曦平时不爱追剧，也就是这部，因为演员几乎都是挑的有实力的前辈老师，加上新生代的黑马，制作又格外精良，剧情也没有把观众的智商按在地上摩擦，她还挺喜欢的。

见傅初晨还是不吭声，乔延曦实在没辙。

想了想，她确实不会哄人，那就恶人先告状吧，于是清了清嗓子："傅初晨，你现在都不愿意抱着我了是吗？"

被她反咬一口，傅初晨舌尖抵着腮帮，目光幽幽。

到底是拿她没办法，只好转过身来，一把将她捞进怀里。温香软玉在怀，他低头蹭了蹭她的发顶，声音低缓无奈："好了吧？"

这回他没有得寸进尺，陪乔延曦一起认真看起了电视。

看着屏幕里镜头不多的那个老实敦厚的、拄着拐杖的男人，傅初晨眼皮一掀，懒洋洋道："他就是凶手。"

乔延曦从他怀里爬起来，略带狐疑地问："你怎么知道？"

"猜的。"

乔延曦"哦"了一声，又躺回去继续往下看。

这个单元的故事进展到尾声，真相水落石出，那个男人的真实身份也浮出水面，不仅名字是假的，连瘸腿都是装的。

乔延曦幽幽转过头。

少年神色并没有太大波澜，似乎对这个结果并不意外，没有碰巧猜中答案后的惊喜，反而是早就确定了……

"你从哪儿看出他是凶手的？"乔延曦想了想，"网上的剧透？"

傅初晨扬眉："刚播出哪儿来的剧透，你怎么不干脆说我偷看了编剧的剧本？"

想到他的学校和专业，应该是从那个角色异常的行为举止，和一些她没有注意到的细节里发现的真相。

乔延曦点点头："行吧，你厉害。"

得到自家女友难得的夸奖，傅初晨微微翘起唇角。

乔延曦拿手机看了看网上对这集剧情的讨论，果然有很多观众表示被骗得好狠："这位老师的演技确实优秀，前辈就是前辈。"

她提到这个，傅初晨突然想起一个问题："对了。"

"什么？"

"你以后还会继续拍戏吗？"他问得认真。

乔延曦沉默，其实她最近也在思考这个问题。

她的微博私信除了表白，还有一些剧组因为没有她的私人联系方式，她又没签经纪公司，只能通过这个方式向她发出邀请。

她都看到了，只是没有回复。

以前她拍戏是为了离秦之韵近一点，后来出了那样的意外，因为留下的心理阴影加上当时确实学业繁重，才暂时退圈。

现在她已经可以克服那些阴影，也有了充裕的课余时间。

可是她找不到继续坚持的理由了。

如果当初不是秦之韵，她可能根本不会踏入这个圈子。

演了这么多部戏，许多著名的导演都夸她天赋异禀，只要肯继续努力，未来的成就绝不会低于秦之韵。

可是她真的喜欢演戏吗？真的热爱这个行业吗？

乔延曦摇了摇头："我不知道。"

她现在不缺钱，也不再需要追逐秦之韵的脚步，那么演戏对她来说，到底还有什么意义？

电视里正在播放片尾曲，黑色的背景，演员表滚动着。

客厅只开着一盏暖黄色的落地灯，夜里气温低，他们又是在高层，能听见阳台传来不断的风声。

傅初晨从沙发另一侧扯了条毛毯过来，给她披在身上，垂着眼问："你是还没想好，还是有答案但不想承认？"

乔延曦再次陷入沉默。

傅初晨看着她："也不是非要现在做出决定，时间还长，你可以慢慢想。"

"那你呢？"乔延曦忽然抬眼，浅棕色的眼瞳如同剔透的琥珀，"你希望我继续拍下去吗？"

傅初晨张了张嘴："我……"

"你应该知道，拍戏难免会遇到亲密戏，以前没有是因为我还小，现在不一定。"

乔延曦说话的时候直直望着他，睫毛都没动，语气冷静，甚至有些残忍。

傅初晨低低叹息了一声，这些东西他怎么可能想不到？出于私心，他当然不希望乔延曦和其他异性有任何互动。

他对她的占有欲强烈到她在学校多看别人一眼，都会吃醋。可他也明白，她只是他的女朋友，不是所有物。

"只是工作的话，我可以理解。"傅初晨下颚线紧绷着说出这句话，嗓音沉沉，黑眸里的情绪晦涩难明。

乔延曦微微错愕，她还以为他一定会说不行，不让她拍这样的戏。

以前秦之韵和乔珩还没离婚的时候，乔家就希望她能息影退圈，不然就别拍这种亲密戏，否则让乔珩的面子往哪里搁？

堂堂一个集团大总裁，自己妻子和别的男人搂搂抱抱，甚至接吻，对心高气傲的乔珩来说，是绝对无法接受的事。

这是乔延曦从外公那里得知的，她爹她妈都是不肯服软的性格，硬碰硬的结果，只能是头破血流。

可傅初晨不一样。

他拥有过人的出身，家世在整个 S 市乃至全国都是数一数二的，生来骄傲，不该为任何事、任何人低头。

除了她。

他总是会对她妥协，谁让他那么喜欢她？

他们说话的同时，电视又自动跳到了下一集开始播放。

乔延曦眸光复杂地投过去一眼，抓着毛毯边儿的手指紧了紧，内心其实很纠结。

就连傅初晨都这么说了，还有什么可犹豫的呢？

她在心底劝自己，要不然再去试一下，也许在这个过程里，她会找到演戏对于自己的意义，又也许会找到另一个更感兴趣的目标，到时候再改变主意也来得及。

不知不觉，客厅的钟表已经走向十二点，时针秒针重叠在一起，发出很清脆的一声提示音。

乔延曦起身，毛毯从她身上滑落下来一些，她接住，面朝傅初晨。

"我大概想好了……说实话，我没想过你会给我这样的回答，谢谢你愿意理解。"

傅初晨抬了抬下颌，微扬起头："跟我这么客气？"

"不是客气，"乔延曦把毯子给他盖上，嘴角弧度轻扬，表情是她自己都不曾发觉的温柔，"是感动。"

她轻笑着，居然还开起了玩笑。

"不过你应该不会只是嘴上说着好听，到时候如果真发生了就是另一副嘴脸吧？"

傅初晨点点头，语气慵懒："谁知道呢。"

乔延曦早就见识过这人的不要脸，没再继续辩驳，扔下一句"我要回房睡觉了"，正欲转身，手腕倏地被拽住。

"一起？"他歪着脑袋，眼眸漆黑。

乔延曦顺势停住没动，面无表情的脸上刻着四个大字——你想得美。

乔延曦问："你房间那么大床不够你睡？"

这套房子是三室两厅两卫的设计，每个房间相差不多。

本来傅初晨是准备把主卧让给乔延曦的，乔延曦没同意，就自己单独住在客卧。

情侣间的一些事情对于他们来说，似乎还太快了些。

在一起才几个月，如果什么都发生了，婚后会不会没有新鲜感呢？

乔延曦思索了这个问题几秒，后知后觉地发现，自己居然见鬼地开始幻想和他的婚后生活了……

"够是够，就是太空了点，"傅初晨叹息，"我一个人睡害怕。"

乔延曦实在好奇他的脸皮到底是用什么做的，怎么能厚到这种地步？居然还脸不红心不跳的。

乔延曦住的这间客卧有个很大的飘窗。

因为"一时心软"而让某人跟着进来的乔大小姐找回了少许理智，伸手指着飘窗，非常残酷："你今晚睡那儿。"

傅初晨沉默了片刻，缓慢点头："好吧。"

男子汉大丈夫能屈能伸，不就是睡个飘窗吗？他爸以前惹他妈生气时连院子都睡过，他好歹还能留在房间。

这么一想，他的待遇算是相当不错了。

和自家亲爹比完惨后，傅少爷心情好转了不少，嘴角微勾，走过去在飘窗台上坐下。上面垫着加厚海绵垫，很软，坐上去甚至能往下陷。

看少年神色还挺满意，乔延曦觉得有一瞬间的迷茫，自己这个要求不够狠吗，他居然不抗议就这么认命了？

夜色宁静似水，银辉倾洒进屋内，将少年的发梢镀上一层光圈。

他侧坐在窗台边，屈起一条长腿，手搭在膝盖上，掌心撑脸，用说不清是什么样的目光盯着乔延曦看。

这样的眼神真的很让人难以抵挡，乔延曦只好偏过头，不太自在地问："你要是半夜觉得冷了……"

她顿了下，后面的话实在说不出口。总之她已经给他台阶了，他要不要下就是他的事儿了。

傅初晨自觉地接话："我会回去拿床被子过来。"

乔延曦默默爬上床铺，用被子蒙住头，心说算了，你爱咋样咋样。

大概是白天在外面玩了一天，确实有些累了，乔延曦睡得很快，没一会儿就陷入了梦乡。

听着少女传来均匀绵长的轻微呼吸声，傅初晨捏着手机，调整到静音模式，点开微信的联系人列表。

他先是给贺修发了条消息，问他有没有什么车子推荐。

一开始来B市傅初晨还没想到买车的事，是后来跟乔延曦出门趟数多了，才开始觉得不方便。

贺修那边一直没回信息。

傅初晨想起来，这家伙现在留学去了K国，那边和国内有时差，这会儿估计还没起床。

他又往下翻，找到谢洋的聊天框。刚发一句"在不"过去，那边立刻就一个语音电话打过来，手机嗡嗡振动，好在没有铃声响。

傅初晨挂断后，打字解释：【女朋友睡了，不方便。】

过了足足三分钟，对面才发来一串省略号。

X：【手滑点错的。】

傅初晨：【哦，那直接说正事吧。】

傅初晨：【我记得你对车也还挺了解的，有没有什么适合约会带女朋友兜风的车，要新款，符合女生审美的。】

谢洋又给他发来比刚才多出三倍的省略号，隔着屏幕都能感受到无语的程度。

X：【我怎么知道？】

X：【等一下，你刚才的意思是，乔延曦现在在你旁边？】

傅初晨眯了下眼，继续敲字：【怎么？】

X：【她妹妹哭了。】

傅初晨：【……】

X：【就现在，哭得很惨，我快招架不住了，让她来哄。】

傅初晨下意识地看了看屏幕右上角的时间，没忍住道：【哥们儿你知道现在的时间是零点三十三分吗？】

傅初晨：【我女朋友在我旁边不奇怪，她妹妹为什么这个时候还跟你在一起，你是不是该解释一下？】

傅初晨：【你怎么把人家弄哭了？】

X：【不是我。】

屏幕又跳出一个电话邀请，这回居然还是视频。

意识到乔婳可能出了什么事儿，傅初晨扭头看了眼熟睡中的乔延曦，心底叹了口气，还是按了接听。

视频画面能看见是在马路边，能听见偶尔的车辆行驶声，以及小姑娘抽抽噎噎、语无伦次的嗓音。

傅初晨揉揉耳朵，对谢洋说："等我一下，我去喊她。"

如果是别人，他肯定不会在这时候叫醒乔延曦，但是事关乔婳。

他看得出自家女朋友对这个妹妹还是比较在意和关心的，也只好冒着可能被少女起床气攻击的风险，走到床边。

傅初晨俯下身，先是喊了几声，见她没反应，才用手轻轻推了推她肩膀。

迷迷糊糊间，乔延曦感觉到他在动自己。

她还以为少年半夜没忍住爬上了床，眼睛困得都睁不开，还不忘警告："老实一点，不然还让你去睡飘窗。"

因为处于半睡半醒的状态，声线没平时那么冷，尾音有点儿黏糊。

傅初晨舔舔唇，刚要说话，就听见电话里传来一声很轻微的，没绷住的嗤笑。

傅初晨没挂视频，也忘了闭麦，只随意将手机搁在了一旁。他们这边的环境这么安静，乔延曦那句话一定被对方清楚地听见了。

傅少爷毕竟是见过大风大浪的人，很快就恢复了淡定，波澜不惊地回了句："这是情趣，你懂个屁。"

谢洋确实是不懂。

他看着蹲在路边哭得一把鼻涕一把泪，甚至还拿他裤子擦脸的小姑娘，只觉得自己快要被折磨疯了。

他觉得他跟乔婳就是孽缘，他这辈子的耐心都要耗在她身上了。

好不容易等到乔延曦意识清醒，傅初晨和她简单说明了情况，把手机摄像头挡住，给她看对面的场景。

"乔婳。"

谢洋也跟着蹲下去，尽量放缓语调："你姐姐叫你，我让她和你说话。"

他把手机塞到乔婳手里。

对面的摄像头一片漆黑，乔婳嘴巴一扁，又要哭了。

"呜呜呜，骗人，我姐姐根本不在……"

乔延曦只好以最快的速度把睡裙和头发整理好，以端庄的形象出现在乔婳面前，冷淡询问："说说，怎么回事？"

乔婳一看到她出现，反而更绷不住了，哭哭啼啼地说明原因。

升入高三之后，学习压力骤然提升，她本来脑子就没那么聪明灵光，不是学习那块料，在学校就不说了，没想到回家之后压力更大。

谢雨静可能是受了乔延曦高考分数的刺激，对乔婳的要求也跟着提高，一下子给她找了好几个家教，一点儿休息时间也不给她留。

她今晚是真的崩溃了，才偷偷跑出来。

"我不喜欢那些老师，呜呜，他们讲课一点都不好，我都听不懂，他们还在背后嫌弃我笨……他们都没有你教得好，你说的我一下就听懂了，姐，我好想你啊。"

之前乔延曦给乔婳补课都是用最通俗易懂的方式教她。谢雨静请来的那些家教，能力自然不会差，讲课的专业水准很高。只是乔婳基础薄弱，让这样的老师教她，她反而会觉得吃力。

乔婳哭着抱怨了好一会儿，眼睛肿胀，像一只小兔子，最后小声地问了句："你以后……还会回来吗？"

小姑娘睫毛上还挂着泪珠，眨巴了一下，眼底带着期待。

乔延曦抿着唇，感觉心底有什么东西被触动了一下，酸涩又温暖。

实际上她觉得自己以后大概率不会回去了，但此刻还是点头说了一声"会"。

和乔婳聊完之后，手机又回到谢洋手里。

乔延曦说："可能还得再麻烦你一件事，帮我把她送回家。"

谢洋皱了下眉："你也看出来了，她不想回去。"

"我知道，但她能去哪儿呢？"乔延曦反问，"一个还未成年的女孩子，大晚上待在外面，安全谁来保障？"

"我。"谢洋沉声说。

"你能在她旁边守一夜吗？就算今晚能，再有第二次、第三次呢？"乔延曦冷静道，"这种问题还是趁早解决，她父母那边由我来说。"

不得不承认，乔延曦说的话是有道理的。

注意到她口中的"她父母"，谢洋顿了下，他本来就不是话多的性格，只微微点头，同意了这个请求。

挂了视频，乔延曦正好看见傅初晨和谢洋的聊天界面。

她没有窥探他人隐私的习惯，只无意瞥到一眼，隐约看到什么"车""新款"之类的关键词。

他想买车？

乔延曦觉得现在提这个话题好像不太合适，把手机还给傅初晨，她已经全然没有了困意，和他一起坐在窗台边，静静望着窗外。

哪怕是深夜，外面依旧有无数建筑亮着灯，高楼林立，城市的夜景几乎都大同小异。

"你会怀念 S 市吗？"傅初晨忽然问。

乔延曦顿了下："……会吧。"

她原本以为关于 S 市，自己怀念的只有在南礼的校园生活，可是仔细回想，她在乔家的回忆也不全是不愉快的。

至少周姨对她挺好的，她和乔姵相处得也不错。

反而是这些没有血缘关系的人更让她感觉到温暖，也不知道这到底算幸运还是可悲。

大概半小时后，谢洋的电话又打过来。

接通以后，那边响起的是谢雨静略带疑惑和压着怒意的声音："乔乔？"

"是我，阿姨。"乔延曦的语气很平静，"我找你是想聊聊关于乔姵的事，你可能会觉得我多事，所以这些话我只说一次。"

谢雨静揉了揉太阳穴，看着乔姵通红的眼眶，和旁边送她回来的男生，只觉得又心疼又生气。

"你说吧，阿姨听着。"

"其实没必要把乔姵和我进行攀比，我以后也不会再回乔家。"乔延曦停顿了一下，"比起将她打造成你期待的优秀模样，她能平安快乐长大才是最重要的，不是吗？"

乔延曦不知道谢雨静到底是怎么想的，也没说太多。总之这晚过后，乔姵确实没有再来跟她抱怨学习压力大，哭着闹着要离家出走了。

这些都是后话，此时此刻，乔延曦挂了电话，整个人都显得有点儿心力交瘁。

傅初晨直接将手机关了机，丢到一旁。

"你其实可以不用管的，"他拉过乔延曦的手，捏捏她的手背，"这些跟你没关系，是她们的家事。"

"可是她喊我姐姐，"乔延曦轻声说，"至少在最后，我总要尽到一点当姐姐的责任。"

傅初晨不再劝她，手指沿着她的胳膊往上，在乔延曦没有反应过来的时候，一把将她从窗台上扛了起来。

是的，并不是抱，而是像扛麻袋那样单肩扛着她的身体。

她都没机会反抗，又被扔在柔软的被褥上，疼倒是不疼，就是有些晕乎乎的。

傅初晨站在床边居高临下地看着她，活动了一下肩颈，懒散道："那也麻烦你尽一点女朋友的责任，比如说暖个床什么的？"

乔延曦："……"

傅初晨扯过一旁的被子给她裹上，这回看起来是真的像麻袋了。

"赶紧睡吧，不要想东想西了，"他的模样略显无奈，"晚安，我的大小姐。"

次日上午。

昨天他们说好了今天要一起去逛超市，乔延曦醒得挺早，结果发现傅初晨比她更早，已经洗漱完毕整装待发了。

十月份的 B 市天气微冷，已经入秋。

傅初晨穿着一件蓝灰色的立领外套，和平时的风格不太一样。

这是一套情侣装，乔延曦的那件是烟粉色的，看傅初晨穿了这件，乔延曦也自觉地把自己那身换上了。

他们一起出了门，乔延曦出于低调戴了口罩，但回头率依然不减。

来到超市的蔬果区，这个时间来逛超市的多是以上了年纪的顾客居多，年轻人一般比较喜欢晚上来。

那些大爷大妈盯着他俩，时不时会讨论几句：

"哟，这小情侣看着真是登对啊，长得真俊。"

"戴着口罩也能看出俊不俊？"

"气质在那里嘛，而且现在的年轻人很少会自己做饭了，你看他们买那么多蔬菜，饮食一定很健康，生活习惯也好，不错，不错。"

乔延曦看着手推车里各种各样的菜，绿得她眼睛都难受："买这么多，到时候又要烂了吧？"

"每样来一点儿，练练手。"

"浪费。"

"啧，那我放回去，先留几样你爱吃的……这个是西兰花我知道，哪个是芹菜？"

两人对视一眼，齐齐陷入沉默。

有些菜原本的样子和炒出来的样子完全不一样，而且很多菜又长得极为相似，对于从未下过厨的大小姐和大少爷来说，要想正确地分辨出来，简直比做数学题还难。

最后他们只好随便挑了几样，又去了肉类水产区逛了一圈，最后拎着满满一大袋物资回家。

厨房里，乔延曦看着被塞满的冰箱，扭头问："我们今天能吃得完吗？"

傅初晨也沉默了。

不管怎么样，买都买了，那就开始动手吧。第一步是什么来着？哦，洗菜。

乔延曦抓着一把青菜走到水池边，一片片叶子拆开，认认真真给它做了个水浴按摩。

"按你这洗菜速度，别说午饭了，晚饭都吃不上。"

乔延曦头也不抬："你闭嘴。"

傅初晨听话地闭了嘴，靠在一旁，看少女在厨房里前前后后忙活了半天，终于进行到第二步，切菜。

菜刀切在菜板上，发出"咚咚"的声音，速度很慢，应该不会切到手。但力道却很重，估计只要切到了，那就不是破皮而是断骨了。

他还是没忍住："要不然我帮帮你？"

"不用，今天我来做，"乔延曦很倔强，"下次再让你来。"

"我觉得有必要提醒一下，你切个胡萝卜不用拿出剁肉的架势……"傅初晨觉得看她做菜实在是过于提心吊胆。

最后他被赶了出去，空腹一直等到了下午。

看着餐桌上黑乎乎、无法辨认原形，甚至不能够称之为菜的东西，傅初晨真心实意地说："要不以后都让我来吧？"

乔延曦："……"

事实证明，大小姐也并非真的全能，天赋点大概是一个也没点在厨艺上。

经过后来的多次尝试，乔延曦从一开始的不信邪，到自我怀疑，再到最后直接摆烂，决定跟自己的厨艺和解。

人无完人，她在心底安慰自己，然后发誓再也不会踏入厨房这鬼地方半步。

相比之下，傅初晨在这方面倒是略有那么几分天资，也仅限于能正常地把菜炒熟。

短暂的周末假期结束，傅初晨回到公大宿舍，几个室友正好都在，一人抱着一个手机爱不释手。

听见宿舍门被推开，李嘉年抬头瞥了一眼，露出一副"我什么都懂"的表情。

"傅哥约会回来了啊。"

"怎么样，这次去哪儿玩了？"

傅初晨还穿着那件立领外套，右侧肩膀懒散地挂着个黑色双肩包，只简单"嗯"了一声，没回应后面那句话。

李嘉年也不在意，继续低头在游戏里厮杀。

傅初晨走进来，手指拎着书包带子，往桌上一放，发出闷沉的响声。

李嘉年的注意力再次被吸引，瞅着那个双肩包，好奇问："里面装的什么玩意儿？女朋友送你的礼物？"

"不是。"

傅初晨说完，"哗啦"一下拉开拉链，慢悠悠地把东西从里面拿出来，是好几本封皮花花绿绿的书。

李嘉年面露惊讶，心想这位哥难道是受了上次那个家伙的刺激，周末约会还不忘兼顾学习、奔赴知识的海洋，真是我辈楷模啊。

然后定睛一看书名，他人傻了。

第一本《菜谱：舌尖上的中国》。

第二本《中华美食大全（珍藏版）》。

第三本《蔡老师教你 7 天学做菜》。

……

李嘉年恍惚地抬起头："傅哥，你该不会是觉得我们学校压力太大，要改行当厨子了吧？"

其他几个室友也都无语了，其中一个直接给了他后脑勺一巴掌并表示："你以为傅哥像你啊，人家就不能想多个兼职吗？"

李嘉年茫然地问："警察也可以兼职当厨师吗？"

傅初晨觉得自己的室友都是些人才，干脆不予理会，随手拿了本菜谱大全，坐到自己的书桌前仔细翻阅着。

几个室友默默交换了个眼神，没想到他居然来真的！

书里的内容很详细，每个步骤都有清清楚楚的图解，只是图片毕竟是图片，哪怕再详细，也不如视频来得直观。

现在科技发达，用电子菜谱的比较多。但他们的手机需要上交，所以今天路过书店的时候，他便进去挑了几本回来，平时也能看。

看他这么专注，李嘉年表情崩溃："完蛋了，咱们宿舍最根正苗红的一根好苗子也长歪了。"

傅初晨把书合上，叹了口气："你们不懂。"

他这个语气，一股熟悉感油然而生，室友几人齐齐打了个激灵，后背爬上一层细细密密的鸡皮疙瘩。

——得，又跟女朋友有关呗。

有人摆摆手："行了，行了，我们知道了，不必说了。"

可惜傅少爷并不给他们半路撤退的机会，依旧我行我素地开了口："我女朋友非要吃我做的菜。"

室友们一脸麻木。

"有没有听过一句话？要想抓住一个女人的心，就要先抓住她的胃。"傅初晨睨他们一眼，慢慢说道，"活该你们没对象。"

李嘉年真心实意地说："傅哥，我觉得你将来结婚了，一定是个妻奴。"

室友："不用将来，现在已经是女友奴了。"

傅初晨无所谓他们怎么说，神情漠然，声线慵懒中带着骄傲："我乐意。"

关于傅初晨的女朋友，在公大一直是个神秘又神奇的存在。从这位少爷的口中，大家无数次听他提起过——

"省状元。"

"钢琴十级。"

"比娱乐圈所有女明星都漂亮。"

"特别爱我。"

总之被形容得天上有地上无，根本就不是活生生的人，而是仙女下凡。

大家一致认为这是在夸大其词，自带滤镜，现实里哪有那么完美的女人，还对男朋友死心塌地的？

但转念一想，傅初晨本身也很优秀，两个神仙凑一块，也不是没可能。

众人对他的女朋友十分好奇，一直很想见见庐山真面目。

本以为大学毕业都不一定能有这个机会，没想到跨年那天正好放假，"庐山"主动出现在了他们面前。

校门口，傅初晨垂眸看着手机，屏幕显示着五分钟前，备注是"西瓜"的人给他发来微信消息。

【我到你们学校门口了。】

"西瓜"就是乔延曦，是"曦光"的谐音，自从当年加她到现在，这个备注一直没变过。

后来乔延曦看见了，也把给他的备注改成了"橙子"。

傅初晨当时还调侃她："偷偷跟我用情侣名？这么喜欢我啊。"

嘴欠的结果就是乔延曦面无表情地把备注又换回去了，最后是他哄了半天，乔延曦才勉为其难继续用了下去。

傅初晨低头打字：【我也到了，你在哪儿？】

那边没有及时回复，傅初晨也不催促，锁上屏幕，回头瞥了眼身后那群"鬼鬼祟祟"的家伙。

"别躲了。"

李嘉年尴尬地清了清嗓子："被发现了啊？不愧是傅哥，反侦查能力就是牛。"

旁边人拿胳膊撞他："还不是你自己非要跟那么近？我都说会被看到了。"

李嘉年反驳："那不是离太远就看不清了嘛，你自己当时不也同意了，怎么能全怪我？"

傅初晨懒得听他们内讧甩锅。

他知道他们为什么会跟过来，无非是听见之前乔延曦给他打电话说要来学校找他，所以想跟来看看。

傅初晨交代他们："到时候别乱说话。"

李嘉年点点头，给自己嘴巴做了个拉拉链的动作："放心吧傅哥。"

傅初晨并不是很放心。

只在原地干等着也无聊，几个男生便开始聊起了天，话题从"女朋友"一直到"游戏"，再聊到了"车"。

有个人朝马路对面努努嘴："看见没，那辆。"

银白的车漆，车身线条流畅，外形十分炫酷，是一辆无敌拉风的超跑，可以说是所有男生的梦中情车了。

这样的跑车在 S 市并不少见，但会出现在他们学校门口，就有点儿稀奇了。

车门紧闭，隔着黑漆漆的车窗也看不清里面，不知道车主人是谁，路过的人都忍不住看上两眼，羡慕又向往。

"又是哪个富家公子哥儿开车出来撩妹，居然还撩到我们学校来了？"

"这车不是上个月刚出的新款吗？"

"还是限量发售的，我酸了。"

李嘉年等人对着这车直流口水，聊得不亦乐乎。傅初晨随意瞥了眼就收回视线，心思主要还是集中在手机上。

终于，对面回复了消息：【我看到你了。】

傅初晨：【？】

【我在对面。】

对面……

傅初晨抬了头，目光转了一圈，没看到少女的身影。

视线再次掠过那辆超跑，他忽然顿了下，眉梢微扬起，心底浮现出一种离谱的想法。

李嘉年还在感叹："不知道我下辈子有没有荣幸能坐上这车……噢快看，车门打开了，这小姐姐的腿真是绝了，怪不得能坐副驾驶呢。"

一扭头发现傅初晨也直勾勾盯着对面，他还好心劝了一句："傅哥你这样不好吧，你女朋友等会儿就来了，你怎么还看别的美女呢？"

傅初晨轻轻眯起眸，几乎是一字一顿："因为那个，就是我女朋友。"

李嘉年和其他几人"唰"地转过脑袋盯着她看。

注意到那个长腿美女下了车径直朝这边走来，并且视线一直是注视着他们这里，李嘉年等人没忍住，在心底骂了句脏话。

直到驾驶座的车门也被打开，走出来了一个年龄和他们相仿的男生，二十来岁的样子，穿着一件黑色皮夹克，长得也挺帅。

几人看向傅初晨的眼神又变得有些不对劲，仿佛他头顶着一片青青草原。

胆子这么大？戴绿帽子戴到正宫眼前来了？

不能够吧？

乔延曦本来也不想这么高调，她跟乔子暮说了，停偏一点儿，结果这他死活不肯，非要停人家学校正门口。

乔延曦不想再多费口舌，认命下车。

她远远就看见傅初晨身边围着几个男生，应该是他的同学。

走到面前了，乔延曦朝他们礼貌点头，用眼神示意傅初晨介绍一下。结果傅初晨一动不动，黑眸半眯着，没看她，反而是盯着她的身后。

乔延曦狐疑转头，正对上乔子暮那张欠揍的笑脸。

"你跟过来做什么？"

乔子暮停在她身边，双手懒洋洋地抱着胸，感受到浓烈的敌意，嘴角笑意不减："来看看我未来妹夫啊。"

"妹夫"这个关键词一出来，几人恍然大悟，怪不得看他们样貌有几分相似，特别是那双眼睛。

同样是桃花眼，乔延曦的眼型要比乔子暮更圆润一些，看上去没那么风流，自身的气质也清冷疏离，兄妹俩完全相反。

见到了乔延曦本人，他们才发现，傅初晨之前说的那些话绝不是在吹牛，原来现实里真的有人可以漂亮到这种程度。

"我怎么觉得她看起来有点眼熟？"有人小声嘀咕。

李嘉年警告他："你小子看见个漂亮妹子就觉得眼熟，这可是傅哥的女朋友，你别乱来啊。"

"我不是那个意思，哎哟……"那人解释不清了。

傅初晨的视线依然放在乔子暮身上，黑眸里的敌意缓缓褪去，态度称不上热情，也不算冷漠。

"你好，我是傅初晨。"

"我知道你。"乔子暮笑了一下，暧昧地拿胳膊去撞乔延曦，"我是乔乔堂哥，听她提过你好几次。"

乔延曦瞪他："哪有好几次？"

"有的呢，"乔子暮掰着手指给她算，"高中就有几次，还有上个月……"

"闭嘴。"

乔延曦不再看他，胳膊抬了抬，手里拿着一把车钥匙，上面的标志几乎能晃瞎人眼。

其他人倒吸一口气。

"送你的。"这么多人在场，乔延曦有些不好意思，努力绷住表情，"跨年礼物。"

傅初晨接过来，修长食指勾着钥匙上面的环，灵活地转着，眼睛却是望着她的，眸光微垂："怎么想起来送我车？"

乔延曦解释："之前你不是问谢洋关于车的事吗，我不小心看见的。"

然后她想着自己好像从来没送过他什么东西，于是转头就去找了乔子暮咨询，今天他就是来陪她提车的。

"没关系，你可以随便看。"傅初晨顿了下，手伸进口袋，掏出一个什么东西放进她手心。

金属的质感，沉甸甸的，也是一把车钥匙。

乔延曦低头一看，怔住了。

"回礼。"傅初晨抬手在她额前点了一下，"问车就是准备给你买的，没想到你动作这么快，真是让我受宠若惊啊，女朋友。"

他的声音低沉温柔，是大家从来没听过的。

猝不及防被秀了一脸恩爱，还是双重伤害，李嘉年掐着自己的人中，一副要原地昏厥的架势。

"呼吸机，朕的呼吸机呢！"

其他人倒也配合，忙上去扶他。

乔延曦觉得傅初晨这些同学还挺有意思的，刚好大家都有空，干脆一起去吃个饭。

不过现在又面临一个新的难题，他们只有一辆车，还是两座的。傅初晨送她的那辆停在了小区的地下车库，本来是想晚上回去再给她个惊喜，而他们现在有八个人。

嫌打车麻烦，他们就在学校附近随便找了家餐厅，吃完后，约会的约会，回学校的回学校……

乔子暮看他们都安排好了行程，扯着嘴角问："不是，那我呢？"

经过一顿饭的交流，李嘉年和乔子暮已经建立起深刻的友谊，两人都是外向社牛型的性格，很容易就处成兄弟。

于是李嘉年说："要不这样，我们陪你去网吧开黑？"

乔子暮语重心长地提醒："今天可是跨年，咱们几个大老爷们一起在网吧过，是不是有些凄惨？"

李嘉年眨巴眨巴眼，期待问："那你还有别的妹妹吗？"

乔子暮扶额："网吧就网吧吧。"

跨年这天晚上有烟火秀，广场上的人群熙熙攘攘，还有贩卖氢气球和发光头箍的小摊贩，很多年轻情侣都围在摊前挑选。

傅初晨牵着乔延曦的手，侧头问她："要不要？"

乔延曦不出意外地摇头表示拒绝。

但傅初晨还是拉着她走过去，弯腰拿起一个米奇耳朵形状的头箍，还没说话，乔延曦抢先一步道："要戴你自己戴。"

傅初晨抬了一下眉毛，把头箍递到她手里，身子低了低，脸凑近她面前。"那你帮我。"

乔延曦停顿了一下，说不上来是因为这句话，还是因为他的突然靠近。

见她不动，傅初晨微微歪头，语气疑惑："嗯？"

乔延曦这才回神，拿着这个发光发箍给他戴好，人往后退了退，仔细打量了一下有没有戴歪。

这么可爱的玩意儿戴在他头上，乔延曦本来以为会很有违和感，但这么一看，她觉得连带着傅初晨都显得可爱了起来。

有一种反差萌。

"怎么样？"傅初晨直起身来，大概是不习惯脑袋上多了个东西，时不时就要用手拨弄两下。

"别动，再动就歪了。"乔延曦抓住他手臂，微微仰着脸，认认真真说，"挺适合你的。"

傅初晨果然不动了，胳膊垂在身侧任由她抱着，嘴角轻扬一个弧度："哦，那你要不要也试试？"

乔延曦还想拒绝，刚张了张嘴。

傅初晨："我都戴了，你怕什么？"

乔延曦算是看出来了，他会这么主动戴这玩意儿纯粹是为了套路她，也只能抿唇默认了这个提议。

傅初晨最后给她找了个米妮款的，上面比他那个多一个红色波点蝴蝶结。

十二月底的 B 市，室外气温早就步入了零下，只不过被节日热烈的氛围所感染，倒显得没有那么寒冷了。

乔延曦还是比较习惯 B 市的冬天，空气没有南方那么潮湿，不会冻得骨头都哆嗦。

他们先在广场逛了一圈，才去的室内商场。

一楼大厅似乎在搞活动，好像有什么舞台表演，吸引了不少路人驻足围观。

乔延曦一般是不爱凑这种热闹的，但今天她心情好，本着来都来了的想法，那就去看看吧，看两眼又没关系。

他们慢吞吞地挤进去，傅初晨伸出一条手臂，虚虚护在乔延曦身侧，不让旁边的人撞到她。

舞台是木板临时搭建的，铺着红色地毯，还有深红的幕布，舞台中央摆着一个奇怪的箱子，旁边是一个穿着黑色燕尾服的男人。

男人头戴礼帽，手里拿着一根细细长长的棍子，在箱子上轻轻点了两下，箱子破开，一群白鸽争先恐后飞了出来。

台下有小朋友和年轻女孩发出惊叹："哇！"

这群白鸽俨然训练有素，绕着人群飞了两圈，最后又自行钻回箱内。等男人合上箱门再打开，里面已经不见白鸽的踪影。

乔延曦眨了下眼，没想到会是魔术表演，轻轻"啊"了一声，下意识地侧头去看傅初晨。

傅初晨表情没太大变化，冷淡又懒散地垂着眼，薄唇很轻地抿了一下，快得让人几乎捕捉不到。

乔延曦伸出手，柔软的掌心贴上他冰凉的手背："我们走吧？"

她有点儿后悔自己的一时兴起了。

如果没有发生那样的事，如果洛子阳还在，他一定会是一位极为优秀的魔术师，那样的话她就可以和傅初晨一起在台下看他的演出了。

再加上洛子悦。她一定，也会为弟弟感到骄傲。

可是世界上没有那么多如果。

既定的悲剧无法扭转，只能用余生来赎罪。

尽管乔延曦不认为傅初晨有错，但他选择了这条路，她便会陪他走下去，让他不那么孤单和痛苦。

一段表演结束，有工作人员上台将那个箱子搬了下去，换上了新的道具。

那位魔术师拿起话筒开口："下面我将挑选一名幸运观众，配合我进行下一个魔术，谁会是那个幸运儿呢？"

"就你了，那个戴着大耳朵发光头箍的女孩。"

乔延曦还陷在伤感的情绪里呢，猝不及防被点到名，茫然环顾一圈，见所有人都盯着自己。

台上的魔术师也说："就是你，不用怀疑。"

乔延曦正准备表示自己不太方便，魔术师又说："旁边那是你男朋友吧，都戴个大耳朵，行了，你俩干脆一起上来吧。"

乔延曦："我……"

后背突然传来一阵很轻的推力，乔延曦扭过头，看见是傅初晨的胳膊，她面露几分迟疑，但还是跟随着他一起走上了台。

"男帅女美，天生一对哦。"魔术师简单夸赞了一番，"来，帅哥，我考考你，你知道你女朋友最喜欢什么花吗？"

傅初晨侧了侧头，神色带着几分思索。

事实上，乔延曦并没有特别偏爱的花种，只不过现在台上台下那么多双眼睛盯着，她也不好提醒。

魔术师拿着一个空白板走过来，笑眯眯地说："你先在上面写下答案，我们再看他回答得对不对。"

这下连她有心包庇都不行了。

乔延曦接过来，想了想，最后写下一行话。

——他送的。

那边傅初晨也想好了回答，接过话筒，冷淡沉磁的声音沿着麦克风传遍全场："玫瑰。"

魔术师拿着白板揭晓答案："让我们看看结果——"

"答对了。"乔延曦直接说。

"哦？"

"他送过我玫瑰。"

台下有起哄的声音，自他们出现后，底下的观众就有越来越多的趋势，才几分钟，这块区域几乎被围得水泄不通，现在挤都挤不进来。

"行吧，果然很甜蜜呢。"魔术师点点头，摘下头上的礼帽，先向大家展示了一下，确认里面是空的，而后递给傅初晨，"手伸进去抓，告诉我你抓到了什么？"

　　按照正常的流程，傅初晨应该是只能抓到空气，毕竟帽子里的机关一般人都无法轻易破解，到时候将由他接手，凭空变出来一朵玫瑰花来。

　　可是这个少年也不知道什么来头，低头瞥了一眼，嘴角挂着若有似无的笑，那只修长漂亮的手伸进去，竟然真的掏出来一枝鲜艳的红玫瑰。

　　台下观众又开始惊呼了。

　　他们都以为是魔术师厉害，为他鼓掌，为他喝彩。

　　只有魔术师本人笑不出来，这么容易就被发现了机关的秘密，要是被他点破，他这场子可就全毁了。

　　好在少年并没有砸场子的想法，拿着玫瑰一步步走向女友，双手奉上："给你的。"

　　都已经送出去了，他好似回想起什么，转过头来："我可以送她吧？"

　　"当然，当然。"魔术师擦着额头上的冷汗，哪敢说出拒绝的话。

　　乔延曦和傅初晨下台之后，又在商场转悠了一会儿，重新回到一楼大厅时，魔术表演已经收场了。

　　魔术师正在整理道具，看见他们，一眼就认了出来。

　　"欸，等等。"

　　他们停下脚步。

　　"你们是刚才那对情侣吧？哎，我要跟这位帅哥道个谢，魔术最忌讳的就是被人看穿，他分明破解了我的机关，却愣是没吭声。"

　　乔延曦就和普通的观众一样，什么都没发觉，闻言略有几分诧异地看向傅初晨。

　　"没什么，我就是碰巧。"傅初晨耸耸肩。

　　魔术师："别谦虚了，我知道你是有实力的。怎么样，对魔术这行有没有兴趣？要是愿意的话，我可以给你引荐几位老师，凭你的外形，再多努努力，将来说不准能上春晚，变成家喻户晓的大明星呢！"

　　"听起来不错的样子。"傅初晨笑着偏了偏脑袋，黑眸注视着身旁的少女，缓声道，"不过，我们家有一个大明星就够了。"

　　魔术师："啊？"

　　等他们走后，乔延曦才反驳道："你们家？"

　　"嗯，"傅初晨垂眸，"早晚把你娶回家。"

　　乔延曦脚步一顿："所以你现在是在跟我求婚？"

"也可以这么理解，"傅初晨说，"虽然少了点仪式感，你应该不会同意，还是再等等吧。"

乔延曦沉默地想，其实也不一定……

不过她没好意思把心里话说出来，这毕竟是人生大事，这么草率决定好像不太好。

临近十二点，即将开始跨年倒计时。

广场上聚集了不少人，这个点本来就是最冷的时候，室外又没暖气，冷风嗖嗖吹着，却吹不灭众人的热情。

乔延曦第一次在外面跨年，或者说，第一次有这么多人陪着一起跨年。

以前的 12 月 31 日晚上她几乎都是睡过去的，要么就是在家里写卷子刷题，总之没有经历过这么盛大的跨年仪式。

最后一分钟的时候，很多人跟着广场的 LED 大屏幕一起倒数："六十，五十九——"

直到屏幕跳到最后一秒。

刹那间，无数烟火升至高空，绽放成绚烂的花，铺满整个夜幕。

在烟花齐绽和人群的欢呼声中，她似乎听见身旁传来一声："新年快乐，我的准未婚妻。"

不要脸，她明明还没答应。

乔延曦也对他说了句"新年快乐"，闭上眼，默默补充完后半句话。

——我的……准未婚夫。

大冷的天，总感觉脸颊有些烫。

这个寒假，乔延曦准备进组了。

她一向是行动派，既然已经决定了要继续演戏，她也做足了相应准备。

这次她参与的是一部民国探案的剧，饰演的角色是剧中比较重要的一个女配。

其实也不是没有剧组找她担任女主，但乔延曦觉得自己毕竟多年没有演过戏了，演技还需要再磨炼磨炼，才能扛起主角的重担。

这部剧的投资挺大的，女主原定了一个一线小花，结果好像是投资方不满意，又另外换了人选。

乔延曦也是在进组之后才知道，女主最后由蒋梨来饰演。

她和蒋厉的那点过节已经是两年前的事儿了，所以在看到自己要和蒋梨合作的时候，乔延曦其实没觉得有什么关系。

　　她觉得事情早就过去了，但别人可不这么想。

　　尤其是当年《少年天才》那么火，蒋厉在家都快把牙咬碎了，时不时就在姐姐耳边念叨她的坏话。

　　蒋梨也是宠弟弟的，怎么看乔延曦怎么不爽。

　　这天下午，乔延曦要拍一场落水戏。

　　冬天拍下水的戏，对演员来说绝对是极大的挑战，也有人提议要不要上替身，不过被乔延曦拒绝了。

　　和她搭戏的就是蒋梨，水池边，两人相视而站。

　　乔延曦的角色是民国时期的一名女学生，性格用现代话来说，就是比较绿茶，心机很深。

　　这样的反派角色挑战难度很高，要演绎好并不容易，还可能被观众恶意辱骂，对演员的演技和承受力都是相当大的考验。

　　而蒋梨饰演的女主是自命不凡的女歌姬，卖艺不卖身，也是一个有很多层次的角色。

　　这场戏是女学生故意栽赃陷害歌姬的剧情，自己假意落水，把锅推到歌姬身上，给路过的男主造成误会。

　　乔延曦落入水中之后，听见导演喊了声"咔"！

　　"台词错了。"

　　蒋梨连忙道歉："不好意思啊，再来一遍，辛苦各位了。"

　　这时候乔延曦还没多想，虽然也奇怪这么简单的一句台词怎么会念错，但还是好好地配合她拍第二遍。

　　结果又出错了。

　　池中的水虽然被换成了温热的，但气温这么低，没一会儿就变凉了。

　　泡在里面的时候还好，上岸的那一瞬间，浑身湿漉漉的，被风一吹，那才是真的能体会一番什么叫天寒地冻。

　　有工作人员急急忙忙给她披上厚被子，送来姜茶，乔延曦接过时，朝蒋梨那边望了一眼。

　　蒋梨当然是故意的，拍第三遍的时候，她心想着算了，有两次教训应该足够了，也不好做得太过分。

　　就当她准备好好发挥念台词时，胳膊被少女紧紧攥住，猛地向下一拉。

乔延曦在落水的同时，顺带也将她拉了下水。

"扑通、扑通"两声，池中溅起巨大的水花，蒋梨整个人都是蒙的，等被人捞上了岸，才后知后觉感觉到刺骨的冷。

"不好意思，"乔延曦学着她的台词，声音如冰，"我也是不小心的。"

蒋梨冻得连话都说不出来。

她才出月子不久，身体还没完全恢复过来，这样一搞也不知道会不会落下什么病根，真是太亏了！

可惜她也没有立场去责怪乔延曦，毕竟是她故意 NG 在先。

这天之后，蒋梨反正是不太敢招惹乔延曦了。

整个寒假乔延曦几乎都是泡在剧组的，就连过年也不例外，虽然她只是配角，但戏份也很重，实在是走不开。

除夕那夜剧组提前收工，准备了很丰盛的晚餐，吃完第二天，大年初一还是要照常拍戏。

休息时间，乔延曦抱着一个保温杯，坐在屋檐前的台阶上，膝盖放着剧本，每一段台词旁边都有认真标注。

"乔乔！"有人喊她。

乔延曦抬头："什么事？"

"你家属来探班了。"

乔延曦放下手里的保温杯和剧本，刚站起身，就看见工作人员带着少年朝这边走来，边上还跟着一名打扮华贵的妇人。

乔延曦彻底愣住，傅初晨来就算了，傅夫人怎么也来了？

"阿姨？"

"我的乔乔，阿姨想死你了，快让阿姨看看你瘦了没有？"傅夫人拉着她转了个圈儿，仔仔细细打量一遍。

乔延曦用眼神询问自家男朋友：什么情况？

等傅夫人把她放开，傅初晨才凑上前，贴近她耳边解释："我说你今年一个人在外地过年，不放心想来看看你，她非要跟着一起。"

乔延曦也跟他小声咬耳朵："今天是初一，你不用走亲戚什么的吗？"

傅家根基比乔家都大，家族成员肯定不在少数，就这么跑出来，会不会不太好？

"没关系，"他的呼吸温热，薄薄的气息熨烫着她耳廓，"你比较重要，我怎么舍得让你一个人。"

情话一套又一套的，乔延曦根本扛不住，她以前还以为自己不吃这套。

还好那边导演在喊人了，乔延曦把厚厚的羽绒外套脱下，放到他手里，光明正大地找借口跑走。

傅初晨就在原地帮她抱着衣服，专注看她拍戏。

等到导演喊"咔"，傅初晨快步走上前，双手拎着羽绒服的两侧给她披上，紧紧裹住，连帽子都不忘给她扣上。

乔延曦的神色有片刻的怔愣。

"我怎么忽然觉得……"她顿了下，似乎陷入了回忆，"这个场景有点儿似曾相识。"

傅初晨手指一顿，漆黑睫羽往下垂，眼底情绪隐晦而深浓："然后呢？"

乔延曦摇摇头，她偶尔会产生这种莫名其妙的既视感，好像经历的哪些事曾经发生过，实际上都是错觉罢了。

傅初晨便不再多言，抬手默默为她整理好衣领。

剧组也有一些工作人员是二十出头的小姑娘，平时跟乔延曦关系不错，毕竟是同龄人，聊天也更有话题。

她们看乔延曦和傅初晨坐在一起，犹豫了一会儿，还是耐不住八卦的心，一点一点凑过来。

"那个……"

乔延曦一眼看穿她们的心思："想问什么？"

其中一个圆脸妹子清清嗓子，率先开口："你们的感情看上去真好，能方便透露一下在一起多久了吗？"

乔延曦算了算时间，高考结束确认关系的，到现在已经——

"八个月了吧。"她说。

"那你们认识了多久？"

乔延曦："三年。"

傅初晨本来只懒洋洋支着头听她说话，这时候却忽然出声："十一年。"

答案差距太大，不止问话的那几位姑娘呆住，连乔延曦都大脑一片空白："什么？"

傅初晨看她两眼，眸光移走，静静投落在不远处的拍摄场地。半晌，他漫不经心道："怎么说呢，我也算是看着她的戏长大的？"

他这么说，她们倒是能理解了。

圆脸妹子道："原来你是乔乔的粉丝呀！"

乔延曦却没吱声，手拢了拢羽绒服，顺着他的视线望过去。

那里没在拍戏，只有几个场工在来回忙碌着，她不知道傅初晨是在看什么走神，是什么让他这么怀念？

她其实不太相信"粉丝"这个说辞。

他们最早见面的时候明明不太对付，他那个态度，怎么也不像见到了偶像该有的样子。

倒是傅夫人对她百般热情，在后来的交谈中，她确实得知了傅夫人是自己的忠实观众这件事。

傅初晨既然一早就知道她的身份，应该也是看过她的剧的。

只是……仅仅是这样吗？

脑中有残存的、模糊的记忆碎片飞速闪过，她很努力地想要抓住它们，一点一点，拼凑出一个不算完整的故事。

"傅初晨，我们以前……是不是见过？"

少年懒散撑着下巴的手放下去，头转回来，直勾勾地盯着她，双眸似墨："你记起来了？"

相当于默认了。

"隐约一点儿。"乔延曦实话实说。

"啊。"傅初晨语气很轻，看上去对这件事挺无所谓的。

放在之前，他确实很介意。

他们初次相遇的时候只有八岁，重逢在十六岁，她早已遗忘，他却念念不忘了好多年。

但是没关系，重新认识一遍就好了。

"以前的事儿记不清了就算了，反正现在——"

他微微勾起嘴角，仿佛在说一个既定的事实："你肯定一辈子都忘不掉我了。"

傅夫人这趟来得很高调，既然美其名曰"探班"，那自然不能空手而来。

他们叫了两辆大卡车装运物资，都是些保暖防寒的衣物，还有暖贴之类的东西，正是剧组眼下需要的。

除此之外，甚至还请全剧组的人都吃了火锅，喝了奶茶，这样一顿进肚皮，在这凛冽的寒冬，整个人都变得暖洋洋了起来。

虽然拍戏任务因此耽误了，导演也没生气，毕竟大过年的，放松一些也好。

当然也不能耽误太久，吃好喝好后，大家都十分自觉地恢复到了工作状态。

剧组拍摄是不按照剧情顺序来的。可能这场戏还其乐融融，是有说有笑的日常，下一场就变成刀枪相对，死的死，伤的伤。

比如乔延曦今天就要拍这个角色下线的戏。

少女倒在男主演的旁边，浅蓝色的上衣染出一片血红，她面色虚弱，轻轻抬起手，似乎想抚摸男人的脸庞。

可惜，在距离只剩一厘米的时候，那只手无力地垂了下去。

不远处，傅初晨后背抵着墙，双手抱臂静静看着这一幕戏，表情无波无澜。

现场的人很多，时不时有视线飘过来，都被他冷漠无视。

男主演当然也知道他在看，只虚虚搂着乔延曦的肩膀，动作并不亲密，以至于整体效果出来并不理想，导演很不满意。

"抱紧点！人都要死了，你得表现出强烈的不舍，给我大胆一点！"

男主演："……"

人家正牌男友还在现场呢，他怎么大胆得起来！

导演完全没意识到这个问题，还拿着喇叭催促："快！抱她！再来一遍。"

没办法了，他在心底默默说了句"兄弟对不起"，而后手臂力道收紧，按照导演的要求做了。

傅初晨面无表情，一秒，两秒，三秒……

最后他还是没能忍住，嘴角轻扯，发出一声意味不明的"呵"，然后偏过了头，往室内走去。

等到导演终于心满意足地通过了这场戏，男主演立刻放开乔延曦，后退三米保持距离，表明他们真的是清清白白的。

乔延曦抬头，目光扫了一圈，没看见想看的身影。

之前那个圆脸妹子看出来她在找谁，用手指了指休息室的方向，用口型说："吃醋了。"

休息室里面没有其他人，傅初晨就坐在沙发上，低头按着手机。

乔延曦进来了他也没有反应，不知道是不是故意的。

在门口站了片刻，乔延曦神色自若地走过来，先是试探性地在他身旁坐下。

傅初晨无动于衷，依然维持着刚才那个姿势，拇指滑动屏幕，不知道在刷什么。但是看这滑屏速度，乔延曦怀疑他根本没在认真看内容。

喊了两声没反应，乔延曦实在不擅长哄人，苦恼了一小会儿，最后干脆说："你再不理我，我就亲你了。"

一招儿见效。

滑动屏幕的手停住了，傅初晨放下手机，缓缓转头，漆黑眼珠一眨不眨盯着她。

乔延曦看到他张嘴似乎要说话，却又闭上了，眼神明晃晃地写着四个大字——那你亲啊。

大小姐言出必行，还真就伸手拽住他的衣领，一副要亲他的架势。

傅初晨顺势往她这边倾了倾身子，垂下头来，主动凑上去。

乔延曦才从室外进来，唇瓣有些凉，碰到他温热的唇，仿若带有微弱的电流，身体下意识地颤了一下。

肩膀上多出一只手臂，用力搂着她，比刚才那场戏搂得还要紧。

他的吻毫不克制，如果说一开始乔延曦还能勉强应付，亲到后面她实在是撑不住了，浑身发软地靠在少年怀里。

直到乔延曦快呼吸不过来了，傅初晨才依依不舍地放开。

他眸色漆深，里面倒映着她的模样。

亲得太狠，乔延曦感觉自己嘴巴都肿了，正想摸摸看，有一只手的动作比她更快。

傅初晨垂着眼，睫毛很长，却也掩不住眼中浓稠的情愫，指腹轻柔地蹭过她嘴角，拭去那点儿深吻之后的潋滟水光。

"现在，你是我的。"他说。

脱离了剧中的人物，现在的她只是乔延曦，是他的女朋友，只有他可以亲、可以抱。

别人都不能。

其实乔延曦这部戏真没什么亲密戏份，最多也不过如此，毕竟拍戏不可能完全没有肢体接触，那不现实。

只是好巧不巧，偏偏被傅初晨看了个现场。

傅少爷虽然打翻了醋坛子，却也没说什么以后不让她拍了之类霸道专制的话，就像他之前讲的那样，他会理解她的工作。

怕影响到大家，傅初晨和傅夫人不准备在剧组待太久。临走之前，傅初晨从那个圆脸妹子那听说了一件事——

这部戏的女主，那个叫蒋梨的，和乔延曦似乎有过节。

圆脸妹子添油加醋地把蒋梨故意NG让乔延曦落水三次的事讲了一遍。

之前蒋梨对乔延曦的刻意针对，明眼人都看出来了。只是碍于蒋梨背后有大公司撑腰，她是星光娱乐的总裁夫人，大家不敢说她什么。

而乔延曦虽然姓乔，但她毕竟只是乔总前妻的女儿，又似乎已经脱离了乔家，所以蒋梨才敢这么明目张胆地针对她。

乔延曦不是爱秀的性格，剧组的人知道她有男友，但不清楚具体身份。

直到见了真人，那扑面而来的金贵气息，一看就不是普通家庭。就是不知道，乔延曦这个男朋友的背景，能不能压得过蒋梨那位老公。

晚上，酒店。

傅初晨住在顶层的套房，顺带把乔延曦也拐了上来。

主卧的床宽敞而柔软，乔延曦一躺上去就不想动了，她今天有些累，想要早点睡觉。

傅初晨侧躺在她边上，一手撑着脑袋："拍戏很辛苦？"

"还行。"

"有人欺负你吗？"

闻言，乔延曦原本昏昏欲睡的神志清醒了几分，转过脸来，和他面对面，中间只隔着半个枕头。

"你听谁说的？"她问。

傅初晨也不知道那圆脸妹子的名字："这不是重点。"

"是元元吧。"乔延曦心中已有答案，"她说得肯定夸张，你别信。"

傅初晨声音很沉，含着一股危险："夸张，但确有其事？"

乔延曦低低"嗯"了声，轻轻皱眉："你想做什么——"

"让她滚蛋。"

"不行。"乔延曦拒绝。

傅初晨不解："为什么？"

乔延曦："她滚了，之前拍的部分就得重拍了。包括那场落水的。"

傅初晨被她说服了，换了个思路："那让导演删她戏份，让她白拍这么多？"

"也不行，"乔延曦瞥他一眼，叹着气对他这个外行解释，"那样播出之后粉丝会闹，对我影响也不好。"

傅初晨沉默下来，思忖了片刻："那给她加戏？"

乔延曦："？"

傅初晨说："多给她安排些难度大的戏，女主角嘛，总是要吃点儿苦头的。"

看着他嘴角勾起恶意的弧度，乔延曦心想，这还真是一个妙招儿。

"其实你也不用太在意，元元应该没跟你讲，当时我知道要拍下水戏，是做了防寒措施的，她被我拉下水的时候可什么都没准备。放心，我不会这么白白被人欺负的。"

傅初晨看着她，眸光复杂。

他当然清楚她的个性，遇到问题了她自己就能很好地解决，几乎不会有需要他人出手相助的时候。

可是——

"乔延曦，"他嗓音低而温柔，"我希望你明白，你背后也是有人给你撑腰的。"

这部戏杀青之后，乔延曦又接连进了好几个剧组。她签约了经纪公司，也有了专属经纪人和助理。

因为要兼顾学业和演戏，乔延曦几乎没有空余的时间，每天都很忙，已经不能像之前那样，每到假期就和傅初晨出去约会。

第二年夏天，她和蒋梨合作的那部民国探案剧要正式播出了。

乔延曦的那个角色本应不讨喜的，奈何她演技太好，让观众又爱又恨，最后的死亡也让她成功洗白，赚足了观众眼泪。

相比之下，对女主的吐槽声反而更多。

【如歌怎么又当又立的，就不能像轻云一样，人家好歹茶得明明白白。】

【蒋梨的演技属实……呃……以前不觉得，现在有乔延曦做对比，真的是一目了然了。】

【女主卖惨的戏份怎么那么多，让人一点都同情不起来，只觉得活该。[呕]】

【还是轻云好，坏到我心坎里去了。[爱心]】

蒋梨看到这些评论快气死了，她想演那些卖惨的戏吗？还不是导演强行给她安排的！

她又不好拒绝，毕竟这个角色是她拜托丈夫帮忙，从她另一个死对头女演员手里抢过来的，总不能现在撂挑子不干。

憋着这股气，蒋梨还得跟乔延曦一起上综艺为剧做宣传。

主持人正在梳理流程，到最后一个大冒险的游戏环节，需要嘉宾们用自己的手机随机拨打电话，对方必须说出指定的词才行。

这类游戏不新鲜，新鲜的是这个环节是以直播的形式。

也就是说，全程无剪辑，说不准就能有什么爆点出来，直播间此刻挤满了人。

蒋梨随机联系到的对象竟然是她弟弟，也不知道是不是提前安排好的，总之很顺利地通过了考验。

轮到乔延曦，她刚从工作人员手中接过手机，屏幕亮起，一个电话在这时跳了出来，

备注显示为"1"。

应该是节目组特地改的，为的就是让他们无法分清谁是谁，当然，节目录完之后肯定是会复原的。

主持人讶异道："这么巧，不如就选 ta 当目标，省得再打一次电话。"

乔延曦划动接听。

"你好。"

她不知道对面是谁，只能客气开口。

那头悠悠传来一句："你好？"

乔延曦睫毛微动，正要解释。

对方没给她说话的机会，低沉的声音响彻整个直播间："乔延曦，你是准备不要你'儿子'了吗？这都多久了，你也不知道回来看看它。"

语气夹带着几分抱怨，也不知道到底是在怪她没回去看猫，还是没回去看他。

这两句话出来，弹幕瞬间被"？？？"席卷。

主持人也蒙了，虽然他们做成直播互动的环节就是希望能有出人意料的看点，但这个料也太猛了，这谁能想到啊！

直播平台被弹幕刷得，先是卡顿，再直接就黑屏显示错误了。

众人："……"

他们默默看向乔延曦，眼神里都带着惊愕。

她今年才多大啊，也就二十来岁吧，这就有孩子了？不是，什么时候怀的孕啊？居然半点儿消息都没传出来，这届狗仔真不给力。

乔延曦试图挽救自己的形象："……不是你们想的那样。"

直播间崩了，网友们迅速转移阵地去了微博，转头就把热搜给她安排上了。

#国民妹妹有孩子了#

这可是个大瓜，没一会儿就登上热搜榜一。

乔延曦发现电话还没挂断，放到耳边，冷漠道："都听见了？"

傅初晨"唔"了一声。

挂了电话，傅初晨弯腰抱起威廉肉乎乎的身子，有些后悔地说："早知道不拿你当借口了。"

威廉："喵——"

"怎么办，"傅初晨挠着猫咪下巴，语调无奈，"得想个办法。"

因为这个意外，宣传任务提前结束。

乔延曦在现场又受了蒋梨一波阴阳怪气，她懒得吵，去到后台，经纪人急得不行，连忙追问自家艺人是不是真的。

"你跟我说实话，我看看该怎么公关处理好……"

乔延曦："不是我生的儿子。"

经纪人愣了愣："啊？那是领养的？"

乔延曦说："是一只猫。"

经纪人沉默，合着她刚才在后场心惊肉跳了半天，就为了一只猫？

不过才过去半小时，网友还陷在震惊中没回过神，骂都没骂完，傅初晨那个许久未曾更新的，堪比"女友相册"的微博账号，发布了一条视频。

背景是奢侈的客厅，能看见墙上挂着不菲的字画，和角落的古董花瓶。

画面中心是一只黑灰斑纹的狸花猫，而后镜头动了动，似乎是被人调整了一下位置，继而露出了一张惊为天人的脸。

傅初晨怀里抱猫，漫不经心地抬了眼。他神色懒倦，浓黑似墨的眸望直勾勾望向镜头，仿佛在看她。

"猫很想你，"他说，"我也是。"

这个视频应该是用来澄清的，只有短短三十秒，此刻已经过半，不知道他后面还会说些什么。

乔延曦认真看着，听见他喊了一遍自己的名字。

仿若有某种预感，她心脏忽然间跳动得很快。

"等你毕业，我们就结婚吧。"他说着，垂头轻笑了声，"这样有没有比较正式，你会同意吗？"

傅初晨这个人，好像很喜欢在大庭广众下向她示爱，之前在学校的表白是这样，现在的求婚也是如此。

乔延曦一边脸红心跳，一边想，哪有人这样的啊，隔着屏幕求什么婚？但她还是转发了这条微博——

【乔延曦 V：会。】

众多网友也没有想到事情的发展会变成这样，他们不是来吃瓜的吗，怎么变成吃狗粮了？

经纪人看完这一系列操作，简直快要晕过去了。

她原以为乔延曦会是一个很省心的艺人，平时大部分时间确实也很懂事乖巧，没想到一搞就是大新闻。

能怎么办呢？当然还是要恭喜的。

经纪人特意给她放了一天假，乔延曦直接飞到 S 市。

她也第一次见到了傅初晨的父亲，那位超级大忙人总裁。

看到乔延曦的第一眼，傅涯微笑点头，第一句话竟然是对傅夫人说的："恭喜你，得偿所愿了。"

他很清楚妻子有多喜欢这个女孩，他可以满足妻子的所有要求，唯独这个心愿没法完成。没想到最后还是儿子给力，竟然真把人家姑娘带进了家门。

乔延曦推了大部分的工作，就留在这边陪自己新上任的未婚夫，这样悠闲的时光，仿佛又回到了高三毕业的那个暑假。

乔姵偶尔也会过来找乔延曦，通过交谈乔延曦得知，乔姵居然和谢洋在一起了，这是所有人都没有预料到的。

乔延曦纳闷："你以前不是很怕他吗？"

乔姵红着脸，也不知道小声地嘟哝了句什么，扭头就跑掉了。

乔延曦看着她的背影，和傅初晨交换了个眼神，最后摇摇头，小姑娘的心思就是难猜。

平淡温馨的生活在某个清晨被打破。

乔延曦和傅初晨并排坐在餐厅的大理石桌前吃早饭，傅夫人和傅涯坐他们对面，一家四口其乐融融。

电视正在播放早间新闻，因为傅涯在家，他用餐时最爱看这个。

傅夫人正说到最近天气太热，提议去避暑山庄玩几天，电视里面容严肃的男主持的声音打断了她——

"近日，我市协同Ａ市的刑警队，捕获了一名在逃十年的犯罪分子，吴某。据悉，吴某曾在我市城郊仓库犯下绑架杀人案，在Ａ市东区废弃旧楼……"

餐桌上静得落针可闻。

直到新闻播放完毕，傅夫人张了张嘴，语无伦次道："这是……当年那个？抓到了？"

傅涯揉着眉心，应了声："嗯。"

乔延曦侧头去看傅初晨，他没说话，只是注视着电视画面，似乎在出神。

这天傅家的氛围相当微妙，乔延曦知道他们都很愧疚，当年的事，不仅是傅初晨的心结，对傅涯来说同样是。

这些年洛家几乎没有间断地向他索要赔偿，他都给了。

傅初晨执意要考警校，他也同意了。

终于啊。

终于迎来了这一天。

乔延曦后来问过傅初晨，凶手已经找到了，他毕业之后还要当警察吗？

少年眉梢上挑，神色随意，回答得却很坚定："当然。"

其实这个时候再称呼傅初晨为"少年"已经不太合适了，可是在乔延曦的心里，他永远都是意气风发的少年模样。

"我希望这个社会越来越好，也希望我们越来越好。"

他是这么说的。

两年之后。

傅初晨真的穿上了那身浅蓝衬衫的制服，胸前系着端正领带，肩上有耀眼的徽章，身上似乎笼着光，出现在她面前。

乔延曦眼神含笑，温柔地望着他，突然间想起一首歌。

——我从未如此相信、如此确定，谁会是我的宿命。

——直到你的光晕，在我黑夜降临。

因为傅初晨的出现，她拥有了面对黑暗的勇气，她将不再恐惧漫漫长夜。

乔延曦朝他伸出手，傅初晨牵住她，两人一起踏入民政局的大门。

故事的开始，是他主动找她搭话，说他叫傅初晨，初是初始的初，晨是晨曦的晨。

故事的结尾，是他们的名字永远绑定在一起，成为最般配的存在。

番外一＼新婚快乐

8月10日，天气晴，宜嫁娶。

乔延曦和傅初晨的婚礼就定在这天，地点在S市。

因为不想被媒体过多地关注，他们只邀请了高中同学还有大学的室友，没有圈内人，总体来说比较低调。

当然，所谓的低调也只是相对而言。

场景布置得宛若人间仙境，数万朵玫瑰将现场打造成一片花海，身着白色婚纱的新娘一步步踏上洁白的阶梯，走进代表婚姻的殿堂。

按照之前彩排的流程，傅初晨应该在阶梯顶端等乔延曦来到自己身边，再为她戴上婚戒。

可是他等不及了。

明明那么多年都等下来了，就差这几步，就差这么一点点距离，他心爱的姑娘，马上要成为他的妻子了。

这谁能忍得住啊？

在所有人的惊呼中，傅初晨径直跨步走下台阶，拉过乔延曦的手腕，眼角眉梢都染着肆意和张扬的笑。

"太慢了，大小姐。"

乔延曦仰着脸看他，微微挑眉。

观众们都在起哄，司仪也笑："看来我们的新郎真的很着急啊。"

傅初晨却不予理会，转身牵着她一起往上走。

如果不是顾及乔延曦裙摆太大不方便，他甚至都想用跑的。

无数快门声"咔嚓"作响，这一幕被定格成这场婚礼最经典的照片，像是私奔，浪漫又令人向往。

童话故事的结局就该是这样，王子和公主会幸福地生活在一起。

台下，南礼那群同学聚在一桌，正在感慨这场婚礼。

他们早就对这两位少爷小姐的背景有着清晰的了解和认知，所以对这场面还是比较淡定，讨论的内容更多是在新郎新娘本身。

陈星宇手里拿着两杯香槟，递给宁萌一杯，顺势在她旁边坐下，看她湿润的眼角，纳闷道："你怎么还哭了？"

宁萌吸吸鼻子："我这是感动的。"

陈星宇更茫然了："又不是你结婚。"

宁萌直接翻白眼："你不懂。我可是从高二开始就盼着参加乔乔和班长的婚礼，盼到现在，五年了！我终于等到这一天了！"

其他同学也表示："都说学生时代的爱情是最美好的，咱们班貌似就出了这么一对？"

"那还不是因为咱们班男女比例严重失调，现在单身的女同学就剩宁萌一个了吧，欸，萌萌，你怎么还不谈恋爱啊？找不到对象？"

宁萌噎了噎："我只是没碰到喜欢的。"

陈星宇捅捅她的肩膀，笑得很欠："没人要的话，我倒是可以勉为其难——"

"你滚蛋。"

角落里，吴闻没参与其他人的话题，只是抬头默默注视着台上那对新人。

他换上了崭新的西装，认认真真弄了发型，来到他们的婚礼现场。

看他们交换对戒、拥抱亲吻，看她成为别人的新娘……

而他能做的事，唯有淹没在人群里，充当鼓掌的机器，最后再送上一句真挚却又违心的——

"祝你幸福。"

她也微笑回应："谢谢。"

说完，她便和他擦肩而过，沿着宴席座位走向下一位来客，说着同样感谢的话。

吴闻没有回头去看她的背影，只是垂了垂眼，心里的想法竟然是，她似乎变得比以前更爱笑了。

因为遇见了对的人吗?

敬完一圈酒回来,傅初晨才提起这件事:"你还挺招人惦记。"

乔延曦:"?"

想起刚才吴闻的那个眼神,傅初晨低低"啧"了声,到底也没说什么。

已经过去了那么久,他如今得偿所愿,而有些人只能遗憾退场,他若再说些风凉话,未免显得太小家子气。

所以这个醋,傅少爷决定暂时不吃。

尽管婚礼的流程已经尽量简化,但一天下来,乔延曦还是累得不行。

傅家为她定制了好几套婚服,她都没来得及穿完,还有两套正躺在换衣间吃灰,设计师要是知道了估计得哭出声来。

倒不是不喜欢,主要是裙摆太重太大,层层叠叠的纱,手工镶嵌的钻,漂亮归漂亮,穿起来是真的很麻烦。

穿一回主纱就足够要她命了,乔延曦不想再为难自己。

傅初晨当然是随着她,等到所有的流程终于宣告结束,乔延曦都是穿着那身简便的抹胸礼服。

回到他们的婚房,夜已经很深了。

推开门,玄关处的感应灯自动亮起,乔延曦刚刚脱掉高跟鞋,就感觉腰间多出一双手。

傅初晨从背后抱住她,弓着身,下巴抵在她肩头,呼吸温热。

乔延曦身体一僵。

鼻尖萦绕着很淡的冷杉气息,清冽干净,混合着酒精味儿。

乔延曦在他怀里转了个身,面朝他,双手钩住男人的脖颈,仍由他打横抱起自己。

床被是极度鲜艳的红色,在昏暗的房间里依旧瞩目,墙上和落地窗都贴着大大的"囍"字,玫瑰花瓣满地都是。

两个人一齐陷入柔软的床铺。

时间在一点一点流逝,直到天边泛起了鱼肚白,黎明的微光倾洒进屋。

黑夜褪色,晨曦来临。

乔延曦终于有了得以喘息的机会,眼皮轻抬,盯着男人情欲未消的黑眸,指尖划过他的鼻骨,触碰到柔软的唇。

傅初晨捉住她的手，似笑非笑地问："想继续？"

乔延曦顺势在他脸颊掐了一下，没好气地说："还没睡觉说什么梦话。"

傅初晨挑眉："那你没事瞎摸什么？"

乔延曦瞪着他："我只是想起来，有句话忘了和你说。"

"嗯？什么话？"

8 月 10 日是乔延曦亲自挑的日子，不仅仅因为日历上说这是个黄道吉日，更因为这是傅初晨的生日。

他的生日在十二岁往后都不会再快乐了。

但是现在，她可以对他说——

"新婚快乐，我爱你。"

无法说出口的生日祝福，就用这句话来替代。

——傅初晨，一年三百六十五天，我希望你每天都快乐。

番外二 并肩而行

结婚之后的生活对他们而言似乎跟之前并没有太大差别。

乔延曦身为艺人，工作繁忙，除了度蜜月的时候放了十天假，其余时间不是在拍戏，就是在拍戏的路上。

这次乔延曦接的是一部电影，由知名大导演亲自操刀，演员班底都是精挑细选的。

乔延曦很荣幸地在里面担任女主。

大学期间，她其实演过不少电视作品，口碑褒贬不一，但相同的是收视率都非常火爆，网络讨论度极高。

银幕和荧幕有着本质上的区别，大家喜欢看你的电视剧，却未必会为你的电影买单。

多少演员挤破头想往电影圈里挤，能挤进去并站稳脚跟的少之又少，大部分都只是半只脚踏进去试个水，又灰溜溜地转回来。

接戏之前，乔延曦其实也没有百分之百的把握，自己能够挑起这个大梁。但是大小姐勇于挑战自己，她要想做一件事时，一向都会做到最好。

选角是保密进行的，直到开机那天，剧组祭拜的照片被记者拍下流传到网上，在微博引起了一阵热议。

【站在中间的那个是乔延曦？我没看错吧？？？】

【震惊我全家。】

【让王伟老师给她作配？我的妈呀这得多大的脸……】

【先说一下我不是对乔延曦有意见哈，她的演技是大家有目共睹的，

只是这部电影毕竟是陈峰执行导演，这么大的制作，她真的能胜任吗？】

【我是乔粉，其实我也挺担心的，希望乔乔好好表现吧，不要拖前辈老师们的后腿就好了！】

【楼上真是粉丝？这么没自信？】

【拜托，乔延曦上个月才拿到了白玉兰奖，怎么也不会是拖后腿的存在好吧。】

评论眼看着就要吵起来，倒是陈峰导演在这时候发了条微博，表示乔延曦是他亲自挑选的女主角，是不二之选。

陈峰的眼光大家都是相信的，他导演过无数部电影，拿过无数大奖，也捧红过无数新人。

他的表态，让大家对乔延曦的这部电影更加期待，相应地，压力也随之而来。

深夜，酒店。

才刚收工不久，乔延曦回到房间卸了妆，心里还在想白天拍戏时的失误。

剧组投资大，剧组环境也舒适，几位主演都是套房，极简风的装修风格，墙壁雪白洁净，深蓝的窗帘被夜风吹起小幅度波浪。

乔延曦坐在落地窗旁的小沙发上，玻璃茶几上摆着厚厚一沓剧本。

她垂眸看了一眼，犹豫着要不要再去找她的搭档对对戏，想到现在的时间，便又作罢。

同一个剧组的男女主角很容易就传出绯闻，要是大晚上再被一起拍到，到时候别说解释不清，跳进黄河都洗不清了。

乔延曦本身就不喜欢靠绯闻炒作。更重要的是，她现在有傅初晨，她需要考虑到他的感受。

虽然这位少爷早先说过，会理解她的工作，愿意接受她在必要的时候和其他男演员互动交流。

以他的身份来说，这样实属难得。

乔延曦想，他真的是很尊重自己了，那么她也不该让他难堪。如果真的有流言蜚语传出，就算傅初晨不在乎，别人又会怎么看他？

她不介意自己背负骂名，但不想连累到傅初晨。

事实上，也并不是没有爱情剧找乔延曦参演，甚至还很多，因为她过于出众的外形，实在很适合演那种青春偶像剧。

但乔延曦全部拒绝了。

一方面是顾及家里那位醋坛子，要是不小心打翻了可就不好收拾了。另一方面，是她对自己的要求比较高。

她喜欢尝试一些难度较高的题材，比如刑侦悬疑类型，或者是教育意义相对深刻特殊的剧。

乔延曦一直认为，作为演员，作为公共人物，应该要对社会有所贡献。

明星这个身份具有极高的影响力，她希望自己能够给观众粉丝带来的影响是正面的、积极的。

这倒不是说言情剧不够正面、积极。

其实还有另一个原因，乔延曦一直不好意思说出口，所以也没有任何人知道。

她觉得自己可能会演不好。

因为属于她现在的爱情太美满了，哪怕是在戏中，她都没办法让自己再爱上另一个人。

这部电影乔延曦足足拍了大半年的时间，中途只回过家两次。算起来，她和傅初晨已经好几个月没见面了。

杀青那天，乔延曦连聚会都没去，直接订了飞 B 市的机票。

关于毕业后定居在哪座城市，乔延曦和傅初晨也讨论过这个问题。正常来说，他们应该是要一起回 S 市的。

但乔延曦签约的经纪公司在 B 市，而且秦玖年龄也大了，又是独居，她不太放心，所以更希望先留在 B 市多陪外公一段时间。

傅初晨明白她的顾虑，傅涯和傅夫人又向来开明，也不强求他们一定要留在自己身边，便随两人去了。

所以最后只有婚礼举办地定在了 S 市，真正定居是在 B 市。

不过说是这么说，由于乔延曦的工作性质，经常往全国各地跑，能留在 B 市的时间也不多，陪秦玖的时间甚至还没有傅初晨陪得多。

傅少爷也是一毕业就进了警队，不过数月，他就侦破了两起大案，一下成了 S 市公安分局炙手可热的"大明星"。

和他一起进入警队的还有他的大学室友李嘉年。

最近他们队又破了一起案件，几人正在商量下班后去哪庆祝一下。

有人问："小傅，你去吗？"

"去吧，去吧，好不容易黄队要请客，铁公鸡都拔毛了，错过这次可没下次啊！"李嘉年怂恿道。

被他称作黄队的是一个四十出头的中年男人，也是他们这支刑警队的队长，工作能力毋庸置疑，敬业又诚恳，人除了小气了些，基本没别的毛病。

听到这番话，黄队气得吹胡子瞪眼："你小子现在胆很肥啊，敢说我是铁公鸡？"

李嘉年赶紧认怂："错了黄队，我下次不敢了。"

黄队这才放了他，转头看向傅初晨："小傅啊，这次的案件能这么快侦破，你可是大功臣，可别不给我老人家这个面子啊。"

话都说到这个份上了，傅初晨也只好点头："知道了，我会去的。"

乔延曦来到傅初晨所在的公安分局的时候，一行人已经走了。她想着给傅初晨一个惊喜，所以故意没通知他自己已经回来。

傍晚时分，警局里亮着灯，前台负责接待的女警看见她，眼神带着疑惑。

"您好，是来报案的吗？"

"不，我来找人。"

乔延曦脸上戴着墨镜口罩，遮住了整张脸。如果是白天这样的装扮还能说是为了防晒，但天都已经黑了，真是怎么看怎么可疑。

女警明显多了几分警惕，尤其她还觉得对方声音有几分耳熟，心底更加怀疑对方的身份。

"请问找谁？"

"傅初晨。"

女警心里一惊，傅初晨之前侦破两起大案，肯定得罪了不少不法分子，难道这是仇人找上门了？

女警语气带了质问："你是他什么人，找他有什么事？"

乔延曦藏在口罩的唇角轻轻抿了下，没想到要见这位少爷的流程还挺多。

谁让她是遵纪守法的好公民呢，当然是要配合回答了。

"我是乔延曦，傅先生法律上的妻子，"乔延曦摘下墨镜，露出漂亮冷然的桃花眼，"来找他——"

她顿了下，扬眉道："有私事。"

女警已经完全呆住了，一时间也不知道该震惊来人是乔延曦，还是震惊她居然是傅初晨的妻子。

作为他们警局的一棵草，傅初晨从刚入队的时候就收获了一群小迷妹，可惜爱慕之心才刚刚发芽，她们就被男人手上那枚闪闪发亮的戒指闪瞎了眼。

为什么这年头的帅哥多半都英年早婚，她们恨啊！

既然已经结婚了，那么不该有的念想自然得断干净，不过，饱一饱眼福还是可以的。

每天上班看着这么一张神颜，只觉得心情都变好了。

女警回过神来，尴尬地清了清嗓子。

"哦，哦，这样啊，那个……"她磕磕绊绊道，"不好意思啊，不太巧，黄队带着小傅警官他们出去吃饭了，不在局里。"

"好的，谢谢。"

乔延曦道完谢准备转身离开，从口袋摸出手机一看，关机了。

吃饭地点就定在离单位不远的一家烧烤店，他们队的聚餐基本都在这里，老板和他们也都很熟悉了。

因为不是正式场合，大家在私下都没穿警服，老板起先也不知道他们的身份，是偶然听到他们的聊天内容，才知道这群客人竟然是为人民抛头颅洒热血的伟大公安。

本来老板是想免了他们的餐费，但几人说什么也不肯，最后老板也只能多给他们加餐，愣是把自己店给他们做成了自助。

这家烧烤店临江，店面本身不大，但在外面支起了好几个大棚子，摆上几张圆桌。夏天的晚上约上好友来这吹着江风，一边撸串，一边喝上一口冰啤酒，这滋味简直不能更舒适。

李嘉年就很上道，正殷勤地给黄队倒酒。

傅初晨靠坐在一旁，指尖夹着一根烟，火光明明灭灭，灰白的烟雾顺着风在空气里弥漫散开。

他其实很早就学会了抽烟，只是没瘾，并且从来不在乔延曦面前抽。

来了警队之后，周围几乎都是老烟枪，他被带着抽烟次数才渐渐地多了起来，不过只限于在外面，他不会让家里染上半点儿烟味。

正聊得火热，黄队的电话响了。

他低头一看，是局里的小雯打来的，或许是有什么要紧事。

黄队挥挥手示意大家先安静，众人都很自觉，甚至有人已经做好了穿衣服起身出任务的准备。

警察这个职业就是这样，不管你在做什么，在哪里，只要出了事，你就必须马上赶到现场。

"黄队，有人找傅初晨。"

黄队抬眼看向一旁默不作声的男人，纳闷道："谁啊？"

电话开了免提，里头清晰地传来一句——

"他太太。"

餐桌上一瞬间静默下来，齐齐把脑袋转向某人。

傅初晨掐了烟，顶着各种暧昧八卦的视线站起身，拽着领口的衣服扇了扇，想把烟味弄淡，可惜效果不太理想。

黄队见他这样，以为他是个怕老婆的，笑道："小傅你不行啊，男人抽点烟怎么了？至于这么担惊受怕的吗？"

说实话，乔延曦还真没有这么娇气，一点烟味都闻不了。

只是……

想起数年前的某个夜晚，在月下身着戏服翩然起舞、唱腔婉转的少女。

傅初晨想，如果因为自己让她那副嗓子有一丝一毫的损坏，那么他就是个罪人，该判处死刑。

"黄队，这你就不知道了吧，"李嘉年一副过来人的语气，"咱们傅哥妻管严已经不是一天两天了。"

一般男人在外面被这么说，或许会觉得有损自尊，但傅初晨反而以此为荣，眼角微微上扬："那又怎么，你有老婆吗？"

李嘉年："……"

就是说为什么毕业了他还是没对象！还是要被嘲笑！可恶！

回到单位，傅初晨得知乔延曦正在休息室等他。

白炽灯光微微刺眼，她窝在沙发里，身后的长发披散，睫羽闭着，眼下有淡淡的青乌，神色露着疲倦。

傅初晨知道她这部戏拍得很辛苦，放轻脚步走过去。

"唔，"乔延曦还是察觉到了动静，睁开眼，"你来了。"

傅初晨站定在她身前，垂下头，手掌抚着她的脸庞，眼底含着心疼：

"回来了怎么不让我去接你？"

"给你一个惊喜！"

傅初晨叹了口气："傻瓜。"

"你不高兴吗？"乔延曦仰起脸，平静问。

"高兴死了。"傅初晨直接对准那张嫣红的唇瓣吻了上去。

乔延曦觉得再亲下去估计就得一发不可收拾了，赶紧推开他："你够了。"

傅初晨当然不够，但还是决定先放过她："晚饭吃过了吗？"

"还没。"

"那正好，我们队正在聚餐，你要来吗？"

乔延曦犹豫："我去合适吗？"

"怎么会不合适，"傅初晨拉她起身，帮她整理了一下发型，"他们一直都很想见你。"

见乔延曦同意，傅初晨发消息和黄队说了一声：【换个包厢，这顿我请了。】

黄队：【你小子真是……老子难道还能真那么抠搜？赶紧带着弟妹过来吧，别磨磨蹭蹭的了。】

傅初晨：【那就谢谢队长了。】

他们警队除了黄队年纪较大，其他几乎都是血气方刚的小伙子，一见到乔延曦，眼睛直接就看直了。

"这是那个……乔乔？"

"大胆，谁准你这么喊嫂子的！"李嘉年警告道。

那人赶紧改口："不好意思，不好意思，嫂子看上去比电视里还漂亮哎。"

"牛！还是咱们傅哥牛啊，居然能娶到乔延曦，这可是多少男人心中的女神啊——"

"傅哥实乃人生赢家！"

傅初晨面色阴沉地拉着乔延曦落座，凉飕飕的眼神扫视一圈。

大家悟了，齐齐闭嘴。

黄队不太关注娱乐新闻，不清楚乔延曦的身份，见大家这个反应，觉得稀奇："弟妹什么来头啊？"

"大明星。"

"嚯，我说呢，看着眼熟。"

乔延曦也客气地和大家打了个招呼："你们好。"

面也见了，饭也吃了，晚上傅初晨带着乔延曦回家，从刚进门一直到客厅沙发，再到卧室，几乎没给她休息的机会。

乔延曦就像一条脱水的美人鱼，四肢无力，被傅初晨抱着放进盛满温水的浴缸里，终于活了过来。

"傅初晨，你个浑蛋。"

她恢复力气后的第一件事，就是骂他。

傅初晨置若罔闻，耐心地帮她清洗着，指腹摩挲过身体每一寸柔软细腻的肌肤，所到之处，皆激起一阵酥麻。

乔延曦微微低头，看着他的手。

在她的记忆中，傅初晨的手一向很漂亮，五指修长，骨节分明，是一双天生适合弹钢琴的手。

可是现在，他那双手上多出了无数细小伤痕。

他的手背、胳膊，甚至是腰背，都有或深或浅的疤。

乔延曦看着看着，只觉得眼眶酸涩，心底的难过溢于言表。

她知道他的职业总是要面临许多危险，她甚至很想劝他放弃，如果她要求，她知道傅初晨大概率会答应。

所以她更没办法开这个口。

像这样危险的工作，他不做，也总有其他人要做。今天聚餐的那些人，都是别人家的孩子，也是父亲，他们都有家庭、有爱人。

人都是自私的，但也有人是无私的。

乔延曦这部电影经过漫长的后期制作和相关部门审核，在一年半后才上映，而且是春节档，竞争非常激烈。

为了给老婆撑场面，傅初晨一连包了好几天的场，请同事和其他好友去看，一遍不够看两遍，两遍不够看三遍。

第一天票房就创了新高，在同档电影里几乎是碾压式的存在。

网络上相关话题层出不穷，数据摆在眼前，这时候说乔延曦无法撑起这部电影的声音已经不复存在，只有无数的夸夸夸，和少量的点评。

不负众望，这部电影入围了百花奖，甚至一连提名了"最佳导演""最佳女主角""最佳男主角"等好几个奖项。

颁奖典礼那天,乔延曦问过傅初晨要不要来看。

这样盛大的仪式一般人是没有入场资格的,傅警官或许不行,但对于傅少爷来说,这是轻而易举的。

只是这一天,傅初晨还是选择了前者的身份。

他们辖区上午正好发生了一起金店抢劫事件,傅初晨没办法抽身,不过他承诺只要有时间,会用手机看直播的。

乔延曦虽然有点小失落,但也明白他的工作性质,理解都是相互的。

颁奖典礼进行到尾声,宣布这届"最佳女主角"花落谁家时,乔延曦调整好表情坐姿,以最端庄优雅的姿态出现在直播镜头里。

此时此刻,他会在看吗?

乔延曦心想着,手指攥紧裙摆,久违地感到紧张。

等到主持人掷地有声地念出她的名字时,心口那块大石头随之落下,她轻轻呼出一口气,起身领奖。

发表完获奖感言,主持人问她还有没有什么遗憾,乔延曦原本是想点头的,可是仿若有什么心灵感应般,余光轻轻瞥向会场大门。

距离太远太暗,她只能模糊地看见一道属于男人的颀长身影。

于是乔延曦摇了摇头,聚光灯笼罩在她身上,在万众瞩目下,她从台上下来,迈着坚定的步伐走向他。

媒体将这一幕拍下发到网上,在各大女明星的工作室还在为红毯照发艳压通稿,粉丝互撕的时候,乔延曦的这组照片已经成功登顶热搜。

她一身流光长裙,旁边的男人身着警服,肩上的徽章和她裙摆上的钻一样熠熠生辉。

"你怎么来了?"乔延曦看着他,额发微湿,甚至连衣服都来不及换就匆忙赶来。

"不想缺席你的重要场合。"

— 全文完 —